长子鼓书《腊月天儿》表演 刘引红

长子鼓书《山西面食》表演 刘引红

沁州三弦书《十七棵松》表演 李彩英

长子鼓书《闹红火》表演 胡晚红

潞安大鼓《中国梦》表演 王素红 王改棠

长子鼓书《常回家看看》荣获第十六届全国群星奖，图为演出现场，表演 刘引红

河南坠子《长征托婴》表演 李爱红

长子鼓书《长治美》演出照，表演：刘引红

潞安大鼓《等你一生》表演 王富贵

长子鼓书《马街赶会》演出照，表演：胡晚红

泽州鼓书《中国龙》表演 马莉

长子鼓书《伴侣》表演 申志安 郭永兰

长子鼓书《诚信爹娘》表演 张凤玲

沃土芬芳

暴玉喜曲艺作品文集

暴玉喜／著

团结出版社
UNITY PRESS

图书在版编目（ＣＩＰ）数据

沃土芬芳：暴玉喜曲艺作品文集 / 暴玉喜著. —
北京：团结出版社, 2022.3
ISBN 978-7-5126-9168-1

Ⅰ. ①沃… Ⅱ. ①暴… Ⅲ. ①曲艺—作品综合集—中
国—当代 Ⅳ. ①I239

中国版本图书馆CIP数据核字(2021)第184764号

出　　版：团结出版社
　　　　　（北京市东城区东皇城根南街 84 号　邮编：100006）
电　　话：(010) 65228880　65244790
网　　址：http://www.tjpress.com
E-mail：65244790@163.com
经　　销：全国新华书店
印　　刷：天津格美印务有限公司
装　　订：天津格美印务有限公司

开　　本：170×240 毫米　　1/16
印　　张：31.75　插页 8
字　　数：520 千字
版　　次：2022 年 3 月 1 第 1 版
印　　次：2022 年 3 月 1 第 1 次印刷

书　　号：978-7-5126-9168-1
定　　价：128.00 元（全 2 册）
（版权所属，盗版必究）

感悟·感动·感恩

　　我生在农村，长在农村，农村永远是我留恋的地方。因为农村给了我生活的积累，也给了我生活的沉淀。从事曲艺创作多年，我总是饱含由衷的感情去认识生活，观察生活，感悟生活，拥抱生活。我眷恋脚下的土地，更眷恋村里的乡亲。每个星期天，我都要抽出时间，回村里走一走，看一看，和乡亲们谈一谈。乡亲们质朴的语言、宽厚的心态，掏心窝的话丝毫不掺假，不做作，零距离地敞开心扉，这正是我要寻找原生态的语言，以充实、丰富我的曲本。

　　我认为曲艺作品，必须从生活中找灵感，从生活中品味道。因为一切艺术都是源于生活的，生活是我们的老师，生活是我们的源泉，掘得越深，泉水才越香甜。有理、有情、有人、有事是曲艺作品最基本的元素，每个元素都应该是平中显奇。在平淡中见俏，平俗中见雅，高质量的曲艺应是含蕴丰富。在创作中，崇尚自然美，自然无雕琢。我始终认为，创作的根基在基层，群众的语言最灵动，创作要写自己熟悉的题材，自己熟悉的题材更容易发挥想象的功效，生活细察细问，创作反复推敲，好比顺着一条筋往前捋，沿着一条藤往上攀，把经络捋清，把枝蔓摸准。自然界的物体用艺术构思的链条，用审美情趣的连缀，把生活的画面通过时间的顺序连接起来，读者感到不空，读来也有厚度。

　　曲艺作品的语言必须是灵动富有生命力和穿透力，句词上的运用要善于寻找鲜活的语言，这种语言经过时间的洗练散发浓郁的生活气息，又真实又有趣，曲艺就有了生命。味是曲艺的生命，有味的曲艺蕴含着美感，曲艺作品强调有情和有趣，强调艺术的独创性。有情有趣，雅俗共赏，文情并茂，既富于时代生活的特征，又不失传统形式之美。说书是要人听，听了能让人信服，让人信服才能让人受感动。让人受感动，必须入情入理，有情有理。

曲艺是百艺之母，在过去漫长的历史与文化发展长河中，曲艺艺术不仅以其自身的独特魅力，滋育和涵养着我们祖先的精神与心灵，而且以其深厚蕴藉的文化传统，孕育催生了富有鲜明中国气派与特色的文学体裁样式和几乎所有的地方戏曲剧种。我们每天接触各色各样的人和事，每件事情经过提炼和加工，就能写出有生活实感的故事来，让人们感到日常生活的真实亲切，让读者以不同的方式亲历、体味，并从中探寻生活的至理明义。使曲艺根植于生活当中，保持了曲艺艺术鲜活的生命力。

　　创作的过程，也是思想、灵魂净化的过程，在创作中，我深深体悟到：曲艺要做好继承和传统，优秀的传统东西不能丢，如果我们扔掉优秀的传统的东西、熟悉的东西，会造成逻辑不合理，内容空乏无味，形式再好，也只是空架子，站不久长。没有生活，不会用形象的生活语言表现所应表现的生活，就写不出感悟生活的词句，这是曲艺创作致命的弱点。

　　生活无处不在，生活无处不美，思绪集中，胸怀清净，心事单一，保持清纯的创作心态，寻找素材，寻找灵感，沉到火热的生活当中吸取营养，创作更多更好接地气的作品。

曲词创作的三个维度

——以暴玉喜曲词作品为例

    曲艺浸润于中华传统文化的滋养，具有天然的劝人向善向上的功能和价值，通过说唱叙事，在抒发美好理想、建设精神文明等方面具有独特的魅力。曲艺的当代创新是摆在我们面前的首要任务。为人民创作并不是一句空话，而是要在精神内涵和艺术高度上有意识地达成目标，以下以暴玉喜作品为例，讨论曲艺精品创作的三个维度。

一　题材与主题的选择

    曲艺作品要做到思想内容和艺术形式的统一，选择题材、提炼主题显得至为重要，哪些题材和角度更能讲好中国故事，体现中国精神，暴玉喜往往选择具有时代特点的一些题材来进行创作。

    首先是民俗题材，民俗是民众的历史，是民众的学问，是民众的思想，亦是民众的性格。文化的历史有多久，民俗的历史就有多长，生活中的各种民俗事项无论是在文化的形成、发展，还是在文化的保持、传递和延续过程中，都占有非常重要的地位。随着构建中华民族精神家园的迫切需要，中华大地上孕育千年的传统岁时节日风俗、饮食文化、传统民艺等，百姓生活第一要义的吃穿住行文化，作为曲艺素材是天经地义的。庙会、看戏、赶会、会餐、婚丧嫁娶等民俗用曲艺的形式来反映，仍然有与现代形态相融合的广阔，可以抒发人民群众热爱生活、热爱家乡的情感，表现人民群众安居乐业、其乐融融的生活情趣。这些情感和情趣诉求使曲艺形成了重民俗民风，唱乡情诉乡愁的中国味道，如数来宝《老北京》，天津时调《津门老字号》，弹词开篇《赏中秋》等都是能够立得住动人心传得久的新作品。春节习俗是中华民族两千多年来祖祖辈辈留下来的非物质文化遗产，暴玉喜创作的曲词《腊月天儿》选取年味儿最浓的二十三"祭灶"、二十四五"扫尘"、二十六七买年画、二十八九挂灯笼、年三十除夕夜等浓墨重彩，贴对联、穿新衣、压岁钱、年夜饭等，听着刘引红唱的长子鼓书《腊月天儿》，我们面前展开一幅幅熟悉又陌生的春节风俗画。《山西面食》是作家暴玉喜继《腊月天儿》《起乳名儿》后又一力作，从民俗文化的视角，淋漓尽致地描绘山西面食品种齐全，花样繁多，味道鲜美，堪称是"舌尖上的山西"，突出了山西面食"一面百样做，样样是招牌"的特点，表达了对山西面食乃至中华美食的由衷喜爱和无比自豪之情。《马街书会》描述了正月十三马街书会的盛况，赞颂走南闯北说书人，历尽七百年沧桑，依然不变的是黄河书魂中华根。

以上民俗题材曲词，小中见大，活色生香，既是叙事诗也是风俗画，写的是百姓事儿，唱的是生活趣儿，喜的是致富路，表的是中华情，唱出了中华民族"以食为天、厚德载物"的价值观和热爱生活的精气神儿。自小在农村长大的暴玉喜选取自己熟悉的生活，接地气，创作来源于生活，创作了以上具有中华浓郁民俗风情的民俗题材曲词，原创力连连"井喷"因而获得牡丹奖创作奖是水到渠成的。

其次是红色题材，暴玉喜创作了革命战争历史题材《十七棵松》等。红色题材凝聚着革命者坚定的信念、不屈不挠的斗争意志，党领导中国人民进行艰苦卓绝的历程中涌现出千千万万的英雄人物，其中有普通战士和支前模范，虽然牺牲了，埋没了姓名，但称得上中华民族的脊梁，暴玉喜创作的重点是长征故事，他在谈到创作时说："重走长征路，让我最大的收获就是在生活中汲取灵感，从生活中汲取养分，从生活中挖掘鲜活的语言。用自己擅长的曲艺形式，推出更多描绘时代风貌、展现时代精神的优秀作品，把当代中国的精彩故事讲出来、讲精彩，把当代中国人的精神展示好、传播开。这是精神家园的回归和熏陶，这是灵魂的洗练和陶冶。"《十七棵松》选取发生在江西华屋的真人真事，十七名报名参加红军的青年临行前种下了十七棵青松，学青松挺拔不当叛徒和逃兵，也为亲人留下念想，更留下红军必胜的信念。十七棵青松郁郁葱葱，十七个年轻鲜活的生命永远留在了革命征程上。感人的故事永远镌刻着信念的永恒，作品选材角度好，鲜明地表现了"青松常在革命必胜"的主题，加上沁州文化馆主创人员的精心装腔、打磨、声情并茂的演唱，获得了第十届牡丹奖节目奖。

红色题材是中国国情和中国现代历史的集中体现，曲艺人从中华人民共和国成立伊始，从未停止过以曲艺形式致敬和讴歌那些为新中国浴血奋战的无数先烈，随着中国特色社会主义道路与现代化进程的推进，随着中国共产党执政力的不断增强，红色题材的价值会越来越重要，红色题材经典化程度也会越来越高，只要创作者持有正确的信念，这片风景独好的红色"高原"上就会不断产生"高峰"之作。

最后是表现当代生活，刻画感动中国的当代人物形象，在这方面，暴玉喜创作了《驻村"第一书记"》《逐梦放映》《慈母大爱》《"小米县长"》等一系列鼓词，取得不俗的成绩。

2017 年，为了创作《驻村"第一书记"》，暴玉喜连续四次走进全国贫困县武乡县、壶关县、平顺县，走访第一书记，走近贫困户，用身体悟、用心感染，用情宣泄，寻找最能打动人心灵的故事，捕捉激励人鼓舞人的闪光点，让作品弘扬主旋律，洋溢正能量。2018 年，暴玉喜受中国曲协委托，以第六届全国道德模范孙银聪老人为典型创作长子鼓书。为了感受道德的力量，利用五一放假期间，和长子鼓书演员刘引红长途跋涉 9 个多小时，赶到位于黄河岸边的芮城县实地采访孙银聪老人，用心体味老人家的故事，感受老人家博大的爱心。根据孙银聪老人照顾重病儿媳道德事迹创作的《慈母大爱》，后根据脱贫攻坚主题采访武乡县书记张志鹏事迹创作出《"小米县长"》。《逐梦放映》则讲述了太行老区放映员周耀武热爱放映工作，为圆他的放映梦，父亲卖寿材，妻子卖首饰给他凑资金，周耀武一干就是三十年，成了模范放映员的真人真事。暴玉喜说"作为一名曲艺工作者，我们不仅是现实的参与者，还是现实的见证者，并且是具有历史责任感的书写者和时代精神的记录者"。

文化和旅游部 2019 年发布《中国曲艺传承发展计划》提出"坚持以融入现代生活、弘扬时代价值为导向"。我们所处和平时代，英雄却从未远去，千千万万的普通人在平凡的岗位上做出不平凡的事迹，从体制改革到脱贫攻坚，从反腐倡廉到道德模范，从汶川灾区到全民抗疫，每一个阶段迈出的每一个步伐，无不蕴含着人民群众的巨大热情和力量，曲艺创作就是要善于发现和总结民众的智慧，从而凝聚中华民族的智能财富；表现人民群众的丰富想象和创造力，从而讴歌社会主义建设的伟大成就；歌颂人民群众身上的美德品质和意气风发的精神风貌，从而讴歌不忘初心勇于担责的时代精神。

二　叙事与抒情的结合

曲艺文本大多属于叙事文学，鼓曲更是叙事诗，一些新曲艺作品满足于交代故事，叙述事件来龙去脉，但缺少了对人情事理的刻画便如泥胎木塑。我国曲艺家常说，"说尽人情方是书"。"情为理之表，理为情之基"，"情""理"二字，对于我国俗文学的重要性，早已引起进步学者的重视。明代思想家李贽说过："《水浒传》不好处只在说梦、说怪、说阵处，其妙处都在人情物理上，人亦知之否？"[1]南朝文论家刘勰在《文心雕龙·明诗第六》中谈及诗歌的创作发生时也说："人禀七情，应物斯感，感物吟志，莫非自然。"[2]人情人性乃是天人合一的自然之情。从塑造人物的角度说，心理活动的描写只有抓住一个"情"字，人物形象的合理性和丰富性才能得到进一步提升。

在武乡琴书《逐梦放映》这个作品中，太行老区放映员周耀武冒雨去修机器却因路滑摔下悬崖，醒来后第一件事就是抱着放映机痛哭要买台新机器，妻子不理解他，说出"放映机是你的小情人，俺在你心里没地位，咱干脆离婚各奔西东"的气话，妻子这样说并不过分，因为丈夫买放映设备花去了全家的积蓄，她不理解丈夫为啥非得做这个放映员，放映员对妻子解释说他并不是心里没有家，而是放不下电影，因为有的乡亲曾经被影片中的英雄人物教育感化，日子才过得和谐，所以他把放映看作是为人民服务的事业，把机器看作他的命根子。作品歌颂了周耀武"一生放映一生情"，强调是"情"和精神，爱乡土爱乡亲之情，爱电影爱英雄之情，爱本职工作的敬业之情，踏踏实实为人民服务的太行精神。

曲艺的叙事是流动的，如同一条河流，当遇到抒情的"风暴"才会掀起激动人心的浪花，所以注重情感的表达，注重人物心理的刻画，这样才能避免作品成为寡淡乏味"一道汤"。

三　语言与修辞的灵动

当下的鼓词创作短小精悍的特点愈加明显，但篇幅越短，浓缩性越强，怎样在有限的空间里放飞"文学的风筝"，是对鼓词作家的考验，如何灵活运用汉语修辞技巧，以丰富的意境、凝练的语言，营造形象可视的画面，对

1　[明]施耐庵、罗贯中著，李贽评，《李卓吾评本水浒传》，上海古籍出版社，1988年版。
2　[南朝梁]刘勰著，王运熙、周锋译注，《文心雕龙》，上海古籍出版社2016年版，第23页。

作家来说是一门必修功课。暴玉喜求学时期主修汉语言文学，大学时代打下的扎实基本功对于他的创作无疑起到了积极的作用。

首先是各种修辞手段的运用，比如《腊月天儿》开头四句运用了顶针体修辞格。"天上纷飞飘雪花儿，花落万家迎新年儿。年味儿浓浓大家唱，唱出欢乐腊月天儿。"雪花符合腊月的节令，自然联想到迎新年，点出鼓书唱的特点。曲词中还采用重复的手法造成回旋复沓，如"炒炒饼儿，炒炉面儿，油糕油条油麻儿，牛肉羊肉猪头肉，肉丝肉片儿肉疙瘩儿（《腊月天儿》）。精练整齐而又趣味横生。

排比句是现代鼓词的重要修辞手段，清代子弟书中已有大量运用，它的好处是内容集中，增强气势；用于叙事，条理分明；用于抒情，节奏鲜明，能增强表达效果。这种修辞手段在暴玉喜作品中得到大量运用："一阵土，一阵风，一阵鼓曲响连声儿。"（《马街书会》）"三十年送走日出迎晚霞，三十年度过春光进隆冬。三十年跋山涉水家常饭，三十年披星戴月常事情。"（武乡琴书《逐梦放映》）"青松就是儿子的影，青松连着咱母子情，想儿望青松与儿诉真情，思儿抚青松温暖儿心胸。盼儿吻青松母子骨血涌，念儿抱青松声声寄深情。""十七棵青松成风景，十七棵青松祭英灵，十七棵青松寓信念，十七棵青松展雄风。"（《十七棵松》）

此外，鼓词还要去书面语化达到口语艺术化，增加唱词的趣味化，如在《腊月天儿》"吃黄蒸怎还噘个嘴儿？原来是，枣皮儿贴住那个腮帮的儿"等。

总之，暴玉喜是新鼓曲创作获得成功的专业作者之一，他的曲艺作品以充沛的激情、生动的笔触、优美的旋律、感人的形象，抒写人民创造美好幸福生活的华彩乐章，因他和其他山西曲艺家的努力使得长子鼓书、潞安鼓书等山西本土曲种走向全国，开创出曲种历史上从未有过的新局面，这足以说明专业作家曲艺创作不仅对提升曲艺品位，繁荣精品创作，而且对曲艺的传承发展也起到非常重要的作用。由此要实现曲艺创新的使命，就必须重视培养曲艺作者，加大力度培育原创作品，从思想和艺术的三个维度出发，创作出更多的曲艺精品。

鲍震培

南开大学汉语言文化学院教授

该文发表于 2020 年第 10 期《曲艺》杂志

目 录

沃土芬芳——暴玉喜曲艺作品文集（上）

沃土芬芳——暴玉喜曲艺作品文集（下）

放歌六十载，共赴新征程

——写在《曲艺》创刊60年之际

举世瞩目的中国共产党第十九次全国代表大会胜利闭幕，中国特色社会主义进入新时期，《曲艺》杂志也迎来了自己60岁的生日。回望《曲艺》杂志走过的历程，心潮澎湃，热血滚涌。品味《曲艺》墨香，镌刻时代芳华。60年的岁月，承载着曲艺人的责任和坚守；60年的光阴，挥洒着曲艺人的眷恋和才智；60年的征程，镌刻着曲艺人的真挚和奉献；60年的探索，书写着曲艺人的憧憬和人生。

风雨兼程60载，书写一腔不离不弃情怀。1957年2月，全国性曲艺刊物《曲艺》在北京创刊，由人民文学出版社出版。赵树理任主编，陶钝任副主编。作家老舍在创刊号发表了题为《祝贺》的文章。从那时起，曲艺人有了自己的园地，在这块属于自己的土地上精耕细作，辛勤耕耘，孜孜以求，挥洒才智。1966年6月，全国文化系统开展"文化大革命"，《曲艺》杂志停刊。1979年1月，《曲艺》杂志复刊。一路走来，一路探索，一路磨砺，一路书写。书写不离不弃的内心情怀，书写休戚与共的时代跨越。

风雨兼程60载，搭建一个百花齐放舞台。60年来，《曲艺》杂志传承中华血脉，穿越历史跃动，让诸多曲种在这里展示，让曲艺人的情怀在这里释放，从这块厚重的土壤中汲取营养，在这块圣洁的殿堂上纵情高唱。悠扬的曲韵飘荡云海，曲艺的血脉奔流不息，我们品味中华优秀历史文脉中酝酿出的曲艺酒香，我们沐浴和风韵唱一曲曲盛世和谐的华彩乐章；是那源于生活、高于生活，深接地气贴着百姓心坎的丰富曲种；是那广为流传、脍炙人口的曲艺经典，是那飘荡艺苑时空的天籁之音和那荡气回肠的檀板声声，还有那耐得寂寞，矢志坚守，辛勤耕耘在中华曲艺百花园中的赤诚守望者——

所有这一切，都通过《曲艺》这块园地彰显崇高，都通过《曲艺》这块园地播种欢乐。

风雨兼程60载，架起一座深接地气的桥梁。作品接地气，才有生命力，生活永远是曲艺创作的唯一源泉。60年来，曲艺人深入基层，深入生活，扎根人民的主旋律，指明曲艺人的目标方向，诠释曲艺人的心路历程，浓缩曲艺人的情感世界。架起曲艺人与乡村、与企业、与百姓的连心桥。引领一代代曲艺人走进村庄田野、城市学校、哨所军营，一把琴、一副板、一面鼓、一张嘴，不要布景、无需道具，板式丰富、旋律动听、韵味独特，给百姓送去欢乐，让人民咀嚼生活。聚焦百姓事、百姓情，散发着沁人心脾的泥土芳香，顺应百姓盼、百姓乐，展示感人心魄的美好生活。

风雨兼程60载，汇就一本讴歌时代的精品。60年来，《曲艺》与时代脉搏共振，与人民需求共鸣，将曲艺人的心血凝聚，将精品力作荟萃。透视《曲艺》60年的铅华历程，我们深深感悟到多少曲本在这里交流，多少曲艺作家在这里讴歌。这块平台的展示让大家看到了希望，这块平台的展示让多少人赢得收获。咀嚼生活的甘霖，激荡生命的穿越。一部部精品脱颖而出，一曲曲经典叩动心窝。雅俗共赏，时代链接，雅中透着俗趣，俗中含着雅意，聚焦时代变迁，记录时代气息，讴歌美丽乡愁，滋养丰富着人民群众的精神世界，积淀影响着中华民族的价值追求，秉承中华优秀传统文化不断和时代接轨，汇聚成满腔豪情，折射出时代强音。

风雨兼程60载，铸就一种担当有为的精神。举精神旗帜、立精神支柱、建精神家园，是当代中国文艺的崇高使命。弘扬中国精神，传播中国价值、凝聚中国力量，是《曲艺》坚守的神圣职责。《曲艺》记录广大曲艺家和曲艺工作者怀揣艺术理想，把握时代脉搏，以充沛的激情、生动的笔触、优美的旋律、感人的形象，抒写人民创造美好幸福生活的华彩乐章，使曲艺重生活、接地气、亲百姓、连民心的优良传统得到进一步传承和有力弘扬，广大人民群众在欣赏和参与中得到乐的愉悦、情的熏陶、智的启迪、美的享受，曲艺潜移默化、润物无声的价值引领功能得到充分发挥和尽情释放。

风雨兼程60载，开启一个新时代的文化梦想。60年来，《曲艺》紧紧围绕人民群众骨子里感同身受的"国是家、勤为本、俭养德、诚立身、孝当先"等鲜明主题，运用评书、大鼓、相声、二人转、快板、绍兴莲花落等深受人民欢迎的曲艺形式，深情讲述助人为乐、见义勇为、诚实守信、敬业奉献、孝老爱亲，彰显了生活之美、人格之美、信仰之美，使人们看到美好、看到希望、看到梦想就在前方，从而以深厚的文化修养、高尚的人格魅力、文质兼美的作品赢得尊重，把最好精神食粮献给人民，在为祖国、为人民立德立言中书写精彩艺术人生。

春风化雨总有时，脚踏实地待芳菲。跋涉六十年，奋斗六十载。踏着时代的步伐，脚踩深沉的土地，《曲艺》经历了春的盎然、夏的明媚、秋的收获、冬的洁净。之中和人民不离不弃，和生活交相辉映，和艺术激情渲染，和时代同步前行。走过的都是风景，经历的都是财富。今日的种种，都是昨日的付出与沉淀。新时代要有新气象，更要有所作为。让我们从新的历史起点砥砺前行，拿出勇气，拿出干劲，不忘初心，牢记使命，勇于担当，继续前进，在新时代的宏阔画卷上绘就更加辉煌的图景，大踏步迈向更加美好的未来。

（本文为纪念《曲艺》创刊60周年特写的卷首语，
发表于2017年《曲艺》杂志特刊曲艺60年）

第一章

红色血脉

HONGSEXUEMAI

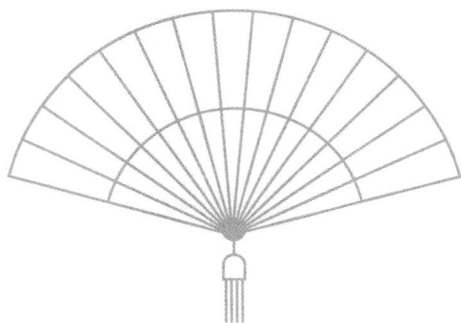

十七棵松

红都苏区瑞金城，
郁郁葱葱多青松。
青松挺拔华屋岭，
化作信念树永恒。

说的是，难忘长征岁峥嵘，
苏区瑞金乌云浓，
蒋介石五十万大军强压境，
发誓要消灭红军入囚笼。
中央苏区发号令，
补充兵源要扩红。
华屋村四十三户人攒动，
十七名青年来报名。
小崇宜只有十三岁，
也兴冲冲地报了名。
报名之后回到家，
没敢与娘吐真情。
他娘放下手中活，
问长问短话不停。
"儿啊，你今天回来这样早，
你没有当兵去报名？"
"娘，儿心里放不下你和爹，
远离爹娘儿心疼。"
"儿啊，以前咱家里没粮塞牙缝，
肠子叫唤空洞洞，
儿啊，自从红军来了村，

才分上田地喜盈盈。
红军和咱是一家，
儿一定参军去当兵。"
说罢拉着崇宜的手，
要亲自带儿去报名。
小崇宜这才说实话：
"娘，其实俺已报了名。
（白）"真的？那就好，好！"

咱搁下崇宜暂不说，
再说其他的小弟兄。
华质彬这次报名是头领，
他召集同伴诉真情，
"兄弟们，此番长征路遥远，
临行前，咱每人要种一棵松。
要学青松直而挺，
绝不当叛徒和逃兵。
一旦谁牺牲在战场，
活着要续写故土情。
替兄弟孝敬爹和娘，
要护好岭上十七棵松。
十七棵青松根连根，
十七位弟兄是手足情。"
就这样，十七位青年齐行动，
每一位，华屋岭上栽青松。

离别的日子终来到，
华屋村老老少少来送行。
小崇宜的母亲眼含泪，
千言万语来叮咛：

　　"儿当红军是好事，
　　爹和娘，别提心里多光荣。
　　娘十月怀胎生下儿，
　　此番离别何日逢？
　　漫漫长征走天涯，
　　娘盼儿团圆月儿明。"

　　"娘莫要牵挂莫心痛，
　　儿在岭上栽下了松。
　　青松就是儿子的影，
　　青松连着咱母子情。"
　　"想儿望青松，
　　与儿吐真情，
　　思儿抚青松，
　　温暖儿心胸。
　　盼儿吻青松，
　　母子骨血涌。
　　念儿抱青松，
　　声声寄深情。"
　　（白）"儿啊！你管你放心地走吧——
　　儿走后，娘要常给树浇水，
　　青松传递咱母子情。
　　娘盼望儿子打胜仗，
　　儿回来，娘带你一起看青松。"
　　"娘——"
　　十七名青年齐敬礼，
　　仰望华屋十七棵松。
　　微风中，全村百姓眼含热泪，
　　一路上，挥手送儿眼朦胧。

望眼欲穿看不见影，

儿牵着乡情走长征。

只可惜，十七名青年壮烈牺牲，

万里长征留英名。

青松依旧在，

丰碑写英灵。

阳关万里路，

松柏傲苍穹。

送走隆冬迎来春，

青松挺拔在心中。

年年华屋祭亲人，

岁岁凭吊华屋松。

十七棵青松成风景，

十七棵青松祭英灵。

十七棵青松喻信念，

十七棵青松展雄风。

这正是：青松挺拔华屋岭，

青松苍莽写忠诚。

青松化作信念树，

十七棵青松万古长青留美名。

（曲本发表于 2018 年第 9 期《曲艺》杂志）

上
篇

热血儿男

苏鲁豫皖多好汉，
浩气直上九重天。
英雄虎胆唱一曲，
丰碑永驻在人间。

（白）抗日战争时期，安徽宿州市桃山集出了一位传奇式的抗日英雄，他叫孙像涵。浓眉大眼，身材魁梧，自幼上唇有一豁口，人送外号"孙豁子"。抗战初期，孙像涵组织了"彭南游击队"打鬼子、除汉奸，威名传扬苏鲁豫皖。1937年7月，日军占领了桃山集，他们经常在官桥三五个一伙，搜村索户，烧杀抢掠。每逢官桥逢集，更是野蛮至极。
这一天，杨老汉赶集挑着担，
碧绿的西瓜装里边。
一姑娘提筐跟在后，
她是老汉的闺女叫小兰。
杨老汉刚把担子放在地，
迎面一群鬼子兵，一个汉奸走在前。
他们看着西瓜把眼瞪，
瞅见小兰狼一般。
"吆西，吆西，花姑娘的好，大西瓜的圆——"

但只见，这个刺刀扎西瓜，
那个上前扑小兰。
杨老汉拼命把小兰来保护，
鬼子用枪托把老汉打断肩。
狠命将小兰按在地，

兽性大发撕衣衫。

小兰咬住鬼子的手，

小鬼子"嗷嗷嗷"像恶狼一样叫得惨。

他们气急败坏挥刺刀，

把小兰一刀拦腰斩，鲜花凋谢丧黄泉。

杨老汉气得牙咬碎，

"小鬼子，俺和你拼了！"

小鬼子手舞军刀刺下去，

杨老汉的肠子被挑断，鲜血流了一大摊。

月凄凄，孤月独挂星碎眼，

命惶惶，无辜百姓丧黄泉。

魂叠叠，冤魂飘荡声声颤，

恨层层，鬼子暴行罪滔天。

孙像涵得知恶讯后，

恨得他两脚跺地打颤颤。

"小鬼子，横行中国来侵略，

烧杀抢掠罪滔天。

血海深仇一定报，

灭鬼子，还皖北大地朗朗的天。"

于是他连夜召集游击队，

慷慨陈词气宇轩：

"同志们，小鬼子妄想占中国，

可惜他包围不住中国的天。

小鬼子想把咱中国全吃掉，

可惜他胃口太小老鼠胆。

咱们新账旧账一起算，

要送鬼子上西天。"

第二天，孙像涵用锅底抹黑了脸，

换上一件破衣衫。

戴上一顶旧草帽，

还把一双布鞋穿。

八月天，汗流浃背人气喘，

烈日炎炎似油煎。

孙像涵扮成一位马车夫，

满载着西瓜大又圆。

他专门来到官桥镇，

专往鬼子的驻所钻。

大喊道："卖西瓜来，又大又圆的西瓜，吃上一个就解渴，

吃上两个成神仙。"

喊声引来了鬼子兵，

一起围住孙像涵。

孙像涵异常冷静："太君，随便吃，随便吃，这些西瓜不算甚，

还有更大更大的西瓜，一个足有二十斤，太君肯定没见过，

大大地，多多地，随便挑，随便捡，保太君喜欢！"

"别啰嗦！快领皇军到西瓜地，如有怠慢小命完。"

孙像涵在前来引路，

小鬼子气喘吁吁在后边。

足足走了几里路，

鬼子的枪压得腰疼胳膊酸。

"慢！你的是否游击队？要把皇军引到哪里？"

孙像涵异常冷静："太君，我一个穷苦百姓，我是一心想让太君吃上大西瓜呀！马上就到，马上就到！太君，你们扛着武器太沉重，要不干脆把武器放到我的马车上，这样就很轻松了。"

"吆西，吆西，好主意，好主意！大大滴好，大大滴好！"

孙像涵拉着武器催马跑，

鬼子死命跟着撵。

转眼间，孙像涵带到西瓜地，

一个个碧绿的西瓜大又圆。

日本鬼子一个劲地喊：
　"好西瓜！好西瓜！"
他们赤手空拳奔瓜田。
孙像涵甩掉草帽掏出枪，
　"小鬼子，孙豁子在此，你们休想跑掉！"
　"叭、叭、叭"仇恨的子弹射出去，
一命呜呼上西天。
但只见，尸体横卧在西瓜上，
有的滚落到车下边。
有的头耷拉在车帮上，
还有的啃着西瓜没吃完。
游击队四面出击歼鬼子，
战火纷飞凯歌传。

日军贴出悬赏令，
妄图捉拿孙像涵。
他们抽调兵力保铁路，
建碉堡，盖炮楼，铁丝如网大敌前，
孙像涵发动皖区游击战，
遍地开花捷报传。
卡咽喉，拔据点，
扒铁路，物资搬。
破坏敌人的交通线，
　"孙豁子"的名字让日本鬼子心胆寒。
孙像涵智谋歼灭鬼子兵，
谱写出：抗日神勇志冲天！

这正是：红色沃土苏鲁豫皖，
孕育出多少热血好儿男。
孙像涵抗日故事说不尽，
丰碑永驻在人间！

沃土芬芳——暴玉喜曲艺作品文集

娘 心

彩云出岫幻奇峰，
沧桑岁月话峥嵘。
太行母亲李改花，
送子参军留美名。

说的是，三八年春寒料峭寒气生，
小鬼子占了咱的长治城。
八路军进驻俺武乡县，
号召广大青年来应征。
武乡县有个青年叫二狗，
一十八岁是好后生。
听说八路军来招兵，
摩拳擦掌要报名。
他兴冲冲和娘来商议，
他娘主意难定心翻腾。

（白）儿要参加八路军，打小鬼子，儿啊，虽说是国家有难不能推脱，可你父年岁已高，你兄弟还小，你大哥从小又害腿疼，本来咱家过得就恓惶景，你走了，咱春种秋收靠呀谁呀！
（白）二狗他回头看看老父亲，满腹心酸难以决断，暂且不提，单说时间不长，改花家就出了大事情。

二狗他爹去耕地，
迎面遇见队鬼子兵。
鬼子发疯把牛抢，

大叔他手拉缰绳不放松。
惨无人道的鬼子兵，
用刺刀刺进大叔肚腹中。
大叔被害中途路，
噩耗传回他家中。
气得咱改花倒在地，
捶胸顿足放悲声。
"孩他爹呀孩他爹，
小鬼子惨绝人寰要你命，
小鬼子犯下了滔天罪，
咱不当狗熊当英雄。"
改花她擦干眼泪把牙咬，
手拉住二狗把话明：
"二狗呀，悔不该当初不让我儿去参军，这一次杀不尽倭寇，
不要回来见娘！"
"娘——孩儿我这就去！"
就这样，二狗告别老母亲，
一二九师当了兵。
1940 年百团大战正太路，
碉堡里鬼子发威火力攻。
八路军战士伤亡重，
急坏二狗小英雄。
自告奋勇爆破手，
不怕牺牲当尖兵。
穿枪林，冒弹雨，
顶着炮火往上冲。
他点燃炸药包的导火线，
从枪眼里塞进碉堡中。
就地打滚要往回撤，
见敌人把炸药包又往出扔。

导火线"嗞嗞嗞"白烟冒，

二狗他眼疾手快把炸药包二次塞进碉堡中。

一群敌人往外推，

二狗用劲往里顶。

一双手死死抵住一群兵，

国恨家仇力无穷。

僵持中只听"轰隆"一声响，

英雄与碉堡同归于尽在火海中。

消息传回老家去，

李改花欲哭无泪头发蒙。

半天缓过一口气，

牙齿咬得嘣嘣嘣。

"小鬼子光俺家你就欠下两条命，

全中国多少无辜丧残生。

咱不抗日谁抗日，

看起来打不走鬼子难太平。"

说罢就将三狗叫：

"三狗呀，儿要参加八路军，

上了前线要勇敢，多多杀死鬼子兵。"

就这样，三狗毅然上前线，

又光荣牺牲在沁县城。

李改花再次听噩耗，

气得她两眼冒火星。

这才是仇上加仇仇更仇，

恨上加恨恨更深。

"儿啊，咱国恨家仇一起报，

不打走鬼子咱就不是太行人！"

"娘！我不能离开你，我走了，谁来照顾您呀——

儿一旦牺牲，咱家可就断了根了——"

"大狗！"

"娘——"

改花她一把抱住儿子的头，

字字句句说分明：

"儿啊儿，娘我也舍不下你，

可国家难保家咱也不宁。

娘要亲自送儿上战场，

甘洒热血刀刃红。

"娘——儿永远记住您的话，不怕牺牲英勇杀敌，一旦牺牲，

把儿埋在老爷山顶上，盼胜利，儿要亲眼看见小鬼子滚出

咱上党！"

"儿啊——

上战场一定要多杀鬼子！"

"娘，儿走了——"

就这样大狗牢牢记住娘的话，

战场杀敌 气贯长虹

英雄闻名上党城。

这正是：肝胆相照映苍穹，

无私无欲捧真诚。

送子参军干革命，

碧血丹心留美名。

花鼓魂

岁月斗转日星辰，
盛世中华大地新。
山水无弦心有韵，
千古传承花鼓魂。

三七年，寒风呼啸吹得紧，
星月无光满黑云。
杨家庄，牌坊祠堂人满聚，
杨老汉，上香祭奠拜先人。

"叩拜列祖列宗，小鬼子包围了杨家村，妄图将花鼓窃为己有。花鼓传到我这里33代了，我要誓死保卫花鼓不落敌寇！"

"石头！"

"爹！"

"儿子，这是咱花鼓的鼓谱，现在爹交给你，你一定要保护好，孩子，爹还有一招没有交给你，石头，接招！"

头肩胸，腰后背，
腿脚挂鼓好精神。
腾空跳跃离弦箭，
鹰擒野兔虎捣心。
二龙戏珠眼对眼，
老龙摆尾卷风尘。
蛟龙出水风搅雪，
双龙咬尾卷菜心。
鼓鼓开打似雨点，
满天星斗落凡尘。

小石头跟着父亲打花鼓，
一招一式记在心。
"石头，记住了吗？"
"爹，俺记住了！"
"藏好鼓谱，快走！"
"爹！我不能离开你——"
"石头！听爹的话！
你在花鼓在，
你死鼓断根。
石头，快跑！"

杨老汉使劲把儿子推出窗，
小鬼子杀气腾腾闯进门。
但只见，龟田军刀挥在手，
牵着狼狗四处闻。
带路的汉奸叫刘二狗，
咧着腮帮把脖子伸。
"老杨头，这回你算撞着鬼，
得罪'皇军'要吃大亏。
蚂蚱笼里喂蚊子，
不打花鼓要倒霉！"
龟田恶狠狠盯着杨老汉：
"吆西！吆西！老杨头，听说你是花鼓第 33 代传人，你先
给'皇军'展示展示，打好了，大大的有赏！"
杨老汉怒目圆睁握鼓槌，
满腔愤恨亮嗓门。
"仓得儿，仓得儿，嗨嗨嗨，
好一个心头恨呦哎哎那，
鬼子来入侵，
关门来打狗，

剥皮又抽筋！”

龟田听不懂中国话，

还拍手张开大嘴唇。

刘二狗听着不得劲，

“‘太君’，这帮老东西在骂人！”

“什么，骂人？良心的，大大的坏了！老杨头，交不出鼓谱，休想踏出半步。以后，花鼓就是我们‘大日本帝国’的宝贝了，哈哈哈——”

“呸！小鬼子！

花鼓只在中国演，

岂能拱手献敌人？

休想把花鼓来窃取，

花鼓是中国拔不走的根！

“老东西，死到临头还嘴硬，来人！把这些老家伙统统烧死，我要让花鼓绝根！”

宁死不屈的花鼓队，

怀抱热血化忠魂。

惨死在敌人的屠刀下，

高昂着，民族大义一颗心。

小石头亲眼见父亲被烧死，

见无辜百姓成冤魂。

手捧鼓谱心裂肺，

揣着牌位泪纷纷。

“我好恼，满腹恨，

捣碎了肝胆刺破了心。

苦泪滚滚肚里咽，

灼灼烈火烤我心。

国仇家恨不去报，

七尺男儿怎苟存？”

北风呼啸揪心痛，
堆起了多少新坟傍旧坟。
石头他，捧着鼓槌心流血，
咬紧牙关血泪吞。
"爹！你在天堂睁开眼，
爹的忠告俺记在心。
儿知道，花鼓就是你的命，
花鼓就是你的魂。
儿要把花鼓传下去，
传不好花鼓枉为人。"

从此后，石头他数九寒天不觉困，
烈日炎炎似火熏。
不屈的身影在闪现，
滔天悲痛化骨魂。

到后来，小石头带着信念上了路，
担着使命参了军。
多少次，靠花鼓前线送军粮，
突围抢救八路军。
多少次，靠花鼓隐藏鸡毛信，
消灭日寇立功勋。
长江黄河打花鼓，
胜利迎接解放军。
花鼓里，演绎不尽忠和义，
花鼓里，声声镌刻民族魂。

国邦定，民心顺，
国泰民安四季春。

花鼓是翼城的传家宝，
一代一代传到今。
你看那，头戴花冠威风凛，
石榴彩鞋大红裙。
南城唱鼓鼓声震，
北城台鼓贯古今。
东城杠鼓万福顺。
西城斗鼓报佳音。
绕城东西南北走，
遍地花开震乾坤。
花鼓之乡不虚名，
万户新城万户新。

这正是，花鼓镌刻时代印，
花鼓激荡民族魂。
代代传承鲜血染，
染不尽，龙腾盛世中华魂！

中国龙

中华文明傲苍穹，
神州文化中国龙。
龙文化镌刻龙脉史，
龙脉史演绎中国龙。

龙在中国有象征，
幸福正义留美名。
据传说，先贤圣人龙化身，
古有伏羲誉龙功。
女娲补天育万物，
龙躯龙身现龙形。

岁月悠悠激流涌，
三皇五帝封真龙。
大禹治水疏河道，
风调雨顺降福龙。
神农炎帝尝百草，
龙播五谷济苍生。
轩辕黄帝为始祖，
亲驾象舆化蛟龙。
舜耕历山天行健，
垂赋龙德耀苍穹。
孔子共佑千秋仰，
儒雅文龙万世宗。

不同的颜色不同龙，

历史的传说绕九重。
黄龙青龙伴黑龙，
白龙赤龙五色龙。
黄龙尊贵是真龙，
黄河母亲孕巨龙。
黄河母亲誉黄龙，
黄龙的传说绕九重。
孕育了中华民族多伟大，
巨龙澎湃驰纵横。
九曲黄河十八弯，
弯弯镌刻龙图腾。

带龙的地名数不清，
街巷京都冠龙名，
九龙山、白龙山、蟠龙山、纪龙山、长龙山、
白龙潭、黑龙潭、盘龙洞、黄龙洞、白龙泉、
青龙泉、龙山、龙洞、龙江、龙河、龙桥、
龙湾、龙塔、龙门、龙城、龙潭、龙泉久闻名。

元宵佳节舞龙灯，
五月端午赛龙庭。
龙抬头尝龙饮食，
龙船龙调歌连声。
老人过寿吃龙须面，
新郎官娶亲戴冠龙。
待客喝的是龙井，
龙剑佩戴好威风。
龙门石窟卧佛宝，
龙门牌坊满雕龙。
全球传承龙文化，

龙的传人满宾朋。

不同姿态龙不同，
千重祥瑞落彩虹。
正襟危坐为坐龙，
缓缓前行为行龙，
奔腾飞舞为升龙，
倒挂金钟是降龙，
腾云驾雾为云龙，
卷草缠枝为缠龙，
双龙戏珠木雕龙，
大山大水称干龙，
小山小水称支龙，
山水之头称来龙，
山水之尾称去龙。
还有沉龙、潜龙、飞龙、腾龙、群龙、
回龙、归龙、卧龙、平洋龙、高冈龙、
甚至平坦之地也有龙。
华夏龙脉奔流淌，
滚滚龙脉溢古城。
这龙脉，绵延传承中华史，
这龙脉，和煦激荡中国风。

中国龙，在升腾，
神州飞腾中国龙。
龙片镌刻中国印，
龙庭回荡巨龙声。

中国龙，天宫探宝悬日月，
中国龙，浩瀚灵霄掌太空。

中国龙，蛟龙潜海壮神威，
中国龙，宇宙揽月舞苍穹。

你看那：盛会、盛世、盛典国昌盛，
你听那：欢歌、欢语、欢声震宇穹。

万里山河披锦绣，
锤镰引路巨龙腾。
九州给力壮龙威，
神州腾飞中国龙。

等你一生

爱情经典赞忠贞，
草鞋情缘爱意深，
七十五载苦相守，
永恒的信念唱到今。

唱的是，中央苏区在瑞金，
大山深处有一家人，
家里的姑娘叫陈发姑，
嫁了个男儿叫朱吉熏。
两个苦瓜一条藤，
红线两头俩新人。

31年，苏区扩红进了村，
吉熏他主动报名要当红军。
一对新人要分手，
泪眼扑嗒嗒难离分。
"发姑呀，咱青梅竹马在一起，
今日里，我为革命要参军。
人说是，古来将士新婚别，
我和你，从此夫妻两离分。"
"吉熏哥，当兵你就安心走，
不要牵挂家里人。
父母双亲我照顾，
家里不用你操心。
今日离别盼相见，
一日夫妻百日恩。

这双草鞋你穿上，
裹着你的脚板牵着我的心。"

草鞋上落下一滴滴泪，
发姑她哽咽背转身。
吉熏他穿上草鞋背上枪，
一抹眼泪就绝了征尘。
一路带着发姑的爱，
发姑她，泪水止不住往下滚。
打起精神把泪水咽，
组织乡亲们来拥军。

做干粮，缝军衣，
打草鞋，值夜勤。
红军医院洗衣裳，
当好部队的好后勤。

转眼间，吉熏离别三年整，
长征路上没有音信。
发姑在村里忙生计，
日夜惦记心上的人。

上河里的鸳鸯下河里吻，
时光呀流逝日月轮。
双扇扇门来单扇扇开，
发姑她思念远方的人。

这一天，村公所里来了信，
发姑她心里想着是吉熏。
三步并作两步跑，

原来是，与吉熏一同走的王二民。
发姑她满心希望化失落，
却还是没有动摇她坚定的心。

斗转星移三年后，
村公所里又来信。
发姑她一颗心儿扑通通跳，
可等来是吉熏的同伴叫秋根。
信中说，秋根牺牲在战场，
秋根娘哭得好伤心。
发姑她默默求祷告：
"吉熏哥，俺等你，发姑我永远是你的人。"

这一天，家里来了张二婶，
牵线搭桥有善心。
"我说发姑呀，俺知道你等吉熏苦，可猴年马月能等来人？"
劝发姑别再固执太死心。
邻村的二牛心地好，
托人上门来求亲。
"发姑呀，你不要无限期等下去，
不要把自己的不幸定终身。"
"不！我一定要等吉熏哥回来！"
我相信他不会死，他一定会回来的——"

吉熏他离家十年整，
日盼夜望不见回音。
发姑她日夜编草鞋，
一双双草鞋一片片情深。

一线线，一根根，

青藤根根编在心。
月儿传情诉忠言，
一对对信鸽东南飞。
"信鸽呀，托你把思念带过去，
盼俺郎君能有一个硬朗的身。
信鸽呀，托你把牵挂带过去，
俺发姑永在茅屋等郎君。"

转眼又过二十载，
几日日晴天几日日阴。
发姑默默念丈夫，
一丝丝情愫一片片真。
一双双草鞋寄情思，
一句句话语咽在心。

盼啊盼，等呀等，
等啊等那心上的人，
多少日子难熬过，
多少眼泪思亲人。
编织着草鞋唱乡曲，
一曲曲飘荡有回音。
一对对苦瓜连着根，
难受不过人等人。
海枯石烂也要等，
天老地荒永不变心。
谁知这一等呀——等呀——
整整等了七十五年，唉！
七十五载，青丝熬成白发银，
水打石子翻转身。
七十五载，倚门守望不觉困，

少女变成了年迈人。
七十五载，岁月峥嵘路漫漫，
牵手相见梦里寻。
七十五双草鞋融注爱，
七十五载，信念魂牵一颗心。

这就是：
草鞋情缘一生随，
红军长征颂忠贞。
七十五载苦相守，
永恒的信念唱到今。

中国鼓

日暖风和万物苏，
姹紫嫣红满国都。
琴弦鼓瑟声声韵，
唱一曲：擂响神州中国鼓。

民族危难产生鼓，
鼓文化厚重传千古。
鼓声响，华夏子孙御外侮，
鼓声远，华夏寻根来祭祖，
鼓声脆，华夏儿女齐歌舞，
鼓声壮，血肉之躯筑长城，
千军万马踏征途。

忆往昔，
坚船利炮遭耻辱，
豺狼铁蹄魔刀屠。
落后挨打陷灾难，
心撕裂肺鲜血涂。

鲜血染红江海湖，
多少无辜掉头颅。
国破家亡天无日，
大漠人烟哀鸿鹄。

江山岂可辱，
不做亡国奴。

收复旧山河，
激荡中国鼓。

远处传来一声鼓，
个个争当马前卒。
寂静闻听一声鼓，
划破长虹一道弧。

红船擂响中国鼓。
开天辟地万物舒，
一部长卷著青史，
光耀史册华夏图。

中国鼓，
响彻天地壮豪气，
慷慨陈词大丈夫。
鼓舞凝芳出沃土，
一片冰心在玉壶。

中国鼓，
骁勇善战不停步，
勇往直前不服输。
铮铮铁骨养浩气，
万古千秋海不枯。

檀板脆，棒击鼓，
鼓韵放歌昌盛图。
气吞山河开伟业，
梦圆中国谱宏图。

倾听那：
京韵大鼓、梅花大鼓、含灯大鼓、
河洛大鼓、东路大鼓、潞安大鼓，
进军鼓、得胜鼓、凯旋鼓，
欢乐鼓、庆功鼓、太平鼓、
盘鼓、钟鼓、花鼓、书鼓、
腰鼓、擂鼓、手鼓、渔鼓、

鼓舞中华开新路，
前程似锦入画图。
鼓乐齐鸣中国梦，
盛世流芳中国鼓。

红色武乡等你来

秋风送爽喜气来，
革命老区金花开，
载歌载舞把花戴，
红色武乡等你来。

力劈群峰山路开，
妙手飞舞锦缎裁。
不饶盘砣路，
信念把手摆，
尽显愚公志，
轰然洞地开。
六车大道伸天外，
红色武乡等你来。

（高喊）来了！来了！
你来看：百辆房车好气派，
齐刷刷大道行驶一字排，
南来北往把笑声载，
欢声笑语唱起来。

美丽天空飘云彩，
蓝天碧水草木栽，
沟沟岭岭的红果树，
都要把枝头压下来。
漫山遍野羊儿跑，
后边还跟着羊崽崽。

羊崽崽吸着羊奶奶，
翘着小腿儿，娇滴滴还把那尾巴甩。

房车内，满眼惊喜看不够，
干脆把玻璃摇下来。
探出头大大吸口气，
真拽，真羡慕咱老区有这样的好生态。

一路走，一路拍，
相机咔嚓咔嚓把美景采，
一个个吻着花香 poss 摆，
谁也不想说 goodbye。

（惊喜）："你看，谁来了？"
将士后代多神采，
做梦也想到武乡来。
一个个热血滚涌心澎湃，
俺要把太行奶娘请出来。
唱一曲：桃花花红来那个杏花花白，
樱桃好吃树难栽，
这里是我的生命地，
禁不住，声声喊我那奶娘来：
"奶娘，您在哪里？
多想让您看一看吃你奶长大的小孩孩。"

太行奶娘声声唤，
禁不住，珠儿滚滚泪满腮。
"奶娘——您在哪！奶娘——（禁不住哭声）"
太行奶娘敞胸怀，
血浓于水离不开。

大山回荡唤奶娘：

"（呼唤）奶娘！我的奶娘——

红色武乡我常来——"

八路军总部王家峪，

红色线路是品牌。

驻足仰望砖壁村，

一砖一瓦长青苔。

在这里，总司令亲手把那红星杨栽，

红星杨高耸云天多少载，

红色血脉流不尽，

融注了一代又一代。

你看那：为了传承好下一代，

红色讲解员从咱小学生里筛，

红领巾仰起小脸把头歪，

八路军帽子周周整整戴起来，

绘声绘色讲故事，

感情投入真乖 真乖。

前沟之恋乡村游，

色彩斑斓久徘徊。

簇簇大棚遍花海，

老区人民富起来。

羊肥小米装满袋，

羊肚菌儿好食材。

软绵绵枣糕小车推，

农家乐家家户户发了财。

老爷爷笑得合不住嘴，

老奶奶舒展眉头乐开怀。

小媳妇跳着花鞭舞，
齐刷刷把那红缨缨甩，
红肚兜系上红丝带，
踩着节拍扭起来。
唱不尽咱武乡开花调，
嗨不够美好生活入梦来。

今日老区雄心在，
美景全靠人剪裁。
红色血脉添异彩，
满山笑得石头开。
看不尽：老区新貌满目彩，
学不尽：太行精神壮胸怀。
品不尽：百姓过上好生活，
叹不尽：三观教育的好素材。
禁不住，拿起拖把当画笔，
挥毫泼墨，大笔一甩
画不尽，绚烂多彩的新时代，
红色武乡我还来！

红色谍报员

"长子有座北高庙，离天只有四指高"。这句流传了千百年的民谚，不仅说明了长子北高庙的高度，也流露出长子人的自豪。北高庙位于长子县城之北，因其状似熨斗，故又有"熨斗台"之称。

北高庙海拔千米以上，地势险要，易攻难守，在现代战争史上曾是上党战役主战场之一。

北高庙内矗立着一块块石碑，石碑的背后浓缩了英雄的故事，一块块石碑的背后，都是鲜血染红的印记。你看，这块刻有刘树枝的石碑，就记录着红色谍报员刘树枝的顽强、勇敢和智慧。下面，就让我们走进刘树枝的心中，去感悟一位英雄的爱国情怀。

刘树枝，1922 年出生于长子县西寺头村的一个农家。他 1938 年投身抗日，1939 年加入中国共产党，在艰险的环境里默默地为党工作着。1939 年 8 月，日寇铁蹄进了长子县城，一夜间，长子陷入了水深火热之中。刘树枝看在眼里，恨在心头，于是，他带领群众拔据点、切电线、炸公路、截军火、灭汉奸。1939 年冬天他打入敌人内部，由于他仪表端庄、语言流利、心眼精明，很快取得敌人的信任和重用，被提拔为日伪驻宋村据点的警备队班长和鲍店据点的情报班长。刘树枝利用职务之便，多次为抗日政府提供重要情报，使敌人的行动和计划一次次破灭，令日寇胆战心惊。

1944 年，由于叛徒告密，刘树枝不幸被捕。

在狱中，敌人对刘树枝进行了残酷的严刑拷打，刑讯逼供，皮鞭、老虎凳、辣椒水都没有让刘树枝屈服。1945 年 1 月，在敌人彻底绝望后，终于将刘树枝押上了刑车，从县监狱门前到城西关刑场，一路上，刘树枝没有沮丧和恐惧，他昂首挺胸，一身正气，满脸微笑，不像赴刑场的囚犯，倒像是出征的大帅。

刘树枝所到之处，群众便自动让开一条很宽的通道，像迎接凯旋的勇士。人们的视线随着刘树枝移动着，有的叹息，有的垂泪，有的甚至失声痛哭，更多的则是敬仰和赞许。刘树枝慷慨陈词："父老乡亲们，鬼子为啥那样恨我、抓我、杀我？就因为共产党和他领导下的八路军是一支爱国抗日的力量，

39

上篇

我们打碎了鬼子侵占中国、灭亡中国的梦想，就因为他们怕我们，你们看，一个刘树枝就把他们吓成这样，如果全县人民、全国人民在共产党的领导下团结起来，这力量有多大！父老乡亲们，团结起来吧，紧紧跟定共产党，抗战到底，把鬼子赶出中国去。""打倒日本帝国主义！""中国共产党万岁！"

惨无人性的鬼子把刘树枝吊在一棵松树上，长刀、马刀、刺刀、大砍刀，向刘树枝砍去、刺去。他们砍去了刘树枝的耳朵，割掉了刘树枝的双手，挖去了刘树枝的眼睛，割掉了刘树枝的舌头，甚至一个小鬼子竟丧心病狂割去了刘树枝的生殖器——

刘树枝壮烈牺牲了，山河垂泪，日月同悲——

1945 年 9 月，英雄的子弟兵踏着烈士的足迹，消灭了驻守长子的日寇，解放了长子城。

今天，长子北高庙烈士陵园，碧草青青，祥云凝瑞，古柏参天，百鸟和鸣。北高庙已拂去了昔日的尘灰，它在向游人诉说着英雄的故事，述说着刘树枝那颗忠于党、忠于祖国、忠于人民的高尚情操。拾级而上，抚摸烈士的墓碑，凝望烈士的名字，咀嚼烈士的故事，热泪盈眶，热血沸腾。那段岁月烽火已化为永恒的信念，那段英雄的史诗已融入心中的血脉。

北高庙见证了抗日烽火，见证了解放战争，见证了社会主义建设，见证了改革开放的累累硕果。这正是：

> 昔日长子染烽火，
>
> 名垂青史英雄多。
>
> 战场杀敌不怕死，
>
> 冲锋陷阵不唯诺。
>
> 块块石碑写忠魂，
>
> 石碑里镌刻英雄的歌。
>
> 不忘初心报答党，
>
> 告慰烈士莫蹉跎！

第二章

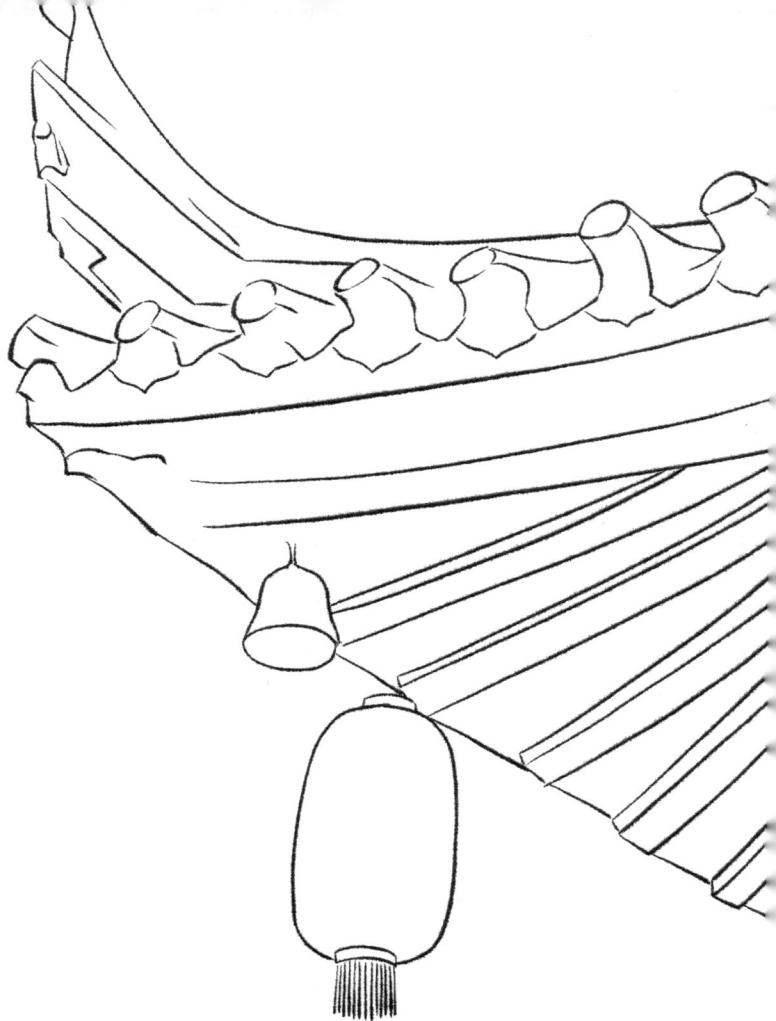

家国情怀

JIAGUOQINGHUAI

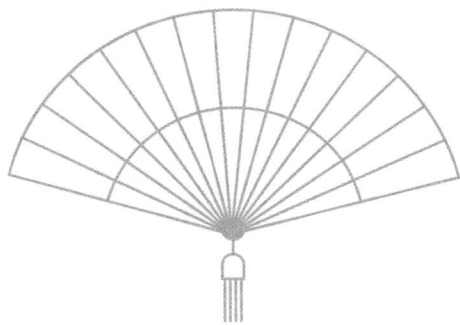

大厦之门

大厦之门四海飘香

气势如虹放射华光

闭塞岛蜕变自由港

擘画蓝图绘了新妆

笮笃夜色新景爽朗

跨岛发展海港谱绘华章

一带一路未雨绸缪

大厦之门喜迎八方

碧波荡漾

白鹭翱翔

美景赏

日光岩云海苍茫

鼓浪屿上鸟鸣唱

鼓浪屿内赏花香

鼓浪屿下拨琴瑟

鼓浪屿品味醉诗行

梧桐木引来金凤凰

大厦之门喜降吉祥

琏呀柳来罗

柳琏来罗

好欢心 好欢心

哎呀 擘画铸辉煌

哎呀 擘画永续铸辉煌

宝岛行

暮秋海峡邀相约，
两岸交流曲扬播。
漂洋过海传乡韵，
南腔唱来北调和。

曲艺走进大学堂，
又与老人共欢乐。
手舞足蹈有学子，
耄耋寿仙溢酒窝。
热泪盈眶含情脉，
一曲天籁泛碧波。

宝岛一路欢声唱，
曲艺种子尽光泽。
天边云霞汇彩墨，
灿若群芳满城郭。
海浪拍岸做信使，
乡情传播一车车。
中华曲艺根脉深，
龙的传人牵爱河。

昨夜我饮杯醉人的酒，
魂牵梦萦荡心窝。
海峡曲艺欢乐汇，
手足同胞融爱河。

今宵我有个狂癫的梦，
梦里笑容似云朵。
梦中笑，乡风乡韵凝乡情，
梦中忧，句句乡愁难割舍。
梦中动，艺播种子入沃土，
梦中歌，曲苑群芳八仙桌。

心融乡土掘源流，
心思乡愁意广博。
饱含乡情存友谊，
溢满香味醉心窝。
鼓瑟琴弦尽欢乐，
牵出乡思一摞摞。
曲艺流布路广远，
今朝两岸融爱河。
传承曲艺有重托，
坚守曲艺莫蹉跎。
扎根沃土创精品，
走好正路布恩德。

宝岛行，海峡两岸歌连歌，
宝岛醉，今朝离别难割舍。
宝岛思，打造精品为人民，
宝岛乐，水乳交融奏凯歌。

中华曲艺根脉深，
一脉相承盼和谐。
两岸曲艺共繁荣，
期盼团圆唱新歌。

那山那水那乡愁

情切切，意悠悠，
那山那水那乡愁。
山沟沟里通火车，
小火车，载着欢乐一路游。

一路游，一路瞅，
一路惊喜在心头。
花香草绿山峦竞秀，
小溪清澈绿水长流。
烟柳画桥风帘翠幕，
光影流年风情尽收。
白墙黛瓦小桥流水，
度假休闲亭台阁楼。
山中野味乐享不够，
天籁之音萦绕心头。
湖光山色芳草竞秀，
蛙鸣燕啼醉清幽。
绿水青山就是金山银山，
人间仙境画中游。
一湖湖泉水照倩影，
一坡坡鲜花落满沟。
一片片葱茏看花眼，
一声声赞叹泪花流。

想当年，开山挖矿伐森林，
荒山秃岭愁净留。

45

灰尘笼罩栖息地，
乌烟瘴气堵心头。

今日我把美景赏，
青山绿水把魂勾。
鸟儿欢，鸣啾啾，
看山望水留乡愁。
飞腾跳跃群鸟舞，
欢聚嬉闹唱不休。
千鸣百啭奏交响，
青山绿水溢歌喉。
南腔唱来北调和，
金声玉律唱春秋。

唱不尽，祝福无限思绵绵，
唱不尽，华夏神州情悠悠。
唱不尽，奋斗染绿山和水，
唱不尽，民殷国富乐九州。

中国梦，一幅蓝图绘到底，
换来这：绿山、青山、金山、银山、
幸福、快乐、美丽、富有。
那山那水那乡愁，
一路奋斗，巨龙腾飞舞神州。

老舅回乡

四十年改革开放是大事儿，
喜事一堆儿接一堆儿，
人逢喜事一疙瘩劲儿，
浑身都是精气神儿。

说的是，俺家里今天有喜事儿，
八十岁老舅要从外面回家门儿。
在机场高兴接上俺老舅，
小汽车儿发动起了身儿。
老舅说："小外甥儿，
老舅四十年没回家，
你能不能先带老舅兜兜风儿。"
"老舅呀，外甥给你当向导，
咱先绕村一圈儿回家门儿。"

一路上，老舅说话真来劲儿，
哪像八十多岁的小老头儿。
头脑清晰思维快，
就像是照相机里闪快门儿。
"孩呀孩，老舅一辈子记乡音儿，
咱老家东屋在心头儿。"
（白）老舅，你还记得咱家老东屋的样子？
"记得，记得——
老槐树下有石墩儿，
两个狮子立门庭儿。
回家要拐七个弯儿，

第八个弯才能进家门儿。

咱家住的小东屋，

一年四季不透风儿。

土房的儿，土墙头儿，

墙头上面插圪针儿。

土墙土炕土脚地儿，

炕头上面铺席的儿。

墙上还有老鼠洞儿，

房子都是泥垛的儿，

洗了衣服都凉不干，

树圪杈上面挂背心儿。

下雨房顶漏了水，

家里飘得满是盆儿。

哎？外甥呀，我怎么觉到不对劲儿。

咱家怎么没踪影儿。

你带我走进了大城市，

这哪像我记忆中的小胡同儿？"

"老舅呀：

原来的老屋早不见影儿。

时代变化赛车轮儿。

咱城乡处处面貌新，

你认不得家那可不是稀罕事儿。

去年我儿子小强上大学，

今年他放假就认不得自家门儿。

现如今，农村高楼平地起，

全都成了度假村儿。

用手一按电梯门儿，

噌地就是三十层儿，

瞭望道路观观景儿，

满城跑的小红旗儿。
现如今，农民浑身一疙瘩劲儿，
里里外外精气神儿。

老舅呀，外甥再带你美食街里走一走，
包你吃在嘴里美在心儿。
家乡的炒饼美滋滋儿，
家乡的猪头脆声声儿，
再尝尝家乡的黄小米儿，
颗颗都是小珍珠儿，
再看看家乡的合唱队儿，
唱出来都是家乡音儿。
农村有了大广场，
小路上面铺石子。
走在上面脚痒痒，
按摩脚底又健身儿。
伸伸胳膊蹬蹬腿儿，
蹦蹦跳跳踢毽子儿。
爷爷奶奶合不拢嘴儿，
天翻地覆赛车轮儿。
都说要争取活他一百岁儿，
到那时，爷爷都是小伙子，
奶奶成了大闺女儿。"

小外甥儿，城里变化这么大，
家乡就是老舅的根儿。
这次老舅不回去，
外面再好它也比不上咱农村儿。
我要和街坊邻居谈谈心儿，
要和年轻人一起跳皮筋儿。

我还要每天练习太极棍儿，
更重要，义务当个解说员手里举个小红旗儿。
要把农村的变化讲出去，
要吸引更多的外乡人儿。

老舅越说越有劲儿，
满脸笑容没皱纹儿。
老舅像个老小孩儿，
就像小孩过大年儿。
情不自禁跳起了舞，
高兴得转起了呼啦圈儿。
转了一圈又一圈儿，
转了一圈又一圈儿。
老舅笑成了娃娃脸儿。

这以后，老舅村里去转圈儿，
有空到农村去遛弯儿。
经常和邻居唠唠嗑儿，
走路可从来不罗圈儿。
你看他胸前挂个小喇叭儿，
成了正儿八经的讲解员儿。

这就是老舅回乡书一段儿，
好听的还有好几撂儿。
家乡的山水美如画儿，
经天纬地的大花园儿。

沃土芬芳牡丹王

天府金盆古蜀源，
绿水浇灌万顷田。
痴心寄情牡丹恋，
一曲幽香满锦园。

名花风骨最牡丹，
雍容华贵香满园。
争奇斗艳花烂漫，
乐坏主人杨青建。
杨青建牡丹园内放眼望，
犹如醇酒醉心田。

人常说，天有不测风云变，
人有旦夕祸福间。
这一天，电闪雷鸣狂风起，
山洪暴发掀狂澜。
牡丹园内遭劫难，
泥石流践踏在瞬间。
但只见，株株牡丹连根端，
朵朵鲜花遭摧残。
污泥浊浪撕花瓣，
狂涛肆虐牡丹园。
杨青建，捶胸顿足怨苍天：
"苍天啊，你怎狠心把花残。
俺祖辈五代把牡丹养，
你今天为何连窝端。

本计划，带领百姓靠种牡丹来致富，
岂不是，美好的愿望化云烟？
不，我不信东风唤不回，
我定要，重建天彭牡丹园。"

于是他，扛起镢头进了山，
漫山遍野去找牡丹。
渴了喝口清泉水，
饿了啃块干馍团。
白天烈日当头照，
夜晚星星来做伴。
不怕悬崖路陡峭，
不怕虎狼藏山间。

这一天，为找牡丹到茂县，
顺住了崎岖山路往上攀。
突然间，狂风大作电光闪，
轰隆响雷震山川。
瓢泼大雨从天降，
杨青建赶紧往下返。
坡陡路滑站不稳，
咕噜一声滚下山。
杨青建，杨青建，
你苦苦追寻为哪般？
上有爹娘等，下有儿女盼，
盼你早早回家转。
青建慢慢睁开眼，
原来是，大难不死被树枝拦。
止不住流出辛酸泪，
看来是，注定我不该归黄泉。

定定神，忙给妻子打电话，
他妻子带人到山间。
众人救起了杨青建，
夫妻俩紧紧抱一团。
他妻子忍不住悲声放，
又是疼来又是怨：
"他爹呀，嫁给你整整四十年，
你白天想，夜里念，
满脑都是养牡丹。
到如今，五代牡丹全毁掉，
看来是，牡丹和咱没有缘。
狠狠心咱放弃吧，
另谋新路咱重开端。"

"老婆呀，怎能说放就放下，
牡丹和咱有情缘。
祖祖辈辈养牡丹，
多少感动在眼前。
咱说好，立志要做领头雁，
带领大家养牡丹。
家家户户都来种，
让咱的，美丽家乡换新颜。
到如今，遇到困难就回头，
青建我实在心不甘，
只要初心不改变，
花神定会眷顾咱。"

说话间，一股浓香扑鼻里，
花香四溢醉心田。
夫妻俩顺着香味走过去，
一幅美景在眼前。

但只见：

怪石嶙峋的断崖上，

苍干古藤花绚烂，

其中一株最耀眼，

独自傲立悬崖边，

祥云青花大如碗，

富丽堂皇金玉盘。

枝繁叶茂色斑斓。

雍容华贵竞自然。

呀！

这就是，牡丹绝品金腰楼，

独树一帜在眼前。

杨青建激动的腿打颤，

跌跌撞撞迎牡丹。

"从小我就把你恋，

想不到失而复得又出现。

我定要把你请回去，

绚丽花开牡丹园。"

到后来，杨青建全国各地都跑遍，

把各种牡丹引家园。

手把手地传技术，

全村建起了牡丹园。

把牡丹做成产业链，

多种产品映眼帘。

花蕊茶，溢清泉，

丹酒飘香醉心甜。

牡丹油，香清远，

牡丹面膜细嫩鲜。

丹皮炼丹清明目，

保健美容把活力添。
群众们，靠种牡丹致了富，
夸青建产业路上好领班。

这正是：一曲乡韵牡丹恋，
天府金盆唱牡丹。
双手浇开幸福花，
美丽乡村凯歌传。

仙翁山上梨花梦

仙翁山上郁葱茏，
满目梨花醉心中。
金山牵着乡情走，
一曲乡韵撼苍穹。

唱的是，第一书记张小龙，
精准扶贫丹朱行，
他第一次走进仙翁岭，
挨家挨户摸实情，
村民说到了烦心事，
提起来仙翁上的梨树都头疼。

"书记呀！咱仙翁山上水土好，
大黄梨长得水灵灵。
个头长得圆又大，
口味酸甜糖分浓。
咬上一口酥又脆，
能治咳嗽可不是捧。
只可惜，上千棵梨树生了病，
任由它自生自灭无人疼，
这家砍梨树做家具，
那家劈柴一窝蜂。
光秃秃的沟沟光秃秃的岭，
冰凉凉的心窝冰凉凉的穷。
守着那大锅搅日月，
大锅里映出满愁容。

苦日子何时能熬到头，
何时才苦尽甘来显葱茏。"

张小龙独自走在梨树地，
满目萧条寒气生。
他摸着梨树成枯枝，
满是窟窿揪心疼。
他双手搂住老梨树，
禁不住，两行热泪溢胸中。
"梨树呀：
你本有绿叶却脱了顶，
你本有树皮却爬满虫。
你本是挺拔把腰弯，
你本是茂盛却孤零零。

曾记载：咱村梨树多悠久，
辉煌的历史多光荣。
曾给朝廷进过贡，
曾给抗战立过功。
十四年抗击小日本，
你让战士们争先锋。
春天里，漫山遍野梨花开，
田埂上，蜜蜂飞舞嗡嗡嗡。
秋天里，黄生生大梨枝头挂，
金黄遍野像灯笼。
可眼下，满目萧条梨树岭，
您何时才能展雄风？"

小龙他亲吻着梨树满含泪，
拯救梨树凝乡情。

这家跑来那家转，

家家户户摸实情。

最后把主意来拿定，

办梨花节，誓让仙翁山展雄风。

话语一出炸了锅，

风凉话一股脑浇来眼发蒙。

"你小子可别吹大话，

千万可别瞎逞能。

几百亩梨树都是病，

梨疙瘩里面满是虫。

除非你有回春术，

我劝你，老老实实别生风。"

"爷爷呀！咱们村自古以来古迹多，

神奇的传说数不清。

两亿年前的树化石，

光耀华夏史册中。

张果老脚穿一金靴，

双脚踏出仙翁岭。

仙翁山是个聚宝盆，

咱不能守着金盆辈辈穷。"

句句话，字字情，

一颗丹心捧忠诚。

苦口婆心来劝导，

铁石心肠化坚冰。

他四方外出求技术，

请来专家进村中。

他动员全村刮腐病，

亲自趴在树上不歇停。
精心治疗了两个月，
一棵棵梨树逢春生。

人间四月花正红，
仙翁山八方游客来聚拢。
梨花绚烂仙翁岭，
游客竞相赏花容。
画家泼墨梨花颂，
诗人笔端梨花情。
琴师拨弦梨花醉，
摄影陶醉梨花灵。
到秋天，果实累累丰收景，
仙翁山迎来众宾朋。
黄生生的秋梨枝头挂，
一辆辆运输车辆摆长龙。
村民靠种梨树致了富
都夸那第一书记张小龙。

这正是：第一书记的梨花梦，
金山倾注梨花情，
精准扶贫奔小康，
千年古县展雄风！

一带一路赞法显

郁郁葱葱仙堂山，
巍峨高耸插云端。
一带一路唱法显，
万古流芳美名传。

唱的是，东晋高僧名法显，
他土生土长在襄垣。
想当年，瘟疫苦痛遭灾难，
他三岁出家进寺院。
十二岁剃度为僧侣，
苦读经卷数十年。
只因佛经多缺失，
谬误流布多疑难。
法显他不顾雪眉霜鬓染，
六十岁，毅然取经天竺边。

戈壁险滩路遥远，
大漠荒沙无人烟。
他用死人枯骨做标记，
路行坎坷爬雪山。
葱岭流沙遇灾患，
壁立千仞寸步艰。
千仞石壁手磨烂，
万丈悬崖行路难。
饿虫猛兽喷血眼，
垂涎三尺命难全。
法显他承受着苦难和考验，

咬定目标肯登攀。

一路走，一路探，
虔诚膜拜动地天。
广参圣迹仰目瞻，
叩问灵魂祭先贤。
蝇头小楷抄经典，
六部经卷凝笔端。
完成了抄录经卷大伟业，
声震佛教誉经檀。
僧友请他留天竺，
他毅然回国忠魂牵。
船队离开狮子国，
恶浪暴雨把船翻。
法显祈祷诵佛经，
不畏生死护法严。

历经多年终回国，
弘扬佛法爱无边。
不愧是一带一路的拓荒者，
《佛国记》永载史册满人间。

时光流逝多少年，
法显精神代代传，
今有晋商兴伟业，
广开恩德积善缘。
一带一路喝不尽，
千秋中华凯歌传。

上篇

第三章

SHIDAIFENGCAI

时代风采

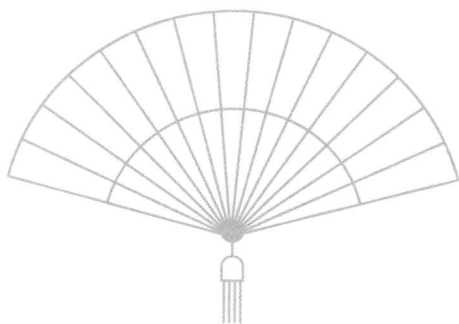

巴中美

峰峦那个叠嶂呀紧相随，
诺水河天然盆景尽朝晖。
我甩开嗓门儿唱一曲哎，
唱一曲巴中美来巴中美。

巴中的绿色实在是美，
层林尽染彩云追。
翠峰招手游人乐，
野花缠绵不愿归。
移步换景闻香醉，
不觉疲惫不盼回。

诺水一绝楼房洞，
别有洞天显神威。
鬼斧神工谁雕琢，
天下奇观赛峨眉。
进溶洞，恰似帷幕开场戏，
幕幕景观竞朝晖。

钟乳石，瀑布群，
宫灯高悬相依偎。
石柱林立人敬畏，
人兽飞鸟堪比谁。
妙趣横生似彩绘，
绘不出云蒸霞蔚与天飞。

瑶池仙境走一回，
谁不心动叩心扉。
群贤聚会狮子洞，
游人遐想抬笔挥。

笔举起，手难挥，
心潮澎湃热血沸。
神赐景观卧福地，
圣地虔诚坚不摧。
正是万物吐花蕊，
恰似虹霓竞崔巍。

巴中的民歌听起来美，
原汁原味都是沃土培。
各个都是民歌手，
小曲儿一唱醉心扉。

你看那，大哥首先亮起嗓，
嗓门一吊振惊雷。
大姐随后台上登，
展现出丰收的景象硕果累。
老艺人放开歌喉深情唱，
丝丝入扣笑扬眉。
你方演罢我登场，
俊妹子民歌声声绽新蕾。
一曲曲民歌传承好，
原生态根脉铸丰碑。

民歌最喜唱情歌，
一曲情歌舒展眉，

珠联璧合男女对，
好似那甜蜜果实喜雨催。
这歌声：
唱出了，巴中人的好生活，
表达着，和谐巴中战鼓擂。
演绎着，皇天后土多深邃，
激荡着，民风淳厚大作为。

巴中的野味尝起来美，
绿色天然没化肥。
银耳香菇野木耳，
那个不是山里培。
泉水滋润多清澈，
山花烂漫吐芳菲。
手提篮子挖野菜，
山歌相伴天上飞。
色香纯正的山里味，
捧出了淳朴巴中心相随。

水清芳草茂，
山碧彩云归。
丹青增瑞彩，
难掩意深邃。

表不尽的巴中美，
内心激荡莫恭维。
道不尽的巴中美，
恢弘大戏启帘帷。
女娲炼就五彩石，
巴中美景日月辉。

众人划船融智慧，
瞄准目标奋力追。
万里山河披锦绣，
九州魅力我夺魁。
这正是，一曲鼓韵巴中美，
为巴中美好的明天干一杯！

沁河源

太岳巍巍贯入云，
千里沁河日夜奔。
鼓敲弦拉抚琴韵，
唱一曲，沁河源流处处美。

千里沁河根脉深，
魂牵梦萦贯古今。
大美无言胸怀襟，
塑造出，质朴善良的沁源人。

沁河文化积淀深，
多姿多彩多深沉。
书写出沁河源头辉煌史，
浪花里飞出欢乐的音。

灵空山峻松柏翠，
群峰凸起飞珍禽。
山间溪流喷珠玉，
气势磅礴万里云。
松涛林海似绿锦，
草长莺飞石嶙峋。
菩提古寺群峰绕，
晨钟暮鼓震山林。
人间仙境看不尽，
咱真想，化作神仙踏祥云。

人间仙境细细品，
思绪飞扬故地寻。
山川钟秀高人出，
绵山忠孝介子推。
琴高真人山归隐，
羽化琴山有庙门。
唐太子李侃尘于庙，
佛成菩萨仰天尊。
历代文人多遗迹，
墨客感怀著诗文。
思绪翻卷心潮滚，
叹不尽，钟灵毓秀醉满心。

革命老区燃火种，
英雄业绩铸丰碑。
八路军，高山深壑勇作战，
游击队，山村农舍布地雷。
空室清野是法宝
同仇敌忾困敌人。
将帅辗转太岳山，
消灭倭寇在山林。
彪炳史册著伟业，
毛主席信笔赞围困。
赞不尽，英雄的沁源英雄的人民。

康养圣地满目荫，
三晋绿肺吐纳新。
沐浴乡风观村镇，
粉墙黛瓦掩绿荫。
抬眼望，白鹤苍鹭伴黑鹳，

三大仙鸟飞彩云，
俯视看，鲤鱼泥鳅傍河蟹，
千鱼跃波嬉语频。
"东方宝石"褐马鸡，
谁料想，世界珍禽在咱沁源奔。

风情相融催声韵，
竹韵金声觅乡音。
晋剧蒲剧和花鼓，
历史渊源文脉深。
沁源秧歌唱不尽，
宛若天籁日日新。
山乡土味多豪爽，
是咱祖先留下最美的音。
还有那说嘴三弦书，
艺人们走乡又串村。
唱不尽从艺心酸史，
唱不尽，光棍汉脱单又脱贫。

沁源的野味随处寻，
佳肴野味入心扉。
曾有那，南乡小米朝堂贡，
土蜜花甜莜面醇。
粉条粉皮誉三晋，
裕源牛肉味道纯。
还有那沙棘木耳野生菌，
心陶醉，山沟沟成了聚宝盆。

沁源小吃尝起来美，
制作精良溢芳菲。

69

上
篇

绵上酥饼脆生生，

邓氏火烧土炉熏。

各色各样面塑品，

众口称赞拇指伸。

如意桃榴和佛手，

活灵活现压花纹。

薄片片莜面栲栳栳，

热腾腾，蘸上卤汁香喷喷。

沁河之源千里骏，

留住乡愁留住根，

剪纸刺绣炕围画，

木刻烫画儿蕴意深。

二龙戏珠滚绣球，

龙凤呈祥绣麒麟。

金钱眼枕头构思巧，

嘿嘿——钱眼里钻出俩财神。

一年年冬来一年年春，

沁河悠悠那个碧波粼粼。

千里沁河承载美，

祖祖辈辈唱乡音。

这乡音，珠玉跳跃沁河醉，

这乡音，拨动琴弦荡心扉。

这乡音，热浪翻滚心潮涌，

这乡音，暖暖真情表寸心。

表寸心，情意真，

千里沁河尽显美。

山也美，水也美，

山美水美人更美。
乡也美，村也美，
大美沁河日夜奔。
一个个经典说不尽，
我的家乡沁源美！

留住春光

家乡美来那个美家乡，
家乡自古不寻常。
今天我把家乡唱，
唱一曲，干群共建和谐乡。

麟绛大地李高乡，
北宋村祖祖辈辈我的家乡。
这里民风淳厚人良善，
是远近闻名的和谐乡。

你看那：柏油马路多宽敞，
桃红绿柳树两行。
沟沟坡坡来观赏，
牡丹月季吐芬芳。
万方垃圾被清理，
垃圾场改造成小广场。
健身器械整齐摆，
就像走进练功房。
老爷爷来这压压腿，
老奶奶哼着道情唱吉祥。

当你走进北宋村，
迎风扑面文化墙。
文化墙记载着多少事，
文化墙里把故事藏。
革命道路路遥远，

北宋村涌现好儿郎。

十二名为国捐躯把命献，

以德立身记心房。

一代代家风流传远，

好人情怀满山庄。

你看那：高保文、冯连科，贾汉英、刘建明，

模范家庭在领航。

郭建忠是个好父亲，

好妻子徐先英勇担当。

好丈夫郭六成不畏苦，

好媳妇翠兰孝敬娘。

满墙文化都是正能量，

一曲乡音唱悠扬。

一路走，一路赏，

一木一花吐芬芳。

乡贤榜，孝悌榜，

文明乡风满长廊。

自古咱村讲孝道，

哪个媳妇不叫娘？

病床前头孝子多，

全家最数媳妇忙。

老奶奶笑得合不拢嘴，

北宋村真是一个长寿乡。

一份情，一份爱，

一分勤劳吐芳香。

治顺治美治彻底，

沟坡迎来好风光。

牡丹醉，芍药香，

连翘月季扑鼻香。
菊花园，游乐场，
垂钓采摘还观光。
西红柿只有指头大，
黄瓜干脆嚼着香。
呀！惊呆了，帅呆了，美呆了，
摆个萌呆照张相，
留住乡愁好春光。

好春光，满山乡，
一曲乡韵赞吉祥。
清清嗓子道情唱，
道情婉转歌飞扬。
一曲颂歌献给党，
颂歌一曲赞家乡。

梨花情

人生道路走匆匆，
乡情乡韵分外浓。
月琴碰铃八角鼓，
唱响一曲梨花情。

唱的是，第一书记史小兵，
精准扶贫老区行，
他敬重来到红色地，
详详细细摸实情
村民说到了烦心事，
提起老梨树都头疼。

"书记呀，因为咱上司乡水土好，
大黄梨长得水灵灵。
个头长得圆又大，
口味酸甜含糖浓。
咬上一口酥又脆，
能治咳嗽可不是捧。
只可惜，上千棵梨树无人管，
由它自生自灭无人疼
这家砍梨树做家具，
那家劈柴一窝蜂。"

史小兵独自走在梨树地，
满目萧条寒气生。
他摸着的梨树成枯枝，

满是窟窿揪心疼。
他双手搂住老梨树，
禁不住，两行热泪溢胸中。
"梨树呀：
你本有绿叶却秃了顶，
你本有树皮却爬满虫。
你本是挺拔却把腰弯，
你本是茂盛却孤零零。

曾记载：
咱村你辉煌多悠久，
辉煌的历史多光荣。
您曾给宫廷进过供，
您曾给抗战立过功。
八年咱抗击小鬼子，
战士们吃了争先锋。
春天里，漫山遍野梨花开，
田埂上，蜜蜂飞舞嗡嗡嗡。
秋天里，黄生生大梨枝头挂，
金黄遍野像灯笼。
可眼下，满目萧条的梨树岭，
您何时才能展雄风？"

小兵他亲吻着梨树满含泪，
拯救梨树凝乡情。
这家跑来那家转，
家家户户摸实情。
最后把主意来拿定，
办梨花节，要让岭头展雄风。

话语一出炸了锅，

风凉话一股脑浇来眼发蒙。

"你小子可别吹大话，

千万不可瞎逞能。

几百亩梨树都是病，

梨疙瘩里面全是虫。

除非你有回春术，

我劝你，老老实实别生风。"

"爷爷呀！咱们村唐代以来古迹多，

传奇的故事数不清。

咱村对革命战争有贡献，

涌现出支前模范出粮兵，

这都是咱的好资源，

咱们可不能看得轻。"

句句话，字字情，

一颗丹心捧忠诚。

苦口婆心来劝导，

铁石心肠化坚冰。

他四方外出求技术，

请来专家进村中。

动员全村刮腐病，

趴在树上不歇停。

精心治疗了两个月，

一棵棵梨树逢春生。

人间四月花正红，

岭头村八方游客来聚拢。

梨花绚烂山头岭，

游客竞相赏花容。
画家泼墨梨花颂，
诗人笔端梨花情。
琴师拨弦梨花醉，
摄影陶醉梨花恭。
各级媒体都报道，
梨花古村一炮红。

果实累累到秋景，
岭头村迎来众宾朋。
黄生生的秋梨枝头挂，
一辆辆运梨车摆长龙。
百姓靠梨树致了富，
老百姓笑得合不拢。
纷纷竖起大拇指，
祝福献给史小兵，

这正是：梨花景，梨花梦，
梨花牵着老区情。
乡风乡韵唱不够，
唱不够，太行人民的梨花情！

华夏梦圆

尧天舜日五千年，
源远流长天地间。
峻岭三山撼五岳，
江河滚滚浪冲天。

望长空，白云红日千秋艳，
舒望远，社稷风清国泰安。
看今朝，举国巧手绘锦绣，
展宏图，江山多娇万里妍。

神州巨变震华夏，
雄魂激荡贯云天。
天地丰碑留砥柱，
镰锤引路指航船。

盛世中华龙添翼，
兴邦定国马跃鞭，
群情激荡放歌喉，
同舟共济扬风帆。

唱不尽，华夏儿女中国梦，
咏不够，盛世华章艳阳天。
谱不完，雄心壮志奋进曲，
敲不尽，鼓乐齐鸣月长圆。

圆出中华好日月，

圆出华夏锦绣篇，
圆出神州展风采，
华夏子孙乐无边。

盛世中华隆盛典，
欢声笑语美梦圆，
同心共筑中国梦，
辉煌中国凯歌传。

沃土芬芳

檀板声声丝弦起，
乡音浓浓唱心曲。
扎根沃土真情在，
唱一曲，人民作家赵树理。

人民作家赵树理，
流芳百世传美誉。
他以人民为中心，
在贫瘠的土地上写传奇。

你看他，戴着毡帽穿布衣。
一根烟袋别腰里，
搭着毛巾牵着驴。
田间地头留足迹，
他会摇耧会扶犁，
还会扬场编簸箕。
播种撒肥又耙地，
辛勤耕耘汗淋漓。
干农活样样都是好把式，
快乐沾满一身泥。

农村是个百宝箱，
创作源头在生活里。
白天研究搞调查，
夜晚灯下写话题。
把农民的故事写不尽，

字字句句吐心曲。

《灵泉洞》《三里湾》

《李家庄变迁》显生机。

《邪不压正》和《蟠龙峪》，

《十里店》故事不空虚。

《小二黑结婚》多细腻，

《田寡妇看瓜》无挑剔。

生动的细节难忘记，

可爱的人物荡心底。

糊涂涂，常有理，

铁算盘，惹不起，

家喻户晓的小人物，

活灵活现在作品里。

语言朴实有情趣，

文字流畅醉心仪。

清凌凌的水来蓝莹莹的天，

好像在风景如画的仙境里。

赵树理一生爱曲艺，

磨秃的笔尖写传奇。

他和农民摸爬滚打在一起，

他把农民当知己，

他把农民当亲戚。

同吃同住同劳动，

农民和他不拘泥。

在一起，乐呵呵谈天又说地，

在一起，披星戴月到晨曦。

在一起，打破砂锅问到底，

在一起，把曲艺当饭不觉饥。

就这样，巧妙构思在作品里。

就这样，快乐镌刻在生命里。

你来听：《石不烂赶车》好故事，

《考神婆》靠农民智慧来揭谜。

高平鼓书《谷子好》，

泽州秧歌唱《开渠》。

语言幽默又风趣，

字字句句接地气。

赵树理吹拉弹唱样样通，

用筷子，在碗上敲出泥土芬芳的动人曲。

曲调飘荡山窝里，

乡音乡韵古风遗。

心灵激荡受启迪，

就像那——乡间里滚打翻土的犁。

赵树理，一生坎坷求真理，

挺直腰杆不屈膝。

追求真理怀抱负，

敢讲真话不怕批。

顺境逆境都要唱，

永把人民装心底。

坎坷人生多磨砺，

历经苦难志不移。

人民至上永不变，

不愧是：堂堂男儿七尺躯。

新时代再唱赵树理，

文艺战线一面旗。

这面旗，忠于祖国忠于党，

这面旗，他与人民不分离。

这面旗，胸怀坦荡存正义，

这面旗，光辉永铸丰碑里。

这正是：人民作家赵树理，
和农民有着真情意。
他写农民，唱农民，
把农民装在他心里。
看今朝，农村发生大变化，
新时代，乡村振兴再发力。
让我们：深入生活，扎根人民，
情系百姓，和衷共济，
再谱华章唱新曲！

长治美

太行山巍巍高入云，
漳河水滔滔日夜奔。
山水相依令人醉，
唱一段，文明城市长治美。

鼓打弦拉起帘帷，
心旷神怡情相随。
人文长治群英汇，
汇聚经典大有为。
《左传》炎帝话神农，
九死一生日月辉。
《山海经》里颂精卫，
化作神鸟仰天悲。
羿射九日不畏退，
神州大地唤春回。
女娲补天行道义，
撼动山河日增辉。
愚公移山感天地，
千秋万代励后人。
长治经典说不尽，
五千年华夏文明史，
上党文脉夺头魁。
红色长治耀华夏，
英雄业绩铸丰碑。
十四年抗战驱日寇，

刘邓大军显神威。
小米加步枪创神话，
子弟兵摇篮立功勋。
上党战役惊中外，
载入史册震乾坤。
革命传统薪火旺，
老区人与党一条心。

天蓝地绿城乡美
魅力乡村春又回。
篱笆墙上插花卉，
干净整洁不乱堆。
羊肠小道铺石子，
按摩脚底又健身。
美丽乡村泥土香。
真净呀——
脚底不沾一点儿灰。

全域旅游成风景，
乡风和谐八面吹。
采摘园，农家乐、
绿色饭菜一大堆。
土鸡蛋，炒圪垒，
榆钱槐花拌香椿。
蒲公英苦菜灰灰菜，
马齿苋凉拌香喷喷。
长子炒饼猪头肉，
武乡枣糕小车推。
长治县猪汤真可口，
沁县干膜层层脆，

长治小吃美不美？
美！
看一眼馋得你流口水。

听一段鼓书真陶醉，
民风民俗乡音纯。
拉起胡胡打起鼓，
说一个小段儿逗死人。
潞安大鼓唱《奇巧》，
襄垣鼓书《抢财神》。
沁州三弦《马王爷》，
长子鼓书真牛呀——
唱着《腊月天儿》走出国门。

走出国门不是吹，
更多的非遗一大堆。
剪纸绣花和堆锦，
手工泥塑捏成人。
核桃壳上雕刻花儿，
叶子上雕一对小两口甜甜亲了个嘴。
手工绣，虎鞋虎帽虎肚兜，
真逗呀——
虎爪还抱着俩财神。

太行经典长治美，
招来了许多外国人。
"哇塞！哇塞！哇塞！就是美，
来了长治不想回。"
魅力长治迎众位，
四通八达有高轨。

更有飞机多航线，

无论是：北京、天津、上海、

南京、深圳、厦门、海口、

重庆、广州、福州、桂林、

杭州、海南、大连、三亚、昆明，

魅力长治欢迎您！欢迎您！

牡丹绽放撒芬芳

中华曲艺源流长，
曲种纷呈绽芬芳。
勾栏瓦舍评天下，
街头巷尾说沧桑。
琴筝弦鼓匡民意，
说学逗唱话兴亡。
中华传统文脉远，
薪火相传万古长。

（白）相声、快板、快书、数来宝，评书、评话、评弹、莲花落，北京琴书、长子鼓书、四川竹琴、三弦书，京韵大鼓、潞安大鼓、凤阳花鼓、太平鼓
中华曲艺源远流长，大气磅礴，荡气回肠。

长江后浪推前浪，
牡丹绽放百花香。
深接地气唱人民，
讴歌时代放光芒。
一曲鼓韵意悠远，
乡风乡韵赞辉煌。
四海一派繁荣景，
祖国富强民安康。

（白）相声、快板、快书、数来宝、评书、评话、评弹、莲花落、北京琴书、长子鼓书、四川竹琴、三弦书、京韵大鼓、潞安大鼓、凤阳花鼓、太平鼓，中华曲艺薪火相传，牡丹绽放，谱写华章！
（该作品在中央电视台"我爱满堂彩"的舞台上得到展示）

国色天香

峥嵘岁月写华章，
万里山河寻花香。
玉叶千层溢清远，
富贵牡丹，国色天香

感人心，历尽贫寒血雨沧桑，
历史血脉万古流芳。
唐之京洛，宋之天彭，皇家庭院，百姓茅舍，
溪流相映照花王。
春夏秋冬季，
根茎叶脉香。
烂漫烟花里，
仙境绽芬芳。
繁花竞盛争奇斗艳，
野趣横生富丽堂皇。

最难忘，山崖相伴，胭脂血泪，
苍干古藤，天骄寻丈，
饱尝艰辛品自强。
锦地绣天凝金蕊，
灿烂云海溢苍莽。

古往今来，心驰神往，
倾城千古自流芳。
你看那，花州、花村、花桥、花韵、
花园、花圃，花烂漫，

到处是，灿若烟花，一泻汪洋。

唯有牡丹真国色，
寄语花神喜欲狂。
蘸取花香溶画笔，
掬来春色满行囊。
画不尽，万里春光牡丹艳，
书不尽，满城芳香醉诗行。
唱不尽，龙腾盛世新时代，
祖国富强，圆梦小康，共铸辉煌！

巴山歌

春光明媚云朵朵，
相约巴山莫蹉跎。
一路葱绿满山笑，
一路动听歌连歌。

夜幕降临燃篝火，
喜听巴山背二哥，
九道拐，茅山歌，
石工号子多快活。
缠绵月儿落西下，
曲曲民歌乐心窝。

歌曲都是原生态，
歌手随口莫思索。
小曲都是山里货，
醉在心里乐呵呵。
不说波澜多壮阔，
都能倾吐民喉舌。
哪个不是正能量，
哪个能说打九折？
唱出百姓的心里话，
唱出咱红心一颗颗。

唱罢民歌唱红歌，
红歌声声醉满坡。
恩阳古镇多清净，

这里更多石头歌，
石头刻印民情怀，
石头捧出红军歌。
拥护红军血脉连，
红军万岁震山河。

抚摸石头听诉说，
石头诉说风雨磨。
多少志士热血流，
鲜血滚涌冠巍峨。
金戈铁马路坎坷，
浴血奋战现恩泽。
红色政权结硕果，
军民连心载史册。

一路走来一路歌，
巴山秀美震山河。
仰望川陕根据地，
路漫水长壮魂魄。
犹见飞箭关山越，
千里巴山同心德。

将帅碑林多壮阔，
泪满双眼震魂魄。
头枕青山仰大地，
亲吻清泉解饥渴。
魂归巴中听鸟语，
醉心花香爱祖国。

今日我唱巴山歌，

文化播种荡绿波。
围绕核心价值观，
怎能匆匆当过客？

学习文化解饥渴，
陶冶情操更沉着。
待到秋日硕果累，
再唱一曲巴山歌。

看大桥

宝塔山巍峨气如虹，
延河水奔流映碧空。
延河桥落成要剪彩，
韩起祥家里一片吵闹声。

话说 1959 年 5 月，革命圣地延安在宝塔山下新修起一座延河大桥，为庆祝大桥落成，民间盲艺人韩起祥决定编一段新书段作为献礼节目。他能摸到桥面，却看不到桥底。于是他让儿子给他腰间绑一条又粗又长的绳子吊在桥下，他要亲自摸桥，引来了全家人的竭力劝阻。

"老汉你不要太逞能，
老天爷只给你一条命。
桥面上摸摸足可以，
吊下去摸桥绝对不行。"
"爸，弟弟年轻气又盛，
可替你桥下走一程，
他看得比你更仔细，
他摸得比你还要清。"
"爸，你就相信我哥的话，
交给的任务能完成。
我一定会让你满意，
咱父子配合绝对行。"
任凭家人怎么劝，
韩起祥就是不听从。
"我说唱新书多少部，

笨方法牢牢记心中。

靠听靠问靠手摸，

靠亲自体验记心中。

咱村刚修梯田 42 层，

从沟底，我一层一层摸到顶，

从山顶，我一层一层摸下行。

非亲自走走才有底，

写出的梯田才生动。

你来听：层层梯田上高云，

苗子长得绿莹莹。

站在山头往下看，

延河桥是革命圣地一处风景，

我颂扬大桥的故事让人听。

摸到桥面摸不到底，

心里没谱我空洞洞。

把圆的唱成方登登。

把方的唱成扁拧拧，

还拿上我的三弦来弹唱，

你说我脸红不脸红。"

没办法，儿子只好带他去，

卸下了辘轳上的井绳绳。

韩起祥急切看大桥，

走起路来腿生风。

他摸到雕花栏杆刻得精，

摸到延河飞架卧彩虹。

摸完了桥面摸桥底，

儿子倒吸凉气生。

"爸，你听那延河水哗哗激流涌，

水流湍急噗腾腾。

吊下你摸桥太危险，
不妨打住快收工"
　"儿子呀，你爹把三弦当武器，
也算是文艺战线一个兵。
刚来就打起退堂鼓，
对不起三弦战士这个名。
你把井绳将我捆，
挽几个疙瘩捆我一个死蹦蹦。
把爸吊在桥下面，
爸才能把桥底来摸清。"

就这样，儿子把老爸绑好往下吊，
一寸一寸下井绳。
韩起祥把大洞洞一个一个摸个遍，
又挨个把小洞洞一个一个都摸清。
他摸着大桥心激动，
胸中一轮红日升。
不时仰头看天上，
不时侧耳认真听。
眼泪扑嗒嗒掉下来，
脸贴着石拱放歌声：
　"宝塔山红旗舞东风，
延河水滚滚流向东。
我听到延河水伴我把歌唱，
我看见宝塔山招手将我迎。
我摸出了几个石柱几个孔，
摸出了几架石梁几道缝，
摸出了汗水流了多少桶，
摸出了老茧磨掉多少层。"

爸在桥下心激动，

儿在桥上心扑通。

爸在桥下认真摸，

儿在桥上汗水拧。

爸全然忘记勒出的痛，

儿浑身上下湿井绳。

就这样，韩起祥在桥下足足摸了两小时，

延河桥深深刻在他心中。

上了桥，更激动，

他兴奋得像个小学生。

刷板板打得呱呱响，

噗楞楞的三弦一哇声。

面对着宝塔山高声唱，

唱出了三弦战士一片情：

"那一呀哈——

弯弯桥洞三张弓，

桥面好像箭雕翎，

大洞子赛过龙张口，

九连环小洞洗耳听。

左看清凉山，

右看宝塔峰，

东边连着飞机场，

凤凰山麓西边迎。

山连山，水连水，

水石相绕延安城，

平溜溜的大桥好像凤尾巴，

凌空展翅卧长虹。"

你听这字字句句多灵动，

直唱得心尖尖醉呀心口口红。
到如今，《看大桥》仍然在传颂，
那是韩起祥用手一闸一闸、一闸一闸，
摸出来的生命结晶。

这就是韩起祥看大桥书一段，
带给咱多少感动在心中。
深入生活才能写出好作品，
好作品哪个不是土里生？
深接地气有生命，
涓涓细流水长清。
不负祖国和人民，
创作沾泥土、带露珠、冒热气的时代精品，
永远留在人民心中。

幸福长治　吉祥上党

【上党梆子】

八百里太行山逶迤苍莽，

居福地久安城万道霞光。

众神仙共相聚登临上党，

按不住内心喜悦腾云驾雾太空翱翔。

【伴唱】

紫气东来凝瑞象，

福星照临降吉祥。

梧桐枝头百鸟唱，

锦绣长治似画廊。

【上党落子】

看东山，神农后裔播翠绿，

汗滴垅亩稻菽香。

望西水，羿神张弓射日处，

百谷山麓岭莽莽。

街道宽敞架天桥，

灿若彩虹云飞翔。

三河一渠多壮阔，

恰似明镜照浓妆。

观不尽，五彩斑斓靓丽景，

不愧是：南方的北方　北方的南方。

【襄垣秧歌】

流光溢彩耀上党，

南腔北调颂家乡。

太行山，峥嵘岁月雄远古，

漳河水，大浪淘沙诉衷肠。

晋商地，魅力引来四方客，

英雄城，丰碑永驻挺脊梁。

莺燕舞，百鸟朝凤放声唱，

唱不尽，龙腾虎跃，春满上党降吉祥。

【豫剧】

降吉祥，精神爽，

众位神仙喜若狂。

王母摆出蟠桃宴，

神农播谷酿琼浆。

嫦娥精卫舒广袖，

羿神挂箭气轩昂。

蘸取花香溶画笔，

掬来春色入诗囊。

上党古城多壮美，

人民勤劳又善良。

太行精神播火种，

红色血脉永流芳。

盛世景象堆锦绣，

欢声笑语，一路凯歌到小康。

【伴唱】

人杰地灵数上党，

山清水秀民安康。

春风满座祝上党，

共祝愿：河清海晏，长治久安，吉祥上党，灿烂更辉煌！

小米情

县长代言小米黄，
推介感动经销商。
精准扶贫创新路，
老区小米出太行。

说的是，天高云淡景色爽，
中州大地峰会忙。
美味中国品牌会，
汇聚了南来北往众客商。
这时候，论坛上走来人一个，
面带微笑开了腔。
俺给老区小米做推广，
实事求是不夸张。
老区小米寒地里长，
阳光照耀干圪梁。
冬暖夏凉绿成荫，
一年四季没有霜。
天然生长纯绿色，
被誉为太行山上珍珠黄。

金珠子，金珠王，
金珠不换武乡黄。
颗粒圆，晶莹亮，
吃来软绵满嘴香。
熬稀粥，做焖饭，
不就咸菜也很香。

俺老区小米最养胃，

治脾胃虚弱身体强。

老区小米降三高，

清热养阴又壮阳。

更重要，小米生在红色地，

小米加步枪的品牌美名扬。

（白）我叫张志鹏，是上级派驻武乡任扶贫挂职的副县长，

我愿为老区小米做代言，在这里，一点也不敢欺骗众客商。

经久不息的掌声响，

雪片似的订单都盖了章。

百感交集的张志鹏，

一行行热泪溢眼眶。

难忘记，人间最美四月阳，

张县长扶贫挂职到武乡。

他调研来到蟠龙镇，

挨家挨户记得详。

老百姓的困难向他诉，

贫困户王爱香字字句句泪满眶：

"张县长，俺家总共六口人，

公婆瘫痪躺在床。

两个孩子上大学，

念书学费憋得慌。

我腰间盘突出又不能动，

靠老伴种地在山梁。

产出的小米卖不出。"

随行的驻村'第一书记'叫张磊，

也满面愁云开了腔。

"张县长，据统计，蟠龙镇小米卖不出，

七万斤都在都家里藏。

老百姓打粮不挣钱，

你说恓惶不恓惶？"

张县长心如潮涌难平静，

火热的胸膛透心凉。

"想当年：

小米滋养了八路军，

化为精神思想放光芒。

小米加步枪创造神话来缔造，

小米是老区的骄傲和荣光。

小米把历史的结晶来冶炼，

小米是父老的骨血永流芳。

到如今，却面对着小米泪千行，

却面对着小米心凄凉。

上级派我来扶贫，

就要把责任来担当。

如果挂职县长难胜任，

定会让老区人民戳脊梁。"

于是他四处联络找门路，

到中国煤科集团求人帮。

集团伸出援助的手，

七万斤谷子高价全收光。

张县长一颗愁云刚落地，

转眼惆怅挂心房。

这只能解决眼下事，

明年后年又惆怅。

要为小米长远想，

就必须代言小米重开张。

于是他，为老区小米做代言，

四处奔波走他乡。

走山东，跑厂矿，

下河南，寻客商。

微信广交天下客，

美味中国上了榜。

他把全国都跑遍，

走万里长征可不夸张。

老百姓再不为小米而发愁，

竖起大拇指赞县长：

赞县长，丹心激起千层浪，

夸县长，精诚感动经销商。

唱县长，一颗红心向着党，

颂县长，精准扶贫走康庄。

老百姓激动的心情感谢党，

精准扶贫让老区人民喜洋洋。

这就是小米县长书一段，

围绕精准扶贫做文章。

张县长又把老区产业来描绘，

要让那：

红色小米、金色小米、绿色小米、黄色小米、

生态小米，小米县长美名扬！

牡丹香飘醉上党

人说山西好风光，
牡丹飘香醉上党，
醉上党，情满腔，
创造出灿烂和辉煌。

（唱）说书唱曲劝人方，
把中华曲艺来颂扬。
历史悠久文脉远，
一曲古韵溢清香。
深接地气味道美，
故事曲折动衷肠。
情节洋溢正能量，
弦音妙乐奏华章。

新时代文艺繁荣百花放，
姹紫嫣红竞芬芳。
赞美生活颂扬党，
如沐甘霖饮琼浆。
扎根生活觅活水，
汗水浇灌百花香。

新的时代把号令响，
意铿锵，
让神州大地放华光。
新的时代，

新的时代掀开新篇章。

（唱）中华美，永流长，
争奇斗艳唱辉煌。
胸怀祖国有信仰，
艺为人民党领航。
说唱百姓担使命，
曲随时代情激昂。
讲品味，讲格调，
乡风乡韵唱新腔。
出人出书走正路，
新的时代，
新的时代掀开新篇章。
上下同心创奇迹，
大中华，
大中华文艺复兴把红旗扬。

（rapid 快板） 牡丹飘香醉上党，
四面八方聚一堂。
曲坛盛会群贤汇，
比艺亮相喜气洋。
鼓曲婉转味道美，
评书评话说沧桑。
相声小品内涵广，
滑稽表演不张扬。
说表弹唱心激荡，
台上台下笑声爽朗朗。
把大家的智慧来凝聚，
牡丹绽放国色香。

（rapid 快板）让我们在党中央的领导下，

把美好的蓝图来描画。

让祖国越来越强大，

为了那国家富强、民族复兴、

人民幸福、社会和谐。

炎黄子孙齐奋发，

以优异的成绩，

艺苑群芳绽奇葩。

（唱）人说山西好风光，

牡丹飘香醉上党，

醉上党，情满腔，

创造出灿烂和辉煌。

第四章

民风民俗

MINFENGMINSU

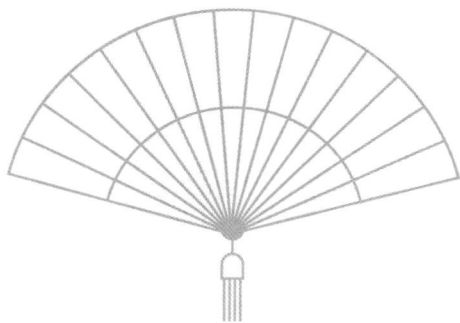

东北人儿

我爷爷是个文化人儿，
他肚里装的全是墨水儿。
他每天写写画画戴个眼镜儿，
原来在潜心研究东北人儿。

东北人是松柏育的根儿，
东北人是黑土养的魂儿，
东北人是龙江输的血，
东北人是长白山练的筋儿。

想旧年，中原大地闹饥荒，
饿殍遍野满冤魂儿。
没办法，为了生存求活命，
闯关东，为的是活命留个根儿。
俺大爷，俺大婶儿，
提包袱儿，推车轮儿，
一根大葱两个饼儿，
扁担挑着儿和女儿，
出门迎风顶大雪，
何惧严冬刻皱纹儿。

雪茫茫，埋大腿儿，
血汗瞬间成了冰儿，
没办法，地里四处挖窝棚儿，
到处打的冰窟窿儿。
为生存，敢从熊瞎子嘴里抢苞米，

为生存，和野狼猛虎夺地皮儿，
为生存，挺进了白山和黑水儿，
为生存，闯出了筋骨脊梁英雄魂儿。

勤劳勇敢是东北人儿，
苦难同胞一家亲儿，
他情意看得比命重，
任何时候都不能丢了人儿，
老乡拜访来登门儿，
进屋就请您上炕头儿。
七个大碗儿八个碟儿，
满满摆了一炕桌儿。
砂锅啤酒鸭、猪肉炖粉皮儿、
小鸡儿配蘑菇、红烧狮子头儿，
老酒来一壶儿，高兴唱小曲儿。
喝酒不用小酒盅儿，
喝个痛快才是一个纯爷们儿。

东北人，性格豪爽有副好嗓门儿，
喊起来大大咧咧逗死人儿，
帅哥管他叫爷们儿，
姑娘管她叫小妞儿，
那家伙儿就是好家伙儿，
磨叽、嘚瑟、贼拉好、干啥呀一张嘴儿，
就能听出你是地地道道的东北人儿。

二人转那可是出了名儿。
能歌善舞报山名儿。
男女搭配人一对儿，
说学逗唱耍把戏儿，

下半拉儿穿的蓝马裤儿，
上半拉儿穿的红兜肚儿，
抖起那手绢真卖劲儿，
露着肚脐眼儿不系扣儿。
走路好似风摆柳，
跳舞从没抽过筋儿。

斯巴达勇士是东北人儿，
抵外辱的情怀铭记心儿。
平时为民垦荒地儿，
战时为兵守国门儿。
拓荒垦田流汗水儿，
蛮荒之地创文明儿。
黑土地耕耘粮满仓，
养活了一多半中国人儿。
你说咱东北人多伟大，
我提议，大家一起来掌声儿。

新时代的东北人儿，
传承文明和精神儿。
勤劳酿出好生活，
智慧谱出同心曲儿。
巧手雕出冰世界，
双脚踏出幸福门儿。

如今走进大东北，
冰雕的玉树雪盖的门儿。
冰灯冰花冰美人儿，
冰林冰树冰宫灯儿，
冰珠冰玉冰玛瑙儿，

冰山冰河冰龙门儿。

八仙过海显神通，

孙悟空，金箍棒挑个金丝猴儿。

冰雕艺术看不够，

惊呆了五湖四海人儿。

眼眶蹦出了小眼球儿，

一时还真缓不过神儿，

竖起拇指赞绝活儿，

哇塞，聪明比不过咱东北人儿。

这正是，一方水土一方人儿，

方寸之中见精神儿，

东北人，巧手描绘西洋景儿，

耕耘黑土，创出天地和谐一片新儿。

相媳妇（古代）

蝶舞翩翩桃花岭。
杨柳依依秀水峰，
鸳鸯嬉水逐清波，
美满姻缘靠吾行。

说的是，有一个后生叫赵冬生，
家住城东秀水峰。
这后生个高肩宽阳刚气，
会说能干人品正。
媒婆子说亲踏破门，
姑娘们都爱嫁赵冬生。
一来二去细挑选，
定了个姑娘在桃花岭。
这姑娘十里八村都有名，
可取了个名字叫圪针。
莫非这姑娘是赖脾性，
父母才起个圪针名？
如若真是这个样，
娶到家中可就不安生。

赵冬生拿定主意看究竟，
假扮个卖菜去验证。
不走大道走小径，
一溜烟跑到桃花岭。
进了村不用细打听，
核桃树立在院当中。

放下菜担高声叫……（切）

（白）卖菜哟，卖菜哟……黄瓜、茄子、大辣椒，萝卜、西红柿、嫩豆角。小葱、芫荽茴子白喽，要买出来瞧一瞧。哎呀，门缝里有动静了。

吱呀一声柴门开，

一双小脚出门庭。

轻移莲步往前走，

一阵清风香煞人。

抬起头来偷眼看，

哎呀呀，吓煞人，民间哪有这闺女，

分明是月里嫦娥下天庭。

脸蛋白白净净透着红，

一对大眼睛很玲珑。

尖尖鼻子瓜子脸，

小嘴儿不用涂口红。

梳了一个偏头髻，

一朵小花插鬓中。

身上穿的粉红袄，

裤上绣的鸳鸯戏水中。

看的看的傻了眼，

一声吆喝才缓过神。

（白）咳，卖菜的，不好好卖菜，你瞎看啥哩？

她说话好似银铃响，

噘起小嘴把杏眼睁。

赵冬生灵机一动高声叫。（切）

圪——针。

（白）咳，你冒叫姑娘理不通。

他那里背身偷偷笑，

对上名字找对人。

（白）卖菜的，你来卖菜找错门，

俺家的菜地，你有，我有，你没有，我还有，个个长势绿莹莹。

（男唱）既然你家什也有，

为什么听见吆喝出了门。

（女唱）俺娘这几天上了火，

她想吃油喷醋拌凉藕根。

（男唱）早知道你是孝顺女，

我开个荷塘种藕根。

满满挑上一大担，

权当是彩礼把姑娘聘。

（女唱）呸！好个卖菜的不正经，

胡言乱语欺负人。

姑娘早就有婆家，

再胡说拿上笤埽赶出村。

（插白）哎呀，好厉害。姑娘呀，

（男唱）桃花岭里出美人，

你赛过貂蝉王昭君。

假若你嫁上个当官的，

你就是官府里的贵妇人。

使女、丫鬟伺候你，

穿绫罗，着绸缎，

吃的是猴头燕窝和海参。

（女唱）当官的有钱有势我不爱，

谁做他二房三房的小夫人。

（男唱）城里有的是大商号，

家里有的是金和银。

一门三进大宅院，

绣楼上牙床锦被玉屏风。

（女唱）商人重利常出外，

一年半载不回家门。

（男唱）要不嫁上个好书生，

嫁过去，你舞文弄墨换门庭。

（女唱）读书读成个书呆子，

五谷杂粮分不清。

（男唱）这不嫁，那不行，

难道你想嫁个皇帝掌后宫。

（女唱）呸！你家若有姐和妹，

嫁官府，嫁商人。

嫁上个秀才换门庭。

圪针我就爱好后生。

（男唱）未过门的女婿叫什么？

（女唱）他的名字叫冬生。

他家住在哪个村？

秀水峰里有门庭。

高高的个，笔挺挺，

犁耧锄耙样样行。

姑娘心中有主见，

要嫁就嫁赵冬生。

（男唱）听此言，喜煞人，

名不虚传好圪针。

咳，姑娘：你和女婿偷偷见过面，

分明是偷看女婿不正经。

（女唱）呀呀呀，羞煞人，

嘴上怎就漏了风。

本意想把他撺上走，

说漏了嘴，未过门怎能见冬生。

转身赶紧回家去，

紧闭房门不出声。

（男唱）喜煞人，笑煞人，

到底是姑娘很纯情。

几句话说得她红了脸，

真是品貌双全的好圪针。

（白）咳，姑娘，你买菜不？要不买我可就走了。

（白）你走，你走，你再要胡说，叫俺爹把你耳朵拧！

（白）啊呀，好厉害。

（唱）明年我再来送藕根，

权当聘礼送上门。

抬上一乘小花轿——

吹吹打打欢欢喜喜热热闹闹将你娶过门。

小夫妻，恩恩爱爱，甜甜蜜蜜过光景，

那时候你才认得我赵冬生。

端午节

端午凭吊忆先贤，
举国上下祭屈原。
追求真理永不悔，
满腔热血忠魂牵。

说的是，五月端阳现，
寄情追忆吊屈原。
屈原是个大诗人，
《楚辞》《离骚》贯九天。
他为百姓谏民意，
他替国家解忧寒。
为国家，他冒着生命谏上疏，
为黎民，他心底流血热泪干。
只可恨，奸臣当道难报国，
昏庸楚君信谗言。
屈原官职被罢免，
报国激情化云烟。
悲愤怒火心中烧，
千秋《离骚》凝笔端。
追求真理终不渝，
九死未悔心坦然。
他身力憔悴衣破烂，
他心在流血似刀剜。
他伤体缠身逐野地，
他独自徘徊大江边，
救国无门梦破灭，

屈子行吟临江仙。
《九歌》《天问》声声唤，
江水难洗心中冤。
屈原他纵身跳进汨罗江，
以死相报寄国安。
这以后，五月初五纪念日，
包粽子，投向江里祭屈原。

说粽子，道粽子，
粽子花样道不完。
核桃、枣泥、猪肉馅，
豆沙、香粳、白玉团。
竹叶苇叶荷叶包，
别有风味见一斑。
棱角分明看不够，
尝一口，满肚清凉溢心田。

这以后，端午民俗流传远，
一幕幕乡愁在绵延，
但只见，端午节里赛龙船，
碧波荡漾泛波澜。
一排排龙舟多威武，
一列列队伍多壮观。
龙舟赛手一声喊，
鼓铙齐鸣声震天。
船桨奋力向后拨，
龙舟竞渡飞向前。
两岸观众齐呐喊，
来一个，力拔头筹喜空前。

五月端午花草艳，
家家插柳艾蒿编。
艾蒿插在门铃上，
嫩嫩柳条编花环。
戴柳帽，编花环，
殷殷情意寄心田。
祝愿老人身体健，
祝愿小孩美梦圆。
国富民强享太平，
祈福禳灾万民欢。
端午眷眷绣荷包，
小小荷包情意绵，
五彩布，线儿穿，
朱砂琥珀装里边。
针儿长，线儿挽，
密密针功绣里边。
如意形，祥符瓣，
寿桃蝙蝠挂胸前。
还要串起小麦秆，
防暑避邪保平安。

小孩端午戴百索，
民风民俗上千年。
五色丝，五彩线，
吉祥色，百索栓。
奶奶戴上老花镜，
五色线头搓成团。
小百索，戴手腕，
脚腕、脖子五色鲜。
避瘟疫，防病患，

老虎儿肚兜挂胸前。

可怜天下父母心，

盼小辈，茁壮成长定好盘。

说端午，道端午，

端午的民俗说不完。

民风民俗千百年，

千年梦幻今日圆。

一曲端午赋鼓弦，

千年乡愁记心间。

乡愁悠扬唱不尽，

唱不尽，乡风、乡情、乡愁、乡恋。

千秋中华万古传！

常回家看看

精准扶贫暖人心儿，
产业叩开幸福门儿。
生活富裕不忘本儿，
常回家看看父母亲儿。

正月里来挂灯笼儿，
新娘子完婚刚过门儿。
初一过罢是初二，
过完初三就是初四。
初三初四是老规矩儿，
小两口要回娘家走亲戚儿。
新媳妇回娘家可有心劲儿，
梳洗打扮在房门儿。

描眉毛儿，涂嘴唇儿，
脸蛋抹得粉墩墩儿。
后面梳了个小纂的儿，
一朵红花插到正当中儿。
下穿皮鞋是高跟儿，
裙子上绣下小蜜蜂儿。
粉红袄儿，恰合身儿，
纽门扣儿，斜筋的儿，
绣的鸳鸯戏蛐蛐儿。
也不大，也不小，
正好苫住肚不脐儿。

123

小媳妇儿房内打扮好，

接着再说小女婿儿。

精准扶贫拔穷根儿，

结对帮扶成了专业户儿，

磨豆腐大把大把赚票的儿，

再也不是那土包的儿。

今天要去走亲戚儿，

小汽车儿擦得亮晶晶儿。

小汽车儿一发动起了身，

在车上观看新农村儿。

平展展的柏油路儿，

大棚蔬菜四季春儿。

座座高楼好风景儿，

农民住进了小别墅儿。

有公园儿，有凉亭儿，

三三两两在散步儿，

健身器上压压腿儿，

八十岁老婆儿也跟着音乐在蹦迪儿。

高高兴兴进了村儿，

来到丈母家大门口儿。

小汽车儿，嘟嘟嘟儿，

惊动娘家许多人儿。

挂拐杖的是三奶奶，

端簸箩儿的是婶婶儿。

快步走的小兄弟儿，

后边跟的个小闺女儿。

（白）哎，你们猜猜那个小闺女儿是谁来？

（白）谁来?

这就是俺、粉嘟嘟儿、水灵灵儿、
俏生生儿——小姨的儿。

全家来到大门口儿，
迎接闺女和女婿儿。
迎上新人进了门儿，
又上水果又倒水儿。
老丈人笑得合不拢嘴儿，
老丈母忙得转蒙蒙儿。
他婶婶儿，和面的儿，
小姨的儿，调馅的儿，
围在一起包饺的儿。
小饺的儿，真可口儿，
不大不小刚一嘴儿。
晌午吃的小饺的儿，
到晚夕，滚的余汤烙的饼儿。
你一句儿，我一句儿，
说说笑笑到天明儿。

这本是：中华美德千秋事儿，
孝敬父母是大事儿。
子女出门常在外，
常回家看看父母亲儿。
说说话儿，谈谈心儿，
大家一块多舒心儿，
愿天下大家小家你家我家和和美美美美和和享天伦儿。

（曲本发表于 2014 年第 11 期《曲艺》杂志）

125

上
篇

腊月天儿

天上纷飞飘雪花儿，

花落万家迎新年儿。

年味儿浓浓大家唱，

唱出欢乐腊月天儿。

时光进了腊月的天儿，

刮风下雪冻红了脸儿。

家家忙得不着地儿，

户户准备迎新年儿。

泡粟米磨黄蒸面儿，

煮刀豆调黄蒸馅儿。

烘灶火掀铁笼盖儿，

小小黄蒸摆成圈儿。

点柴禾扇风箱儿，

风箱忽扇忽扇真肯板儿。

噌噌噌蹿出小火苗儿，

呀！火苗儿燎了小眉毛儿。

小黄蒸儿，黄生生儿，

吃到嘴里软浓浓儿。

奶奶老了没牙口儿，

要吃黄蒸挺得劲儿。

吃了一口儿又一口儿，

吃了一口儿又一口儿，

（白）哎？吃黄蒸怎还噘个嘴儿？

原来是：枣皮儿贴住那个腮帮的儿。

二十三是小年儿，
打发老爷儿要上天儿。
上街买上小麻糖儿，
放到香炉前的小瓷盘儿。
为的是圪粘住老爷儿的牙儿，
上了天才不会嚼瞎话儿。

二十四五扫灰尘儿，
家家忙得转蒙蒙儿。
抬箱的儿，挪柜的儿，
搬桌的儿，掂椅的儿，
扫了上头儿扫下头儿，
扫了旮旯儿扫圪缝儿，
里里外外都扫净，
满身都是黑灰尘儿，
灰眉土眼儿照镜的儿，
只有那个门牙儿白生生儿。

二十六七买年画儿，
精心挑选不随便儿。
天地灶家财神爷，
秦琼敬德门两边儿。
老寿星，托寿桃儿，
贴到堂屋正中间儿。
老两口炕头贴的山水画儿，
小两口床头贴的小胖孩儿，
胖手胖脚儿胖胳膊儿，
嘿嘿，腿窝儿还夹个小捻转儿。
贴罢年画儿剪窗花儿，
窗花儿剪得各色各样儿。

喜鹊登梅枝头落，

福禄寿禧粗线条儿。

张果老骑驴儿，

张嘴哼的是咱潞安调儿。

二十八九喜心头儿，

家家户户挂灯笼儿。

小灯笼儿，红丢丢儿，

火样儿新鲜圆轮轮儿。

玻璃灯儿，竹架灯儿，

孔雀开屏狮子灯儿，

天女散花走马灯儿，

嫦娥奔月是火箭灯儿。

三十日，年味更浓醉心坎儿，

家家户户贴对联儿。

浓浓的年味浓浓的情，

米酒飘香扑鼻梁儿。

杀鸡杀鱼炖肉块儿，

烘上油铛炸肉丸儿。

有酥肉，有夹馅儿，

油拨豆腐一片片儿。

捏面鱼儿，蒸面羊儿，

蒸个面山粘满枣儿，

上面还点了个红点儿。

年货备了一大簸箩儿，

海带粉条和蒜苗儿。

苹果瓜子落花生儿，

柿饼核桃还有软枣儿，

吃的儿喝的儿摆满盘儿，

馋坏了大人和小孩儿，

小孩儿们张的嘴儿瞪的眼儿，

扒住桌的儿踮脚尖儿，

流的涎水舔嘴片儿。

长辈们，熬红眼儿，

早早就备好压岁钱儿。

拿上旧钱换新钱儿，

小票的儿硬圪唥唥儿展呱呱儿，

用手一甩呼啦啦啦儿，

指头摸摸票的边儿，

快得能割了小耳朵儿，

瞪大眼睛数了数，

顺手装进小布袋儿。

一抽手，不哒儿，

略出一个小银元儿。

小胖女儿，小胖孩儿，

穿上了新衣迎新年儿。

粉裤的儿，花衣裳儿，

小兔帽儿，老虎鞋儿，

不会走路强学道儿，

摇摇晃晃倒倒儿。

爷爷奶奶咪嘴笑，

也穿上枣红色老棉袄儿。

枣红袄儿，真显眼儿，

胸前绣个大铜钱儿，

左瞅瞅，右瞧瞧，

（白）哎，是个福字儿呀，

脑朝下立里边儿。

说说笑笑忙成团儿，
家家张罗年夜饭儿。
包饺子儿，拉扯面儿，
腥汤素汤炒片儿，
炒炒饼儿，炒炉面儿，
油糕油条油麻儿，
牛肉羊肉猪头肉，
肉丝肉片儿肉疙瘩儿。
样样儿做好端上盘儿，
户户团圆围成圈儿。
你敬我敬互相敬，
敬老爱幼福无边儿。
嘣……叭……
一声春雷震天响，
欢欢喜喜过大年儿，
过大年儿！

马街赶会

七百年风雨七百年景儿，
七百年从冬走到春儿。
年年马街来相聚，
依然不动是心中的根儿。
这是上场四句题词道罢，
听俺慢慢道来：

唱的是，俺奶奶是个说书人儿，
说书那可是出了名儿。
她天生一副好嗓门儿，
年年到马街书会兜兜风儿。

提起来，马街书会有来历儿，
七百年，在艺人心里扎下根儿。
火神庙，最灵验，
有求必应的平安神儿。
南海母，更有名儿，
救苦救难的观世音儿。
关帝圣君神台坐，
还有邱祖老仙人儿。
正月十三是大盛会，
轰动了四面八方的人儿。
大家看：马街村街里街外、庙前庙后，
黑压压涌来几十万的人儿，
呀！中间还有外国人儿。

逐渐演变成风景,

主角都是咱说书人儿。

有京韵大鼓、河南坠子、山东琴书、

四川清音、湖北渔鼓、凤阳花鼓儿、

上海评话、徐州琴书、东北大鼓、

长子鼓书、沁州三弦儿、潞安大鼓,

演员们有老两口,小两口儿,

还有艺术精湛的盲艺人儿。

雪在下,风在吼。

风雪越大越有劲儿。

刮得土眉土眼土鼻的儿,

灰尘裹成个小泥猴儿。

高音喇叭安起来,

说书人一堆儿又一堆儿。

脸对脸 背靠背,

打起竹板儿拉起琴儿。

还怕说得断了音儿,

旁边还带了个发电机儿。

坠胡一拉定准了音儿,

吼开俺的大嗓门儿。

俺也不是那樱桃嘴儿,

也不是扭扭捏捏的新媳妇儿。

一阵土,一阵风儿,

一阵鼓曲响连声儿。

说的是《大明英烈传》,

再唱段,朱买臣休了小媳妇儿。

再一段儿,叔嫂情缘一段事儿,

还唱曲儿,俺奶奶的奶奶、奶奶的奶奶

说书从艺走亲戚儿。

演员们，说了一段儿又一段儿，
评委们底下听得一疙瘩劲儿。
风沙把眼睛眯成一道缝儿，
当兵帽儿压在耳朵根儿。
专心听得入了神儿，
忘了给演员来打分儿。
风雪里赛出了书状元，
都是久经沙场的老艺人儿。

老少爷们看热闹，
找久违的感觉寻开心儿。
有的骑着摩托车，
还有的年轻人顶着风雪开三轮儿。
山岗上，马路边儿，
河滩里，小麦地儿。
摆地摊儿，扎书堆儿，
斗鸡耍猴玩老虎儿。
烧香还愿进庙门儿。
放风筝，踢毽子，
玩鹌鹑，斗蛐蛐儿，
蹦蹦床上站下个胖闺女儿，
手里挑的个红灯笼儿，
嘴里吹的个小圪盆儿。
这就是咱的原生态，
地地道道都是土玩意儿。

书会上，一日能唱千台戏，
三天能听万卷书儿。

导盲犬听了三天不耐烦，
趴在地上直打盹儿。
隔山隔水不隔心儿，
中州大地尽知音儿。
古道热肠的马街人儿，
天南地北咱都是一家人儿。
马街人早早腾好地儿，
免费招待咱说书人儿。
家里垒起来大火灶，
支起了大锅待亲戚儿。
滚了一锅胡辣汤，
再配上一根大鸡腿儿。
喝了一碗不嫌辣，
再挖上一勺子胡椒粉儿。
这里不分穷和富，
这里不兴走后门儿。
聚在一起讲艺辈儿，
拜拜师父见师弟儿。
拉拉家常练手艺儿，
这里亲如一家人儿。
天地正气说书人儿，
说尽人间天下事儿。
走南闯北说书人儿，
来马街，那才叫不白活一回儿。

七百年不变的老规矩儿，
黄河魂牵动说书的人儿。
七百年民俗贯云天，
七百年丰碑立心头儿。
曲唱时代新鲜事儿，

鼓敲艺人精气神儿。

民风民俗接地气儿,

千秋万代中华根儿。

（曲本发表于 2017 年第 3 期《曲艺》杂志）

上
篇

闹红火

火树银花不夜天儿，
家家户户庆团圆儿。
正月十五闹元宵，
闹出中华太平年儿。

元宵佳节还在年儿，
家家老小聚一团儿。
十五的月儿像铜盘儿，
家家都要买汤圆儿。
买汤圆儿找老字号儿，
现场吆喝做汤圆儿。
芝麻花生儿核桃仁儿，
山楂枣泥五仁馅儿，
俩手圪搓搓成了条儿，
拿刀切成豆腐块儿。
一个个放进小簸箩儿，
里边撒上江米面儿。
圪略略圪略略滚成团儿，
下进了锅里转圈圈儿。
煮汤圆 冒泡泡儿，
白圪生生儿得溜溜圆儿。
汤圆煮熟捞进了碗儿，
急坏了胖女儿和胖孩儿。
咕噜吃进了嘴里边儿，
汤圆烫着小嘴片儿。

正月十五闹街头儿，
来了一群耍狮人儿。
引狮人儿，拿绣球儿，
上蹿下跳转蒙蒙儿。
绣球抛起来两丈二儿，
急得狮子直打滚儿。
又摇头儿，又喘气儿，
又抖身儿，又摆尾儿，
瞪得大眼张着嘴儿。
吓得小孩儿光叫唤，
一扭头，狮子里钻出两个人儿，
原来是舅舅和妗子儿。

民间扛妆吸引人儿，
妆上绑下个俏闺女儿。
俏闺女儿，戴墨镜儿，
头带金冠插雞翎儿。
挤眉弄眼一疙瘩瘩劲儿，
不一小会儿低下了头儿。
歪个脖子打呼噜儿，
咧着个小嘴儿流憨水儿。
舞金龙来耍狮的儿，
高跷旱船跑着驴儿。

大头娃娃一对对儿，
边走边舞边招手儿。
后边来了秧歌队儿，
傻公子背着个小媳妇儿。
媒婆叼着水烟袋儿，
呼噜噜噜冒着气儿。

老汉拿的大烟嘴儿，

老婆摇的花扇的儿。

二人扭得正带劲儿，

"扑通"老汉栽了个嘴啃泥儿，

老婆把他拽起来，

老汉抱住亲了个嘴儿。

哎 哎 真不正经呀!

我不正经?

俺二人可是正儿八经的老两口儿。

二鬼扳跌真有趣儿，

又抓胳膊又撇腿儿。

地上扭打多一会儿，

直打得，土眉土眼土鼻的儿。

口哨一吹站起了身儿，

呀! 原来里头是一个人儿。

猪八戒不分好坏办傻事儿，

搂着一个妖怪当美人儿。

如来佛闭眼念咒语，

孙悟空蹦不出他手心儿。

八仙过海显神通，

张果老倒骑小毛驴儿。

何仙姑手拿花毛篮儿，

铁拐李，袖筒里耍个小老虎儿。

老鼠娶亲嫁闺女儿，

吹吹打打迎新人儿。

花狸猫当起了新伴娘，

腰里系了个花裙裙儿。

鼠娘子，头上蒙着红盖头儿，

鼠郎官，挺胸扛着小红旗儿。
出门吹的是抬花轿，
滴滴答答好音声儿。
滴滴滴答，答答答滴儿，
锣鼓喧天喜煞人儿。

马大吹儿，是神嘴儿，
街边摆摊儿吹糖人儿。
锅里铲起一块泥儿，
掐断揉好放嘴唇儿。
一边吹，一边捏，
吹出来一只下山虎儿。
小孩们，瞪得俩眼不走神，
再给俺吹个驴打滚儿。
瞧一会儿，耍一会儿，
伸出来舌头舔糖人儿，
舔了舔，甜丝丝儿
吃了那老虎和小驴儿。

正月十五雪打灯儿，
一街两行观灯人儿。
人挨人儿，人挤人儿。
街上挂满红灯笼儿。
辣椒灯儿，红丢丢儿，
萝卜灯儿，白生生儿。
丝瓜灯儿，一根根儿，
黄瓜灯儿，带着刺儿。
小孩灯儿，逗着猴儿，
老汉灯儿，牵着驴儿。
菩萨灯儿，盘的腿儿，

八戒灯儿，噘着嘴儿。

一龙灯儿，二凤灯儿，

三阳开泰四季灯儿，

五福灯儿，六顺灯儿，

七星高照八卦灯儿，

九曲弯弯黄河灯儿，

十全十美吉祥灯儿，

正月十五闹元宵，

闹出来，中华民族精气神儿！

起乳名儿

民风民俗稀罕事儿，
乐乐呵呵喜心头儿。
小鼓一敲来了劲儿，
单唱一曲起乳名儿。

中华文明根连根儿，
唱段民俗起乳名儿。
俺爷爷今年九十跨了零儿，
他一辈子有姓没正名儿。
你要问他叫个啥？
他有个乳名叫个板凳儿。
天下真有这凑巧的事儿，
俺奶奶一辈也没正名儿。
您要问她叫个甚？
听了要笑破你的小肚皮儿，
俺奶奶她叫个椅子上的小垫的儿。

小板凳儿，小垫的儿，
他们苦瓜苦藤连一根儿。
为什么一辈子没个名儿？
今天就给你揭谜底儿。
说起乳名儿有来历儿，
有根有据有故事儿。
那时候，大家的生活都困难，
养活个孩子真费劲儿。
据传说，阴间有个勾魂鬼儿，

整天勾走小孩儿的魂儿。
生下孩子长不住儿，
才自贬自损起乳名儿。
古时平民百姓大官人儿，
个个都要起乳名儿。
鲁文公儿子叫掉尾儿，
晋成公乳名叫黑臀儿，
曹操乳名儿叫阿瞒儿，
刘禅乳名儿叫阿斗儿，
胡沙虎儿子更有趣儿，
起了乳名儿叫猪粪儿。

老百姓也把乳名儿取，
连起来就有一大堆儿。
黑豆儿、扁豆儿和刀豆儿
要的、续的和招弟儿
锁柱儿、跟柱儿和挽柱儿
保柱儿、长柱儿和连柱儿
狼不吃 狗不闻儿
找不着 肚不脐儿
精明伶俐活灵虫儿
起了个乳名儿叫憨豆儿。
生下个白胖大小子，
起了个乳名叫米虫儿。

还有用事物起乳名儿，
至今流传一大溜儿。
狐狸山羊小老鼠儿，
乌龟老鳖小毛驴儿。
木头儿砖头儿小石头儿，

桃仁儿杏仁儿小枣仁儿。
温柔贤惠巧媳妇儿，
起个乳名叫圪针儿。

乳名儿随着时间走，
又好听来又喜人儿。
看看自家小宝贝儿，
细皮嫩肉胖墩墩儿。
盼子成龙女成凤儿，
乳名叫起脆声声儿。
春光明媚叫明明儿，
爱吃零食叫豆豆儿。
诗情画意叫画画儿，
高挑帅气叫宝贝儿。
阿莲儿阿娟儿和阿根儿，
小兰儿小刚儿和小顺儿。
大眼儿瞪眼儿小眯眼儿，
小鱼儿小猫儿小虫虫儿。
富强　富国　连国庆儿，
爱国　爱华　爱家人儿。
乳名取得有背景儿，
叫起来就知道你是哪个年代人儿。

旧社会能起多丑起多丑，
新社会时髦乳名美在心儿。
旧社会孩子夭折气破肚儿，
新社会个个都是花骨朵儿。
旧社会谁能保证活到头儿，
新社会多少百岁长寿星儿。

起乳名儿 透明镜儿，

起乳名儿 拔穷根儿。

乳名儿刻着时代印儿，

乳名儿变化赛车轮儿。

乳名儿顺耳又顺嘴儿，

乳名儿叫起脆声声儿。

准备结婚的小两口儿，

要早点给孩起个名儿。

叫个皮皮球球和嘟嘟儿，

还是静静乐乐和玲玲儿。

罐罐碗碗和盆盆儿，

还是猴猴猪猪儿和狗狗儿。

网上搜狗寻了个遍，

说到底儿，不管你叫个什么名儿，

咱都是：华夏子孙龙的传人儿。

（发表于 2016 年第 7 期《曲艺》杂志）

山西面食

人为根本食为天儿，
五谷杂粮变戏法儿。
做出美味千百种，
山西面食领头衔儿。

神州华夏面食鲜儿，
山西面食最冒尖儿。
我要唱支面食歌儿，
保你心里乐开花儿。

山西美味多，
面食一串串儿，
一面百样儿做，
样样是招牌儿。

蒸饺的，蒸花卷儿，
开花馍馍大枣糕儿。
石头饼儿，糖三角儿，
驴肉甩饼小菜卷儿。
凉粉灌肠和碗砣儿，
炒饼炉面小扁食儿。

生日圆锁蒸三样儿，
面猪面鱼和面羊儿。
两颗黑豆顶猪眼儿，
剪刀剪出鱼鳞片儿。

面羊身上擦圈圈儿，
梳子压花儿是绝招儿。
左捏捏，右捏捏，
捏出个——
活灵活现的小羊羔儿。

还有样面食很稀罕，
白面搅拌地瓜蛋儿，
再加上榆钱和槐花儿。
入笼煮熟炒成块儿，
要问这是什么饭儿？
这就是美味可口的——炒不烂儿。

面杖擀开是擀面儿，
网眼儿挤出是河捞儿，
两头尖尖儿是剔尖儿，
三棱棱成型刀拨面儿，
筷子挑出小溜尖儿，
擦床擦出小擦面儿，
大拇指多灵巧，
手心圪搓变戏法儿，
圪罨出一个个——猫耳朵儿，
也有人叫它小捻窝儿。

三晋多美食，
叫人看花眼儿。
技高惊四座，
拇指赞绝活儿。
头顶大面团儿，
双手甩飞刀儿，

面片儿空中舞，
锅里飘雪花儿。
好像万千鱼跳跃，
噢——
这是啥？
银河飞渡——刀削面儿。

天南地北的外国人，
也慕名来吃山西面儿。
五星级酒店他不进，
专找山西小面馆儿。
家乡菜，特色饭儿，
五花八门儿不重样儿。
OK、OK 来两碗儿，
酸菜豆腐铍刀面儿。

欢迎大家到山西，
一定要吃上顿农家拉扯面儿。
拉扯面儿是长寿面儿，
拉扯面儿是鸿运面儿，
拉扯面是吉祥面儿，
更是俺山西人待客的拿手饭儿。
炒上肉，炖粉条儿，
白菜豆芽地瓜蛋儿。
海带洗净切成条儿，
撒上芫荽和蒜苗儿。
炒好臊子和上面儿，
案上一擀一大片儿。
用刀切成长条条儿，
两手一拉像丝线儿。

下到锅里转圈圈儿，

水煮面条翻花花儿。

面条捞上多半碗儿，

臊子一加吃一碗儿。

浇上蒜泥老陈醋，

放上香油芝麻面儿。

突噜噜噜噜噜……

突噜噜噜噜噜……

呀……

酸不溜溜儿、辣不嗖嗖儿、

香个喷喷儿、美个滋滋儿、

吃了一碗儿又一碗儿，

吃了一碗儿又一碗儿。

小肚儿吃了个滚滚圆儿，

吃饱了吧?

松松裤带还能加一碗儿。

五千年沧桑黄土地，

孕育出山西面食似花园儿。

面食成了产业链儿，

林林总总有标签儿。

宽条面儿、窄条面儿、

长面短面粗面条儿，

圆面条儿、扁面条儿、

厚面薄面细面条儿。

柳叶面儿、剪刀面儿、

方块面儿、空心面儿、

打卤面儿、炸酱面儿、

羊汤鸡汤清汤面儿。

肉炒面儿、素炒面儿、

焖锅炝锅蛋炒面儿……

说不尽的面食表不完的情，
谱不尽的小曲儿唱不完的歌。
黄河滚滚腾浪起，
煮出了山西面食是王牌儿。

（曲本发表于 2015 年第 11 期《曲艺》杂志）

上
篇

小两口回娘家

碧荷依依叶连根儿，
溪水潺潺迎春风儿。
鸳鸯相嬉互挑逗儿，
小两口娘家走亲戚儿。

说的是：正月里来挂灯笼儿，
新娘子完婚刚过门儿。
初一过罢是初二儿，
过完初三就是初四。
初三初四是老规矩儿，
小两口要回娘家走亲戚儿。

新媳妇回娘家可有心劲儿，
天不明，梳洗打扮在房门儿。
小铜盆儿，打上水儿，
双手捧水洗脸皮儿。
搽官粉儿，打胭脂儿，
脸蛋涂得粉圪墩墩儿。
拿梳的儿，对镜的儿，
脑门上梳了个光叽叽儿。
后面梳了个小纂的儿，
一朵红花插到正当中儿。
粉红袄儿，恰合身儿，
纽门扣儿，斜筋的儿，
绣的鸳鸯戏蛐蛐儿。
也不大，也不小，

正好扇住肚不脐儿。
绿裤的，崭崭新儿，
膝盖上绣下俩蜜蜂儿。
绣花鞋儿穿一对儿，
脚尖上坠下个调皮虫儿。
瞪的眼儿，张的嘴儿，
咯噜噜咯噜噜好像喝露水儿。
往前走了两三步儿，
回头看看小脚印儿，
呀，好像舀醋的小调羹。
顺手掂起毛蓝的儿，
毛蓝里放下好吃的儿。
有枣糕儿，有煎饼儿，
核桃软枣带花生儿。
又有酒，又有肉，
二十个馍馍都张开了嘴儿，
上面还苫了个花手巾儿。

小媳妇儿房内打扮好，
门外再说小女婿儿。
蓝褂的儿，黑裤的儿，
雪白袜子扎裤腿儿。
穿了一双鞋是二道眉儿，
圪脑上还戴了个毡帽的儿。
今天要去走亲戚儿，
早早就备好小毛驴儿。

说毛驴儿，道毛驴儿，
毛驴打扮得真阔气儿。
铜镫的儿，木鞍的儿，

上面盖了个花铺的儿。

五色笼头花丝穗儿，

七尺多长的驴缰绳儿。

柳道木的驴揍棍儿，

脖子上戴了个铜个铃儿，

铃上系了个红百穗儿。

小毛驴儿，多精神儿，

一个鼻子儿一张嘴儿。

两个耳朵四条蹄儿，

黑眉黑眼白肚皮儿。

小女婿门外备好驴儿，

房内走出小媳妇儿。

掂篮的来到大门口儿，

踩住石头儿，托住女婿儿，

慢慢慢慢上了驴儿。

小女婿只把鞭子拿在手儿，

"哒儿……驾……"咧咧哒哒起了身儿。

小媳妇儿，骑毛驴儿，

绞尽脑汁想点的儿。

看看路上没有人儿，

眼睛一眨计上心儿，

他哎，要是路上碰着人儿，

那都问咱是啥关系儿，

我可不说咱是小两口儿。

（夹白）啊？你不说咱是小两口儿，那你说咱这是？

我就说：过新年，走亲戚儿，

外甥送的他妗的儿。

看来我媳妇真聪明儿，

我也不是个吃素的儿。

要是路上碰住人儿，

我就说；姐夫送的小姨的儿。

说说笑笑进了村儿，

来到丈母家大门口儿。

小毛驴，响铃儿，

惊动娘家许多人儿。

拄拐杖的是三奶奶，

端簸箩的是婶婶儿。

快步走的小舅的儿，

后边出来个俏闺女儿。

（白）你们猜那个俏闺女儿是谁来？

（白）谁来？

这才是真真切切的小姨的儿。

全家来到大门口儿，

迎接闺女和女婿儿。

迎上新人进了门儿，

来到堂屋当脚底儿。

老两口，坐当中儿，

小两口儿，跪倒地儿，

又磕头儿，又作揖儿，

老丈人喜得合不拢嘴儿，

老丈母忙得转蒙蒙儿。

他婶婶儿，和面的儿，

小姨的儿，调馅的儿，

围在一起包饺的（儿）。

小饺的儿，真可口儿，

不大不小将一嘴儿。

晌午吃的小饺的儿，

到晚夕，滚的氽汤烙的饼儿。

你一句，我一句儿，

说说笑笑到天明儿。

这本是：民风民俗家常事儿，

愿天下大家小家你家我家和和美美美美和和享天伦儿。

长治手艺活儿

中华文明五千年儿。
薪火相传手艺活儿，
长治手艺最精彩，
国内国际成品牌儿。
长治手艺多花样儿，
样样儿都有小绝招儿。
咱先说：潞州区的堆锦画儿，
根脉深远有渊源儿。
想当年，李隆基别驾潞州府，
带来了宫廷内潞绸堆花儿这个手艺活儿。
潞绸堆花儿工艺美，
到后来演变成堆锦更靓眼儿。
你看那：
软绵绵的立体画儿，
活灵活现映眼帘儿。
富贵花开牡丹图，
百鸟朝凤春满园儿。
金母元君朝元图，
做国礼走进大使馆儿。
春夏秋冬四季屏，
在世博会上夺奖牌儿。

上党区的蝴蝶画儿，
用的是各种蝴蝶的小翅膀儿。
五颜六色多鲜艳，
神态逼真多入眼儿。

入宫嫦娥绣花瓣儿，
神笔马良画舟船儿。
贵妃醉酒杨玉环儿，
一把团扇半遮脸儿，
含情脉脉杏子眼儿，
红红的小嘴儿像樱桃儿，
长裙苫不住绣花鞋儿，
露出来俊不乐乐、俏不式式、
七不特特的小金莲儿。

屯留区的手艺有根雕，
在树根上面展才华儿。
巧手紧握小钢刀儿，
千雕万琢出细活儿。
雕出来秦琼敬德掰手腕儿，
哪吒舞动乾坤圈儿。
观音坐莲露笑脸儿，
弥勒佛抚摸大耳朵儿。
就地取材出精品，
雕出个老寿星笑成娃娃脸儿。

黎城县的黎侯虎，
一针针一线线，
那可都是功夫活儿。
虎虎生威的鼻和脸儿，
脑门上一个王字正中间儿。
古铜线绣上眉和眼儿，
绿线缝上小耳朵儿。
红布凸出来虎鼻子，
花布条儿缝上小虎牙儿，

活脱脱一个小老虎儿，
屁股上圪弯弯撅起个虎尾巴儿。
缝出中华第一虎，
发行了生肖邮票，
名声四海成王牌儿。

尧王故里长子县，
重点说说麦秆画儿。
麦秆编成《绣红旗》，
还有三娘教子学画画儿，
小男孩儿推着铁箍圈儿。
小女孩儿喂猴端个碗儿，
小猴子呀真调皮，
吃了东西还咬小勺儿。

武乡县的面人张，
用面泥千变万化变戏法儿。
和好面儿，搓成条儿。
长条儿切成小块块儿。
捏个小猫儿扑蝴蝶儿，
捏个小狗儿摇尾巴儿，
老母鸡忽闪着俩翅膀儿，
哎吆吆吆——
翅膀儿下护着仁鸡娃儿。

沁县的绝活儿人人爱，
在蛋壳上边雕刻花儿。
雕出五福百寿图，
雕出寿星托寿桃儿。
张果老骑驴摇着扇儿，

蓝彩和掂着小毛篮儿。
雕出八路军埋地雷，
雕出个白毛女跳芭蕾，
拧着脚尖儿转圈圈儿。

沁源的面塑不重样儿。
形形色色看花眼儿。
抓线如意大画卷儿，
佛手猪鱼小羊羔儿。
捏了个枣山沾满枣儿，
上边还点了个红圪点儿。
双手捏出幸福景，
捏出了——
千年铁树开了花儿。

襄垣县的炕围画儿，
代代传承有特点儿。
画出来青山绿水吉祥画儿，
孔雀开屏抖翅膀儿。
蜜蜂采花戏小猫儿，
猴子爬竿儿逗小孩儿。
画出来美丽中国新农村，
春暖花开，大爷大娘在扭秧歌儿。

还有那：壶关县手艺有石雕，
造型别致一摞摞儿，
平顺县手艺有脸谱，
妙手绘出千张脸儿。
潞城区：虎头帽儿、虎头鞋儿、
虎头枕头成品牌儿。

无论是：堆锦画儿 蝴蝶画儿

黎侯虎 麦秆画儿

根雕 石雕和脸谱

面鱼面塑炕围画儿

老虎帽儿 老虎鞋儿

蛋壳上面雕刻花儿

长治手艺说不尽，

都是咱中华传统的手艺活儿。

老祖宗文化传下去，

巧手绘出美丽长治幸福年儿。

逛手艺儿

长治有个非遗馆儿，
我带奶奶看展馆儿。
一上午走了一大圈儿，
边走边看边唠嗑儿。

先带奶奶看蝶画儿，
全是蝴蝶的小翅膀儿。
五颜六色多鲜艳，
人物花鸟多入眼儿。
贵妃醉酒杨玉环儿，
一把团扇半遮脸儿，
含情脉脉樱桃嘴儿。
长裙苫不住绣花鞋儿。

根雕师傅干绝活儿。
手里握着小钢刀儿。
老藤枯树根须多，
在树根上展才华儿。
有的树根凸出尖儿，
甩出根须一溜拐了弯儿。
师傅他就地取材雕精品，
雕出个——列宁托着下巴磕儿。

面人张，五代传人使绝活儿。
面泥手中变花样儿。
调好面泥搓成条儿。

长条切成小块块儿。
捏个小孩子吹口哨儿，
小闺女儿踢腿打沙包儿，
老母鸡忽闪着俩翅膀儿，
呀——翅膀下护着小鸡娃儿。

有的画儿编织很精致，
用的全是小麦秆儿。
麦秆编织成《绣红旗》，
编成《小猫扑蝴蝶儿》。
还有那，三娘教子学画画儿，
小孩儿推着铁箍圈儿。
小闺女儿喂猴端个碗儿，
小猴子呀真调皮，吃了香蕉还咬小勺儿。

还有那，底座上面托蛋壳儿，
蛋壳上面雕刻花儿。
雕出个五福百寿图，
雕出老寿星托寿桃儿。
雕出个张果老骑驴摇着扇儿，
孙悟空挥舞金箍棒儿。
雕出了白毛女跳着芭蕾舞，
拧着脚尖儿——转两圈儿。

带奶奶这边看罢那边看，
面塑里面有绝活。
捏花馍，蒸枣糕儿，
五福献瑞托寿桃儿。
佛手猪鱼大画卷儿，
抓钱如意小枣糕儿。

面塑里捏出幸福景，
捏出了千年铁树开了花儿。

还有那现场示范虎头鞋，
针线全是功夫活儿。
碎布浆糊做布片儿，
量好尺寸剪鞋帮儿。
铅笔描出鼻和脸儿，
虎头王字绣上边儿。
古铜线绣上眉和眼儿，
牙齿用的是白布条儿，
红布凸出来是鼻子，
绿线缝上小耳朵儿。
后根安上虎尾巴儿，
活脱脱一双老虎鞋儿。

老师傅展示炕围画儿，
十几道工序是细活儿。
重彩套色分了底儿，
金粉勾出粗线条儿。
山水花鸟吉祥画儿，
孔雀开屏赏山花儿。
蜜蜂采花鱼戏莲，
孝老爱亲画上边儿。
乡村的景色画不尽，
满园春色入眼帘儿。

博大精深看堆锦，
名闻遐迩是品牌儿。
精心设计工笔画儿，

图形描在薄纸板儿，

顺着线条剪成块儿，

薄板纸上贴飞边儿。

粘棉絮，压纸捻儿，

蒙绸缎，绘脸蛋儿。

颜料彩绘调配好，

深浅不一染花瓣儿。

成型装进了玻璃框，

呀——老寿星笑成了娃娃脸儿。

奶奶忍不住露两手，

要在剪纸上面展绝活。

剪一个，二龙戏珠百灵鸟儿。

剪一个，喜鹊登梅蝶恋花儿。

剪一个，兔子箫笙唱儿歌儿，

剪一个，青蛙抱着小金砖儿。

剪出了，老百姓欢天喜地庆丰收，

一齐转起了呼啦圈儿。

非遗展馆儿开了眼儿，

看不完的手艺赞绝活儿。

奶奶她感受最深刻，

手艺活伴随她多少年儿。

老祖宗留下的手艺不能丢，

一辈辈传承要记心坎儿。

让我们代代守护好文化，

扎根沃土，永远盛开幸福花儿。

关公出世

　　关公的故事很多，主要有桃园三结义、温酒斩华雄、过五关斩六将、单刀赴会、三江口保驾、义释黄忠、华容道义释曹操、千里走单骑、败走麦城等故事。关公的戏剧也很多《桃园结义》《斩华雄》《白马坡》《收周仓》《华容道》《战长沙》《水淹七军》《汉津口》《取襄阳》《刮骨疗毒》《走麦城》《单刀会》《诛文丑》《临江会》《古城会》《八里桥》。今天，讲一个关公出世的故事。

　　东汉末年，河东郡解良县杏花庄有一家姓管的老汉，以做豆腐为生，老两口都已年过花甲，可是还没有儿女，老两口很发愁。七月十八这一天，管老汉担着豆腐到解州城外去卖，生意还好，一上午就卖掉了。管老汉把卖豆腐的钱都买了香、纸，来到城外的三娄寺，叩拜观音菩萨，祈求菩萨赐给他一个儿子。叩拜完毕，要往回走的时候，突然乌云密布，雷鸣电闪，倾盆大雨骤然而下。大雨足足下了三个时辰，平地水深过膝，田野里汪洋一片，管老汉蹚水回家。

　　次日，江河泛滥，村民上堤修坝，管老汉也去了。他沿着河边正走间，忽听"哇哇"婴儿的啼哭声。管老汉仔细搜寻，只见柳林旁的水面上漂浮着一个圆木盆，盆中有一个刚出生的婴儿，正在哭叫，身上还盖着一块红布。管老汉把婴儿抱回家，那婴儿便不哭了。一看，是一个大胖小子。管老汉心想："这孩子必不是谁家扔在这里的，一定是我拜佛求子，观音菩萨可怜我老两口无后，教哪个星宿下凡，变作男婴，给我做儿子，不然怎么这么巧，突降暴雨，飞来婴儿呢？"其实，哪里是什么拜佛求来的，本是上游发水，一户人家把新生婴儿放木盆中，被水冲走了。

　　管老汉抱着婴儿回到家里，可乐坏了老伴。老两口就用豆浆喂养，婴儿渐渐长大了。孩子长得非常好，天庭饱满，地阁方圆，卧蝉眉，丹凤眼，面红体壮，结结实实。老两口乐得合不上嘴。孩子长到七岁的时候，该上学了。起什么名字呢？管老汉心想，这孩子是天上飞来的，一定要有羽毛、翅膀才行，那就叫管羽吧；这孩子是天上星宿下凡，要长生不老的，字呢，就叫长生吧！于是他名叫管羽，字长生。管老汉把全部积蓄都用来供管羽读书习武。管羽天资极好，又肯下功夫，所以到十几岁的时候已经是知书达理、文武双全的少年豪杰了。十六岁开始顶替管老汉做豆腐卖，维持一家人的生活。

管羽最讲义气，专爱抱打不平。这天，他到普济寺来逛庙会，路过一片树林，正行间，忽然传来一串马铃声和男人的吵嚷声。他抬头看去，只见迎面来了一伙人。为首的一个骑着一匹花斑马，有五六十岁。他头戴绣花高帽，身披蓝色缎袍，上锈金黄色的花瓣，镶着花边，短眉毛，三角眼，阔口，高颧骨，黄胡须，塌鼻梁，一口黄牙露在外边，花黄的脸皮。身边一个年轻人骑着一匹黄骠马，头戴六角绿锦帽，身披紫色缎袍，上绣蓝花，镶着金边。此人细眉毛，长眼睛，弯鼻梁，刀条脸，尖下巴，青衣小帽，家人打扮。

这伙人是谁呢？那个五六十岁的人名叫吕熊，是解良县城中的头号恶霸，他还是个头号大色鬼，人称"花太岁"。他倚仗家里有钱财，妹夫又是解良县的县令，便为所欲为，无恶不作。专门糟蹋良家女子。他看中了哪个，便抢哪个，玩够了，再放出来。这一天，吕熊带着家丁逛庙会，突然看见前面一个女子长得如花似玉，风拂衣袖，飘然若仙，好似嫦娥下凡，吕熊顿时魂不附体。吕熊告诉家丁"老爷看中了，拖进柳树林，老爷现在就要成婚！"众家丁闻听，便如狼似虎地上来，

强拉硬拽，把女子按倒在地强占蹂躏。女子的父亲忍不住上前把吕熊掀翻，吕熊一脚飞起，朝女子父亲狠踢过去，女子父亲口吐鲜血，当场倒地。女子哭喊着，被管羽听见，管羽看见女子的衣服撕成破烂，看见倒在血泊中的老汉。怒火中烧，挥剑一口气杀了吕熊，连夜逃往他乡。他逃至潼关，看到官府缉拿他的公告贴在城门上，上面画着他的图像。管羽危急之际，观音现身，点化清泉，管羽洗面，脸色变红。

过潼关后，管羽遭到守关军官盘问，情急之中，管羽手指关口，说自己姓关，终于蒙混过关。

从此，叫关羽，关云长。

黎侯古都舞朝阳

八百里太行山旖旎风光，
五千年黎侯古都渊流长。
广志山蓊郁苍茫与天为党，
小泰山颂美誉放歌引吭。
这里有神奇的传说千年酝酿，
注解着历史的典故万古流芳。
从这里修道成神仙彭祖，
还有那娲皇宫圣母娘娘。
造生灵育万物龙腾虎跃，
五彩石补天宫纳福呈祥。
孕育了黎都千年沧桑梦，
也镌刻着九龙神母修炼忙。
还有那蚩尤争天、燕王争雄、西伯戡黎多传说，
可真是一个个历史神话威名扬。

靳家街古文化遗址璀璨，
陶文化智慧无穷放光芒。
西周墓文化探源那是金钥匙，
城隍庙雄浑肃静靖安康。
明长城，长城长，
阳关古道震四方。
固若金汤雄风在，
播福祥麟落黎乡。
草儿河，溢流淌，
奔腾不息润心房。
许由洗耳明志向，

迎来了百废待兴国泰民安岁月悠长。

黎襄亲家源流长，
情意绵绵四海扬。
赵保儿医术有道德隆享，
小奶奶牵着丝线降福祥，
赵保儿足遍襄垣洒甘霖，
小奶奶一片冰心感黎乡。
走过千家户，
医术展精良。
开出"长生药"，
乐观"不老方"。
襄垣小奶奶，
衷情润流芳。
一颗菩萨心，
绘春醉扶桑。
有求必应人丁旺，
黎城百姓乐无疆。
有道是襄垣黎城同乐土，
描一幅黎襄亲家远流芳。

艳阳照各路神仙降黎都，
都纷纷捧出五谷祭酒香。
丰年登五谷，
美酒竞流觞。
歌舞庆升平，
泰运启三阳。
一杯酒敬苍天风调雨顺，
二杯酒祭大地五谷丰粮。
三杯酒杯杯对饮豪情壮，

保佑咱黎都乡民幸福安康。

人间福地气韵旺，

民风醇厚和谐乡。

众位神降福禳灾庇黎都，

迎来了黎都古城尧天舜日万民同欢舞朝阳。

麟绛美

春秋战国古城村，
屯留置县话古今。
鼓敲拨弦抚琴韵，
唱一曲，我的家乡麟绛美。

远古的神话说不尽，
历史渊源文脉深，
陈年的老酒在酝酿，
三嵕山上数羿神。
羿射九日为百姓，
恩泽天下乐万民。
屯留的经典说不尽，
浪花里飞出欢乐的音。

老爷山上苍松翠，
群峰对峙飞珍禽。
山间溪流喷珠玉，
气势磅礴万里云。
青山绿水舒望眼，
林密草盛石嶙峋。
麟山绛水不虚传，
咱真想，化作神仙踏祥云。

红色沃土耀华夏，
英雄的故事铸丰碑。
你看那，老爷山上烽烟滚，

上党战役贯长云。
抗联英雄魏拯民，
黑土长存太行魂。
英雄的故事说不尽，
浩气长存祭英魂。

麟绛大地细细品，
乡韵悠悠日月轮。
南来北往聚集地，
包容淳厚古风存。
相守相依相和谐。
一个和字值万金，
地平水浅的米粮川，
孕育了，物阜民丰降甘霖。

民间艺术显灵韵，
争奇斗艳故地寻。
白龙庙，舍利塔，
奇珍异宝霸惊魂。
五方佛殿宝峰寺，
淳朴乡风润心扉。
风情万种古村落，
看不尽，珠落麟绛百花春。

美丽乡村成风景，
民风民俗把美景寻。
休闲小路铺石子，
滑溜溜光亮没灰尘。
走在上边挠痒痒，
按摩脚底又健身。

老爷爷扔掉拐杖伸直了腿，
老奶奶扭起秧歌满面春。

听一段屯留道情心头振，
句句唱的是乡音。
简板一副，筷一支，
官钗一扇，人精神。
唱一段《珍珠倒卷帘》，
字字句句寓意深，
唱一段《黑小伙娶个黑丫头》，
真美呀，诙谐幽默显匠心。

珍珠黄小米尝起来美，
明清两代是贡品。
颗粒圆润色泽亮，
煮粥入口香喷喷。
内含多种维生素，
吃了它红光满面没皱纹。
营养高走进了千家万户，
真牛呀，你说精神不精神！

屯留好人名天下，
感人的故事扣心扉。
乡村医生李栓州，
独腿治病遍山村。
被誉为新时代的铁拐李。
中国好人天下闻。
还有秦龙翟树斌，
见义勇为闪光辉。

一张张屯留名片数不尽，
一辈辈淳朴乡民唱乡音。
这乡音，句句凝练麟绛美，
这乡音，字字叩人闪光辉。
这乡音，涓涓溪流心潮滚，
这乡音，殷殷真情表寸心。

表寸心，情意真，
屯留处处彰显美。
山也美，水也美，
山美水美人更美。
村也美，城也美，
美丽乡村根连根。
昂首阔步新时代，
唱不尽，我的家乡屯留美。

正月天儿

爆竹声声红满地儿，
辞旧迎新又一春儿。
家家户户盼团圆儿，
高高挂起红灯笼儿。

正月初一去串门儿，
领上全家看老人儿。
老人快乐儿女孝，
其乐融融一家人儿。

初二要回娘家门儿，
带上礼物看老人儿。
媳妇成了外家人儿，
翻箱倒柜拿东西儿。

又有吃，又有喝，
还带着扑克斗地主儿。
还有一堆化妆品儿，
非要送给老母亲儿。
虽说已经七十岁儿，
打扮起来有精神儿。
美美容，化化妆，
顺便粘俩双眼皮儿。
丈母娘高兴合不上嘴儿，
就等着招待那胖女婿儿。

夫妻俩一起走亲戚儿，
大包小包带东西儿。
姐夫逗不过小舅子儿，
不给红包压岁钱儿，
甭想见你老丈人儿。

初五家家不出门儿，
早早起来送五更儿。
鞭炮嘣得灰尘散儿，
嘣走穷气接财神儿。

初八天上亮晶晶儿，
南斗六星北七星儿。
四季平安走运气儿，
吉祥普照全家人儿。

正月十五闹街头儿，
来了一群耍狮人儿。
绣球抛起两丈高，
上蹿下跳转蒙蒙儿。
急得狮子直打滚儿，
喘着粗气翻眼皮儿。
又摇头儿，又摆尾儿，
原来狮子是俩人儿。

大头娃娃一对对儿，
有老有少有男女儿。
老汉叼着大烟嘴儿，
老婆手摆花手巾儿。
俩人扭得正带劲儿，

老头摔了个屁股蹲儿。
老婆儿忙把老头儿拽，
老头儿抱住亲了个嘴儿。
逗得大家哈哈笑，
都说老头不正经儿。
大家恁都别误会，
人家是60年的两口子儿。

庙会小吃吸引人儿，
种类繁多喜熬人儿。
包子饺子刚出锅儿，
油条豆浆凉粉皮儿。
这边喊着羊肉串儿，
那边吆喝驴打滚儿。
美味儿佳肴太丰富，
没留神，撑坏了俺的小肚子儿。

小孩子儿，真淘气儿，
吃饱喝足要东西儿。
耍风车，逗蛐蛐儿，
放气球，捏糖人儿。
父母要是不给买，
又是哭，又是叫，
躺在地上耍赖皮儿。

马大吹，真邪性儿，
糖人吹得真叫哏儿。
吹了个老鼠上灯台儿，
吹了个八戒背媳妇儿。
吹了个猴子拿着棍儿，

吹了个小象长鼻子儿。

给孩子买了个小猴子儿，

小孩子儿，拿猴子儿，

越看越喜越有趣儿。

顺手放在嘴里头儿，

又是咬，又是舔，

小猴子一会不见影儿。

正月十五雪打灯儿，

谜语糊在灯上头儿。

猜不中谜语直搓手儿，

猜对谜语有奖品。

（白）哎，有什么奖品呀？

猜中奖一支——油笔芯儿。

正月天真喜兴儿，

欢乐天下所有人儿。

共祝祖国更美好，

幸福快乐中国人儿。

第五章

RENJIANWENQING

人间温情

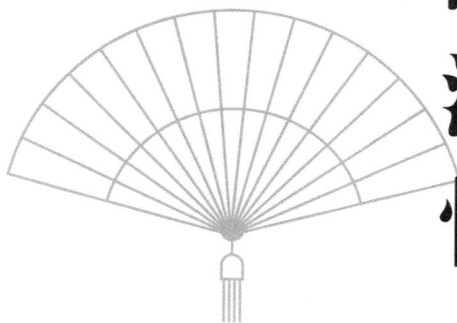

我是你的眼

乡韵悠悠云水间。
乡情浓浓舞斑斓，
负鼓携琴手牵手，
心系传承天地宽。

唱的是，太阳高照艳阳天，
张晓岩开着摩托跑得欢，
一路飞奔一路笑，
载着姑娘董淑娴，
两青年说唱琴书十年整，
你恩我爱意缠绵。
今天要领结婚证，
从此后，并蒂鸳鸯结姻缘。
晓岩他心花怒放心激荡，
摩托车惊得野兔田里钻。
嘣！
摩托车撞在路边的钢筋上，
哎呀——
钢筋把晓岩的眼扎穿。
（白）快来人哪！快来人哪！
淑娴她声嘶力竭喊救命，
好心人医院抢救张晓岩。
手术做了三小时，
晓岩昏迷整三天。
第四天，张晓岩醒来用手摸，
"我——怎么满脸都用纱布缠？

（白）我的眼，我的眼，

老天爷呀——

老天爷呀夺饭碗，

看家本事就此完。

没有眼，光明瞬间变黑暗，

没有眼，生活陡变两重天。

没有眼，说书唱曲成梦幻，

没有眼，走村串户寸步难。

我活着还有什么用，

倒不如了断残生赴黄泉。"

挥拳把鼓皮来击破，

悲痛欲绝断琴弦。

"淑娴呀，幸亏咱俩没结婚，

要不然，我一辈子痛苦难心安。

现在就一刀两断离我走，

阴阳两隔散姻缘。"

"不！晓岩！你不能这样！

晓岩呀，人生路上遭不幸，

我怎能弃你袖手观。

多少次，你拉丝弦我弹唱，

多少次，你敲大鼓我诉言。

多少次，田间地头唱百姓，

多少次，醉鼓醉板醉丝弦。

为的是，学艺投桃来报李，

为的是，滴水之恩汇涌泉。

为的是，传统曲艺有继承，

为的是，不忘初心万民欢。"

"不！事已定局成身残，

我不能死皮赖脸把花缠。"

"晓岩呀，咱不怨老天不长眼，

不怨自己命运惨。

想当年，阿炳也曾看不见，

但是他，负鼓携琴唱悲欢。

唱不尽，坎坷人生悲与苦。

拔不尽，忠诚不渝意志坚。

谱不尽，生命音符咏叹调，

歌不尽，命运交响铁石坚。

走出了，光明磊落人生路，

留下了，《二泉映月》千古传。

（白）"可是我，可是我——

我永远成了瞎目呀！"

"不！我是你的眼，

我把手来牵，

我是你的伴，

永远心相连。

我要扶你搀你背你牵你走到老，

走向那姹紫嫣红遍春天！"

淑娴！淑娴——

为艺传承好侣伴，

为爱倾吐肺腑言，

为情咏叹声声唤，

唤回我落魄心死艺点燃。

心心相印终不离，

结草衔环唱无眠。

咱要把翼城琴书来传承，

永远传承在民间。

守住乡愁和乡恋，

唱它个青山绿水到百年。"

这以后，山涧又闻鼓声醉，
香如芳草美如兰。
翼城琴书结连理，
曲韵飘香凯歌传。

孟宗哭竹

一个隆冬的夜晚，下着鹅毛大雪，大雪中一个茅草屋早已被皑皑白雪包裹。透过窗户，依稀可见忽隐忽现的油灯。油灯下，一位老太太正躺在土炕上，脸色苍白，双眼塌陷。

老太太旁边守着一位年轻人，满眼血丝，他不时用手轻轻压压老太太的那层薄薄满是补丁的被子，不时用棉棒蘸点热水，轻轻擦拭老太太干裂的嘴唇，然后放下棉棒，探下身子，贴耳倾听老太太微弱的呼吸。

这位年轻人叫孟宗，三国时曾任望江监池司马，主管水利设施。此时，母亲已经奄奄一息。孟宗守在母亲身旁，三天三夜没有合眼了。

"孟儿——孟儿——"

"娘——您终于醒了"

"孟儿，娘冷——娘冷——"

"娘，孟儿喂娘几口热水"

孟宗用勺子舀了半勺子热水。娘艰难地摇摇头。

"孟儿——笋汤——笋汤——"

守在娘身旁的孟宗早已泪流满面，他把碗放在一旁，俯下身子，把脸紧贴着母亲的面颊。

"娘，您是想喝口笋汤？"

母亲吃力地点点头，又闭上了双眼。

"娘——您等着，孟儿马上到后山给娘去找竹笋。娘，您等着——"

孟宗扛起锄头直奔后山。他知道，后山上有片竹林，母亲曾经常带着他在后山上挖野菜，那年竹林给他留下难忘的印象。

此刻已是二更天，孟宗使劲推开柴门，大雪扑面，鹅毛乱舞，天上地下，一片雪白。北风呼叫，扑打在他身上，好像要撕裂他整个身子。正可谓：数九隆冬，草木凋零，冰霜刻骨，凛冽朔风，山路弯弯足迹穷，白茫茫飘雪满地，鹅毛飞琼。

孟宗踏着厚厚的积雪，深一脚，浅一脚，一步一步吃力地向前挪动，他使劲从雪窝里拔出脚来，又深深地陷了进去。

三更时分，他才走到山下。抬头朝山上望去，一眼望不到头，全被白雪笼罩。全然看不见哪是登山的路。他只好摸索向上攀登，眼看就要爬到山顶，突然，"哧溜"一声，他从半山腰上滑了下来，失去重心，他打了一个趔趄，重重摔在了地上。膝盖磨破了，手掌出血了。孟宗咬咬牙，忍着疼痛，慢慢起来，然后一瘸一拐，继续向山上爬去。

三更已尽，终于要攀上山顶了，孟宗喜出望外，为了防止从山顶再次掉下来，他拽住一根树枝，用力攀登。谁知"咔嚓"一声，树枝折断，孟宗又重重摔了下来。这次，脸摔肿了，十个手指毫无知觉。牙齿不听使唤，嘴巴张开却合不住，嘴唇冻得发紫，两条腿像灌了铅似的抬不起来。

孟宗重重摔倒在山脚下，好久都缓不过气来。此刻，狂风肆虐，雪花狂舞，骨头缝里好像也有风钻了进去，疼痛难忍。

"难道我上不了后山？难道母亲喝不到竹笋？不！不！不能放弃，我一定要上山！我一定要给母亲做碗热腾腾的笋汤！"孟宗自言自语，态度坚定。

四更时分，孟宗终于登上了山顶。此刻，他已经全身疲惫。环顾四周，山上堆满积雪，竹林已经被暴风吹得七零八落。有的依稀露出竹竿的顶部，光秃秃，随风摇摆，上边一片叶子也没有，更不用说有竹笋了。

孟宗操起锄头，顺着雪地里裸露的竹竿，他一片一片耐心去找，一棵一棵仔细去寻，一株一株用力去挖。雪野

上篇

苍茫，寂静无声，只有"吭哧""吭哧"的锄头刨地声和孟宗卖力刨地的喘息声。只听"当啷"一声，锄把断为两截。孟宗顿时冒出了冷汗，他打了一个寒战。片刻过后，他把锄头丢在一边，干脆用双手在地上抠。一寸、两寸、三寸——一棵、两棵、三棵——孟宗把整个竹林像扫地雷一样，一个一个，挨个都挖遍了，十个手指鲜血直流，但很快凝固了。孟宗完全失去了知觉。

五更已近，天色将明，但孟宗还是两手空空，连一根竹笋都没有找到——

孟宗禁不住泪流满面，他彻底绝望了。此刻，脑海里闪现出他和母亲相依为命的情景。母亲带着他在竹林中挖笋，母亲带着他在竹林中四处找野菜；母亲彻夜为他缝补衣服，还不时地拨亮灯捻，陪着他读书，直到天亮。此情此景，点点滴滴，浮现在眼前。

孟宗再也抑制不住内心的悲痛，他绝望地痛哭起来。"老天爷呀——你就睁开眼睛，救救俺娘吧，俺娘为我受苦受累一辈子，现在她老了，病得很厉害，多日没沾一丝米粒，冷得只想喝一口笋汤，您能发发慈悲让娘喝口笋汤吗？老天爷呀，求求您，救救俺娘吧——"

孟宗哭得很伤心"娘呀！儿让娘失望了，儿子不孝呀——只能眼巴巴看着娘冻死、饿死——娘——如果有来生，儿一定在九泉之下好好孝敬娘，每天给娘做热气腾腾的笋汤，每天让娘吃鲜嫩鲜嫩的竹笋。娘——"

孟宗哭得昏死过去，整整昏迷了七天七夜。第八天，孟宗终于苏醒了，当他睁开眼睛一看，阳光普照，暖意融融，再看地上，不禁大吃一惊。但见积雪融化，遍地嫩绿，竹尖"噌噌噌"破土而出，像箭头一样"刷刷刷"长了起来。孟宗被眼前的景象惊呆了，"这是真的吗？莫不是我在做梦吧？"他瞪大眼睛，盯着竹笋，用手使劲掐着胳膊，"真的——""真的——""山神显灵了——""我娘有救了——"

沃土芬芳——暴玉喜曲艺作品文集

声音在山谷里回荡,鸟儿在头顶上盘旋,孟宗欣喜若狂,"扑通"跪地,"苍天呀!大地呀!山神呀!请受孟宗一拜,感谢各位神灵救母之恩,日后,孟宗定要惠及恩德,播撒甘霖,体恤百姓,孝悌天下!"

孟宗挖了竹笋,此时,天已大亮,他兴高采烈,满心欢喜,跌跌撞撞,奔跑回家。他顾不上疲惫的身子,紧接着点火熬笋。不一会,一碗热腾腾的笋汤端到母亲面前,母亲喝了笋汤,脸色红润,顿时有了精神,"孟儿——孟儿——"

"娘——娘——"

"孟儿,娘好暖和呀!孟儿给娘做的笋汤——真香呀——"

"娘——"

孟宗禁不住热泪盈眶,他紧紧把娘抱在怀里,脸贴着脸,高兴得说不出一句话来。

这正是:中华美德几千年,孝行天下代代传,孟宗哭笋感天地,播撒大爱满人间!

伴　侣

恩爱夫妻常相伴，
磕磕绊绊行路难。
说书唱曲结连理，
心心相印情相牵。

唱的是，太阳高照艳阳天，
一辆摩托跑得欢，
车后坐着一姑娘，
小脸蛋儿贴着对象王宝全。

"淑娴呀，咱争取十点赶到村，
先给贫困户唱一段。
小二黑还是我来演，
我演小芹到河边。
清凌凌的水来蓝盈盈的天，
保全我——
你干啥？
哈哈哈，终于娶到你董淑娴。"

突然间，放羊汉赶着一群羊，
恰恰堵在了路中间。
保全来了个急刹闸，
"——"
连人带车一起栽到沟里边。

在医院手术做了三小时，

保全他昏迷整四天。

第五天，保全醒来用手摸，

"（白）我在哪？我在哪？

我怎么看不见了，

我的眼——

跌跌撞撞下了地，

撕心裂肺喊苍天。（我的眼）

"老天爷呀夺饭碗，

你咋扎瞎我的眼。

没有眼，光明瞬间变黑暗，

没有眼，生活陡变更艰难。

没有眼，说唱鼓书成梦幻，

没有眼，走村串户步步难。

淑娴呀，从今后我成了一累赘，

你走吧，这要拖累你多少年。"

"保全呀，人生路上遭不幸，

我怎能不把你来管。

多少次，你拉胡胡我来唱，

你掌鼓板我诉言。

台上台下咱是好搭档，

为的是把民间曲艺往下传。"

"我眼睛再也看不见，

传承鼓书难上难。

师父他为传艺给咱俩牵媒线，

咱二人为了鼓书才结姻缘。

你踩乐椅展才艺，

我打简板来表演。

你边拉边唱多投入，

缺谁就像断了根弦。

都说咱是说书唱曲的好伴侣，

要分开，丢下我岂不成孤雁。"

他二人病房正争辩，

门外边进来了一个老汉。

（白）保全！

（白）师父！

（白）保全，咱师傅来了！

（白）师父，你来了？

（白）保全，你们俩不再要吵了，我全听见了。我有双眼
睛吗？谁不知我瞎了一辈子。可是，为了长子鼓书，我要
你们。虽然眼睛看不见，但书还能说，艺还必须传——

（白）师父，师父——

师傅你也看不见，

但你负鼓携琴唱悲欢。

唱不尽人间酸与苦，

唱不尽人间悲与欢。

（白）保全，我求求你，听师父的话，

你就振作起来吧！

（保全唱）师傅呀你手把手地传技艺，

历历在目在眼前。

为教我，你手指磨破生成茧，

胡胡拉断多少弦。

为教我，口传心授不保守，

为教我，一句一句不嫌烦，不嫌烦，

说唱拉打都学会，

传给我，你才卸了肩。

可是我辜负了师父的愿，

师父呀，打我骂我也心甘。"

"保全——
咱不能辜负祖辈的愿，
更不能丢了鼓书负苍天。
你可知，有多少百姓期盼你，
盼望你，早登舞台来表演，
你和淑娴更不能散，
传承鼓书重任在肩。"
（白），师父说得对！

听了师父一番话，
唤回我落魄心死艺点燃。
淑娴，保全
从今后，我是你的眼，
你把我手儿牵，
我是你的伴，
咱永远心相连。
做一对传承鼓书的好侣伴，
让民间艺术代代传"

从此后，淑娴拉着保全的手，
保全搭着淑娴的肩。
唱鼓书，进校园，
送欢乐，到田间。
山路上留下美丽的影，
田间里精彩的故事说不完。

乡野又闻鼓声醉，
牵手相伴肩并肩。

长子鼓书结连理，
相扶相牵，相守相伴，
相守相伴，相扶相牵，
鼓韵新风代代传！

福堆儿孝亲

中华美德书鸿篇，
鸿篇卷卷叩心弦。
人间处处真情在，
三代情缘美名传。

说的是：
寒冬刺骨凄风残，
鹅毛纷飞雪满天。
三宝他骑车往家赶，
突然间，婴儿啼哭飘耳边。
哭声引来三宝看，
垃圾旁，一个纸箱在眼前。
原来是一个遗弃的小婴儿，
声声啼哭揪心寒。
三宝他脱下小布衫，
把纸箱苫住往家还。
匆匆把婴儿抱回家，
喊一声老娘来跟前。
"娘，您看，我在路上给您捡回来个宝贝。"
"甚啊？宝贝？三宝，快让娘看看！"
但只见：
嫩丝丝的肉蛋蛋，
嘴唇留下的三瓣瓣，
小腿正蹬着棉花被，
肚脐鼓成个杏眼眼。
"是个男孩？唉！可怜的孩子呀！

虽说孩子嘴不全，

也不能扔在路上丧黄泉。

小狗小猫有条命，

何况还是你亲生肝。

三宝，尽管咱家不富裕，

也要给孩有口饭。

咱给孩子起个名儿，

起名福堆儿在人间。"

就这样，小福堆有了温暖的家，

三宝娘度日如年多辛酸。

母子俩半夜起来熬米汤，

一勺一勺喂嘴边。

喂前先尝烫不烫，

喂后看肚儿圆不圆。

奶奶唱起了催眠曲，

福堆儿眼珠儿打转转。

月儿明，星星闪，

奶奶给福堆儿缝衣衫。

一针针，一线线，

把奶奶疼爱缝里边。

含辛茹苦整七年，

福堆儿背上了书包进校园。

三宝他每天回家晚，

福堆儿靠着门框盼父还。

听到三轮车活拉拉响，

喜出望外冲上前。

放好父亲的三轮车，

上前问寒又问暖：

"爸——

儿给爸爸捶捶背，

儿给爸爸揉揉肩。

儿给爸爸擦擦汗，

喝一碗姜汤暖心间。"

深秋时节雨不断，

三宝家屋漏进水淹。

雨过天晴阳光好，

父子俩拉土修房檐。

一路上树上的喜鹊喳喳叫，

野兔和松鼠蹦得欢。

"孩——

爸盼孩上学把书念，

长成本事能攒钱。

爸爸奶奶把心放，

还有那好事美梦圆。"

"爸，放心吧！我一定让您和奶奶过上好日子！"

不觉来在半山腰，

三宝铲土往车里填。

突然间，半山腰塌下一方土，

把三宝压了个合缝儿严。

"爸——爸——"

三宝来不及送医院，

可怜他一命丧黄泉。

奶奶闻儿遭厄运，

万般悲痛哭连天。

"儿啊——

三宝儿啊——

我那可怜的儿呀——

你本不是娘亲生，
收娘养娘二十年。
你是娘的遮雨伞，
你是娘的贴布衫。
你是娘的长命锁，
你是娘的挡风船。
咱福堆儿还没长成人，
苦命的福堆儿——
苦命的福堆儿路漫漫。

奶奶哭得多凄惨，
一急瘫痪病床前。
"奶奶——奶奶——
如今老爸把命丧，
还有福堆儿在跟前。
只要福堆儿有碗饭，
先紧奶奶把肚填。"
左邻右舍多友善，
福堆儿从来不孤单。
福堆儿发誓考大学，
要背上奶奶进校园。

这以后，福堆儿坚强挑重担，
把奶奶孝敬在床前。
一家有难大家帮，
十个指头一双拳。
这一天，扶贫快车进村里，
苦命的福堆儿美梦圆。
免费给福堆嘴补好，
福堆他一下变成俊少年。

再以后，福堆儿勤学又苦练，
考上大学又读研。
一颗报恩之心永不忘，
背上奶奶进校园。
读书尽孝两不误，
真是个品学兼优好青年。

这正是：
不是一家胜一家，
不是亲生血脉连。
中华美德千秋载，
三代情缘美名传。

沃土芬芳——暴玉喜曲艺作品文集

慈母大爱

黄河滚滚声震天，
黄水孕育农家贤。
河东大地好儿女，
慈母大爱满人间。

山西省有个芮城县，
地肥水美黄河边。
太安村有个老奶奶，
被评为道德楷模成典范。
她就是年近百岁的孙银聪，
慈母大爱震山川。

公元一九八九年，
老人的家里降灾难。
老伴得了不治之症，
医治无效归阴间。
老伴去世刚十天，
她儿子煤气中毒离人间。
儿媳妇悲痛突发脑溢血，
半身不遂床上瘫。
年近古稀的孙银聪，
头上压了万重山。
只身来在黄河边，
撕心裂肺喊苍天。
"苍天啊！我老婆一辈子心向善，
为什么狂风暴雨接二连三。

老头儿子死，
媳妇床上瘫。
撇下这老的老来小的小该怎办！"

一夜间，老人的眼泪全哭干，
眼睛肿成蘑菇团。
悲痛之余重振奋，
挺起腰板挑重担。
让孙子经营黄河滩，
伺候媳妇她承担。
她把媳妇当闺女，
精心照料在身边。
喂吃喂喝又喂药，
饭后伺候大小便。
铺的盖的天天晒，
衣裳里外常洗换，
身上经常抹药膏，
晚上定时把身翻。
搓搓手，按按脸，
捏捏胳膊揉揉肩。
浑身上下按摩一遍，
累得她汗水淋漓湿衣衫。

这一天，老人端饭到跟前，
但只见：儿媳妇碰头寻短见，
一把将儿媳抱怀内，
"儿呀——儿呀——
儿呀儿呀你真傻呀，
黄泉路一走再不能返。
娘知道你的心里有多痛，
你不想给家里添负担。

娘知道你的心里有多难。
每天吃药你心疼钱，
娘知道你的心里常愧疚，
连累娘给你把屎尿端。
娘知道你不想再把娘来累，
才要轻生做了断。
可你走了儿女们床前叫谁妈，
孩子们再失去妈妈更可怜。
你走了妈有苦处向谁诉，
岂不是把我的心来剜。
你虽然是我的儿媳妇，
可我把你当心肝。
哪怕是每天你给我点点头，
我愿意一辈子做你的老丫鬟。"

听罢婆母一番劝，
儿媳妇阵阵暖流涌心间。
虽然嘴上说不出话，
热泪盈眶把头点，
就这样，一天天一年年，
伺候儿媳三十年。

三十年 无怨无悔挑重担，
三十年 弘扬家风美德传，
三十年 任劳任怨行善举，
三十年 慈母大爱震山川。

这正是：善举溢满芮城县，
蔚然成风遍山川。
道德模范人称赞，
慈母大爱满人间。

暖 春

层峦叠嶂山漫漫，
漳水滔滔九道弯。
中华美德传千载，
母爱赞歌永流传。

唱的是，隆冬时节夜色晚，
冰天雪地刺骨寒。
马路上走着一大娘，
抱着个包裹怀里边。
她不时朝着包裹看一看，
更把包裹贴身严。
鹅毛大雪扑打脸，
漆黑的夜晚路更难。
大娘九点才到家，
一家人等着好熬煎。
"妈，您咋这么晚才回来呀？"
"奶奶，就等您回来吃饭了。"
"哎？妈，您怀里抱着个啥呀！"
"妈在路边捡了个残疾婴儿。"
"什么？残疾婴儿？"
椅子上腾地站起一老汉，
火冒三丈眼瞪圆。
"梁改先！你五十多了没事干，
净找麻烦给家添。
立马把他送回去，
哪里捡的哪里还！"

"老汉呀，今天我路过市医院，
见有个包裹丢路边。
好多人围着包裹转，
原来是：丢弃的婴儿在里边。
都说是孩子长着三瓣嘴，
一条腿长一条短。
我看孩子怪可怜，
就把孩子抱家还。"
"老婆啊，咱家有儿也有女，
还有孙儿在身边。
你快把他送出去，
别给家里添麻烦。"

"不！外边天气这么冷，
婴儿可受不住大雪天！"
你必须立马送出去！
梁改先一桶冷水扑脸面，
心如刀绞难开言。
看婴儿，婴儿啼哭声不断，
看老汉，怒气冲冲心里寒。
梁改先毫不犹豫把婴儿抱，
"呼"夺门消失夜色间。

从此后，梁改先一路艰辛路漫漫。
带着弃儿渡难关。
给孩子起名路捡，
含辛茹苦育儿艰。
她为孩子跑户口，
她送孩子把书念。
她不知度过多少难，
小路捡长成一少年。

零九年，老人又把婴儿捡，
只可叹，捡了个婴儿是脑瘫。
脑瘫儿起名党路盼，
路盼的遭遇更凄惨。
孩子先天患脑瘫，
咿呀呀乱叫难动弹。
梁改先悉心照顾大小便，
生活的道路更艰难。

为生计，田野四处挖野菜，
为生计，含辛茹苦背压弯。
为生计，矿上奔波当保姆，
为生计，她一分一分去挣钱。
等两个孩子都睡下，
她为儿穿针引线不休闲。
一针针　一线线，
针针线线缝心间。
缝进母亲心中的愿，
缝进母亲意志坚。
缝进母亲心中的盼，
缝进母子骨肉连。

两个弃儿在成长，
梁改先柔弱的脊背腰压弯。
这一天，路捡放学回家里，
妈妈赶紧把饭菜端。
香喷喷鸡蛋吃得香，
脆甜的瓜果味道鲜。
梁改先背着路捡把碗端，
小路捡心生疑虑入谜团，

妈妈她遮遮掩掩把饭吃，
莫不是俺妈妈她心眼偏。
他一把夺过妈妈的碗，

野菜！
"妈——妈——

妈呀妈
你本来有个完整的家，
俺拖累你有家不能还。
妈本来儿孙满堂把福享，
俺拖累娘啊成孤单。
多少年，娘不知受过多少罪，
多少年，娘心中苦衷肚里咽。
多少年，没见娘吃过一顿好饭菜，
多少年，没见娘穿过一件好布衫。
此生俺难报养育恩，
娘啊娘，慈母大爱记心间。"

听了路捡一番话，
一股暖流涌心田。
"儿莫要再把话儿讲，
咱娘仁永远心相连。
娘发誓把你们都养大，
娘盼望你们都平安。
娘祈祷你们无忧患，
娘盼望你们飞翔在蓝天。

这正是，慈母大爱心良善，
感天动地在人间。
两个弃儿一个妈，
唱不尽，中华美德凯歌传。

六个老太泡温泉

众　隆冬时节天气寒，
　　雪花飘落撒满山。
　　六个老太见世面，
　　开开眼界到壶山。

甲　翻山越岭气喘喘，
　　结伴一起到壶山，
　　直直走了一整天。
　　天黑才走到壶山边。

合　听说壶山有温泉，
　　一起走来看一看，
　　走进里边转一转，
　　看看有没有啥稀罕。

乙　俺祖祖辈辈住大山，
　　大山深处有家园。
　　大家都说壶山美，
　　壶山到底有多新鲜。

丙　一边走，一边看，
　　壶山温泉真壮观。
　　一步一个台阶走，
　　上面迎来导游员。

导游　六位大娘真稀罕，
　　　欢迎你们到壶山，
　　　壶山里的故事多，
　　　先给大娘讲一番。

众　好呀！姑娘，你讲吧！

导游　壶山的历史几千年，

203

上篇

从古到今不一般。

温泉四面环绕山，

俯视就像大铜盘，

铜盘里变换万花筒，

各种精彩在里边。

众？ 有啥精彩？

导游　玉皇大帝赐玉壶，

才有温泉降人间。

众　神仙来过？

导游　对！ 精卫在这里洗过澡，

女娲在这里泡过泉。

后羿在这里洗过箭，

再造出人间好家园。

众　壮观壮观真壮观，

高的就能顶住天。

导游　大娘呀，壶山温泉洗洗澡，

一身疲劳全消完。

丙　这位姑娘来推荐，

我们可不是洗温泉。

我们生活在大山里，

哪有闲钱洗温泉？

导游　大娘！ 你们享受可自愿，

我们把服务走在前，

我带你们看一看，

壶山温泉有啥特点？

众　前脚走，后脚赶，

跟着姑娘看温泉。

东瞅瞅，西看看，

就好像，刘姥姥进了大观园。

导游　大娘，你在后，我在前，

我带你们来参观。

壶山温泉多功能，

一条龙服务你喜欢。

丁　进了里边到处看，

眼睛瞪着不眨眼，

一个个都在温泉内，

此起彼伏笑声甜。

甲　姑娘呀，数九寒天下着雪，

怎么也来泡温泉？

导游　大娘，夏天凉，冬天暖，

一年四季泡温泉，

最数冬季好去处，

缓解疲劳益延年。

戊　看，大姑娘泡在温泉里，

伴着雪花歌声甜。

拿着手机咔咔响，

瞧，温泉里的姑娘赛貂蝉。

丁　呀！全国各地大老远，

纷纷都来泡温泉。

壶山温泉名在外，

温泉成了快活泉。

导游　大娘，紧张劳动五六天，

大脑要休息有时间。

小车定时还保修，

光跑不修出危险。

合　对！光跑不休出危险。

导游　对症下药洗温泉，

各种药料配得全，

根据你们身体需，

洗出来肯定不一般。

合　俺们一辈子在大山，

今天算是开了眼。

眼馋得就是不想走，

俺姐妹们也要洗温泉。

导游　大娘，那太好了。这是菜单，由你们来选！

丙　俺血糖高、血压高，

走起路来耳目旋，

枸杞汤泉泡一泡，

补精护肾养养肝。

甲　俺腰又困，腿又酸，

四肢无力软绵绵。

走不上几步气就喘，

给俺洗个艾叶泉。

乙　姑娘哎，俺牙齿疼，嘴发干，

皮肤痒，肚里寒。

鼻子不通没气味，

给俺来个黄连泉。

丁　姑娘哎，俺脊背困，肩膀酸，

走起路来腰不能弯，

俺想试一试石板浴，

洗出来看腰展不展。

戊　俺一年四季在大山，

大山里养副好脚板，

脚底上面长老茧，

洗个金鱼浴舔一舔。

乙　风霜皱纹扒满脸，

脸上全是老年斑。

俺就洗个桂花浴，

舒筋活血又养颜。

合　泡罢温泉躺石板儿，

舒服最数俺的腰板儿。

开天辟地头一回，

真要美坏小老婆儿。

导游 你们的要求全实现，

壶山温泉好家园，

这里就是你们的家，

你们一定要乐观。

众 真高兴呀！

甲 伸伸胳膊蹬蹬腿儿，

乙 小腿儿再也不抽筋儿。

丙 随手扔掉小拐棍儿，

丁 跟着年轻人跳蹦迪儿。

合 蹦蹦蹦，跳跳跳，

个个都有精气神儿。

甲 六个老婆泡了个遍，

高高兴兴话不闲。

今天算是开了眼，

壶山温泉不一般，

乙 以后俺要经常来，

还要带上俺老汉。

这里就是水帘洞，

一个个成了活神仙。

甲 个个泡出了新理念，

乙 个个泡出了快活三。

丙 个个泡出了精气神，

合 都要活他个一百年。

合 六个老婆泡温泉，

高兴得话儿说不完，

都说赶上了好世道，

享不尽，国泰民安幸福年！

爱满人间

人间大爱真情暖，
暖意融融叩心弦。
弦音妙语说不尽，
尽洒甘霖叙情缘。

俺唱的是，拾破烂的师傅赵大汉，
夜色朦胧把家还。
突然间，从远处飘来婴儿的哭啼声，
声声啼哭揪心寒。
赵大汉顺着声音找过去，
在马路对面的路灯前，
放着一个纸箱箱
啊！是一个被遗弃的女婴在里边。
闭着眼睛哇哇地叫，
冻红的小腿儿蹬外边。
赵大汉急忙把她抱回家，
喊他的老娘快来看。
但只见：嫩丝丝的肉蛋蛋，
嘴唇留下的三瓣瓣。
小胳膊小腿儿都周全，
肚脐鼓成了杏眼眼。
（白）"唉！狠心的父母呀，
虽说孩子有残疾，
也不该把亲生骨肉抛外边。"
（白）"我说汉儿啊，
咱俩的生活就够紧，

再养个孩子可就更难！"

"娘！再苦再累咱也养，

从今后，她就是咱们家的新成员！"

（白）"行！有汉儿这句话，

家里和孩子我来管！"

（白）"娘，咱给孩儿起个名吧？叫——叫欢欢怎样？"

"好！好！你叫汉儿，她叫欢，汉儿和欢欢心相连！

好！好啊！哈……"

这母子俩，村委会去开证明，

到派出所把户口安。

他（她）们东家西家求奶水，

又买回来奶粉把营养添。

半夜起来熬米汤，

一勺一勺喂嘴边，

转眼间，欢欢一年比一年高，

背上了书包进了校园。

放了学，帮着奶奶干家务，

到傍晚，贴着大门盼父还。

"爸爸——

让我给老爸捶捶背，

让我给老爸揉揉肩。

让我给老爸擦擦汗，

让我给老爸把饭端……"

（白）多么懂事的孩子啊！

深秋时节雨不断，

赵大汉家里被水淹。

雨过天晴阳光灿，

父女俩，上山拉土修房檐。

一路上，树上喜鹊喳喳叫，

野兔儿松鼠儿蹦得欢。

不觉来到了半山腰，

赵大汉挥镐铲土往车里装填。

突然山巅塌下一片土，

把大汉压在了土里面。

欢欢一见傻了眼，

揪心的哭喊震破天。

（白）"爸爸——爸爸——"

两只小手使劲地刨啊！

血淋淋的双手都抓烂啦！

喊声惊动了村里的人，

帮着抢救赵大汉。

有刨有抬有搀扶，

紧赶紧地送医院。

可老天真是不长眼啊，

人刚到中年就命归黄泉！

老奶奶闻儿遭厄运，

万般悲痛哭连天。

（白）"汉儿啊！我的苦命的儿啊，

你本不是娘亲生，

可你收娘养娘了几十年。

咱欢欢还没长成人，

想叫一声爸来可无应言。"

奶奶哭诉多凄惨，

一时瘫痪病床前。

老奶奶哭得多凄惨呀，

一气之下床上瘫啦。

（白）"奶奶——奶奶——奶奶呀——

您可不要太悲伤，

还有欢欢在膝前。
只要我有一碗饭，
先紧奶奶把肚填。奶奶——"
欢欢和奶奶并不孤单，
村委和邻居又送东西还经常来看。
俗话说，穷人的孩子早当家，
欢欢也真够争脸。
她刻苦学，用心专，
终于把上大学的美梦圆！
村民们敲锣打鼓来祝贺，
小小的山村出了一名女状元！

欢欢想："我上大学为报效祖国，
可奶奶又该怎么办？
我不能把奶奶给丢下，
还必须孝敬想得周全……对！
我背着奶奶进校园！
我背着奶奶进校园！"
好一个刚强的赵欢欢，
不愧是中华好青年。
困难面前不低头，
生活自强挑重担。
事迹感动了社会各团体，
感动了师生和校园。
大家纷纷前来献爱心，
慷慨解囊来支援。

免费把欢欢的嘴补好，
变成了一个漂亮的女青年。
奶奶也站起来了，生活能自理，

上
篇

乐乐呵呵度晚年。

这正是：
不是亲人胜亲人，
品学兼优好青年，
中华美德千秋载，
人间大爱美名传。

慈母情

人间最美四月天，
桃花杏花开满山。
千年古县风景美，
心地善良刘晓妍。

说的是，民间艺人刘晓妍，
走南闯北三十年。
三十年，她为百姓送欢笑，
三十年，坎坷人生路途艰。
难忘记，十九年前嫁张选，
遇上了儿子十三岁的男。
宝明儿陌生生地看晓妍，
上下打量没有话言。
晓妍她心里很清楚，
让孩子接受需靠时间。
从此后，她主动把宝明管，
体贴入微在心间。
后来又生儿和女，
待宝明更是不一般。
宝明宝亮兄弟俩，
女儿宝轩为老三。
有一天，宝明放学回家里，
头痛难忍倒床前。
急得晓妍团团转，
送儿到医院查了个全。
医生说，颈椎需要动手术，

不能耽搁拖时间。

在医院，晓妍把儿来照看，

寸步不离在床前。

又喂水，又喂饭，

慈母心肠暖心田。

感动得宝明连声喊。

妈——发自肺腑心里甜。

再后来，宝明高中把书念，

晓妍送儿到校园。

亲自为儿铺床垫，

宝明读书把心安。

功夫不负有心人，

考上大学离家园。

晓妍送儿上大学，

字字句句肺腑言。

"儿吃饭不要搞节俭，

儿不要让肚受饥寒。

儿没钱给妈打电话，

儿子健康母心安。"

到后来，宝明大学毕了业，

娶回了媳妇情相牵。

蓉蓉是个好媳妇，

胖嘟嘟又把宝贝添。

每逢到了星期天，

一家人小聚乐无边。

宝明和蓉蓉管做饭，

老两口逗着孙子玩。

一家人和和睦睦多幸福，

虽然辛苦也甘甜。

谁知道，天有不测风云雨，

大难降临头上边。

张选得了喉腺癌，

说不出话来气息奄。

做手术还不到一年半，

病魔又把宝明缠。

赶紧把儿送医院，

一检查，肺癌晚期难过关。

晓妍顿感天地转，

头晕目眩哭连天。

"老天呀，我一不偷来二不抢，

每天靠说书度日艰。

想当年，公婆生病瘫在床，

我伺候公婆从不烦。

轮椅上面度春秋，

孝顺公婆多少年。

丈夫残疾重病患，

我日夜陪伴在床前。

丈夫病重未脱险，

宝明儿病重噩讯传。

我是一个弱女子，

头上压了万重山。

老天爷呀，你睁开眼睛看一看，

你真要把我们家拆散。

不！面对困难我不泄气，

决不能让困难腰压弯。"

此刻坚强的刘晓妍，

安慰儿子在床前。

"儿呀儿，困难面前挺腰杆，

再大也不能塌了天。

你是妈的顶梁柱，

还有蓉蓉和儿男。

有一线希望就要看，

全家给儿来凑钱。

假如咱能换一换，

妈替儿挡过这一关。"

感动得宝明眼掉泪，

手拉母亲话哽咽。

妈呀妈，自从你到了这个家，

幸福从没过一天。

你为咱全家受了罪，

儿一点一滴记心间。

供我上学把书念，

又给我挣钱把婚完。

新买的房子给了儿，

您和爸一分一分去挣钱。

盼只盼，儿子健康出了院，

这辈子，要孝顺父母把恩还。

刘晓妍没有让不幸把腰折断，

泪往肚咽要闯关。

一边还要劝丈夫，

一边和儿媳去凑钱。

网上发起爱心筹，

民间艺人把爱心传。

大爱感动了多少人，

一家有难心相连。

你一百，她五十，

有一万来有五千。

爱心筹款十四万，

感动的晓妍泪涌泉。

俺就是累死苦死都无怨，
只盼我儿病转安。
盼儿尽快把病治，
盼儿健康出磨难。
盼儿健康报社会，
盼儿奋斗在人间。

这就是；慈母大爱心良善，
孝老爱亲天地宽，
人间自有真情在，
赞歌献给刘晓妍。

烤全羊

山上长草趴满羊，
羊儿欢跳过山梁。
心似猫抓挠痒痒，
唱一段，长子鼓书烤全羊。

说的是，驻村"第一书记"崔大江，
扶贫来到杨家庄。
二亮懒汉出了名，
都说道，就是死狗也扶不上墙。

你看他：睡得疵糊粘住眼，
胡子一缕有五寸长。
炕头上放碗锅不洗，
发霉长毛有二寸长。
墙上挂满了蜘蛛网，
方便面袋扔满床。
玉米面潮湿成一疙瘩，
小米里长虫爬满墙。

随行的主任叫刘刚，
从床上拽起二亮。
"二亮呀，今天崔书记来调研，
精准扶贫把咱帮。
你看你活成啥熊样，
屁股晒着还不起床。"
崔大江一旁看二亮，

语重心长开了腔。

"二亮呀，乡村振兴搞产业，
不妨你可以养山羊。
我给你十只你先养，
保证你明年钱满囊。"

刚开始，二亮放羊还有劲，
可养着，二亮又躺在家里不起床。
这一天，肚子饿得咕咕响，
头昏脑涨心发慌。
小羊也饿得咩咩叫，
"咩、咩、咩"叫得人心里挠痒痒。

二亮一听羊叫唤，
恍惚间，好像闻见羊肉香。
他嘴巴一张瞪大了眼，
扑上去逮住一只羊。
"小羊呀，不要怪我心太狠，
我眼冒金星饿得慌。
你就让我美一顿，
光吃草的羊肉肯定香。"
二亮，架起柴，点上火，
连皮带毛烤全羊。
眼见小羊把命丧，
从门外进来崔大江。
大江一看这阵势，
急匆匆，一把夺过小山羊。
"二亮呀，让你脱贫把羊养，
你好吃懒做要烤全羊。
你做事太让人失望，
对不起，生你养你的爹和娘。

你拍拍胸脯想一想，

以后谁敢把你帮，你一辈子都是光棍光！"

到夜晚，一轮圆月照进窗，

二亮，翻来覆去如翻江。

　"唉！透过窗户望月亮，

月儿照得我心凄凉。

想当年，一起和尿泥摔窝窝的小伙伴，

都和土圪旯打交道，人家地肥我地荒。

大胖靠养猪脱了贫，

二胖靠种青椒把模范当。

三胖靠种连翘还了债，

四喜喂野鸡盖起房。

再看看，我现在活成什么样？

还是光棍一条四堵墙。

一辈子快把半辈子过，

后半辈子还晃荡？

为什么？为什么？

二亮呀二亮，你还算个人吗？"

香烟一根接一根，

指甲盖熏得发了黄。

二亮一骨碌爬起来，

连夜去找崔大江。

　"崔书记，都是我辜负了你的一片好心肠，我求你再给我
一次机会，我还要养羊，不信，我要养出又肥又壮的大山羊，
挣了钱，娶媳妇，请你来吃烤全羊。"

这以后，人勤变得地生金，

二亮真的变了样。

山羊喂得肥又壮，

满山遍野是肥羊。
二亮靠养羊致了富，
真正成了脱贫路上的领头羊。

这一天，央视喜上加喜栏目组，
要选出百对新人拜华堂。
各行各业有典型，
其中就有二亮。
看，胸前戴朵大红花，
牵手新娘翠香，
百对新人上电视，
集体婚礼拜华堂。
他兴高采烈扔喜糖，
嗓门提高八度腔：
　"同志们，今天结婚我请客，
请大家来吃——烤全羊！"

齐心协力

【在音乐声中，丽丽、小胖、龙龙、大个儿、婷婷等上场。

【众喊　"一二一，一二一……"

【丽丽突然摔倒了。

龙　龙　哎呀，丽丽你咋这样笨呢？迈个步还要跌倒！真是的——

丽　丽　你一步跨出那么远，我怎能跟上你？

小　胖　哎呀，今天这是咋了？我怎么有力使不上呢？

大个儿　你们就不听我这班长的口令，你们眼里还有领导没有！

婷　婷　班长，你喊口令声音那样小，光让你能听见！

龙　龙　别吵了，咱们再接着来！

大个儿　一二一，一二一……

【小胖摔倒了，紧接着婷婷、龙龙也跌倒了。

大个儿　你们到底是咋了。哼！

　　　　我在前边把步跨，

　　　　拽着你们也困乏，

　　　　摇摇晃晃不配合，

　　　　怎么都像唐老鸭。

　　　　嘎嘎嘎，嘎嘎嘎，真是一群唐老鸭——

婷　婷　班长，唉！你个大迈步快如风，

　　　　只管自己往前冲，

　　　　一步顶我们两步远，

　　　　拽着我们走不成。

丽　丽　班子，你只顾自己抢步，

　　　　我还没有准备好，

你事前没有向后瞧。

只顾自己朝前走，

我们不倒才怪了。

大个儿　婷婷，你看看，你嘴里衔的啥？

步不大，走不快，

嘴里衔个糖葫芦，

漫不经心就会摔，就会摔。唉！

婷　婷　我，你说人？你行，你跑，你跑！

小　胖　哎呀，别吵了，今天我也不知怎的，有劲使不上！

我在班里力无比，

扳起手腕数第一。

今天有劲使不上，

怎么成了一滩泥。

唉！难以咽下这口气！

龙　龙　这多人多步真是难啊。要不，咱们干脆弃权算了。

大个儿　龙龙，你这智多星，亏你能想出这个办法。临阵弃权，

就是逃兵！

婷　婷　对呀，弃权了，我们班的流动小红旗就要跑了，

我们的脸往哪搁？

丽　丽　对呀！别的班可要小瞧我们哪！

大个儿　这——我们该怎么办呢？真累呀——

合　　好困呀——

【音乐起，丽丽、小胖、龙龙、大个儿、婷婷唉声叹气。大家围在一起迷迷糊糊睡着了。这时，他们梦见进入童话般的世界。丽丽、小胖、龙龙、大个儿、婷婷在森林里玩耍，林间的动物都不理他们，他们很沮丧。四个小朋友各自诉说心中的烦闷。

上
篇

丽　丽　小鸟叽叽笑我笨，

小　胖　小树摆枝扭转身，

龙　龙　小狗晃尾笑我蠢，

大个儿　大象用鼻子甩我们。

婷　婷　唉！我们没脸见众人

动　物　你们不是我们的朋友，我们不和你们玩！

众　哭　都不和我们玩了——

【老师上场。

老　师　看，孩子们，你们都累成啥了？喂，快醒醒，快醒醒！哎，怎么还都哭鼻子呢？青春正少年，心里想什么，把话吐出来，憋在肚子里，是会伤透心！

【丽丽、小胖、龙龙、大个儿、婷婷揉揉眼，叹气。

婷　婷　老师，刚才我做了个梦，就连森林里的小动物都不理我们了。

大个儿　老师，后天我们就要比赛了，我们心里挺着急的。

小　胖　老师——

　　　　我在全班力气大，

　　　　这次掉链为了啥？

　　　　怎么有劲使不上，

　　　　落在最后掉尾巴。

婷　婷　老师——

　　　　大家叫我小精灵，

　　　　办啥事情都能成。

　　　　今天为啥我也笨，

　　　　慢慢腾腾像笨熊。

龙　龙　老师——

　　　　都说我聪明又绝顶，

人送外号智多星，

我这次为啥走不好，

唉——

龙龙变成了小虫虫。

大个儿　老师——

我在头前往前冲，

心里发燥就想赢，

上气不接下气喘，

走得急了肚子疼。

哎吆——

丽　丽　老师——

一筹莫展心不稳，

小腿好似鬼抽筋。

浑身就像散了架，

满眼渺茫起愁云。唉——

老　师　同学们，多人多步这个比赛，里边有诀窍，要懂得它的精髓。

众　　　有诀窍？懂精髓？

老　师　对！多人多步有诀窍，

配合密切最重要，

团结协作有门道，

关键扭成心一条。

一二一，起步跑，

同时起步抬起脚，

同时落地快又稳，

同心协力不急躁。

老　师　同学们，任何事情都是这样，一个人办事和一群人办事不

一样，一群人办事步调要一致，才能打胜仗。如果，各吹

各的号，各唱各的调，互相埋怨，什么事情也办不成。俗话说，人怕心齐，虎怕成群，人心齐，泰山移。这个道理值得深思呀！大个儿　老师，您说得对，您帮我们找准了症结，我光是想着自己迈大步，没去考虑其他同学。

婷　婷　老师，我错了，我更不能嘴里衔个糖葫芦。

丽　丽　老师，我不该干着急，不发力！

小　胖　老师，我更不该临阵当了逃兵。

龙　龙　老师，我也是心急，光发脾气！

老　师　同学们！遇到问题别泄气，

　　　　问题关键在自己，

　　　　多人多步都发力，

　　　　心齐才能泰山移。

　　　　一二一，心儿齐，

　　　　一步一步往前移。

　　　　步步紧跟莫大意，

　　　　胜券在握当第一。

大个子　老师，你给我们上了生动的一课，让我们开了窍，

　　　　我们一定行！

众　　　一定行！

【第二天，比赛正式开始，随着口令一响，赛场上

　　　　个个情绪斗志昂。

　　　　一起抬腿一起迈，

　　　　就像一人在比赛。

　　　　赛出成绩和风格，

　　　　练就意志得金牌。

【大家欢呼！为赢得比赛庆贺！

众　　　　我们终于赢了！

小鸟喳喳在歌唱，

祝贺我们创辉煌，

小树飒飒在摇荡，

也在拍手夸我强。

团结敢和困难创，

团结面前我最强，

团结定能打胜仗，

团结一心创辉煌，创辉煌！

【定格

第六章

模范故事

MOFANGUSHI

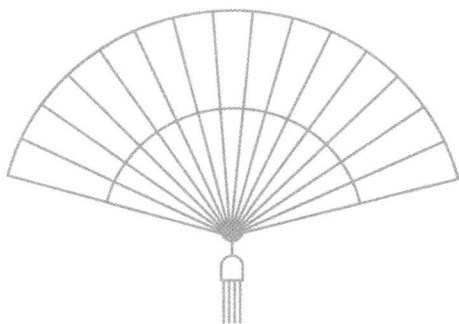

山村头雁

鸟语花香春风岸，
桃红柳绿满青山。
檀板声声唱胜景，
鼓曲献给佛堂岩。

说的是，
北方水城俺沁县，
有个村叫佛堂岩。
它是全国文明村，
民风淳朴顶天蓝。
排排房屋齐崭崭，
村容村貌换新颜。
道路硬化巷巷通，
出行脚踩水泥砖。
网络电视户户进，
60多个频道随你玩。
户户用上了太阳能，
不用烧柴是新能源。

佛堂岩为何这般好？
因为有一个好领班。
支书他名叫龚来文，
坚守山村五十年。
五十年村委一股劲，
五十年民主定盘盘。
五十年百姓施良策，

五十年决策走在先。

（白）话说，这龚来文是个好支书，几十年如一日，艰苦奋斗，带领村民脱贫致富，今天要说的就是他的故事，这要从头说起。

从前那

偏僻的山村佛堂岩，

祖祖辈辈守荒山。

荒山秃岭树木稀，

风起沙飞人心寒。

碗里见不上一滴水，

打不上粮食无炊烟。

这时候，

村里站出来人一个，

他就是二十一岁的龚来文，

他发誓要让家乡苦变甜。

只见他眼含热泪吐真情，

对着乡亲们把话端：

"大爷叔叔和婶婶，

你们都把我推选，

咱带领大家齐奋斗，

不能让祖祖辈辈守荒山。

我不信，

荒山孵不出金蛋蛋，

否则我愧做这七尺男。

只要咱们都同心干，

佛堂岩一定迎来艳阳天。"

就这样，

龚来文立下了军令状，
不畏风险闯难关，
为让群众填饱肚。
撅头馒头靠苦干，
实干绿化了万亩山。

他无私奉献为百姓，
动人的故事万万千。
特别是
新农村建设那一年，
真实感人事说不完。
……

山还是这座山呀，
天还是这片天，
五十年巨变把贫脱，
播一方恩德情相牵。
漫山遍野集体林，
绿色银行佛堂岩。
老百姓喜上眉梢笑盈盈，
幸福生活比蜜甜。
人们都把拇指竖，
龚来文，新农村建设旗一杆。

五十年呀五十年，
坎坷闯关莫等闲。
他带领群众穷变富，
疙瘩山变成金银山。
他无怨无悔讲奉献，
艰苦奋斗创非凡。

上
篇

这正是:

心系农民领头雁,

不畏艰辛富青山,

社会责任扛肩上,

苍天后土佛堂岩。(完)

铁人忠魂

【主持人上——

男 1205 钻探队伍享盛名，

女 由一批特殊的人才来组成。

男 他们为国开采石油志坚定，

女 听！远处传来了号子声！

【12 名钻井队员做石油钻探状，喊着劳动号子上场——

领说 出大汗哪（呦嘿）

众合 暖心肠啊（呦嘿）

领说 北风吹呀（呦嘿）

众合 透心凉啊（呦嘿）

领说 石油汉子（呦嘿）

众合 一声吼啊（呦嘿）

领说 地球也要（呦嘿）

众合 抖三抖呀（呦嘿）

领说 石油汉子（呦嘿）

众合 干劲大啊（呦嘿）

领说 老天捣蛋（呦嘿）

众合 咱不怕啊（呦嘿）

【号子声结束，竹板声响起。四男领说，众合。

四男 劳动号子震天响，

热血沸腾心荡漾。

越唱心里越有劲儿，

不由得想起了一件事儿。

众合 什么事儿，快点儿讲，

233

上篇

　　　　让我们一起来分享。

甲　过去的事儿记心底，
　　难忘铁人王进喜。
　　他日夜为国找石油，
　　经受了千难万险壮志酬。
　　喊出了宁肯少活二十年，
　　拼命也要拿下大油田。

乙　有一次，钻井钻到 700 米深，
　　谁也想不到冒井喷。
　　但只见，泥浆肆虐在翻滚，
　　工人们试图加入水泥压井喷，
　　现场没有搅拌器，
　　滚滚泥浆不停地溢。

丙　王进喜全然不顾腿受伤，
　　奋不顾身跳泥浆。
　　把自己当成了搅拌机，
　　化解了一场大危机。

众合　不愧是全国学习的好榜样，
　　铁人的名字更响亮。

甲　学铁人，做铁人，
　　铁人的精神震乾坤。

乙　学铁人，做铁人，
　　载入史册显神威。

丙　多打井，快打井，
　　党的使命记心中。

丁　多打井，快打井，
　　为国效力报忠诚。

甲　夜幕中，"发光"的钻塔多么美，
　　点亮夜空闪光辉。

心血浇灌汗水铸，

标记出时代的新高度。

乙　为祖国"加油打气"不气馁，

严格要求高标准。

为国打井到异乡，

进军海外创辉煌。

丙　队长换了一任又一任，

但永远不变的是精神。

胸怀祖国根脉深，

铁人精神永留存。

丁　大庆精神有传人，

咱说说新的铁人李新民。

他时刻牢记"我为祖国献石油"，

开辟国外市场来运筹。

甲　时光追逝 2006 年，

钻井队第一次中标到苏丹。

为了赶在雨季到来能开钻，

33 名队友人工安装来奋战。

乙　一队员不注意捅破一窝蜂，

大野蜂铺天盖地响轰鸣，

一个个狂风骤雨激流涌，

黑压压胜似乌云压山顶，

队员们个个被蜇得满脸泡，

又疼又痒睡不着觉。

用手一掐化成脓，

眼冒火星钻心疼。

丙　苏丹的气候太异常，

60 度的天气似烤箱。

地表烫，空气烫，

就连喘出的气体都是烫，

就这样，没明没黑 17 天，

终于把设备安装完。

丁　甲方代表叫约翰，

是一个非常认真的小老汉，

每天在工地跑来跑去来回转，

严谨监工细盘算。

眼睛就像扫描仪，

细到发丝差不离。

就这样，一次性检测全通过，

丝毫没有出差错。

甲　就在正式开钻这一天，

约翰他气喘喘跑到工地把手摊。

"李队长，听我言，

汛期来临要变天。

一个月如果打不出井，

陷入沼泽成泡影。

现在稳妥的办法赶紧撤，

另起炉灶另坐锅。"

乙　李新民紧皱眉头脸严峻，

慷慨陈词把理论。

"约翰先生请放心，

困难吓不倒中国人。

你心里不要有阴影，

我们定保质保量交油井。"

"同志们，时间就是生命，时间就是我们中国的信誉，我
们一定要保质保量按时完成任务，向祖国交一份满意的答
卷，大家说，行不行？"

"行！"

众合　激情豪迈震天响，

喊声越过千重岗。

领说 石油汉子（呦嘿）

众合 干劲大啊（呦嘿）

领说 老天捣蛋（呦嘿）

众合 咱不怕啊（呦嘿）

甲 60度的气温似火烧，

能把大地来烤焦。

队员们口干舌燥烤裂了嘴，

每个人，一天能喝掉17瓶水，

井架上忙了一整天不排尿，

汗水全部蒸发掉。

到晚上，蚊虫密密麻麻灯上涌，

乱冲乱撞往身上叮，

鼻子叮得像头蒜，

满脸起泡像发面。

叮得满脸红又肿，

到早上，死蚊虫就能扫上几大桶。"

乙 就这样争分夺秒把时间赶。

二十四小时不停转，

钻井队的条件虽然苦，

一个个心中雷响了进军鼓。

干劲不减标准高，

勇攀高峰定目标。

17天打出了一口井，

红旗插到了井架顶。

丙 仰望着五星红旗迎风飘，

翻卷着千辛万苦心如潮。

队员们困难面前从来没有掉过泪，

可此时，激动的抱成一团歌声脆。

众合 "五星红旗迎风飘扬，

胜利歌声多么响亮，

　　歌唱我们情爱的祖国，

　　从此走向繁荣富强。"

丁　仰望五星红旗飘，

　　热泪滚滚涌滔滔，

　　面对着五星红旗把双手举，

　　庄严向伟大的祖国来敬礼：

　　立正，稍息！敬礼！

甲　祖国啊，1205 钻井队没有给您丢了脸，

　　战场上不怕千难和万险。

　　无论走到哪里大家都把责任扛，

　　永远把国家的荣誉心中装。

　　面对着祖国的方向大声喊：

　　"老队长，1205 队出国打井的梦，我们终于圆了！"

众合　终于圆了！

乙　1205 第一次为国钻井争了气，

　　开辟出国外打井的新天地。

　　老约翰双手举着大拇指，

　　"numuber one，numuber one!

　　中国人，了不起，

　　世界上没有谁能和你们比。

　　你们困难面前永不止，

　　你们的精神必将载入苏丹史。"

丙　看今天，江山多娇春满园，

　　1205 钻井队经历了千难万险奏凯旋。

　　铁打的营盘流水的兵，

　　他们把铁人精神记心中。

众合　站得稳、打得赢，

　　铁人个个是先锋。

　　顶烈日，伴辰星，

铁人精神扬美名。

丁　为钻探石油不惧险，

　　不断登上新起点。

　　年进尺目标十万米，

　　所向披靡得胜利。

　　到目前，累计进尺达到 314 万米，

　　中国速度在雄起。

　　相当于钻透了 355 座珠穆朗玛峰，

　　载入史册多光荣。

　　到如今，海外业务在拓展，

　　亚洲、非洲、拉美洲，1205 的足迹遍山川。

甲　新时代，新起点，

　　"中国名片"传得远。

乙　新时代，新高度，

　　大庆速度不停步。

丙　手挽手，肩并肩，

　　高举红旗勇登攀。

众合　一个个故事讲不完，

　　一首首壮歌震山川。

　　一任任铁人在涌现，

　　一面面旗帜更鲜艳。

　　为国加油做铁人，

　　雄心永铸石油魂。

　　忠于祖国一颗心，

　　大庆精神铁人精神万古存！

古黄河畔守护神

大地严寒刺骨冷，
北风呼啸宿迁城。
浪打着黄河在咆哮，
风夹着冷雨下不停。
黄河上飞驰来一艘巡逻艇。
对讲机急促不住声。
"我是黄河，我是黄河，
我马上赶到目的地，
一定要抢到黄金五分钟。"
但只见，巡逻艇冲起千层浪，
箭一样盯着目标向前冲。
王爱东纵身跳进黄河水，
冰冷的河水刺骨疼。
牙齿被冻得直打颤，
心脏病发作胸口疼。
忍剧痛把落水女子救上岸，
这女子二次还生把眼睁。

时光追溯 2009 冬，
检察官王爱东病退在家中。
这一天他沿着黄河岸畔走，
心情舒畅春光明。
突然间远处传来喊救命，
原来是一男子落水在扑腾。
王爱东跳下河水把人救，
落水的男子终还生。

爱东他黄河岸畔做调查，
才知道落水的事故常发生。
回家一夜睡不着觉，
群众的安危挂心中。
纵然有三头和六臂，
也难保人民久安宁。
纵然浑身都是铁，
也难打出几根钉。
常言说，众人拾柴火焰高，
让黄河变成平安河，
同心守护宿迁城。
就这样组建了黄河救援队，
随时待命像战鹰。
一年三百六十天，
天天守护不息停。

有一次，救人突发心脏病，
送进医院 43 天才苏醒。
老伴握住爱东的手，
珠泪滚滚挂前胸。
"老王呀，你本是病退来休整，
你怎还敢瞎逞能？
你药盒能堆几尺高，
你还认为是年轻？
为救人多次差点送了命，
为救人全身受伤我心疼。
人生有几个多少次，
你一生能有几条命？
我求求你赶快回家去养病，
你还有八十多的父母没送终。"

"淑敏呀，你说的句句都有理，

可是我永远是个兵。

每当救起一个人，

别提心中多高兴。

我今生今世守黄河

你再怎劝枉费功。"

"哎，既然我左劝右劝不顶用，

咱两个瓜就像缠在一根藤。

老王呀，你用一生守黄河，

我就为你守一生

你一定按时把药用，

急救时缓解你的心脏疼。"

"好，我听你的！"

从此后，铁皮屋成了他的家，

他就像古黄河畔侦察鹰。

对讲机一刻不离手，

时刻盯着显示屏。

一旦发现有目标，

他第一时间向前冲。

老父亲多日不见爱东的面，

从乡下坐车进了城。

正赶上儿子救人命，

顿生感动好心疼，

"儿啊儿，黄河就是你的家，

你把百姓装心中，

你是爸的好儿子！

爸为你骄傲、为你自豪、为你光荣。

父亲给儿敬军礼，

知道儿子干正事，不怪你没给父母把孝行。"

颤巍巍禁不住地举起手，

一语难尽泪纵横。

　"爸！对二老我确实没孝敬，

守黄河我确实少了亲情。

可百姓就是我的命，

群众安宁我安宁。

爸，人都说养儿为防老，

不孝儿——在此给爸妈鞠一躬。

爸——妈——儿对不住您！"

感人的场景多激动，

大家都举手赞爱东。

榜样形成强磁场，

爱心感动宿迁城。

黄河救援队 11 年，黄河救人 169 位，

抓获罪犯 37 名。

11 年，手机落水 12 部，

心脏病伴他度过 21 个春与冬。

这正是：王爱东一生守黄河，

守住幸福和安宁。

善行义举感天地，

古黄河畔飞歌声，

这歌声，颂扬黄河守护神，

这歌声，满城感动润心灵。

这歌声，见义勇为人称颂，

这歌声，句句爱，声声情，

唱不尽，道德模范王爱东！

上
篇

逐梦放映

小小银幕一风景，
方寸之中融真情。
一生难舍唯放映，
执着梦想美人生。

唱的是太行老区太行情，
一路感动一路行。
电影放映员周耀武，
最美劳动者当先锋。

你看他：
一根扁担肩上挑，
山庄窝铺赶路程。
山山岭岭要翻越，
沟沟岔岔摸黑行。
走山岗来越山岭，
沟沟岭岭满是情。

多少次，骑车坏在半路上，
路上见不到一个人。
没办法找根树枝当扁担，
跌跌撞撞继续行。
他热爱机器比命重，
他爱护设备胜亲生。
每逢刮风下暴雨，
他光用雨伞护机器，

他却让暴雨灌了个水淋淋。

有一次红土坳村放电影，

乌云滚滚雷轰鸣。

他急着回家修机器，

放映结束就启程。

耀武他眼看大雨就要下，

你不顾危险冒雨行。

心里想的是修机器，

早已消失夜幕中。

行至中途暴雨降，

狂风骤雨满泥泞。

顶着暴雨继续走，

一步一挪往前行。

下坡路滑车直摆，

连人带车往悬崖冲。

三轮车放映机都摔坏，

耀武生死也不明。

家里人一晚上到处找，

第二天才找见他，被夹在半崖儿的树杈中。

妻子哭着喊耀武，

儿子连喊爸震长空。

耀武慢慢睁开眼，

紧抱着摔坏的机器哭不停。

"苍天呀——

放映员从小是我的梦，

为什么你让我的心底如寒冰。

如果我一天不放映，

我的精神会虚空。

老天爷呀会虚空。

不！我再买台新机器，

"相守相望这电影情。"

"不行！"

妻子再也忍不住，

捶胸跺足放悲声。

"丈夫呀——

自从你四处奔波去放电影，

咱家里就没有一天消停。

你拿上积蓄买拷贝，

桌了玉茭买三轮。

值钱的东西你都卖掉，

全部都投资到电影中。

你干脆把我也卖掉，

放映机是你的小情人。

俺在你心里没地位，

咱干脆离婚各奔西东。"

"老婆呀——

我心里哪能没有你，

我心里放不下是电影。

电影在老区作用大，

它让百姓沐春风。

王家媳妇不孝顺，

俺专放电影《喜盈门》。

张家男人是懒汉，

俺专门给他放《雷锋》。

你看咱十里八村多和谐，

这都是电影里英雄人物感化了人。

机器坏了要了我的命，

不放电影不甘心。"

这时候耀武他爹把话讲，

手拉着儿子他泪纵横。

"儿啊儿——
为了圆你的放映梦，
想办法给你凑资金。
爹再操起旧手艺，
上街摆摊把鞋钉。
把我的寿材先卖掉，
添不上整也添个零。"
周耀武跪爹面前泪泉涌，
作揖叩头谢父亲。
他妻子在一旁也深受感动，
卖掉我项链戒指凑资金。
当地政府多支持，
帮助他山村圆梦奋力行。

就这样，耀武又买上新机器，
坚持每天放电影。
他热衷放映三十年，
奉献青春荧屏中。
三十年送走日出迎晚霞，
三十年度过春光进隆冬。
三十年跋山涉水家常饭，
三十年披星戴月常事情。
事迹上了光荣榜，
最美劳动者红遍了山西省。

山里汉子周耀武，
魂牵梦绕电影情。
无怨无悔甘相守，
服务人民至终生。

这正是一生放映一生情，
太行精神永传承。
守望大山传播爱，
不忘初心走长征。

最美的青春

盛夏夜黑乌云浓，
电闪雷鸣响轰隆。
病床上，老人紧握女儿的手，
两行热泪滚前胸。
"文秀儿，现在天色这么晚，
乌云翻滚雷轰鸣，
儿夜间行路不安全，
要不明早回村行不行？"
"爸，现在我必须往回赶，
我担心，百坭村洪涝要发生。
今晚上，女儿不能陪伴您，
等回来，儿在床前尽孝心。"
"儿呀，爸知儿牵挂老百姓，
儿路上一定要小心。
到百坭给爸来电话，
爸今晚睡觉才安生。"

就这样，黄文秀告别老父亲，
只身消失夜幕中。
这时候，暴雨倾盆狂风猛，
电闪雷鸣破长空。
山洪暴发把道路挡，
汹涌潮水把道路冲。
黄文秀连人带车被冲走，
她壮烈牺牲，最美的青春化彩虹。

黄文秀，出生在革命老区百色市，
零八年，她高考来到长治城。
她到长治学院来求学，
是品学兼优的大学生。
第一年，递交了入党申请书，
第四年，面对党旗表忠诚。
　"一个人要活得有意义，
我立志为党为国献终生。"
13年，她又考进北师大，
历三载，刻苦攻读研究生。
16年，她毫不犹豫做决定，
回家乡，到扶贫一线当先锋。

百坭村山石林立不平整，
蜿蜒曲折路难行。
全村11个自然屯，
散落在大山像孤灯。
这里是脱贫攻坚的主战场，
多少年，祖祖辈辈守贫穷。
这一天，她到百坭来报到，
谁知道，刚进村就碰了钉。
村民们上下打量黄文秀，
旅游鞋、运动装，
白白净净面皮红，
身上不沾一点土，
这第一书记她能行？
　"闺女呀，你根本吃不了村上苦，
摸爬滚打靠硬功。
况且是个女娃娃，
俺劝你，第一书记快收兵。"

黄文秀不怕钉子碰，
没有在脱贫一线当逃兵。
下决心走好脱贫长征路，
不获全胜决不收兵。

于是她：搞调研，摸村情，
干农活，叙家情。
2个月把195个贫困户都访遍，
把困难户家底全摸清。
韦乃情的孙子没上户，
黄美线债台高筑满愁容。
梁家忠孩子考上大学难供养，
黄仕京因贫致学愁云浓。
黄文秀一个一个记心底，
敢啃骨头破坚冰。
她为韦乃情孙子跑户口，
帮黄美线贷款谋新生。
给梁家忠把雨露计划来申请，
筹资金送黄仕京把书攻。
一件件实事来解决，
一道道难关又接踵。
她调研种植砂糖橘，
谁知有来反对声。
姑娘呀，路上连个摩托难过去，
你站着说话不腰疼。
砂糖橘长成烂地上，
让我们去喝西北风！
黄文秀申请项目跑修路，
带领村民把路平。

外请专家搞培训，
橘子的产量噌噌噌地往上升。
从 6 万斤一下飙升 50 万，
打开了销路全卖空。
老百姓高兴地脱了贫，
黄书记，您真是脱贫路上一标兵。

如今走进百坭村，
庄庄屯屯崭新容。
通屯路，多平整，
蓄水池，水碧清。
盏盏路灯灯更亮，
恰似那文秀书记满笑容。
老父亲哽咽热泪涌，
字字句句动真情。
"儿没忘家乡养育恩，
儿没忘老区故土情。
儿没忘成才报国家，
儿怀揣使命写忠诚。
儿啊，你真是爸的好闺女，
来，爸为儿在天堂的路上敬一盅。
儿啊——"

黄文秀：信仰坚定为百姓，
牢记使命写忠诚。
生命谱写奋斗曲，
不忘初心，牢记使命，时代楷模，化作彩虹，
最美的青春走长征。

大山卫士

林海苍莽绿浩荡，
层林尽染入画廊。
诚信二字千斤重，
大山卫士挺脊梁。

泰山高耸长江长，
峰奇独秀山花香。
今天咱不把别的唱，
唱一曲：诚信模范勇担当。

共产党员刘真茂，
三十年护林日夜忙。
湘粤赣三省交界地，
驻守绿洲绽芬芳。
九三年，狮子口大山绿苍莽，
护林守林在前方。
刘真茂担任护林大队长，
日夜巡逻在山岗。
只因护林太孤苦，
队伍解散各奔乡。
刘真茂，不忍山林遭毁坏，
他发誓，孤身也把责任扛。
他一刀刀劈开了上山路，
夜以继日奔波忙。
在海拔 1600 米的山坳上，
一人建起哨所房。

他自掏腰包建哨所，
把所有的积蓄全花光。
逼得他，家里的小卖部把门关，
妻子悲泣泪汪汪。
"老刘呀，你还要不要咱的家，
家里让你折腾个光。
咱两个孩子要上学，
我有病，需要你陪伴在身旁。"
"老伴呀，我何尝不恋咱的家？
我何尝不顾咱儿郎？
咱同甘共苦多少载，
夫妻的感情心里装。
只因为，万亩山林是财富，
毁林砍伐太猖狂。
咱是护林一员将，
就应该诚实守信把责任扛，
否则咱愧对老祖宗，
让子孙后代戳脊梁。"
就这样，刘真茂建起了护林哨，
日夜巡逻护林忙。
夜幕降临他出发，
天蒙蒙亮进山岗。
一天只吃两顿饭，
揣个红薯当干粮。

为护林，小儿子结婚不回家，
为护林，二十多个春节在山里忙，
顶酷暑，忍寒霜，踏破鞋，磨破掌，
三十年，他到底走了多少路，
绕地球十圈可不夸张。

这一晚，除夕之夜哨所旁，
他对林切切诉衷肠：
山林啊，你我为伴死相守，
不畏生死云里翔。
你让我吻，让我爽，
让我醉，让我狂，
三十年，三十年，
护林守林终无悔，
林海苍莽怡清香。"

这时候，只听得手机铃声响，
一股暖流润心房。
原来是妻子来电话，
语塞哽咽诉衷肠。
"老刘啊，每逢佳节倍思亲，
除夕夜，电话里和你诉衷肠。
春天盼你你不归，
烈日望你泪满眶，
暮秋喊你无应声，
冬夜牵手在梦想。
不见面，长思量，
等你盼你两鬓霜。
新春佳节酒已酿，
咱山里团圆喜洋洋。"
一股暖流心潮涌，
山风飘荡，瑞霭飞扬，
林海欢聚日夜长。

三十年，守土有责记心上，
三十年，层林叠翠溢芬芳，

三十年，重任在肩顶巨浪，
三十年，丹心不渝谱华章。

看不尽，绿洲无限新气象，
山林妖娆展妍妆。
满目葱郁好风景，
万里春色似画廊。

这正是：
白了头发绿青山，
诚实守信挺脊梁，
生命绿洲在心中，
闪亮人生永流芳。

第七章

诚实守信

CHENGSHISHOUXIN

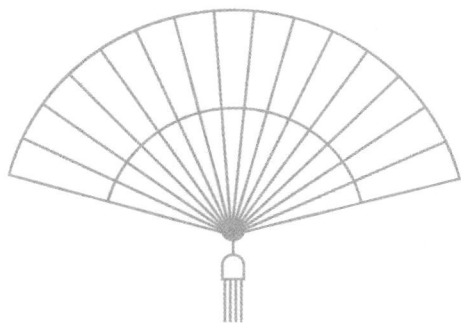

诚信爹娘

太行山麓岭莽莽，
漳河水畔吻花香，
诚实守信好名望，
厚土民魂爹和娘。

唱的是，张庄有个刘改香，
四十岁，生下了儿子叫王海良。
海良儿长到二十六，
办起了企业做塑钢。
刚开始，企业红火有生气，
在城里买上了商品房。
后来娶妻生了子，
生一对孪生小二郎。
可后来，企业经营不景气，
海良他，东凑西借塌饥荒。
亲戚朋友都愿借，
只因为，海良忠厚又善良。

一二年，海良七楼上安门窗，
突然间，脚手架滑落栽地上。
海良他抢救无效把命丧，
人生路上遭祸殃，
媳妇撇下孩子走，
孪生儿没爹又没娘。
刘改香陷入悲痛中，
痛哭流涕牵心肠。

这时候，亲戚朋友来要账，
真是雪上又加了霜。
一张张欠条加起来，
50万欠款压胸膛。
刘改香悲痛打精神，
话语一出震四方：
"你们借钱是好意，
我们不会赖你们账？
尽管我儿把命丧，
但儿子的饥荒我们偿。
老祖宗留下一句话，
做人不能把诚信忘。"

就这样，他们走上了还债路，
没明没黑日夜忙。
扫大街，货物扛，
捡垃圾，小工当。
为还债，苦活累活都要揽，
二十四小时不嫌长。
为还债，省吃俭用少营养，
一周闻不到肉味香。
为还债，生病不敢住医院，
头疼脑热也不粘床。
为还债，星期天孙子锁家里，
东奔西走找活忙。

只可叹，辛苦半年一算账，
吸口凉气更悲伤。
"老汉呀，辛苦挣不来几个钱，
牛年马月能还清账？

如果到死还不了账，
咱老俩没脸见阎王。"
唉！一时为难了老两口，
内心愁云像翻江。
"老婆呀，你有一手好手艺，
靠卖包子来还账。"
对！卖包子！

就这样，刘改香开起了包子铺，
辛苦操劳日夜忙。
别人还在睡梦中，
老两口凌晨三点就起了床。
到市场批发新鲜肉，
韭菜白菜装满筐。
挑选优质上白粉，
不买糖精代替糖。
猪肉羊肉韭菜馅，
从来不拌火腿肠。
烧水揉面煮稀饭，
还有开花馒头一筐筐。

日复一日年复年，
包子馒头全卖光。
6年来，别人的包子卖一块，
他们卖五毛价不涨。
有人说，老两口真是缺心眼，
这样下去会赔光。
该涨价时就涨价，
随行就市理应当。
刘改香，不为利益所驱动，

字字句句情满腔：

"难忘记，儿子不幸把命丧，
多亏政府来帮忙。
帮俺开起包子铺，
给俺信心困难挡。
难忘记，蒸包子摔在厨房内，
半个身子开水烫，
皮肤溃烂不见好，
牵动大伙热心肠。
争着帮俺卖包子，
包子铺一天没关房。
这情一辈子不能忘，
这情难以用斗量。
俺一个包子挣两毛，
总有一天能还光。"

六年光景过得快，
还债路上汗水淌。
这一天，老两口别提多高兴，
激动地像个小二郎。
突然间，泣不成声相拥抱，
泪水扑簌簌湿衣裳。
双手捧起儿子的像，
拂去尘灰泪两行。
"儿啊儿，告诉儿个好消息，
儿的饥荒快清偿。
渡过了难关度过了坎，
儿可放心在天堂。
儿在天堂路走好，
娘想儿，儿想娘，

母子相聚在梦乡。

儿啊儿，只要咱不把良心丧，

走在哪里也亮堂。

今天终于还清账，

爹娘也坦坦荡荡脸上有光。

这正是：

爹娘替还儿子账，

含辛茹苦不迷茫。

诚信赢得人称颂，

中华美德万年长。

千里追酒

买卖做的是个名，
水分掺假可不行，
"信义"二字千斤重，
耳闻盛传赞誉声。

唱的是，九连环李家久闻名，
信义二字写忠诚。
祖辈酿酒生意好，
酒香飘荡满长空。

这一天，李家又把生意定，
十六坛老酒送开封。
叫来了队长李喜盛，
百般吩咐说分明。
明天你负责把酒送，
随行的六人到开封。
把酒送到目的地，
来时棉花担家中。
一趟生意两会做，
中秋佳节喜相逢。

鸡叫五更夜朦胧，
七人担酒要启程。
个个身宽体胖骨头硬，
李秀则更是个好后生。
挑担行走三天整，

263

上
篇

太行山下出晋城。

但只见，山路陡峭路难走，

李秀则突然又肚子疼，

他撂下扁担要解手，

谁知酒坛没放平。

一坛酒倾倒流地上，

李秀则一下子吓了个蒙：

"我回去怎样去交代，

心里忐忑不安宁。

到了河南交不够酒，

返回棉花也担不成。

我这会真是倒了霉，

竹篮打水一场空。

老婆老母等饭吃，

儿女没粮肚里空。"

看见另一个酒坛眼睛亮，

心里有了小注意，

打起了算盘在心中。

他赶紧把酒分均匀，

一分为二赶路程。

夜晚住进小客店，

李秀则难以入睡心难平。

但等到半夜人声静，

他悄悄穿上衣服到院中。

把其他人的酒坛都打开，

往分别给自己的酒坛来匀称，

又把所有的酒坛灌上水，

然后悄悄把酒坛封。

自以为，人不知来鬼不觉，

一觉好梦到天明。

却不知，同行的假装打呼噜，

一举一动看得清。

李秀则高高兴兴回到家，

那承想，李家掌柜审详情：

白：做人首先要讲什么？

白：讲良心！怎样才算讲良心？

白：就是不做伤天害理的事。

白：经商应该首先讲究什么？

白：经商应该首先讲究信义。

白：老祖宗的经商原则是什么？

白：信义经营诚为本，不讲信义财路断，宁舍千两银，

不丢一份信。

白：好呀！你说在了点子上，可是，你做到了吗？

白：我……我……

白：好个大胆的李秀则，你知不知道你做错了什么事？

你要如实招来，不准有半句假话，否则，你立马给我回去！

李掌柜面带怒色拉下脸，青筋暴跳脸铁青。

李秀则扑通一声跪在地，

一把鼻涕一把泪，原原委委说分明。

老爷呀，我做了一件缺德事，

我当了一回糊涂虫。

于是他前前后后说仔细，原原本本交代清。

李掌柜听罢把眼瞪，气得他一下子说不出声。

九连环，自古商人来往密，

九连环，古驿风烟怆客情。

九连环，修德修业济贫困，

九连环，耕读传家报国荣。

为什么，九连环的坛酒溢香远，
诚信为本懂经营，信义两字比天大，
应把信义刻心中。
诚信的名声众人养，
自欺欺人事难成。
你自作聪明兑进水，
败坏了诚信经营的好名声。
一番话，汗流满面脊背冷，
好似钢刀扎心胸。

他连夜启程去河南，
要亲自上门去赔情。
他们日夜兼程十天整，
又一路颠簸一路行，
脚板底下磨起了泡，
他一瘸一拐不歇停。
第十天终于赶到了中原地，
向商家说明原委赔了情。
十六个酒坛搬街上，
一滴不漏全倒空。
无数路人来观看，
竖起大拇指赞不停。
商家激动的泪打转，
赞不绝口夸不停。
你们是诚实守信的买卖人，
祝愿你们的事业更兴隆。

这就是，诚实守信善经营，
义中取利显真情，
千里追酒挽信誉，
九连环，信义为本扬美名。

根在大山

时　间　除夕夜

人　物　程玉珍　五龙山乡刘寨村党支部书记、村委主任

李长红　程玉珍丈夫

李星涵　程玉珍女儿

【程玉珍的丈夫李长红和女儿李星涵忙碌摆放果品、点心。

李星涵一边摆，一边哼唱。

李长红　明天就要过大年，家家户户都团圆，除夕摆好果品盘，花红柳绿多新鲜。

李星涵　爸，明天大年初一，我和同学约定好给班主任拜年，那天妈妈在城里看好一件衣服说要给我买上，不巧兜里的钱借给了张叔叔，妈妈说除夕夜一定送给我那件衣服。

李长红　女大十八变，我女儿穿什么衣服都漂亮！

李星涵　爸，你可不知道那件衣服，红里透着蓝呀，蓝里镶着绿，可好看了。

李长红　看把我姑娘乐的——

李星涵　爸，明天我穿那件衣服，同学们保证竖起大拇指！

（扮着鬼脸），妈，快回来呀！

李长红　来，我给你妈打个电话。

（拨电话，传出："对不起，你拨叫的用户已关机"）

李星涵　妈，快回来，我做梦都想那件新衣服！

李长红　别急，别急，咱再等等她。

【程玉珍风尘仆仆地上。

程玉珍　别等了！（笑）我回来了！

李星涵　妈，你终于回来啦！

267

上

篇

【星涵接过衣服，程玉珍疲惫一屁股坐下。

程玉珍　回来啦！回来啦！你弟弟呢？

李星涵　妈，弟弟到姥姥家去了。

李长红　玉珍，孩子都回家好几天了，他们可都想你了——

李星涵　妈，我和同学们都约好了，明天就穿上咱们在城里看好的那件衣服给老师拜年。哎，妈，快拿出来，让我给爸爸穿上，让爸爸看看。（急切、高兴）

程玉珍　（不好意思）呀，星涵，你看妈这记性，坏了，坏了。

李星涵　没买上？

程玉珍　忘了，忘了——

李星涵　妈，明天可是大年呀！哪个不穿新衣服？

程玉珍　你看看，妈满脑子是养老院的爷爷、奶奶！

李星涵　我就知道你心里全装得是满是养老院，你心里哪有我和弟弟！

李长红　星涵，都大学生了，你可要理解你妈呀。

李星涵　理解，理解，谁理解我呀！（哭泣）

李长红　玉珍，你这记性叫我怎么说你呀！星涵——
　　　　（唱）自从你妈把担子压，

　　　　　　　合作社一心把工作抓。

　　　　　　　村里有多少困难户，

　　　　　　　她心里时刻总牵挂。

　　　　　　　这家没有油和米，

　　　　　　　那家吃不上鱼和虾。

　　　　　　　儿子忤逆不养娘，

　　　　　　　你妈先接回咱们家。

　　　　　　　村里设施先垫资，

　　　　　　　家里积蓄让村里花。

　　　　　　　回头再把玉珍劝，

　　　　　　　你大事小事磨碎牙，

　　　　　　　从早到晚连轴转，

心里也得顾咱家。

孩子指望穿新衣，

可你让孩子冰棍挂。

李星涵 妈把村里当成家，

管好村里再管家。

来到家里见不到妈，

我真是有妈像没妈。

程玉珍 星涵，我的女儿。我心里愧疚的就是你和弟弟，

还有咱们这个家呀！

（唱）爸和妈闯荡企业多少年，

多少年生产经营多心酸。

好容易工厂前景有好转，

回村里睹物思情泪涟涟。

走在山里的泥泞路，

村里野味出不了山。

眼睁睁山里的野味全烂掉，

眼看着挣钱却赔钱。

村民喝不上自来水，

要挑水路远走山涧。

那一天，张爷爷挑水腿被绊，

骨折住院一百天。

三奶奶满园核桃树，

因为泥泞运不出山。

那年妈妈病在床，

村里乡亲照顾俺，

这个送来营养品，

那个送来甜饼干。

妈发誓学上本领报心愿，

回报乡亲心相连。

所以说，刘寨永远是妈的根，

没有根，妈是浮萍叶子蔫。

于是与你爸来商量，

定下来，回到刘寨解忧难，

要让全村穷变富，

要让凸岭变青山。

女儿呀，原谅妈妈记性差，

可母爱永远存心间，存心间！

李长红　星涵，你妈说的句句可都是大实话呀，叫亲了的娘，

住亲了的房，山里生来山里长，山里富裕心亮堂。

星涵……

（唱）你妈满是肺腑言，

还望女儿多包涵，

支持你妈干事业，

行动上来个顺水船。

让你妈一心一意无牵挂，

让刘寨迎来一片蓝蓝的天！

李星涵　爸，您说的对！妈，女儿错怪您了！你能原谅女儿吗？

程玉珍　星涵，是妈关心孩子太少了……

李星涵　妈……今后，你就放心大胆地干吧，

女儿绝不会拉妈妈的后腿。

李长红　玉珍，听见了吧，闺女可向你表态了！

程玉珍　星涵，你真是妈的好闺女呀，妈妈以后就更有劲儿！

李长红　来，咱们为新年的钟声干杯，祝愿刘寨村拥有美好的明天！

合　　　来！干杯！

好人好歌好诗篇，

好山好水好路宽。

创业艰辛路漫漫，

幸福生活奔明天！

一生守诺

人　物　秦立强，男，神头村农民

　　　　老伴，女，秦立强妻子

时　间　中午

地　点　秦立强家

【秦立强提着一条大鲤上场。

　　　　（唱）天怕乌云地怕荒，

　　　　人怕疾病草怕霜。

　　　　多年来，老婆患病下不来炕，

　　　　没办法，强忍着泪水在老婆面前笑脸装。

秦立强　老婆子，我给你买了条活蹦乱跳的大鲤鱼，现在马上给你炖。

【朝屋里看看。

【老伴呆呆地一句不说话。

秦立强　老婆子，你又生谁的气了？

【猛然看见老伴拿着剪刀正往手腕上扎。

　　　　老婆子，你怎么干起傻事来了！

老　伴　老头子，我是废人一个，你让我去死！让我去死吧！

秦立强　老婆子，你怎么是废人一个？你在我面前是阳光少女。

　　　　哈哈。我在你身上可琢磨出好多窍门来。常开窗，透阳光，

　　　　通空气，保健康。常常晒太阳，身体健如钢。

老　伴　不，老秦，我对不住你！

　　　　（唱）我得病多年把你拖个够，

　　　　叫我内心犯忧愁。

　　　　看着你满头白发背佝偻，

　　　　眼睛深陷，两手如同树皮皱，

　　　　走路就像腿灌铅，

　　　　我不如一死了忧愁。

271

上
篇

秦立强　老婆子，看你说的，俗话说：簸箩离不开担的，

　　　　　媳妇离不开汉的，赶车离不开畔的，擀面离不开案的。咱

　　　　　们可是青梅竹马，一对随牡丹呀！

老　伴　青梅竹马？还一对随牡丹？

秦立强　对呀，老婆子，你忘了？

　　　　　（伴唱）山坡上长得十样样草，

　　　　　十样样看得妹妹九样样好，

　　　　　巧口口说来毛眼眼照，

　　　　　满口口白牙对着哥哥笑。

秦立强　那时候，你扎着羊角辫，总爱跟着我，我叫你是跟屁虫儿。

【老秦尽力逗妻子笑。

秦立强　断了腿，我背你，缺了胳膊我喂你，眼睛瞎了我搀你。

　　　　　（唱）要像比翼的鸟儿一起飞，

　　　　　像并蒂的花儿两相依。

　　　　　人生的路上有风雨，终生和你在一起，永远不分离。

　　　　　守着你是最大的幸福，我怕睁开眼睛看不到你，

　　　　　我答应要守护你一生呀！

老　伴　那是以前小孩子耍娃娃的事，也不能一辈子记在心上。

秦立强　胡麻开花一片片蓝，没有老婆实在难。说过的话不能推翻，

　　　　　做了的事不能中断。我可永远记得那句话呀！

老　伴　可我总觉得我是你的包袱。我已经拖了你二十多年了呀！

　　　　　我哪辈子造的孽呀！

秦立强　老婆呀！

　　　　　（唱）想当年生活多贫穷，

　　　　　我打工外出去谋生，

　　　　　家里家外全靠你，

　　　　　你陪儿夜半学习到天明，

　　　　　那一夜，儿子突患阑尾炎，

　　　　　遍地打滚肚子疼。

你夜半背儿去看病，

摸黑爬跌到医院中，

儿子的阑尾得救治，

你一头栽在病房中。

老婆子，我可不把你当成个包袱，你永远在我心里。

走到哪里，我都想你在哪里。你忘了？想你想得着了慌，

犁地扛了个饸饹床。

想你想得迷了窍，压饸饹搬回个铡草刀。谁说你是个包袱，

你是我的宝贝！

来，听话，小乖乖听话——咱们做每天的规定动作——

（唱）对着老伴的耳边轻轻唤。

来，我给你捶捶背，揉揉肩，

再为你全身穴位按摩一遍。

洗洗脚，指甲剪，

活动活动筋骨把身翻。

温热的毛巾擦净了脸，

晒晒太阳心不烦。

老　伴　本来是主妇我给你分担，

罪孽呀旧病未好新病添。

这一次得病如山倒，

还要麻烦你多少年。

多少年，你从没红过一次脸。

多少年，你囫囵睡在俺身边。

多少年，你半夜起来喂俺药，

多少年，你端屎端尿不嫌烦。

看看满是老茧的这双手，

这双手，一年四季不得闲。

这双手，带妻闯过多少坎，

这双手，夜夜为妻挡风寒。

这双手，天天为妻洗脚脸，

这双手，顿顿喂饭妻嘴边。

你一生守诺我难报答，

来生变成牛和马，也要陪伴你身边。

秦立强　船破有帮，帮破有底。老婆子，你一定要充满信心，

现在社会这样好，政府给咱交医保，困难家庭有劳保，

咱生活一天比一天好，以后呀，咱还会更好——更好——

老　伴　老头子，我祖上真是积了德遇上你这么个好人呀！

秦立强　老婆子，你现在高兴了吧！

老　伴　老头子，我——我高兴，我高兴！

秦立强　老婆子，从小就把手儿牵，一生相伴到百年，

红豆开花长蔓蔓，你是俺的命蛋蛋。

【老伴忍不住大笑起来。

秦立强　老婆呀，我的命圪蛋蛋，你可发自内心高兴了！

老　伴　高兴——高兴——

秦立强　你高兴我高兴，咱们相敬百年，幸福永远！

老　伴　对！相敬百年，幸福永远！

　　　　（伴唱）一句承诺值千金，

你恩我爱心连心，

往事悠悠同相守，

幸福生活唱好人。

暴玉喜（图一排左四）创作的长子鼓书《闹红火》荣获第十一届中国曲艺牡丹奖，图为颁奖现场

暴玉喜荣获第八届中国曲艺牡丹奖

第十届中国曲艺牡丹奖颁奖仪式

实地采访抗日老英雄

采访全国道德劳模孙银聪

与全国道德模范刘金茂合影

受邀参加守正创新 迈向未来——中国曲协70周年成就展览

现场照片

展后采访

受邀参加第六届海峡两岸曲艺欢乐汇

作为代表参加中国曲艺家协会第八次全国代表大会

作为代表参加中国曲艺家协会第十一次全国代表大会

受邀我们都是追梦人进行采访

暴玉喜为首批牡丹绽放培英行动入选者

首批牡丹绽放培英行动入选者

受邀参加中华人民共和国第二届青年运动会火炬传递仪式现场解说嘉宾

采风创作亲自指导授课

采风创作走进各村各巷

采风创作走进田间地头

采风创作走进艺人家中

个人照

"乡情"和"乡人"孕育的创作深情

——记曲艺作家暴玉喜

跟暴玉喜握手时，他总会习惯性地把另一只手也伸过来，两只手一起握紧对方的手，他的大手所带来的厚实感与温暖感，很容易让人想到"土地""乡亲"这样的词语。暴玉喜是生活在山西长治的曲艺作家，对这个"从土疙瘩里走出来"的作家，最近的一个大事儿是他创作的沁州三弦书《十七棵松》获得了第十届中国曲艺牡丹奖的节目奖。这是他连续第三次获得这个全国性的曲艺奖项了。

对于"十七棵松"的故事，暴玉喜印象深刻，"十七棵青松根连根，十七位兄弟是手足情"。被称为"红军村"的江西瑞金华屋为后世留下了这样一个故事："八十多年前，瑞金华屋全村十七名男青年同时走上前线，他们每人在后山的蛤蟆岭上栽下一棵松树，并约定革命成功后再一起回到家乡看看。然而，这十七位栽松的红军战士后来全部牺牲在长征途中……"从瑞金采风回到长治，暴玉喜决心用长治当地的曲种来演绎这个动人的故事。"那段时间，我不断咀嚼英雄的故事，酝酿心中创作的欲望。"后来，就有了沁州三弦书《十七棵松》。

"作者满怀深情的写作使这个故事跃然纸上"，这是牡丹奖评委对这个节目的评价。"在演出时，很多观众都流泪了"，《十七棵松》的表演者、曲艺演员李彩英回忆起《十七棵松》演出时的情形，当唱到十七个红军战士临上前线时，台词中有一声儿子对母亲的呼唤，"这句'娘——'唱得我浑身起疙瘩，眼泪一下就来了，但又不能让泪流出来，只能控制住眼泪在眼睛里打转"。

在暴玉喜创作的曲艺节目的表演者看来，暴玉喜就是这样一位"能让观众和表演者都流泪的曲艺作家"。暴玉喜1971年出生于长治市长子县，长子县有"曲艺之乡"的称号，这里流传着长子鼓书、长子道情、长子钢板书、长子莲花落、长子扇鼓、长子鼓儿词等曲艺形式。小时候的暴玉喜，经常走村串户看民间曲艺人的表演，"跟着民间鼓书艺人们，他们唱到哪里，我就听到哪里"。他惊讶于民间艺人的"能耐"："他们不需要布景也不需要道具，一把琴、一副板、一面鼓、一张嘴就能赢得满堂喝彩。"听得多了，暴玉喜也试着自己创作起来，十二三岁时，他创作了自己的处女作《买年画儿》，这个作品是他与母亲上街备年货时有感而发。

而母亲之于暴玉喜，也起着"启蒙老师"的作用。"母亲曾是保育院老师，满肚子的儿歌"，由于通晓诗书，有段时间，暴玉喜的母亲经常为村里的民间艺人编唱词，"艺人们经常主动来和她讨好段子、好曲子"。直到现在，母亲仍然是暴玉喜的第一个观众。"有了新作品，先念给母亲听，她听了哈哈大笑，说明这作品成了，可以用；如果她听了毫无反应，说明作品还需要再改。"

上了大学后，学习汉语言文学专业的暴玉喜开始了他的曲艺创作之路，鼓书、戏曲，暴玉喜把大量的时间用在了创作这些他熟悉的传统艺术上。十几年坚持不懈地创作，在2007年终于得到了回报，这一年，暴玉喜创作的上党梆子现代戏《丹凤朝阳》获得中国戏剧文学奖、山西省"五个一工程"奖等奖项，随后他便成了各个戏剧、曲艺奖项的常客。对于牡丹奖，暴玉喜也并不陌生，他创作的长子鼓书《腊月天儿》和《山西面食》都曾获得过牡丹奖。他也凭借自己的创作，让长治当地的曲种走出了山西，走上了更广的舞台。

说起自己的创作，"乡情"和"乡人"是他经常拿来描述其作品的词语。"写每部作品时，我都会把自己的感情倾注进去，我都会考虑，观众喜欢什么样的作品，我把自己的感情和百姓的喜怒哀乐联系起来创作作品。"每个星期天，暴玉喜都会回到自己长大的村子里，"村里的乡亲很早就在村口的石墩上坐着等我，到村子里，他们跟我拉家常，我给他们念我写的段子"。暴玉喜自豪地说，"村人们都说，我走到哪里都是在村子里时的样子"。

除了浓浓的"乡情"，暴玉喜的作品为人称道的地方，是他对细节的处理。"泡粟米磨黄蒸面儿，煮刀豆调黄蒸馅儿。烘灶火掀铁笼盖儿，小小黄蒸摆成圈儿。点柴火扇风箱儿，风箱忽扇忽扇真肯板儿。"在长子鼓书《腊月天儿》中，暴玉喜把从腊月二十三到腊月三十乡人准备节日的活动细细地描绘了出来，"儿"字韵带来的俏皮感，加上像"噜噜噜蹿出小火苗儿，呀！火苗儿燎了小眉毛儿""馋坏了大人和小孩儿，小孩儿们张的嘴儿瞪的眼儿，扒住桌的儿踮脚尖儿，流的涎水舔嘴片儿"等句子带来的叙事节奏，整个喜庆的"腊月天儿"就这样引人入胜地展现在观众面前。"我写本子的时候，一直在提醒自己不要说空话和套话，而是用心理、动作、对话等描写，来刻画人物的性格特点，这样既能使人物表现更加丰满，也能使语言更加细化。"

一方面是对一个特定曲种创作的细细打磨，另一方面，暴玉喜也在不断拓宽自己的视野，从单一的长子鼓书创作，到长子道情、潞安大鼓、武乡琴书、沁州三弦书、壶关鼓书等长治地区曲种的创作。近些年来，暴玉喜又开始向"外省"发展，河南坠子、四川清音、福建南音、京韵大鼓等，他都去尝试创作，"每个曲种都有自己的地域特色，带着当地的乡韵乡风，我接触这些曲种，都会先探究如何抓住各个曲种的表现力和感染力。"

"不管创作什么曲种，每写一部作品，我都会去乡人中间采风体验，保证每部作品都来源于生活。"暴玉喜认真地说。

本报记者　邓立峰

2018 年 10 月 29 日《中国艺术报》第 6 版

身融乡土·心思乡愁·饱含乡情·溢满乡味

——打造曲艺精品应坚持"四个做到"

曲艺，是一门博大精深、蕴含丰富的传统艺术，是中华文化宝库中的璀璨明珠。如何使这颗明珠熠熠生辉，打造精品力作是重要的前提，是关键的第一步。那么，如何才能才能创作出拿得出、叫得响、继承传统、发扬光大、群众喜爱的曲艺精品呢？结合多年来的创作实践，笔者认为，切实做到身融乡土、心思乡愁、饱含乡情、溢满乡味，至关重要。

一、身融乡土——获取好素材的主路径

素材是创作的"粮食"，素材不真、不实、不全、不好，就做不出"美味佳肴"。要获取好的素材，必须身融乡土，亲临亲为。身融乡土，关键在于"融"，就是要面向基层，深入群众，在乡村跌爬滚打；就是要放下身段，敞开心扉，与群众心贴心交流；就是要扑下身子，一门心思，同老百姓打成一片；就是要扎下根子，心无旁骛，在实践中感同身受。

——源头活水在乡土。曲艺是一个地区历史、文化、艺术的集萃，有其形成的独特语言条件，代表着当地的经济、文化特色，承载着该地区文字记录之外的人文生态、道德标准、审美取向与社会的发展次序。曲艺具有"涵容万象，吐纳万端"的特质，将丰富多彩的生活场景、岁月留痕、民风民俗，信手拈来，尽情演绎。就拿山西长治来说，长治市古称"上党"，总人口300多万，只有13个县市区，说唱的曲种就有潞安大鼓、襄垣鼓书、长子鼓书、沁州三弦书、武乡琴书、屯留道情、黎城鼓儿词、武乡鼕鼓、干板书等37个曲艺曲种，可谓是三里不同俗，十里不同音。在这里，我们随处可以看到这种情景：村庄田野、城市学校、哨所军营无不活跃着民间艺人的身影，一把琴、一副板、一面鼓、一张嘴，不要布景、无需道具，板式丰富、旋律动听、韵味独特。庙会、赶集、婚丧、庆典，茶余饭后，摇扇纳凉，各具特色的曲艺曲种在人们的日常生活中成为了不可或缺的精神食粮。所以说，曲艺本身就是一种乡土艺术，源头活水在乡土，真金白银在民间。

——创作资源在生活。"地域文化的书写，大多都有一方水土作为创作资源和文化支撑，其特色与气质，是独特的东西，是寻常不见却又无处不在的，并且是可以真切感受的，于表象存在，于深层抽象"。地方曲种都带有明显的地域特征，是属于这个地区别具特色的"文化名片"。要把这张名片打好，曲艺作家就要沉到生活的底层，探源文化脉络，梳理曲艺内涵，挖掘基层鲜活的语言，对传统文化做好保护与发展，把传统的东西保留下来，给予它新的生命。

一切艺术都是源于生活，生活是我们的老师，生活是我们的源泉，掘得越深，泉水才越香甜。如果割裂生活这个大熔炉，闭门造车，胡编乱造，市场不买账，观众不认账。没有生活，不会用形象的生活语言表现所应表现的生活，就写不出感悟生活的词句，这是曲艺创作致命的弱点。

——灵感显现在积累。曲艺创作的灵感不是挖苦心思，而是长期积累，靠生搬硬造，造不出群众的语言。创作要写自己熟悉的题材，自己熟悉的题材更容易发挥想象的功效，生活细察细问，创作反复推敲，好比顺着一条筋往前捋，沿着一条藤往上攀，把经络捋清，把枝蔓摸准。我在创作长子鼓书《腊月天儿》时，脑海里总是挥之不去对美好童年的记忆，过年的情景总是牵扯着我的神经。

小时候过年，那是多么惬意的事情，又是一幅多么值得留恋的画卷。老百姓过年期盼是和睦幸福。从腊月二十三到除夕夜的欢聚，蒸黄蒸、备年货、扫灰尘、剪窗花、贴对联、放鞭炮、挂灯笼、拜大年——一个个红红火火的场景，一个个热热闹闹的场面。全家人兴奋，孩子们欢欣，处处洋溢在幸福的年味中。这些无不是我对生活的感受和积累，无不是我对生活的回味和感悟。

二、心思乡愁——探求最美最纯的智慧历程

作品要有思想，有主线，有价值，是创作的主要目标和重要前提。如何达到这一点，关键就是要依靠深入思考，深入分析，真正弄明白自己作品想要表达的、突出的主题，想要体现的价值取向。心思乡愁，关键在于"思"，就是头脑始终要清醒，不盲目，不随意，把握中心，抓住主线，有的放矢；就是要肯动脑筋，善于思考，理性分析，靠智慧去谋划去创作；就是要聚焦乡愁这个中心点，寻求乡愁中的闪光点，展示乡愁中最美最纯最真最有价值

的最亮点；就是要深接地气，以小见大；描景细腻，绘俗生动，状物机巧，写人传神。事儿、趣儿、情儿、理儿，清新蕴藉，话儿、语儿、音儿、调儿，沁人心脾。

——寻找最美的"原生态"。曲艺作为一种文艺形式，她大众化、通俗化的特质，决定了与广大受众的亲切关系，有着强烈的亲民情结。语言灵动，情语和节奏的变化能造出新的语境。用家常语写词，用口语化表达，读来朗朗上口，在创作中，崇尚自然美，自然无雕琢。我始终认为，创作的根基在基层，群众的语言最灵动，唱词还要为演员服务，把节奏写活，才能如鱼得水，相得益彰。自然界的物体用艺术构思链条，用审美情趣的连缀，把生活的画面通过时间的顺序连接起来，读者感到不空，读来也有厚度。

——挖掘最感人的"人之常情"。选材的时候，不是越大越好，应是生活中的小事、小情、小人、小理，身边的事，老百姓息息相关的事。这就是常形、常理、常情，常有的形象又都透示一个常理。把常形、常情、常理，贯穿在各个环境中，通过人物潜移默化的行动，通过一幕幕场景的再现描绘出来。长子鼓书唱本《常回家看看》，这是一个前些年被一首同名歌曲唱遍大江南北的题材：常回家看看，和父母团圆。表达的意味，似乎不用再说。但创作就是对生活的回应。随着开放程度的不断提升和现代化步履的不断加快，包括交通与通讯的日益便利，人们的生活似乎应当更加美满才对。然而，恰恰是这些看似便利的生活方式，正在剥夺着我们的幸福，异化着我们的内心。于是，常回家看看，便成为一种奢侈甚至艰难。因此，用曲艺的原生态寻找失落的亲情。正是为了找回应有的幸福，唤醒生活的自觉，我们才有了对此题材不厌其烦的关切与咏叹。把动人的亲情让说书人唱给群众听，听了能让人信服，让人信服才能让人受感动。让人受感动，必须入情入理，有情有理。在这里，"理"是客观事物的发展规律，是现实生活的逻辑反映。理，是艺术形象给以真实感的重要因素。

——提炼最有价值的"正能量"。曲艺作品的根基应建立在广阔的地域文化基础上，做到思想性小中见大，浅中出厚，平中见奇，见微知著；艺术性有情有趣，雅俗共赏，文情并茂，内涵丰富；观赏性有情有理，入情入理，拍案叫绝，耐人回味。在过去漫长的历史与文化发展长河中，曲艺艺术不仅以其自身的独特魅力，滋育和涵养着我们祖先的精神与心灵，而且以其深厚蕴藉的文化传统，孕育催生了富有鲜明中国气派与特色的文学体裁样式和几乎所有的地方戏曲剧种。我们每天接触各色各样的人和事，每件事情经过提炼和加工，就能写出有生活实感的故事来，让人们感到日常生活的真实亲切，让读者以不同的方式亲历、体味，并从中探寻生活的美好甘泉。

三、饱含乡情——链接真情实感的心灵纽带

创作必须带着感情，饱含深情，只有爱党爱国爱家爱人民，才能写出真情实感的作品来。饱含乡情，关键在于"情"，就是要带着对百姓、对农村、对曲艺浓浓的爱主动去创作；就是带着担当和责任，带着抱负和理想积极去创作；就是怀揣一颗赤诚的心，带着感情、带着深情忘我去创作。

——有爱才有深情。曲本的创作，字里行间贯穿一个"情"字，是对乡风乡韵的深深思念之情，是对普通百姓的拳拳眷恋之情。我的老家在农村，每逢周末我就回到老家，回到老爷爷、老奶奶的身边用心和他们交流，用情感亲自体验，用独有的生活的眼睛和嗅觉捕捉生活的气息，用艺术的眼光发现题材，挖掘题材，感悟题材，感受到地地道道的地方方言里散发出浓郁的馨香。这些充实到曲本中，尽管曲本叙述的是小事、小情、小理，但都是和老百姓息息相关的事情。字字句句，点点滴滴，注入生命的情感，化入生命的永恒。晶莹剔透，闪闪发亮，让人信服，令人感动。

——有情才能鲜活。曲艺作品强调有情和有趣，强调艺术的独创性。有情有趣，雅俗共赏，文情并茂，既富于时代生活的特征，又不失传统形式之美。中国曲协主席、著名相声表演艺术家姜昆说："我们当年为创作一个段子，专门深入基层体验生活，有时一去就是几个月甚至半年，可是现在很多作者总习惯把自己关进书斋或文艺沙龙中顾影自怜，而不是深入生活挖掘第一手的创作素材，结果创作出来的作品要么是粉饰太平、寻艳猎奇，要么是插科打诨，既远离生活，又毫无新意。"中国曲协分党组书记、驻会副主席、秘书长董耀鹏说："曲艺的本质是说唱艺术，曲艺的语趣、意趣、理趣、情趣，都是由语言带来的。曲艺的创新要注重守住说唱的本体，保持语言魅力。"两位曲协领导真正道出了曲艺创作的真谛。有情才能鲜活，有情才起涟漪。

——有责任才有动力。中华民族灿烂悠远的文化是每一个华夏儿女宝贵的精神财富。国家发展，民族振兴，不仅需要强大的经济力量，更需要强大

的文化力量。继承和弘扬优秀传统曲艺艺术是每一个曲艺人责无旁贷，义无反顾的责任和义务。原中国曲协主席刘兰芳曾说"曲艺是一门艺术，是我们的民族文化，民族文化不仅需要发扬光大，而且在发展中需要借鉴，但是本土艺术不能丢掉，好的曲艺作品只有和民间接地气、和人民接地气，才能保持旺盛的生命力"。艺术家的切身感受和实践体验无疑对我以后的创作产生了很好的启发作用。

把生活作为创作的第一源泉，把大众的审美作为评判作品生命力的标准，带着责任和使命穿行于曲艺的魅力之中，带着一颗感恩的心走进生活，带着一颗求知的心热爱生活，你的心无不受感染，你的曲艺才情就会得到渲染和迸发。

四、溢满乡味——走进群众心底的一道门槛

味是曲艺的生命，有味的曲艺蕴含着美感，曲艺有味，犹如立锥之意，广涵之气，表演之趣，产生美感，水到渠成。溢满乡味，关键在于"味"，就是作品要有乡土气息，有泥土的芬芳，真正接地气；就是要原汁原味，百姓口味；就是就是芳香四溢，历久弥新，经久不衰，让人回味无穷。

——适合群众口味是硬杠杠。要及时了解和掌握人民群众的文化需求，努力创造出反映人民群众主体地位和现实生活、为群众喜闻乐见的好作品。每当一个作品问世后，母亲是第一个读者，她识字多、阅历深，经历了坎坷和曲折，对生活有很多感悟。她每次都认真看我的作品，如果表情木然，毫无反应，我就知道，我的作品肯定失败了，要么离群众的语言远了。如果看到她开怀大笑时，我感到作品得到了她的认可，这就增加了我创作的积极性。

——做出味道是硬功夫。曲艺受众关键在曲本的质量，曲艺要唱给百姓的，就要适合百姓的口味，大众的情怀。在讲述故事的时候，文字要讲究，它一定是按说唱的基本要求往下进行，即：文字的自行规律通畅，字节的结构便于编曲和演唱。"有缝和有空"是文本不能写满，满则溢，要有包袱抖落。包袱抖得恰到好处，要形象化不是意向化，要水到渠成，不要刻意雕琢，要给观众带来意想不到的惊喜。只有掌握语言的丰富性，色彩的鲜明性，形象的灵动性，结构的严谨性，作品才能被群众接受。

——发展才是硬道理。文化延续着一个国家和民族的精神血脉，既需要

薪火相传、代代守护，更需要与时俱进、勇于创新。如何更好地让其在历史长河中薪火相传，生生不息，既是历史传承给我们的一项艰巨任务，也是时代赋予我们的文化使命。伟大的时代呼唤伟大的文艺家，伟大的人民期盼伟大的文艺作品。在新的世纪，曲艺工作者要将自己的艺术追求和时代的发展、国家的命运紧密结合，把中国梦作为自己的创作主题，坚定文化立场、坚守文化理想、坚持文化追求，培养高度的文化自觉、文化自信、文化自强，用艺术的形式来讴歌时代、讴歌国家、讴歌人民，推动时代的发展、社会的进步、文艺的繁荣。

身融乡土、心思乡愁、饱含乡情、溢满乡味。置身于曲艺的百花园中，要肩负时代的责任，捧出曲艺的爱心，酿造醇厚的曲香，挖掘曲艺的精髓，用心、用情、用爱拥抱时代，讴歌人民！

（发表于 2016 年第 3 期《曲艺》杂志）

中华美学精神与曲艺创作

  五千年的华夏文明历史孕育了灿烂的中华文化，中国文化承载了中华民族最深沉的精神追求，包含了中华民族最根本的精神基因，是中华民族生生不息、发展壮大的丰富精神家园。习近平总书记指出："中华优秀传统文化是中华民族的精神命脉，是涵养社会主义核心价值观的重要源泉，也是我们在世界文化激荡中站稳脚跟的坚实根基。"曲艺作为一门有着 2000 多年悠久历史的传统艺术，其形成和发展就是一个不断衍化的过程。从先秦民间故事、宫廷俳优的萌芽，到唐宋小说俗讲、话说伎艺的逐渐成形，再到宋元讲史说经、散曲词话的成熟兴盛，明清各类曲种的集成繁荣，以及近代以来的发展革新，经过新旧更替，仍有 400 多个曲种绵延传承至今。

  追求真善美是文艺的永恒价值，我们要通过文艺作品传递真善美，传递向上向善的价值观，引导人们增强道德判断力和道德荣誉感，向往和追求讲道德、尊道德、守道德的生活。曲艺浸润于中华传统文化的滋养，具有天然的劝人向善向上的功能和价值，通过说唱叙事，使人明辨是非、善恶、美丑，在抒发美好理想、建设精神文明等方面具有独特的魅力。

  中华优秀传统文化是我们民族传承数千年的生命力永葆生机的力量所在，是祖先留给后人的宝贵精神遗产，从优秀传统文化中汲取力量已经成为当前国人的重要共识。古往今来，曲艺娱神、娱人、说演教化，以老百姓喜闻乐见、易于接受和理解的方式，曲艺自觉不自觉地在社会价值构建中发挥着弘扬主流价值、传递正能量的作用。曲艺崇德向善，很多传统的价值观、伦理观和道德观，都是通过说书唱曲等曲艺活动来传播"说书唱戏劝人方"的艺谚。

  曲艺艺术与中华美学精神互相依存、密不可分。曲艺艺术与中华美学精神契合在曲艺悠久的历史传承、独特功用和曲种的多样性上。曲艺是离人民群众最近的艺术，抱诚守真、抑恶扬善是曲艺的优良传统。从古至今，曲艺以其独有的魅力滋润与滋养着人们的情感和心灵。中华曲艺的形式千姿百态、丰富多彩，400 多个曲种中有各种说唱的道具、多样的服饰、伴奏的器乐、各种方言表达以及多流派技艺手法，这些都是美的元素。

中华美学精神与曲艺承载价值有机链接

作为一个独立的艺术门类和历史范畴，曲艺像所有民间和市民艺术一样，与生活及时代的关系是极其密切的。它基本反映了广大人民，特别是中下层劳动人民，对历史和社会的关注。不仅反映了他们的爱憎和情感倾向，而且反映了他们的生活观、历史观、道德观，以及他们的情绪、性格的和明晰可辨的心理习惯和表情方式。

（一）中华民族与中国传统文化的对接

民俗是民众的历史，民俗是民众的学问，民俗是民众的思想，民俗是民众的性格。文化的历史有多久，民俗的历史有多久，民俗的历史有多长，我们生活中的各种民俗事项无论是在文化的形成、发展，还是在文化的保持、传递和延续过程中，都占有非常重要的地位。

曲艺的文化自信，来自对中华优秀传统文化的继承，来自对曲艺文化价值和功能的认知，来自对曲艺艺术生命力和创造力的信心，曲艺作品有些以民风民俗为题材，潜移默化地把一种乡愁凝练在里面，让这种文化传统根植于人们的思想，唤起美的记忆和留恋。

比如暴玉喜创作长子鼓书《腊月天儿》正是从民俗的角度出发，唤回人们的记忆和向往，浓缩乡情和乡景。腊月天的描写是一个受众广泛的主题，是对中国传统文化的褒扬，是对传统节日的留恋和再现，从腊月二十三到除夕夜的欢聚，蒸黄蒸、备年货、扫灰尘、剪窗花、贴对联、放鞭炮、挂灯笼、拜大年……一个个红红火火的场景，一个个热热闹闹的场面。每一个场景都是一幅画面，每一幅我们都是画面的主人。一个情节派生一个情节，构成情节链，句句不离人与景，字字凝练人与情。一个镜头接着一个镜头在展现，从始至终采用白描的手法，把过年的情景展现出来，让人回味，让人生情。在品味年的香甜、年的喜悦、年的乐趣、年的纯洁中，字里行间贯穿一个情字，是对腊月天的深深思念之情，是对普通百姓千丝万缕的情愫。曲本选择的是小事、小情、小人、小理，身边的事，老百姓息息相关的事。即我们所说的常形、常理、常情，把常形、常理、常情贯穿到腊月天的各个环境中，通过人物潜移默化的行动，通过一幕幕场景的再现描绘出来。

有理、有情、有人、有事是曲艺作品最基本的元素。长子鼓书《腊月天儿》

在语言运用上，是从生活化的语言中找灵感，从生活中品味道。每个元素都平中显奇，在平淡中见俏，平俗中见雅，崇尚自然美，自然无雕琢，把生活的画面通过时间的顺序连接起来，用白庙的手法勾勒一幅幅逼真的年画。

味是曲艺的生命，有味的曲艺蕴含着美感，曲艺有味，犹如立锥之意，广涵之气，表演之趣，产生美感。长子鼓书《腊月天儿》强调有情和有趣。有情有趣，雅俗共赏，文情并茂，既富于时代生活的特征，又不失传统形式之美。

（二）中华传统美德价值取向的坚守和延续

孝道文化作为中华民族薪火相传的道德内涵，是中华民族的文化瑰宝，早已融入了中华儿女的血脉骨髓。千百年来，中华民族繁复的传统礼仪中无不透露出孝道文化的身影，华夏大地上发生的无数的孝道事迹自古就广为流传。

作为中华优秀传统文化的核心内容之一，对孝道思想的继承和弘扬也是曲艺在新时代反映的主题。曲艺紧紧围绕人民群众骨子里感同身受的"国是家、勤为本、俭养德、诚立身、孝当先"等鲜明主题，运用评书、大鼓、相声、二人转、快板、绍兴莲花落等深受人民欢迎的曲艺形式，深情讲述助人为乐、见义勇为、诚实守信、敬业奉献、孝老爱亲等方面道德模范的感人事迹，彰显了生活之美、人格之美、信仰之美，使人们看到美好、看到希望、看到梦想就在前方。

由张文甫创作的快板书关于二十四孝故事的其中一篇《孟宗哭笋》，就是让文化传统的血脉温润心灵的作品。孟宗是有名的孝子。他母亲也是一位贤母。有一年冬天，孟母生病在床上，偶然提到了竹笋的滋味多鲜美，可惜现在吃不到了。孟宗对母亲十分孝敬，平时凡是母亲想吃的东西，他总要千方百计去办到。今天听母亲说想吃竹笋，他就背了锄头，到竹园找竹笋。孟宗在竹林里东找西找，想找一个笋子来孝敬母亲。可是冰天雪地，哪里找得到竹笋呢！连笋子找不到，没有尽到孝心，孟宗急得淌下了热泪。这时候，地上的积雪被孟宗的热泪融化了一大片，就在那一片积雪被融化了的地面上，露了一个小小的笋尖。他喜出望外，连忙用锄头把积雪和泥土拨开，挖出竹笋，拿回家去煮竹，孟宗煮了一碗笋片汤给母亲吃。

快板书《孟宗哭笋》正是以一曲大孝的情怀演绎了经典之美，挖掘了中

（三）曲艺传递真善美，传递向上向善的价值观

优秀的文艺作品首先以深刻的主题和生动的故事情节取胜，并且以优美的故事弘扬中华美学精神，向社会传递正能量。由曲艺作家谭均华所作的杭摊《美丽的眼睛》。选取平凡人的不平凡事的生动故事，以深化作品的主题，彰显故事人物美的心灵，蕴含的"真善美"中华美学精神。

杭摊《美丽的眼睛》，叙述的是一位 12 岁聋哑小女孩，在她因突发事故不幸去世前毅然决定捐献自己的眼角膜，她母亲开始不忍心让孩子再失去唯一能和世界交流的双眼，可结果还是尊重了女儿的心愿；当眼角膜受捐者——一位恢复光明的盲童亲切地喊这位母亲"妈妈"时，爱的暖流滋润了她俩的心田，人间真善美的传统美德得到充分的彰显。这一生动的题材选取，以及扣人心扉的故事情节，表达了作者对现实生活中美的心灵的一种审美概括，对人间"真善美"的一次深化提炼。故事中，这位母亲思想情感的前后转变，使故事情节跌宕起伏。当院长小心翼翼地做完小女孩取眼角膜手术后，向这个不足一米五的小小身躯，深深地鞠了一躬。接着，在场的所有医务人员也排成一行，向这个幼小的生命深深地一鞠躬。这一动人的情节安排，淋漓尽致地表达了作者对大爱的赞美，对善良之心的褒扬。尤其是作者在故事中把捐献眼角膜者安排的是一位聋哑女孩，这一故事人物的特殊性、典型性，更使这仁爱的心灵和高尚的情操得到再次升华，让观众产生更加强烈的美德的心灵冲击和教育，从而彰显和弘扬了中华美学精神。

《美丽的眼睛》故事虽然短小，但由于蕴含了中华美学精神的深刻主题以及生动的故事情节，起到了以小见大，释放出成倍正能量的积极效应。

美的语言深化美的意境。文艺作品的语言是传递作者思想情感的媒介和手段，优美的语言运用能够深化作品美的意境。《美丽的眼睛》在语言运用上充分发挥杭州摊簧叙、唱特长，从表白和唱词两个方面来塑造人物美的心灵，弘扬中华美学精神。首先从表白的语言看，质朴中蕴含爱的深深情感，以振动观众的心灵。如女孩的母亲在为什么不同意女儿捐献眼角膜时，表白道："她从小聋哑，唯一能和世界交流的就是这双眼睛，我不忍心啊，让这唯一的东西再离开女儿。"一言激起千层浪，"所有人都惊呆了，院长的眼睛也湿润了。"一位聋哑小女孩，在自己快离开这个世界时，愿意捐献自己的眼角膜，想的

沃土芬芳——暴玉喜曲艺作品文集

284

是让光明留给别人，让世界充满爱。因此，所有人的惊呆，是对这位女孩身遭不幸却又如此善举的强烈震撼；这院长湿润的眼睛，是对这位女孩之大爱精神的深深敬佩。又如，这位母亲看着女儿亲笔写下的"我捐眼角膜"五个字时，再也忍不住心中的悲伤，失声痛哭。"突然，林芳'哒'一把拉住刚离开的院长，'院长，你们就照我女儿的心愿去……去做吧！'"这一个"哒"字和一个"拉"字，从声音语言和动作语言中，透露出人物内心的情感转换，并表达了这位母亲由小爱到大爱的高尚情操，从而深化了美的意境，弘扬了传统美德。

美的声腔酿造美的韵味。声腔是戏曲的灵魂，也是一个曲种代表性音乐符号。杭州摊簧以优美的声腔传达美学精神，以优美的曲调塑造美的韵律。《美丽的眼睛》的曲作者从传统的基本曲牌入手，深入探究故事中的人物性格、情节发展，充分发挥杭摊演唱的特点，通过这些声腔、曲调的设计和运用，不仅使故事的主题更加生动，人物的形象更加丰满，而且让美的故事演绎成美的韵律，在美的韵律中流淌着中华优秀传统文化，从而让观众在美的享受中得到中华美学精神的熏陶，让观众在欣赏美的艺术中，使"真善美"的中华美学精神得到润物无声的传播。

（四）曲艺在托物言志、寓理于情中传播正能量

中华美学讲求寓理于情，讲求言简意赅、凝练节制，讲求形神兼备、意境深远，讲求知、情、意、行相统一。由四川巴中作家秦渊所作四川清音《莲花开》就是托物言志、寓理于情。世界上没有哪一种植物能像莲花一样得到全世界的喜爱，莲花始终是圣洁、清廉、吉祥、爱情、美女、友谊、君子、和合的象征。

《莲花开》作者从佛经、道经和儒家经典中查阅了大量关于莲的文章及诗词歌赋，由此有了新的发现：佛家是以出世的态度来救世，道家是以自然的态度来救世，儒家是以入世的态度来救世；道家教会我们看得开，佛家教会我们放得下，儒家教会我们拿得起。于是作者首先写出了四川盘子《心如莲》：开的看生死玄关，放得下心中欲念，拿得起春秋岁月，天地间一池青莲……

万丈红尘滚滚来，看我一步一朵莲花开。这个开头，既是引子，也是作品主题定位。接下来就要书写莲花高雅圣洁的花生命追求了。作者始终将自己与莲花进行着灵置换，即莲花是我，我是莲花。一切生命都是从种子开始，

而莲花从生命的开始就坚守着高洁的品质。

作者将莲花的孕育当作她生命追求的第一个阶段，贯穿这一阶段的是信仰，这个信仰就"高洁"，将莲花品质与今天的社会主义核心价值观紧密联系起来。接下来书写莲花生命追求的第二个阶段：莲梗、莲叶出水后的生命追求。莲梗澎湃着干净的血液，莲叶铺开了悲悯的情怀，这种高洁的品质继续与红尘抗争，抵挡着功名利禄的诱惑。经过艰难的生命成长和追求，到了莲花开了的阶段，这是第三个阶段。作者在语言表达上有意识地使用了一些叠词，在手法上采取侧面烘托，努力营造祥和氛围来表达莲花开的美丽景象。"莲花开，开在人间好自在，莲花开，开在天堂做莲台；莲花开，开在路上不徘徊，莲花开，开在心中永不败。"是的，心中有莲花，何时不清廉？人人是莲花，何处不芬芳？万丈红尘滚滚来，看我一步一朵莲花开！

中华传统美学与曲艺的社会价值引领

曲艺艺术是中华优秀传统文化不可分割的重要组成部分。丰厚的优秀传统文化是曲艺艺术的"根"，也是曲艺工作者增强文化自信的力量源泉，有利于塑造出曲艺人独有的文化气质。

（一）曲艺善于运用多种表现手法培植人民的思想情怀

社会价值引领的最基本、最本质、最重要的内容，便是人间的善恶相分，美丑甄别，真善辨识，也是正确的世界观、人生观、价值观的确立，还是家国情怀、道德信念、真理意识的培植，以及民族文化历史认同感、人类人文精神和思想的养成，也就是人之为人的内在素质的熏陶与完善。由马小平所作的相声《我爱山西》将博大精深的中华传统通过形象的描述，灌注于心灵的境界，《我爱山西》在内容上主要叙述：山西是中华民族和文明的重要发祥地之一，其历史从旧石器时代发端，经过数千年的演进，形成有别于其他地域文化的显著特征，对华夏5000年文明产生了深远的影响。山西拥有的所有城市文化都极具代表性，拥有十分丰富的历史文化遗产，历史文化名人群星灿烂。《我爱山西》从艺术上巧妙地把山西特色通过语言、动作、心理描摹来刻画。山西特色是整个作品最大的亮点，该作品介绍了山西文化和5000年的文化底蕴，文化内涵丰富，娱乐性较强，把文化与现场互动、搞笑巧妙结合在一起，立意高，通过赞美家乡，让更多的人了解哪些新鲜、美好的事物。

该作品的最大亮点就是让文化贯穿其中，以山西的人文、方言为基础，在表演中提高现在的听觉感受，让山西各地的民歌浓缩在相声的说学逗唱中，大胆吸收姊妹艺术或流行文化元素所进行的创新，从而受到观众的喜爱，誉为"极具山西特色，有一股浓郁的醋香味"的优秀作品。

（二）探源中华民族的"根"和"魂"，提升曲艺的审美功能

中华优秀传统文化是中华民族的"根"和"魂"，用恰当的话语表达讲好了一个好故事，符合了曲艺的美学特征，达到了人民群众对曲艺的审美要求。

绍兴莲花落，是最具绍兴地域文化特色的曲艺形式，其通俗易懂的内容表达、风趣多变的表现手法，深得广大人民群众的喜爱。

（三）汲取鲜活的生活素材，提炼鲜明的主题

生活永远是曲艺创作的唯一源泉。只有深入生活，走进生活深处，从人民的日常生活中挖掘素材、获取灵感、提炼主题、体悟生活本质、吃透生活底蕴，才能创造出人民群众喜爱的艺术作品。

发挥中华美学精神对曲艺创作和批评的指导

曲艺是用口头语言叙述的一种简便的艺术形式。以情节的曲折、人物的鲜活、语言的风趣吸引受众，是它的美学方向。在市场经济和全球化的冲击下，一些曲艺作品一味地追求大剧场、大舞台、花哨的布景灯光、喧宾夺主的伴歌伴舞等，背离了自己的美学方向，既没有争取到新观众，又丢失了老观众。曲艺要可持续发展，必须唤醒曲艺创作者和接受者的文化自觉意识，尊重、热爱自己的民族文化，保护、传承自己的民族文化，尊重曲艺长期形成的美学方向，并对曲艺的美学方向深入研究、切实把握。在此基础上，为传统经典曲目的传播、传承搭建平台，创作符合曲艺美学方向的新作品，以作品和演出形式的多样化促进曲艺的保护和发展。弘扬中华传统美学精神，不仅要在表演形式上创新，更要在作品上有所创造。

1. 要加强对曲艺本体特征的研究，深谙曲种的前世今生、优缺长短。任何曲种都是产生于特定的地方文化土壤之中，具有很强的地域性和乡土性，在表现形式、艺术特征、语言特色、声腔表达等方面都有其特殊性，而且，作为一种独立的艺术形式，曲艺的说唱和普通意义上的歌唱具有着天渊之别。优秀的曲艺作品，说到底是那些"既能在思想上、艺术上取得成功，又能在

市场上受到欢迎"的作品。不管你是什么曲种，考量其良莠，一要看思想立场是否端正、是否具备创新探索性，二要看其艺术水准如何，是否具备精湛的形式技巧、美学策略，三是看观众是否喜欢、是否养心也养眼。因此，无论是曲艺的创作者，抑或表演者，都必须明白这些道理，要对自己所从事的曲种有基本的认同，"量体裁衣"方能产出优秀作品，避免出现曲种"异化"或"他化"。

2. 要加强对艺人尤其是年轻艺人的培养，提升他们的表达能力和审美能力，能够准确把玩故事脉络和人物情感，娴熟地通过说唱、声腔的调整精确呈现情节起伏和情绪波动，让听众感受到"情"和"味"，而不是咿呀学语、照本宣科。这就要求从艺者时时保持谦恭的态度，牢记"一山还有一山高"，要多向老艺人、老前辈请教，如此方能游刃有余地达意传情，避免有的学者所指出的曲艺表演"音韵浅化、情感淡化"问题的出现。

3. 要提升曲艺创作的能力，不能只啃老本，必须能够不断创作出反映当下社会生活的好作品。曲艺观众之于曲艺的重要性是不言而喻的，既是欣赏者，也是审美价值和艺术功能的实现者，更是经济价值的兑现者。拥有观众的曲艺，就意味着社会的高关注度和广泛影响力的存在，利于推动文本、表演的创作生产，促进曲艺生态的健康；如果，曲艺失去了观众的如影相随，被束之高阁，则很可能意味着曲艺生态的断层。最根本的还是曲艺人要深入生活、扎根人民、苦练硬功，这样才有可能找到群众喜欢的内容与形式，创作的作品才能让老百姓听得入耳、看得开心，过后还有所回味，进而在观众中引发共鸣。曲艺"落地"，能够紧跟时代潮流创作出符合当代人审美标准的、反映当下美好事物的新唱本，能够以艺术的形式讲述老百姓自己的故事，回答社会关切和热点、焦点问题，其思想性、艺术性或能经由其观赏性得以凸显，才能最终实现其所承载的社会主义核心价值观的最大化传播。

创新是曲艺事业发展的生命。曲艺作品要满足人民的审美需要，对于作品的创新度就要有更高要求。随着人民生活水平不断提高，观众期待曲艺家们能够以充沛的激情、生动的笔触、优美的旋律、感人的形象创作生产出更多优秀作品，让精神文化生活不断迈上新的台阶。曲艺的繁荣发展之路，就是不断改革创新之路。曲艺工作者要志存高远，随着时代生活创新，以自己的艺术个性进行创新。曲艺创新须面向观众、面向市场。创新要在继承传统曲艺说唱表演艺术本质属性的基础上，根据新时期观众变化了的新的审美需求，进行必要的改革和新的创造。因此，要敢于打破界限，融会各种曲艺形式。在保留传统曲艺基本特征的基础上，转益多师，实现凤凰涅槃。

曲艺的创作与表演必须要靠美学精神的充实与点缀，方能有"骨"有"肉"、形神兼备、意境深远，从而具有生命力；而中华美学精神不能只是一个理论体系，它需要靠实践进行体验、传承与传播，即所谓达到"知、情、意、行相统一"，其中曲艺这一"中国式话语表达"无疑是最有效的途径之一。

不忘本来才能开辟未来，善于继承才能更好创新。任何一篇优秀的曲艺作品都离不开艺术家深厚的文化底气、坚定的文化自信以及对传统文化的深刻体悟。在吸收外来、面向未来的过程中，我们要更加清醒地知道曲艺的"根"在哪里，更加自觉地认同曲艺自身的文化价值和曲艺发展的强大生命力，用曲艺工作者坚定的文化自信，礼敬和践行优秀传统文化的价值信仰和道德审美体系，努力创作出更多有骨气、有个性、有神采的曲艺作品，留下更多让世人回味无穷的扛鼎之作、传世之作、不朽之作。

（本文入选：中国文联出版社 李屹主编《铸梦 文艺研修丛书》《中华美学精神与当代文艺创作——基于当代文艺创作的案例分析》）

下
篇

文以载道　大美人生

——像赵树理那样作文和做人

　　赵树理是山西省沁水县嘉丰镇尉迟村人，其代表作《小二黑结婚》《李有才板话》《三里湾》等，兼具文学性与社会性，突出了农民群体在变革背景下"有话要说"的历史境况，深刻反映了农民群体在社会变革中的历史主体性与重要性。因此，被毛泽东誉为"人民作家"，被文艺界誉为描写农村题材的"铁笔圣手"这位文学家还是中国曲协的首任主席。

　　今年是中华人民共和国成立 70 周年，也是中国文联、中国曲协成立 70 周年，我们要以赵树理实事求是、追求真理的高尚品格为标杆，学习赵树理爱农民、写农民、唱农民的创作态度，为社会发展说唱，为生活繁荣鼓呼。

一、赵树理作品的朴实之美

　　2014 年 1 月，我受山西省文化厅文艺创作中心邀请，以赵树理的《谷子好》为蓝本，改编一个在中国梦的感召下、农民发生翻天覆地变化的曲艺作品，为当年的山西春晚做准备。

　　《谷子好》是赵树理发表于《太行日报》前身——《晋东南报》的一个作品，多年来久传不衰，常演常新，显示出了历久弥新的艺术魅力。

　　谷子好，谷子好，吃得香，费得少，你要能吃一斤面，半斤小米管你饱；爱稀你就熬稀粥，爱干就把捞饭捞；磨成糊糊摊煎饼，满身窟窿赛面包。

　　谷子好，谷子好，又有糠，又有草，喂猪喂驴喂骡马，好多社里离不了。

　　谷子好，谷子好，抗旱抗风又抗雹，有时旱得焦了梢，一场透雨又活了；狂风暴雨满地倒，太阳一晒起来了；冰雹打得披了毛，秀出穗来还不小。

　　谷子好，谷子好，可惜近来种得少，不说咱们不重视，还说谷子产量小；想想近来好几年，咱对玉茭怎关照？深翻地，勤锄草，密植保苗追肥料，天天钻在玉茭地，常把谷子忘记了；谷子好像前房子，玉茭好像亲宝宝。亲生儿子应亲看，前房儿子怎丢掉？

　　没有华丽的辞藻，也没有刻板的说教，赵树理成了一个朴实的老农，蹲在地头，向着面前的受众介绍着"谷子"的种种好处：生命力强、产量高、用途多样等。但这样从地里"长出来"的语言才是最有感染力的。在仔细研读作品之后，我对"接地气"有了更深的感悟——作品不但要写出生活，更要揣摩生活的横断面，反映真实的时代面貌。为此，我认真思索，仔细观察生活，最终创作出了高平鼓书《日子好》。

"谷子好，谷子好，一段谷子情未了，今天套用谷子调，檀板一曲日子好。

日子好，日子好，咱们赶上好世道，以前穿戴怎讲究，黄绿两色多单调，看俺现在穿的甚，福寿唐装对襟袄。袄上还绣红牡丹，引来蜜蜂喜眉梢。

日子好，日子好，幸福吉祥领着跑。俺孙孙念书不掏钱，俺一家挣钱工资高，俺生病住院有医保，俺养老院里乐逍遥，俺住楼高三十层，冬暖夏凉有空调。俺坐飞机海南跑，天涯海角走一遭。俺还定时上电脑，和俺闺女把话聊。网上看看小外甥，真想亲亲抱一抱。

日子好，日子好，岁月悠悠在燃烧。悠悠岁月春常在，快快乐乐赶时髦。

日子好，日子好，健身娱乐把扇摇，蹬蹬腿儿，伸伸腰，走路好似水上漂。

日子好，日子好，日子越过越不老，看俺今年八十岁，跳起舞来三尺高。

日子好，日子好，扭起秧歌彩绸飘，国家好，民族好，全国人民才会好。国家富，民族富，亿万人民乐陶陶。同心共筑中国梦，咱们还是花枝俏。"

2014年元月22日晚，"幸福山西迎新春"2014年山西春节联欢晚会在太原青年宫演艺中心精彩上演。高平鼓书《日子好》一经演出，反响热烈，观众纷纷表示，高平鼓书《日子好》构思新颖独特，时代气息浓烈，编排精彩纷呈，演员表演精湛，传递了正能量，这是对我的赞誉，更是对赵树理创作理念的又一次充分肯定。

二、赵树理关注曲艺的坚持之美

赵树理出生在农村，对农村那些"说书的""唱曲的""演戏的""打家伙的"毫不陌生。在耳濡目染中，赵树理逐渐对曲艺、戏曲和民间音乐有了浓厚的兴趣，这为他将来的通俗文艺创作特别是曲艺创作打下了基础。

在青年时代，赵树理就尝试把身边的人或事编写为说唱的话本，只是因为条件限制，那些作品留下不多。目前我们所见他最早的"类曲艺"作品，是于1931年1月14日，用"野小"笔名在《北平晨报》第五版《北晨艺圃》

上发表的《打卦歌》。该作脱稿于 1930 年 12 月 27 日夜，全篇共 9 段、84 句。尽管这是他"拿旧体格来写"的，但内容深刻，读来朗朗上口，表现出了作者的艺术才华。

全面抗战后，为鼓舞广大军民的士气，各种文艺形式在各根据地均有不同程度的发展。在太行山根据地，伴随着新秧歌运动的开展，曲艺作为一种轻便、小型、灵活的艺术样式也同时开展起来，赵树理在深入了解说唱艺人过去困苦生活同时，针对旧书目中的某些不适应现实的内容，建议文艺工作者进行深入而广泛的改革。

中华人民共和国成立后，赵树理成了职业作家。文学与文艺并举。他的长篇评书《灵泉洞》，根据田间《石不烂赶车》改编的同名长篇鼓书，根据他自己的小说《小经理》改编的鼓书以及他根据平顺县北头村业余文艺组集体创作的《考神婆》改编的同名琴书等，都是语言幽默通俗，描写人物有血有肉的佳作。比如，他在沁水鼓书《不差啥》中，就描写了两个生活安乐的老汉。

"闲下无事上南洼，有两个老汉比庄稼。这个说我种了十亩好荙子，那个说我种了五亩好芝麻。好荙子，好芝麻，比来比去不差啥。咱不说两个老汉比庄稼，再说说两个大嫂比娃娃。这个说我的孩子会叫爹，那个说我的孩子会叫爸。会叫爹，会叫爸，比来比去不差啥。咱不说两个大嫂比娃娃，再说说两个姑娘比婆家。这个说我婆家喂了两头骡，那个说我婆家喂了两匹马。两头骡，两匹马，比来比去不差啥。"

赵树理潜心创作，也关心曲艺事业的繁荣发展。中华人民共和国刚一成立，他就东奔西走呼吁"繁荣曲艺"。他说，曲艺演出形式简单，又便于听众接受，是教育群众、发动群众、组织群众开展各项工作的好形式。他曾先后担任过两个曲艺刊物的主编：一个是从 1950 年 1 月创刊、1955 年 3 月停刊的《说说唱唱》，一个是在 1957 年 7 月创刊，至今已有 62 年历史的《曲艺》杂志。在办刊期间，赵树理如同辛勤的园丁，发现和培养了不少优秀的文艺人才。无论是在盛夏酷暑，还是寒冬腊月，他几乎每天都在灯下聚精会神地审阅全国各地寄来的海量稿件。每有收获，他就高兴地放下笔，拿起挂在墙上的三弦说唱一气，过瘾后又冲到桌边埋头审稿。

赵树理还曾三次成为文艺组织的领导人：第一次是于 1949 年 10 月被推

选为大众文艺创作研究会执行委员会主席；第二次是于 1958 年 8 月当选为中国曲艺工作者协会第一任主席；第三次是 1960 年 7 月，在第三次全国文代会期间参选并连任中国曲艺工作者协会主席。这期间，他结识了大量的曲艺艺人和曲艺工作者，组织老艺人把新小说改编为曲艺作品，为丰富曲艺文本文库作出了重大贡献。赵树理还先后发表了许多有关曲艺创作的论文、谈话等。1959 年，赵树理同志与陶钝共同选编了《建国十年文学创作选曲艺集》，为 10 年来曲艺作品进行了一个较为系统的总结。

三、赵树理作品中的思辨之美

"民以食为天"，而这"食"就是广大农民辛勤劳作所获，所以我们可以这样说，农业就是国家的"天"，文艺工作者只有真正深入农村、了解农民、聚焦农业，才能写出好的农村题材作品，赵树理无疑深谙此道。他生在农村，长期和群众同吃同住同劳动，农村的活计他样样精通，耧犁锄耙样样在行。他精通戏剧的唱腔、板式，操起乐器就能吹奏，拿起鼓板就能敲击。他把和群众拉家常、解难题当成生活的乐趣，把为人民创作、让人民满意作为自己的使命天职。

"怎样取材呢？就是把周围发生的事，往一块去凑，凑起来的东西呢，这就叫素材。如同炒菜备料一样，菜备好了，调料也有了，看炒几个菜，上那些调料好。所掌握的材料，用哪些，不用哪些，这种取舍办法，就叫剪裁，如同缝衣服一样，怎么才能裁剪合适。编快板也好，编鼓书也算，或者编演唱，看看要说明个什么，如果有人物，叫塑造人物形象。快板有时没人物，有时有人物。如果构成一个故事，这个故事也合乎逻辑，再学会押辙合韵，慢慢就成功了。奉劝大伙儿写韵作文时，不要用学生腔，要用大众化语言。要让识字的人看得懂，让不识字的人听得懂。"

所以赵树理的作品总是散发出土地的清香。因为那其中的每一句话、每一个字都是他在生活的沃土中发掘出来的，是真挚情感的自然流露。这种生命力至今仍然蓬勃，让我们震撼，也给我们深刻的启发——要把创作的根基深深地扎根于社会生活和人民群众之中，从人民群众的火热生活中挖掘素材，从人民群众的实践创造中提炼主题。

四、赵树理艺术人生的高尚之美

"士之致远者，先器识而后文艺""凡作传世之文者，必先有可以传世之心"。这都道出了作品、艺品、人品之间辩证统一的关系。赵树理常说："文学创作，在技巧艺术上要高于生活，但不能脱离生活，你硬去编造出来，就失真了，你硬要那样写，人们就会不满的，说你是瞎写""好的作品语言是人人能够看懂的，尤其让农民看懂。所以一个作家就应该随时随地收集东西，观摩事物活动过程，并且从中顺手抓取具体的引人启发的故事，慢慢积累，用时方便，这样才能写出好作品。"

赵树理说到做到，他的一生就是潜心创作、精心为艺、立心修身的一生。我们应当学习他"板凳须坐十年冷，文章不写半句空"的刻苦钻研精神，精雕细琢，精益求精，努力攀登艺术高峰，努力创作出书写人民伟大实践、体现时代进步要求、有正能量、有感染力，能够温润心灵、启迪心智的优秀作品。

德艺双馨品高洁，一片丹心向阳开。人民艺术家赵树理给我们指明了作文的方法和做人的手段。我们应认真汲取这种宝贵经验。在一线去寻找生活的源头活水，在生活去寻求一切有价值的东西，创作出思想性小中见大，浅中出厚，平中见奇，见微知著；艺术性有情有趣，雅俗共赏，文情并茂，内涵丰富；观赏性有情有理，入情入理，拍案叫绝，耐人回味的优秀作品。因为这样的作品是从生活的土壤里长出来的作品，是最接地气，为人民群众所喜爱的作品。这样的作品才能扎根大地、笑傲苍穹、伸展腰肢，充分吸收阳光、雨露和养分，终能长成参天大树。

习近平总书记指出，一个国家、一个民族不能没有灵魂。文化文艺工作属于培根铸魂的工作，要承担记录新时代、书写新时代、讴歌新时代的使命。今天，曲艺工作者要认真学习赵树理的作品和人品，积极参与到社会实践中，深入到轰轰烈烈的时代热流中，潜心创作，孜孜以求，走入生活，植根人民，用身心贴近人民群众，充分接近地气，才能在平凡中发现伟大，在质朴中发现崇高，才能创造出来源于生活又高于生活的优秀作品，才能创作出接地气、冒热气、沾泥土、带露珠的文艺精品，才能真正为人民抒写，为人民抒情，为人民抒怀，以优秀的文艺精品回报生我养我的那片沃土！

（本文发表于 2019 年第 6 期《曲艺》杂志）

改编：传承—弘扬—升华
原创：作品—精品—经典

——浅谈曲艺创作中改编与原创

在曲艺作品中，我们经常通过两种路径来进行创作，一条是改编，具有延展性，从古到今，由此及彼，在已有作品的基础上，进行加工、提炼，形成新的作品；另一条是原创，具有开创性，从无到有，由表及里，全新打造新的作品。改编和原创，两者相辅相成，相得益彰，犹如鸟之双翼，车之双轮，共同推动曲艺的繁荣和发展。

改编：从传承到弘扬再到升华

改编主要聚焦于优秀的传统文化，一方面进行形式上的改编，把一种艺术门类改编成曲艺作品，通过曲艺喜闻乐见和通俗易懂的特点，使传统文化得到弘扬光大；另一方面，进行内容上的改编，对过去的曲艺作品进行修改，形成具有现实意义、时代特色的曲艺作品。

（一）改出新天地

通过改编，既拓宽了曲艺创作的领域，又使优秀的传统文化在曲艺的百花园中，打开了一片新天地，焕发出新的生机和活力。比如，根据三国故事改编的鼓曲《关公挑袍》《八卦阵》《单刀赴会》《华容道》《过五关》《桃园结义》《赵云截江》《草船借箭》，根据水浒改编的《武松杀嫂》《宋江杀惜》《武松打虎》《醉打山门》《武松赶会》《林冲发配》，根据《红楼梦》改编的《晴雯撕扇》《黛玉焚稿》《宝玉哭灵》《黛玉悲秋》，还有《木兰从军》《英台拜墓》《英台担水》《割肉还娘》《梁祝》《门楼会》等，在民间广为流传。

潞安大鼓《割肉还娘》改编自传统小戏《七斤三两》，故事讲述的是古时县官胡绍武为一位流落街头的母亲断案做主，惩治忤逆儿子吴小虎的故事。最后，在胡绍武的帮助下，母亲的大爱唤醒了吴小虎的良知，他为自己的忤逆行为深深自责，吴小虎经过这样一番经历完成自我的心灵救赎，重新认识到母爱的伟大和人间孝道的真谛。这就是传统曲艺的魅力，它承载了百姓的认识愿望、生活理想和情感趣味，其中饱含着大量的社会伦理与生活知识，反映出人民的爱憎和疾苦，是人们明辨是非、增长知识的重要精神滋养，在悲与喜的强烈反差中，情感受到冲击，心灵受到震撼，发人深省，这样的改编作品汲取了传统文化的精华，体现人性的善良、人间的正义、做人的根本。

（二）改出新内涵

曲艺作家张文甫先生致力于曲艺创作和研究，他把《弟子规》用通俗易懂的曲艺形式加以改编创作，将《弟子规》中晦涩难懂的词句通俗化，同时注入新的内涵，构成完整的故事，五十段唱词，五十个故事，既是对中华优秀文化的传承，吸取其中的精华，把对人生的感悟、哲理、思辨用曲艺的手法高度凝练出来，而且朗朗上口，成为孩子们启蒙教育的读物。尤为《孟宗哭竹》《孔子问礼》《孟母断机》《鹿乳奉亲》把中华民族所倡导的礼仪、孝敬、品德淋漓尽致地表达出来，不仅继承了原作的思想精髓，更重要的是注入了新的思想内涵。《孟宗哭竹》中，结尾中"再看当今社会上，谁能像孟宗这样有孝心？给老人打个电话算不错，难得回家看双亲。借口家中孩子小，工作太忙难脱身。做父母不图儿女多富贵，盼的是一声问候和温存……做子女，扪心自问想一想，该如何回报父母养育恩？《孟宗哭竹》为神话，千秋传唱警后人。"以大孝的情怀演绎了经典之美，挖掘了中华民族优秀传统文化的精髓。《韦公训子》中选取平凡人的不平凡事的生动故事，以深化作品的主题，彰显故事人物美的心灵，蕴含"真善美"的中华美学精神。结尾"光阴岁月如流水，一旦誓去难找回。少小学习不努力，老大岂不徒伤悲？最怕玩物能丧志，响鼓还需用重锤。"珍惜时光，刻苦钻研。作者都把对人生的感悟，时光的珍惜，化为警语警句，催人奋进，以优美的故事弘扬中华美学精神，向社会传递正能量。

（三）改出新活力

改编也是一种创新和发展。一个民族尊重自己的历史，并不意味着他留恋过去或向后看，而是清醒地认识到，只有尊重过往的历史，才能更好地走向未来。

《梁山伯与祝英台》是中国汉族民间四大爱情故事之一，是中国最具魅力的口头传承艺术及国家级非物质文化遗产，也是在世界上产生广泛影响的中国民间传说。自西晋至今，在民间流传已有1700多年，可谓家喻户晓，流传深远，被誉为爱情的千古绝唱。从古到今，有无数人被梁山伯与祝英台的悲惨爱情所感染。2018年，在第11届巴黎中国曲艺节上，我对《梁祝》进行改编，把笔触伸进人物的心灵深处，以真情去体验曲中人物的感情，用自己的理解和方式去揣摸故事人物的经历和结局，对扼杀美好爱情的封建制度进行控诉和鞭挞。"红罗高山整三春，咋不知道我是女儿身。梁哥你对我情谊厚，三年来对我情谊真。梁兄你为我担过水，你也曾熬夜把药煎。下山梁兄你把我来送，十八里相送情更深。送了一里那个又一里，送了一村又一村。一路上你比男来那个我比女，梁兄你卸不开辜负了我一片心。今生有情无缘分，转世咱为人咱再结亲。三百两纹银我不要，拿上你的钱娶什么亲。那个情不投那个意不顺，万两的黄金也难称心。只要情投哪个意也顺，哪怕是穷得没有钱分文。"我把祝英台的情感纠葛，内心感受，在传统的表达方式上注入了新的内容。在这次法国交流中，《梁祝》先后在巴黎十三区、马赛、图尔等地巡回演出四场。一个艺人、一把三弦、一把板胡，呈现的就是精彩的曲艺。

演员胡晚红她时说时唱，一人双角，转换自如，曲调优美，声情并茂地将爱情故事《梁祝》娓娓道来，使法国观众听得如痴如醉，沉浸在原汁原味的中国北方传统曲艺盛宴中。中国曲艺也吸引了众多年轻留法学生和新一代华裔，年轻人对中国曲艺的热爱程度也令我们始料未及。

五千年的华夏文明历史孕育了灿烂的中华文化，中国文化承载了中华民族最深沉的精神追求，包含了中华民族最根本的精神基因，是中华民族生生不息、发展壮大的丰富精神家园。习近平总书记指出："中华优秀传统文化是中华民族的精神命脉，是涵养社会主义核心价值观的重要源泉，也是我们在世界文化激荡中站稳脚跟的坚实根基。"曲艺上的改编，聚焦、传承、弘扬、升华传统文化，既是一种推陈出新的创作路径，更是一种历史的责任和担当。

原创：从作品到精品到经典

曲艺一头连着历史，一头连着现实。许多生活的哲理和要义都蕴藏在丰富的现实生活中，需要我们去融入、提炼、挖掘和呈现，这就是原创，并且需要持续反复地修改、完善、打磨、提升，使作品日渐成为精品直至经典。

（一）创出生活真谛

原创就是要深入生活，融入生活，挖掘和发现生活的真谛。柴京海、柴京云兄弟二人创立的大同数来宝已成为大同的一个文化品牌，一张城市名片。作品《你幸福吗》《装房》《男大当婚》《婆媳之间》《七嘴八舌拉家常》《家丑外扬》《工钱》《手机》等，都取材于日常生活，带有强烈的时代气息，反映生活中的小人小事，将笔墨深入到时代的脉络里，聚焦现实生活中的平凡人生。语言诙谐幽默、朴实无华，随手拈来，但细细品味，又精雕细琢，刻画出一系列形象逼真、耐人寻味的平凡人物，挖掘他们的内心情感纠葛和善良美好的心灵。这和作者长期的生活积累紧密联系。

（二）创出群众最爱

原创就是要聚焦群众喜闻乐见的事情。我在创作长子鼓书《腊月天儿》时，考虑到对腊月天的描写是一个受众广泛的主题，是对中国传统文化的继承和弘扬，是对传统节日的留恋和再现。我在选材的时候，《腊月天儿》选择的是小事、小情、小人、小理，身边的事，老百姓息息相关的事，把常形、常情、常理，贯穿腊月天的各个环境中，通过人物潜移默化的行动，通过一幕幕场景的再现描绘出来。从腊月二十三到除夕夜的欢聚，蒸黄蒸、备年货、扫灰尘、剪窗花、贴对联、放鞭炮、挂灯笼、拜大年……一个个红红火火的场景，一个个热热闹闹的场面。"二十四五扫灰尘儿，家家忙得转懵懵儿。抬箱的儿，挪柜的儿，搬桌的儿，掂椅的儿，扫了上头儿扫下头儿，扫了旮旯儿扫缝隙，里里外外都扫净，满身都是黑灰尘儿，灰眉土眼儿照镜的儿，只有那个门牙儿白生生儿。二十六七买年画儿，精心挑选不随便儿。天地灶家财神爷，秦琼敬德门两边儿。老寿星，托寿桃儿，贴到堂屋正中间儿。老两口炕头贴的山水画儿，小两口床头贴的小胖孩儿，胖手胖脚儿胖胳膊儿，嘿嘿，腿窝儿还夹个小捻转儿。二十八九喜心头儿，家家户户挂灯笼儿。小灯笼儿，红圪丢丢儿，火样儿新鲜圆圪轮轮儿。玻璃灯儿，竹架灯儿，孔雀开屏狮子灯儿，天女散花走马灯儿，嫦娥奔月是火箭灯儿。三十日，年味更浓醉心坎儿，家家户户贴对联儿。浓浓的年味浓浓的情，米酒飘香扑鼻梁儿。杀鸡杀鱼炖肉块儿，烘上油铛炸肉丸儿。有酥肉，有夹馅儿，油泼豆腐一片片儿。捏面鱼儿，蒸面羊儿，蒸个面山粘满枣儿，上面还点了个红点儿。"每一个场景都是一幅画面，每一幅我们都是画面的主人。一个情节派生一个情节，一个镜头接着一个镜头在展现，从始至终采用白描的手法，把过年的情景展现出来，让人回味，让人生情，品味年的香甜、年的喜悦、年的乐趣、年的纯洁。

（三）创出时代强音

原创就是要紧跟时代步伐，紧扣时代脉搏，奏响时代最强音。

曲艺源自民间，扎根基层，创作的源头一定是生活的写照，服务的对象一定是百姓，原创作品要得到群众的喜爱，必须深深扎根于生活的土壤中，汲取生命的养分；必须反映生活的真善美、人民的喜和乐，唱响时代主旋律。

一把尺子　三个要素

整体来看，改编和原创虽然是两条不同的创作路径，但本质是一致的，目标是一致的。可以说，今日的改编就是昨日的原创，今日的原创也许就是明日的改编。关键一条就是无论改编还是原创，要打造成优秀的作品、精品乃至经典，才是硬道理。结合工作实践，在具体创作中，无论改编还是原创都要把好一把尺子，抓好三个要素。

（一）一把尺子

衡量一个曲艺作品的好坏，考量其高下优劣，关键要"三看"，一看思想立场是否端正，是否讲清一个"理"字，是否突出"说书唱曲劝人方"这一主题；二看其艺术水准如何，是否具备精湛的形式技巧、美学策略；三看观众是否喜欢、是否养心也养眼。因此，无论是曲艺的创作者，还是曲艺的表演者，都必须明白这些道理，要对自己所从事的曲种有基本的认同，"量体裁衣"方能产出优秀作品，深入生活方能汲取生命的源头活水。上接天线，下接地气，避免不接天线就掉线，不接地气就断气，避免出现曲种"异化"或"他化"，陷入曲艺背离生活和人民的困境。

（二）三个要素

一个优秀的曲艺作品必须具备三个要素：

一是接地气有观众。曲艺观众对于曲艺的重要性是不言而喻的，他们既是欣赏者，也是审美价值和艺术功能的实现者，更是经济价值的兑现者。拥有观众的曲艺，就意味着社会的高关注度和广泛影响力的存在，利于推动文本、表演的创作生产，促进曲艺生态的健康；如果曲艺失去了观众的如影相随，被送进了博物馆或者束之高阁，则意味着曲艺生态的崩溃，曲艺系统的瓦解。最根本的还是曲艺人要深入生活、扎根人民、苦练硬功，从生活中来的作品，充满着浓郁的生活气息，也是创作者对生活的回报。这样才有可能找到群众喜欢的内容与形式，创作的作品才能让老百姓听得入耳、看得开心，过后还有所回味，进而在观众中引发共鸣。曲艺"落地"，能够紧跟时代潮流创作出符合当代人审美标准的、反映当下美好事物的新唱本，能够以艺术的形式讲述老百姓自己的故事，回答社会关切和热点、焦点问题，其思想性、艺术性或能经由其观赏性得以凸显，才能最终实现其所承载的社会主义核心价值观的最大化传播。

二是勇创新有新意。创新是曲艺事业发展的生命。曲艺作品要满足人民的审美需要，对于作品的创新度就要有更高要求。随着人民生活水平不断提高，观众期待曲艺家们能够以充沛的激情、生动的笔触、优美的旋律创作生产出更多优秀作品，让精神文化生活不断迈上新的台阶。曲艺的繁荣发展之路，就是不断改革创新之路。曲艺工作者只有站在改革开放的第一线，经济建设最前沿、社会生活最基层，才能拥有更为开阔的生活视野、更为广阔的生活空间、更为丰富的生活体验，才能获得源源不断的鲜活素材和更为深刻的人生感悟。曲艺工作者要志存高远，随着时代生活创新，以自己的艺术个性进行创新。创新要在继承传统曲艺说唱表演艺术本质属性的基础上，根据新时期观众变化了的新的审美需求，进行必要的改革和新的创造。因此，要敢于打破界限，融会各种曲艺形式。

三是不忘本有自信。不忘本来才能开辟未来，善于继承才能更好创新。任何一篇优秀的曲艺作品都离不开艺术家深厚的文化底气、坚定的文化自信以及对传统文化的深刻体悟。在吸收外来、面向未来的过程中，我们要更加清醒地知道曲艺的"根"在哪里，更加自觉地认同曲艺自身的文化价值和曲艺发展的强大生命力。创作中既要有当代生活的底蕴，而且要有文化传统的血脉，用曲艺工作者坚定的文化自信，礼敬和践行优秀传统文化的价值信仰和道德审美体系，紧紧把握时代脉搏，用自己熟悉擅长的艺术表达和人民群众喜闻乐见的艺术形式，书写人民创造美好幸福生活的华彩乐章，努力创作出更多有筋骨、有道德、有温度的曲艺作品，留下更多让世人回味无穷的扛鼎之作、传世之作、不朽之作。

（发表于 2020 年第 6 期《曲艺》杂志）

崇尚正品·坚守真品·追求精品

——在曲艺创作中讲好中国故事的实践与思考

曲艺作为中华艺术宝库中的一颗璀璨明珠，既是弘扬传统文化的活动载体，本身也是传统文化的重要内容，在新的时代要真正发挥好"命脉、源泉、根基"的作用，核心就是要讲好中国故事。那么如何才能讲好中国故事，关键在于曲艺创作，只有创作出好的曲艺作品，才能讲好中国故事，可以说，曲艺创作是连接曲艺和中国故事的桥梁与纽带，是两者的融会与贯通，是展示曲艺魅力和反映中国好故事的载体和平台。多年实践的启示，我深感在曲艺创作中把握讲好中国故事的三个要素至关重要，即一"正"，二"真"，三"精"。

一、以"正"为先，着眼"正品"讲故事

"正"是方向，是前提，是准则。不管什么曲种，考量其良莠，一看思想立场是否端正、是否具备创新探索性；二看艺术水准如何，是否具备精湛的形式技巧、美学策略；三看观众是否喜欢、是否养心养眼。所以说，"正"是第一位的。

（一）讲正能量的故事

党的十九大报告中指出要加强现实题材的创作，不断推出讴歌党、讴歌祖国、讴歌人民、讴歌英雄的精品力作。这就是我们曲艺创作的方向，是曲艺创作的第一准则。

2016年9月22日至29日，纪念红军长征胜利80周年之际，我随中国曲艺家协会赴广西、湖南、江西三省开展"深入生活、扎根人民"曲艺名家新秀"重走长征路"采风创作主题实践活动。行程数千公里，重走长征路、探寻革命旧址、查阅党史资料、倾听苏区故事，送欢笑慰问演出。这次重走长征路给我印象最深的是红都瑞金，当年瑞金参加革命的有49000多人，其中参加长征的有31000多人，为革命捐躯的有名有姓的烈士达到17166人，其中牺牲在长征途中的烈士有10842人。如今的瑞金拥有180余处红色旧居

旧址、10000 余件珍贵的革命历史文物。睹物思情，心中激荡。红军桥、红军帽、红军井、红军烈士纪念塔等一个个红色遗址深深定格在我的脑中，八子参军、十送红军、华屋 17 棵青松、陈发姑一生守望等感人肺腑的红色故事穿透我的内心，震撼心灵，我用自己的真情实感投射到可敬的红军战士中，一口气创作出沁州三弦书《十七棵松》、河南坠子《心中的丰碑》。通过一步步的长征路、一部部的长征主题作品，感受长征精神带给我的无穷动力，感悟长征精神带给我的洗礼震撼，感到长征精神对我人生的价值信仰。我深深觉得重走长征路是一次心灵净化之旅，是一次时刻让人体验艰难、崇尚信仰的朝圣之旅，更是一次鼓舞士气，树立理想的抱负之旅。

（二）弘扬正气讲故事

讴歌真善美，鼓舞人民士气，是曲艺责无旁贷的使命。

2016 年 3 月，受中国曲协的安排，我以长子鼓书的形式创作了一部反映全国第五届诚实守信模范刘真茂的故事。带着敬意和追求，我走近刘真茂。他是湖南省郴州市宜章县瑶岗仙镇退休干部。30 多年如一日，甘于寂寞与艰辛，坚守在义务护林第一线，自掏腰包建立护林哨所，与偷伐偷猎者斗智斗勇，尽一生力量守护湘、粤、赣三省交界的一块绿洲。1993 年，在护林队经费短缺、人员纷纷下山离开的时候，刘真茂却毅然决定自掏腰包重建观察哨，继续坚守。他的妻子身体有病，没有工作，办了一间小卖部，两个孩子在学校读书，没人帮忙是做不过来的。妻子说，护林队垮了，你还管那么多干什么？"几十万亩山林，是一笔多大的财富，要是毁了，怎么向后代子孙交代？"随后，在海拔 1600 米的山坳上建房子，沙子、水泥等所有材料都要靠肩膀背上去。他把多年积蓄的 36000 多元全投进去了，家里的小卖部只好关门。观察哨离最近的村庄也要翻数重山，走四五个小时，没有电灯，没有电视，只能听收音机，看老报纸。他每天巡山要走 30 多公里山路，30 多年来巡山总里程相当于绕地球 10 圈。为节省时间，他养成了一天只吃两顿饭的习惯，有时只带几个红薯上路。退休后，他完全住到了山里。小儿子结婚办喜事没有回家，春节团圆他也没有回家，30 多年来有 22 个年头是在哨所中辞旧迎新。

感人的故事深深感染着我的内心，我从刘真茂 30 年的坚守入手进行构思和提炼主题。力求把刘真茂的感人事迹写成通俗易懂的长子鼓书，弘扬主旋律，传递正能量。让全国人民感受道德的良知和无私奉献的胸怀，让刘真茂的感人事迹通过长子鼓书的形式传播出去，传唱下去。

（三）讲好故事先正己

厚德载物、德行天下的优良传统，是中华民族生生不息的强大动力。作为一名曲艺人，德艺双馨，至关重要。要讲好充满正能量、散发正气的故事，作为创作者本人来说，自己首先必须树立正确的世界观、人生观和价值观，有一颗爱党爱祖国爱人民的红心，有一颗刚正不阿、浩然正气的公心，有一颗艰苦奋斗、顽强拼搏、不畏艰难、吃苦耐劳的苦心。

这就需要曲艺工作者不断地加强自我修养、净化和磨炼，自觉深入生产生活的第一线。从人民群众火热的生活中挖掘素材，从实践创造中提炼主题，从审美需要中汲取灵感，从日常生活中汲取营养，不断进行生活和艺术的积累，不断进行美的发现与创造，把创作的根基深深地扎根于社会生活和人民群众之中，潜心创作，挖掘生活中鲜活的语言，生动的故事和丰富的思想情感。要坚持写人民，写生活，抒真情。带着对人民的热爱、对生活的感悟、对乡村的眷恋、对曲艺的虔诚，进入艰苦的创作和体验之中，进行长期的积累和升华，不断用深邃的目光发现题材，挖掘题材，感悟题材，接地气，传真情，让作品有度、厚度和高度，传递时代正能量，奏响时代最强音。

二、以"真"为基，着眼"真品"讲故事

"真"是根基，是支撑，是本质。曲艺反映生活基本上是一种"平视"的目光，这种目光大体符合现实主义反映论的三种原则。一是题材的现实性，二是态度的客观性，三是表现的真实性。好的曲艺作品，一定是来源于生活，来源于现实中的真实故事，饱含的是真情实感，而不是胡编乱造，虚情假意。

（一）好故事必须真实

2017年1月，我受山西省委宣传部委托，创作以脱贫攻坚为主题的曲艺作品参加全省百场巡演活动。其中一部就是以派驻武乡挂职县委常委、副县长扶贫干部张志鹏为原型创作的长子鼓书《"小米县长"》。另一部围绕武乡县上史乡岭头村的第一书记史小兵的事迹，创作了武乡琴书《梨花情》。这两部作品是群众身边的真人真事，彰显的思想都是主人公内心的真实表达，不是矫揉造作，没有随意改编，两部作品在全省巡演后，受到群众的高度赞扬。

通过创作长子鼓书《"小米县长"》和武乡琴书《梨花情》我深深感到：

真正的好作品都是深入生活、扎根人民，从群众中得来的，都是真实地再现，舞台呈现出来的是发自内心的喜悦和感动。

（二）好故事需要真情

好的故事都是充满着真情实感，渗透文化的痕迹和脉络，点点滴滴犹如甘泉滋润着心灵，这是精神家园的回归和熏陶，这是灵魂的洗练和陶冶。

宝丰马街书会是全国曲艺行当的盛会，每年正月十三，都有来自全国各地的成百上千民间艺人在此集会，说书亮艺，以曲会友。其热闹场面，堪称中国民间艺术奇葩。带着一种敬重，带着一种挚爱，2016 年我首次带着长子鼓书《起乳名儿》参加了第十一届马街书会全曲艺邀请赛。书会的几百亩麦田里，四面八方的艺人顶着狂风，满身尘灰，在山岗上、小路旁、河滩里摆下阵势，扎下摊子，打起简板，拉起琴弦，以天做幕，以地做台，或亮艺，或助兴，或写书，或会友。这里汇融了河南坠子、山东琴书、四川清音、东北大鼓、乐亭大鼓等各种曲种，空旷的田野，顿时变成了宽阔的舞台。

2017 年我再一次走进马街，再一次被感动，四面八方的群众在这里寻觅新一年的头彩，民间艺人一年的艰辛在这里尽情宣泄，忘我说唱。尽管场地喧嚣，但是他们把对生活的热爱注解得淋漓尽致，他们在演绎生活的磨砺，演绎从艺的快乐，同时也在尽情地抒发自己对生活的向往和热爱，这就是生命的质感，这就是生命的光亮。我被这一幕幕场景所震撼，所感动。我决定用曲艺演曲艺，用曲艺人说曲艺人的这种情结架构曲艺的深邃和久远，让生活真实和艺术夸张有机地结合，以此体验生活和感悟生活的联结。我一一记录下来，融进曲艺的情怀中，融进艺术的敬畏中，融进生命的注解中，用真情实感创作出了长子鼓书《马街赶会》。

（三）好故事一定真寻

曲艺说的是百姓事，唱的是百姓情，最具生活底色，是离人民群众最近的艺术，抱诚守真、抑恶扬善是曲艺的优良传统。

我在创作长子鼓书《"小米县长"》《梨花情》《出山》等作品时，为了获得第一手材料，多次走进革命老区武乡县、平顺县、壶关县等地，正值数九寒天，雨雪滂沱，我在山路上艰难行走，但是心里一团火，因为当我在现场采访第一书记的感人事迹时，我深深为他们的执着和敬业精神所感染，被他们以造福一方百姓为荣，以脱贫攻坚为业所付出的艰辛所打动，心里顿生一种敬仰之情，这无疑成了我创作的动力源泉。带着这种动力，我多次走进贫困村、贫困户，记录下他们的前后变化、内心感动、质朴语言，也记录下他们对第一书记的由衷热爱。每一次和第一书记面对面交谈，心与心碰撞，都激发出我的创作灵感，他们是我们这个时代敬佩的人，我要把他们的事迹通过曲艺的形式搬上舞台，让生活变为艺术，讲好他们的精彩故事，传递他们的时代强音，焕发更多的激情与动力。

三、以"精"为要，着眼"精品"讲故事

"精"是凝炼，是升华，是标杆。创作的作品要成为最终的成品，受到群众的欢迎并广泛传播开来，成品必须成为精品。党的十九大明确指出，繁荣文艺创作，要坚持思想精深、艺术精湛、制作精良相统一。这就为我们搞好曲艺创作，讲好中国故事，打造精品力作，提供了标准、路径和遵循。

（一）讲好故事需要精深的思想

创作好的作品，讲好故事，必须突出鲜明的主题和精深思想，彰显出一种精神力量。只有思想性，才有引导性、教育性，才有应有的价值。习近平总书记在中国文联第十次全国代表大会、中国作协第九次全国代表大会开幕式上强调，文运同国运相牵，文脉同国脉相连。

2016年10月16日至24日，我随中国曲协赴台湾参加第六届海峡两岸曲艺欢乐汇活动。怀着感激的心我们走进台湾的高校，走进台湾的敬老院等地，把中华优秀传统曲艺向台湾的亲人进行交流传播。那几日，我的整个心境异常激动，海峡两岸曲艺交流连起了两岸的骨肉情长。带着感动和感激我创作了《乡愁》："魂牵着乡愁，背负着乡恋，经历了悲欢，走过了千年。坎坷的历程，颠沛着怀中的鼓瑟琴弦。唱出了心中的相思，唱不尽盛事和谐的凯旋。心系着家园，走进了田间，欢乐的笑声，激荡着海峡两岸。迁徙的岁月，芬芳的曲坛，参天的大树，让海峡两岸根脉相连。承载着社会责任，把曲艺传承牢牢扛在肩。愿血浓于水的两岸情，浸润浇灌两岸曲坛，繁花似锦百花园。"

在即将离开台湾的时刻，我泪流满面，情不自禁创作出了鼓曲《宝岛行》："暮秋海峡邀相约，两岸交流曲扬播。漂洋过海传乡韵，南腔唱来北调和。曲艺走进大学堂，又与老人共欢乐。手舞足蹈有学子，耄耋寿仙溢酒窝。热泪盈眶含情脉，一曲天籁泛碧波。宝岛一路欢声唱，曲艺种子尽光泽。天边

云霞汇彩墨，灿若群芳满城郭。海浪拍岸做信使，乡情传播一车车。中华曲艺根脉深，龙的传人牵爱河。昨夜我饮杯醉人的酒，魂牵梦萦荡心窝。海峡曲艺欢乐汇，手足同胞融爱河。今宵我有个狂癫的梦，梦里笑容似云朵。梦中笑，乡风乡韵凝乡情，梦中忧，句句乡愁难割舍。梦中动，艺播种子入沃土，梦中歌，曲苑群芳八仙桌。心融乡土掘源流，心思乡愁意广博。饱含乡情存友谊，溢满香味醉心窝。鼓瑟琴弦尽欢乐，牵出乡思一摞摞。曲艺流布路广远，今朝两岸融爱河。传承曲艺有重托，坚守曲艺莫蹉跎。扎根沃土创精品，走好正路布恩德。宝岛行，海峡两岸歌连歌，宝岛醉，今朝离别难割舍。宝岛思，打造精品为人民，宝岛乐，水乳交融奏凯歌。中华曲艺根脉深，一脉相承盼和谐。两岸曲艺共繁荣，期盼团圆唱新歌。"把这种海峡两岸浓浓的情怀写进去，穿越时空，化作一种精神的永恒。

（二）讲好故事需要精湛的艺术

创作需要尊重故事的真实性，同时也要注重提炼和艺术的加工，但艺术并不是抽象的、神秘的，并不是高深莫测的，如同烹饪一道美味，并非需要山珍海味，普通的油盐酱醋，也能做出与众不同的佳肴。

曲艺语言不必夸张、都是老百姓的语言，接地气，富有原生态的美感。曲艺的表演动作不必程式，不必采取象征的程式符号。曲艺历来雅俗共赏，雅中透着俗趣，俗中含着雅意。"生活味儿"决定着自然的舞台风度、简洁的语言风格、简约的形体动作、简洁的叙述方式，以及像生活本身的那样一切艺术表现。无论庙堂之高还是江湖之远，对曲艺来说，生活最亲近，群众最可爱。曲艺艺谚讲："不隔语，不隔音，紧要的是不隔心。艺术来源于生活，来源于百姓，要获得精湛的艺术，就必须深入生活，深入群众，不断学习钻研，不断挖掘磨炼。

我在创作长子鼓书《腊月天儿》从民俗的角度出发，唤回人们的记忆和向往，浓缩乡情和乡景。腊月天的描写是一个受众广泛的主题，是对中国传统文化的襄扬，是对传统节日的留恋和再现，从腊月二十三到除夕夜的欢聚，蒸黄蒸、备年货、扫灰尘、剪窗花、贴对联、放鞭炮、挂灯笼、拜大年……一个个红红火火的场景，一个个热热闹闹的场面。每一个场景都是一幅画面，每一幅我们都是画面的主人。一个情节派生一个情节，构成情节链，句句不离人与景，字字凝练人与情。一个镜头接着一个镜头在展现，从始至终采用白描的手法，把过年的情景展现出来，让人回味，让人生情。在品味年的香甜、年的喜悦、年的乐趣、年的纯洁。字里行间贯穿一个情字，是对腊月天的深深思念之情，是对普通百姓千丝万缕的情愫。曲本选择的是小事、小情、小人、小理，身边的事，老百姓息息相关的事。即我们所说的常形、常理、常情，把常形、常情、常理贯穿到腊月天的各个环境中，通过人物潜移默化的行动，通过一幕幕场景的再现描绘出来。同时，在语言运用上，是从生活化的语言中找灵感，从生活中品味道。每个元素都平中显奇，在平淡中见俏，平俗中见雅，崇尚自然美，自然无雕琢，把生活的画面通过时间的顺序连接起来，用白描的手法勾勒一幅幅逼真的年画。

（三）讲好故事需要精良的制作

好的故事要靠好的作品讲述，好的作品要靠好的演员和舞台演绎。曲艺是一个大整体、大系统，相互关联，环环紧扣，每一个环节都马虎不得，要一丝不苟，尽心用心，从一开始的构思、创作，到最后的编排、搬上舞台，都需要高标准严要求，真正做到精心精致，精美精良。这就要求我们曲艺工作者必须树立强烈的责任意识，以对党和人民、对社会和事业高度负责的态度创出精品；必须树立高度的质量意识，要有工匠精神，精益求精，追求一流，追求卓越，不求过得去，而求过得硬；必须树立真正的效果意识，讲落实，求实效，看结果，真正把工作的成效体现到推动命脉、源泉、根基作用的发挥，体现到群众认可不认可、满意不满意、喜欢不喜欢，使曲艺真正大有可为，使中国好故事源远流长。

崇尚正品，坚守真品，追求精品，是在曲艺创作中讲好中国故事的要义所在，也是曲艺创作的基本准则和奋斗目标。胸中有大义、心里有人民、肩头有责任、笔下有乾坤。作为曲艺工作者，必须把自己的命运和时代的命运紧密融为一体，把自己的人生追求和时代的发展、人民的命运融为一体，把自己对时代的感悟、对人民的热爱化为对曲艺艺术的不懈追求，积极参与到社会实践中，深入到轰轰烈烈的时代热流中，寻找最美中国故事，潜心创作，孜孜以求，向善、向真、向美，创作出思想精深、艺术精湛、制作精良的文艺精品，真正讲好最美的中国故事。

（发表于 2018 年第三期《曲艺》杂志）

下篇

讲好女性故事　弘扬巾帼精神

——曲艺作品中女性形象塑造和精神价值取向赏析与启示

在 5000 年华夏文明中，女性文明进步成为推动社会发展的重要力量。聚焦女性文明，传统曲艺作品中塑造出一大批各具特色、感人至深的女性形象，并以其鲜明的价值取向感染、影响着人们的思想和行为，作品内容或崇德向善，或鞭笞丑恶，或辨析忠奸，其价值观、伦理观和道德观，都是通过说书唱曲等曲艺活动来达到"说书唱戏劝人方"的目的。下面，本文以长子鼓书的作品为例，盘点赏析鲜活生动的女性故事，突出展示作品中的女人之"爱"、女人之"强"、女人之"美"。

女人"爱"的咏叹

女人有爱，女人的爱是固有的，是朴实深沉的，是蕴藏在骨子里的；女人的爱是专一专注的，无私忘我的，是炽热浓烈的。在长子鼓书中，有不少作品以爱为主基调，唱响了爱的主旋律，充分表达出女性心地善良、对爱情坚贞、对家庭挚爱等内容。同时，这种爱又交织着各种酸甜苦辣，让人感同身受、动情走心。

1. 痴情念夫，相思之苦。长子鼓书《王二姐思夫》是一出传统曲艺段子，各地也有不同的版本。故事描述贤惠妻子王月英和丈夫张廷秀相亲相爱，王月英陪丈夫灯下读书，后来张廷秀南京赶考，谁知一去 6 年不回程。王月英独守绣楼日夜思念——

"二哥呀，你一去赶考整六载，为何至今还不还乡？你走上一天我画一道儿，走了两天道儿成双，不知你走了多少天哪，三间秀阁我画满了墙。还画到桌子上凳子上，画满了桌腿划桌帮，要不是二老爹娘管得紧，我一气画到大门上。为二哥我得了一场病，只瘦得前心贴后腔，一天吃不上半张饼，两天喝不了一碗汤，谁见过十八岁的姑娘挂拐杖，离了拐杖我手扶墙？俺爹给我请先生，俺娘庙里去烧香。请先生，去烧香，都不如二哥你还乡。要是二哥你回转，热腾腾的白饼我能吃它八张。"

——长子鼓书《王二姐思夫》节选

曲本注重挖掘和表现人物的潜意识，演员在跳进跳出中刻画人物的心理，在以动作披露心理，以情态传神演绎人物，揭示王二姐的精神世界，把王二姐幽怨、孤独、失意的心理描写刻画出来，让观众细细咀嚼品味其中的浓浓深情。

2. 心底真爱，备受折磨。长子鼓书《施公案》，描述清朝年间，山东任家堡有一文武双全的女子任凤英，生一儿子任时珍在南学读书，同学骂他没有父亲，是个野孩子。任时珍一气之下回家和他娘要爹，再三逼问下，母亲说出真相，任时珍知道后跑下楼要跳井自寻短见，但转念一想，自尽后母亲无人照顾，于是钻进葡萄架里，他娘追到井边一看无人，立马瘫倒在井台之上——

"我的儿啊！凤英瘫倒在井台，哭了声儿啊小乖乖。只说你楼上说气话，你咋真的跳下来。你管你一走顾了你，撇下为娘咋安排。自从为娘怀上你，真好像，阎王家老婆怀鬼胎。为曾生你娘先死，魂灵飘飘上望乡台。阎王爷不要我血腥鬼，才把我送回阳间来。儿呀儿，等一等，听娘与你报真名……没想你今天跳了井，我竹篮打水一场空。叫声儿啊等一等，为娘找你丰都城。"

——长子鼓书《施公案》节选

在母子离别时刻，母亲一番深情哭诉，把长期埋藏于心底的悲酸、苦累、痛楚一下子全部释放出来，随儿一同赴死，那种母亲的切肤之痛、无私大爱表现得淋漓尽致。

女人"强"的精神

长子鼓书中，不少古时女性作品中展示出柔中带刚、以柔克刚、刚柔相济、与命运抗争的女性形象，同时又淋漓尽致地宣扬了惩恶扬善、不屈服于权贵、追求自由等价值取向，让人深感荡气回肠、正气高扬。

1. 由弱变强，因爱抗争。《杨秀英告状》讲述了古时杨秀英丈夫李连芳进京赶考后当了高官，和皇姑成了亲，并且谎言家里无有妻儿。杨秀英进京听说丈夫忘恩负义，居然不承认家里有父母妻儿，杨秀英按照老干娘吩咐街上告状，谁知她丈夫李连芳不敢相认，并且一气之下把杨秀英打死。他回去不敢上朝。所幸杨秀英被老干娘相救，李连芳又找机会要把杨秀英打死，杨秀英二次被救后，发誓状告李连芳。

"杨氏秀英泪汪汪，如同钢刀刺胸膛。用手一指破口骂，骂声连芳无义郎。自小苦读圣贤书，该懂三纲和五常。如今做出这种事，有何脸面站朝堂。给你总结四条状，扪心自问自品尝……你一不忠，二不孝，三不仁，四不义，不忠，不孝，不仁，不义，你是个啥东西，还有什么脸面站朝堂。"

——长子鼓书《杨秀英告状》节选

杨秀英恪守妇道、孝敬公婆、抚养儿女、艰难持家。她经历了一连串的屈辱、痛苦、挫折之后，渐由柔弱走向刚强，由无奈走向抗争，由迷惘走向豁达的心路历程，充分体现出她的反抗精神。

2. 柔中带刚。梁山伯与祝英台是一个流传已久的凄美爱情故事。长子鼓书将此编创成曲目《梁祝》，以其特有的唱腔，再演经典，别有风味。

祝英台极富才情，对梁山伯倾注无尽的爱意，但现实却是残酷的，父亲的嫌贫爱富让鸳鸯不能相守，根植于灵魂深处由来已久的反抗精神在祝英台身上得到尽情渲染——

"马世荣，马文才，九月初九娶英台。祝英台上轿眼掉泪，外穿红来里穿白。坐轿路过了新坟上，墓里喜欢梁山伯。晴天霹雳乌云起，呜嘟嘟大风刮起来。刮得天昏地又暗，喀嚓嚓倒把坟墓开。英台倒把花轿下，脱了红的露出白。看见梁兄把我等，将身一纵跳下来。梁山伯，祝英台，手拉手儿上天台。梁山伯，祝英台，一对蝴蝶飞出来。千古传颂深深爱，山伯永恋祝英台。"

——长子鼓书《梁祝》节选

祝英台对生活的执着追求，对人生的哲理思索，对黑暗社会的无情控诉和揭露，追求爱情自由的向往，曲本语言凝练、形象、典雅、整饬，悲剧色彩完全体现出来，一对蝴蝶是爱的形象化身，是对爱的忠贞表达，作品缠绵悱恻、深郁沉挚，向往光明、追求自由。

女人"美"的风采

爱美是女人的天性，尤其是内在美更显气质，更为人们所追崇。长子鼓书的女性作品通过深情讲述爱家孝亲、爱国奉献等故事，充分展示出女性从个人品德、家庭美德、社会公德到国家大德的美丽风采。

1. 德行天下，人性之美。长子鼓书《慈母大爱》描写的是现代女性第六届全国道德模范、95岁的孙银聪老人。长子鼓书国家级传承人、中国曲艺牡丹奖获得者刘引红更是将孙银聪老人30年伺候瘫痪儿媳的感人事迹诠释得淋漓尽致。故事讲述的是孙银聪的老伴因病离世后，仅隔10天，孙银聪的大儿子又因煤气中毒撒手人寰。面对连连厄运，孙银聪挺起腰板，毅然挑起伺候病重儿媳重担，用年迈的身躯撑起了一个风雨飘摇的家。30多年来，婆婆与儿媳的心融为一体，当孙银聪老人看见媳妇怕连累老人而轻生，发自肺腑的劝阻打动人心——

"娘知道你的心里有多痛，你不想给家里添负担。娘知道你的心里有多难，每天吃药你心疼钱。娘知道你的心里常愧疚，连累娘给你把屎尿端。娘知道你不想再把娘来累，才要轻生做了断。可你走了，儿女们床前叫谁妈？孩子们失去妈妈更可怜。你走了，妈有苦处向谁诉？岂不是把我的心来剜。你虽然是我的儿媳妇，可我把你当心肝。哪怕你每天给我点点头，我愿意一辈子做你的老丫鬟。"

——长子鼓书《慈母大爱》节选

长子鼓书《慈母大爱》把道德模范的高尚品质深深植入观众的心田，产生良好的社会影响

2. 忠爱为国，信仰之美。长子鼓书《五子登科》描写的是明朝年间平南王赵宣遭严嵩陷害入狱，后被忠臣救出逃难18年。妻子董秀英身怀六甲，逃难来到陕西董家庄娘家，生下一男孩，担心孩子遭陷害，故给孩子起名董红。董红18岁时进京赶考，董秀英将18年遭受的苦难告诉儿子，告诫儿子不求当官只求平安。后得知儿子赶考中了状元且领兵征战，于是董秀英备上马车，不分昼夜日夜兼程，寻找儿子，与儿子在山西瀛洲城相见。董宏告诉母亲，他不仅做了高官还当了兵马元帅，董秀英怒火顿起，质问儿子为何违背母命当官打仗，董宏告诉母亲黎民遭受苦难，陷入水深火热之中，自己不能袖手旁观，一定要敢于站出来保家卫国，解救黎民，董秀英为之深为感动——

"我儿不愧是赵家后，我儿不愧是忠良根，居高官不为攀富贵，为的是国泰民安宁。看来是我错怪亲生子，我后悔无情巴掌往脸上扔。老赵家本是忠良将，一代更比一代忠。自古道，没有国家哪有家，哪来幸福小家庭。儿胸怀大志娘高兴，一定要杀敌保太平。儿居高官要清正，不能为老赵家丢脸，为国尽忠。"

下篇

——长子鼓书《五子登科》节选

董秀英坚贞正直，胸怀坦荡，体现出英勇无畏的献身精神，曲本语言朴实明快、含蓄真实、生动流畅，深沉朴素，散发着泥土气息，富于表现力，长子道情省级非遗传承人孙英兰善于表现人物性格，在下乡演出长子鼓书《五子登科》中，通过声情并茂的表演，把一个宽宏大量、忠爱为国的伟大母亲形象刻画出来，深受群众喜爱，也成为长子鼓书传统作品中的保留曲目。

思考与启示

通过对以上作品的赏析，笔者认为，在今后曲艺作品创作和表演中，对于女性形象塑造和精神价值取向，一定要紧扣"讲好女性故事、弘扬巾帼精神"这一主题，紧扣弘扬社会主义核心价值观这一主线，推出精品力作。

1. 坚持"三融三立"——立德、立意、立杆。在以上长子鼓书作品中，我们从女性之爱、女性之强、女性之美3个角度来分类赏析，目的是便于对作品实质把握。具体到每一个作品中，三者又是相互交融的，爱中透强，强中有爱，美在爱间，以强示美。三者的兼容，使整个作品中有血有肉有骨头，既丰满又有支撑。同时，在女性作品的创作中，一定要围绕女性之爱、女性之强、女性之美来立德、立意、立杆，使作品有中心有方向，并非泛泛而谈，避免形象不饱满、逻辑不清晰、观点不明确。

2. 注重"三个导向"——重情、明理、求新。在实际演出中，凡是能打动人心、引起共鸣的作品，都是以情动人、以理服人，并且让人感到耳目一新。这就要求在女性作品创作中，要把情写深写浓，真挚鲜活，热烈奔放；要把理写清写透，树新风，扬正气。同时，要紧跟新时代，与时俱进，符合新理念新要求。在基层传统作品的演绎中，一定要把好关，注重扬弃，在创新中继承，在继承中创新。在现代作品的编创上，一定要立新意、树新风、走新路，真正能够让老百姓听到有真情实感、正确导向、满满正能量的好作品、新作品。

3. 做到"三个提升"——提质、增量、扩面。在女性作品的整体提升上，一要质量上出精品，绝不能为写而写，为演而演，要本着对女性、社会、国家高度负责的态度来创作、表演；二要在保证质量的前提下，多出女性作品，在我们现实生活中，在我们这个伟大时代，涌现出以生命诠释初心的黄文秀、豁出命改变山区教育的张桂梅、与病毒零距离殊死博弈的人民英雄陈薇等伟大女性非常值得大书特书的；三要围绕社会主义核心价值观，从个人、社会、国家 3 个层面，扩大女性作品创作范围，真正把女性爱家、爱民、爱党、爱国的优秀品质写好、讲好、演好，用曲艺全力唱响女性的伟大和崇高，真正把无私奉献、勇于担当等巾帼精神宣传好、弘扬好，这也正是我们曲艺人应尽的义务和天职。

（发表于 2021 年第 3 期《曲艺》杂志）

下
篇

修德·明志·练艺·兴业

2015 年 6 月 23 日，我荣幸入选中国曲协"牡丹绽放——曲艺英才培育行动"首批 10 人。如此崇高的荣誉和难得的机遇，对于一直在基层摸爬滚打的我来说，备受鼓舞，倍感珍贵，倍加珍视。拿什么来回报中国曲协对我的信任和期望？靠什么来担当起这份千斤重担和沉甸甸的责任？一个坚强的决心在我的内心深处暗自下定，这就是竭尽全力，奋力拼搏，干事成事，不辱使命。

信任、期望、使命、担当，促使我始终怀着一颗感恩的心、捧着一片滚烫的情、带着一种用不完的劲，走上曲艺的大舞台，走进生活的最前沿，走到百姓的心里边。两年来，多少个不眠之夜，多少次艰难跋涉，多少回苦苦煎熬，我都不离不弃，乐观面对，如痴如醉，无怨无悔。曲艺已融入我的血液，融入我的生命，融入我的点点滴滴，我甘愿用毕生的精力为之奋斗，为之奉献。

一、潜心"修德"，努力做一个道德高尚的曲艺人

精神的力量是无穷的，道德的力量也是无穷的。厚德载物、德行天下的优良传统，是中华民族生生不息的强大动力。作为一名曲艺人，德艺双馨，至关重要。两年来的培育行动，给我最大的收获，就是不断锤炼着我的道德品质，时刻修正滋养着我的道德情操。

（一）一次远征，一次洗礼

中国工农红军二万五千里长征，在中国人民心中，长征已成为不畏艰难险阻、夺取胜利的代名词。2016 年 9 月 22 日至 29 日，纪念红军长征胜利 80 周年之际，我随中国曲艺家协会赴广西、湖南、江西三省开展"深入生活、扎根人民"曲艺名家新秀"重走长征路"采风创作主题创作实践活动。行程数千公里，重走长征路、探寻革命旧址、查阅党史资料、倾听苏区故事，送欢笑慰问演出。此次近距离地触摸长征和亲身体验，极大地丰富了我的人生经历，使我深深感到：重走长征路是一次心灵净化之旅，是一次时刻让人体验艰难、崇尚信仰的朝圣之旅，更是一次鼓舞士气，树立理想的抱负之旅。

这次重走长征路给我印象最深的是"红都"瑞金，她不愧是共和国的摇

篮。当年，老一辈无产阶级革命家在这里发动群众开展土地革命，开展武装斗争，进行伟大的革命实践活动，创造了光辉的业绩，成立了中国有史以来第一个全国性的人民民主政权——中华苏维埃共和国。当年瑞金参加革命的有49000多人，其中参加长征的有31000多人，为革命捐躯的有名有姓的烈士达到17166人，其中牺牲在长征途中的烈士有10842人。如今的瑞金，拥有180余处红色旧居旧址、10000余件珍贵的革命历史文物。睹物思情，心中激荡。红军桥、红军帽、红军井、红军烈士纪念塔等一个个红色遗址深深定格在我的脑中，八子参军、十送红军、华屋17棵青松、陈发姑一生守望等感人心脾的红色故事穿透着我的内心，震撼着我的心灵，我不断咀嚼英雄的故事，我不断酝酿心中的热望，我在用情用心敞亮心中的情愫，用一幕幕萦绕于心的事迹化为我创作的动力。我用自己的真情实感投射到可敬的红军战士中，用深情讴歌先烈，把长征的经历深藏在心底，灌注于血脉，我思路泉涌，一写好几个通宵，都不知疲倦。一口气创作出沁州三弦书《十七棵松》、长子鼓书《长征托婴》《心中的丰碑》。带着思念，怀着崇敬，跨越历史，穿越时空。在心中颂扬传唱："长征您是一种精神，您是风雨见证。80年的风雨历程，孕育着一幅幅饱经风霜的憧憬；80年的信念追求，支撑着一颗颗永不服输的坚定。不忘初心，继续前进；不忘初心，劈浪前行。

我于1999年12月加入中国共产党，算起来，也有18年党龄了。回忆当年面对党旗的那一刻，我郑重宣誓的场景仍历历在目。通过一步步的长征路，一部部的长征主题作品，感受长征精神带给我的无穷动力，感悟长征精神带给我的洗礼震撼，感到长征精神对我人生的价值信仰，特别是党性观念和党性修养，可以说是一次彻底的全面的加强。身为党员，就要奉献；身为党员，就要率先垂范；身为党员，就要对党忠诚，不忘初心，奋力前行。我把曲艺当作忠诚党的事业，把履职尽职当作履行党员的义务，时刻以一名共产党员的标准严格要求自己，时刻以共产党员的先进性鞭策激励自己，带着对党的忠诚和爱戴我投入到曲艺创作中。我也因此荣获长治市优秀共产党员、山西省德艺双馨艺术家荣誉称号。

（二）一座丰碑，一面镜子

现代小说家、人民艺术家赵树理是中国曲艺家协会的创立发起人、首任主席。2017年6月24日，我参加中国曲协、山西文联和沁水县委、县政府共同举办的纪念赵树理111周年诞辰座谈会，并赴嘉峰镇尉迟村参观赵树理故居，到赵树理陵园祭拜。晚上参加中国曲协文艺志愿服务团"送欢笑走进赵树理故乡"专场慰问演出。一点一滴，一时一刻，一字一句，我在用心写着《文以载道 大美人生——像赵树理那样做人和作文》。一段《谷子好》蕴含亘古绵长的大地之美，赵树理的曲艺作品承载着历史的责任之美，赵树理的语言精髓传递人生的价值之美，赵树理的崇高人性彰显德艺双馨的创意之美。赵树理生在农村、长在农村，熟悉农村，深知农民，热爱农民，他生活在艰辛的年代，面对恶劣的环境，撰写出举世闻名的惊世之作，以他超人的意志，把那说不尽的乡愁、诉不完的乡苦、嚼不够的人生都化作了农民朋友们喜闻乐见的故事，同时，又把自己的感受和希望播撒到广袤无垠的土地中，散发泥土的芬芳。

赵树理作品语言的灵动性，始终散发出土地的清香，作品中的每一句话、每一个字都是从沃土中孕育出来的。透着浓烈的生命气息，浸润厚重的生活沃土，凝成文字的乡土气息，语言没有丝毫的生僻和生疏，字字句句都是真挚情感的流露和释放，让我身临其境，使我感到我们在和作品中描述的物象、人物展开心灵的对白。赵树理的语言文字不是矫揉造作、牵强附会的，不是苦思冥想、挖空心思想出来的，而是自然的流露。他常说："好的作品语言是人人能够看懂的，尤其让农民看懂。所以一个作家就应该随时随地收集东西，观摩事物活动过程，并且从中顺手抓取具体的引人启发的故事，慢慢积累，用时方便，这样才能写出好作品。"所以，他的语言都是长期观察生活、积累生活、反映生活的真实写照。这种善于观察生活、感悟生活的创作方法，我们应该很好地学习和借鉴，应更加自觉、更加主动地融入实际、融入生活、融入群众。自觉深入生产生活的第一线，从人民群众的火热生活中挖掘素材，从人民群众的实践创造中提炼主题，从人民群众的审美需要中汲取灵感，从人民的日常生活中汲取营养，不断进行生活和艺术的积累，不断进行美的发现和美的创造，把创作的根基深深地扎根于社会生活和人民群众之中，静下心来、潜心创作，挖掘生活中鲜活的语言，生动的故事和丰富的思想情感。赵树理不仅为我们留下了脍炙人口的优秀作品和群众喜爱的艺术风格，也为我们留下了一笔宝贵的人格财富。他长期和群众同吃同住同劳动，农村的活计他样样精通，耧犁锄耙样样在行。他精通戏剧的唱腔、板式，操起乐器就能吹奏，拿起鼓板就能敲击。他把和群众拉家常，解难题当成生活的乐趣，把为人民创作作为自己的使命天职。他潜心创作、精心为艺、立心修身的品格对于我们来说是一笔宝贵的财富。我们就应该像他以"板凳须坐十年冷，文章不写半句空"的刻苦钻研精神，精雕细琢，精益求精，努力攀登艺术高峰，努力创作出书写人民伟大实践、体现时代进步要求，有正能量，有感染力，能够温润心灵、启迪心智的优秀作品。

走进赵树理的人生，走进赵树理的作品，如饮琼浆，如沐甘霖，让我从业的方向更加明确，让我扎根人民的决心更加坚定。我是一名农民的儿子，我生在农村，长在农村。农村是我值得留恋的东西，农村有我写不尽的感动故事。每次回到家中，我就奔向田野，呼吸泥土的芬芳；我就跑到农民家中，和农民促膝相谈。群众待我如亲人，我蹲在民间艺人的家里，倾听那一曲曲田间的欢唱和艺人的心曲。这一刻，我认为我是世上最幸福的，听取新鲜事、记录新鲜事、演绎新鲜事，那一曲曲乡间小曲催促我写农民、写百姓、写生活、抒真情。带着对人民的热爱、对生活的感悟、对乡村的眷恋、对曲艺的虔诚，我进入艰苦的创作和体验之中，进入长期的积累和升华，不断用敏锐的眼光发现题材、挖掘题材、感悟题材、提炼主题，接地气，传真情，让作品始终透着温度、厚度和高度，传递时代正能量，奏响时代最强音。

（三）一代楷模，一种精神

2016 年 3 月，中国曲协安排我以长子鼓书的形式创作一部反映全国第五届诚实守信模范刘真茂的故事，要在全国进行巡回演出。带着敬意和追求，我走近刘真茂。

刘真茂，湖南省郴州市宜章县瑶岗仙镇退休干部。30 多年如一日，甘于寂寞与艰辛，坚守在义务护林第一线，自掏腰包建立护林哨所，与偷伐偷猎者斗智斗勇，尽一生力量守护湘、粤、赣三省交界的一块绿洲。1993 年，在护林队经费短缺、人员纷纷下山离开的时候，刘真茂却毅然决定自掏腰包重建观察哨，继续坚守。他的妻子没有工作，办了一间小卖部，两个孩子在学校读书，她身体有病，没人帮忙是做不过来的。妻子说，护林队垮了，你还管那么多干什么？"几十万亩山林，是一笔多大的财富，要是毁了，怎么向后代子孙交代？"随后，在海拔 1600 米的山坳上建房子，沙子、水泥等所有材料都要靠肩膀背上去。他把多年积蓄的 36000 多元全投进去了，家里的小卖部只好关门。观察哨离最近的村庄也要翻数重山，走四五个小时，没有电灯，没有电视，只能听收音机，看老报纸。他每天巡山要走 30 多公里山路，30 多年来巡山总里程相当于绕地球 10 圈。为节省时间，他养成了一天只吃两顿的习惯，有时只带几个红薯上路。退休后，他完全住到了山里。小儿子结婚办喜事没有回家，春节团圆他也没有回家，30 多年来有 22 个年头是在哨所中辞旧迎新。

感人的故事深深感染着我的内心，我从刘真茂 30 年的坚守入手进行构思和提炼主题。因为 30 年的诚信构筑起刘真茂信念的永恒和崇高，30 年的守望诠释了他坚韧的意志和博大情怀，30 年的追求换来了狮子口大山的葱绿叠翠，碧野秀美，30 年的奋斗铸起了一座诚实守信的道德丰碑。我要力求把刘真茂的感人事迹写成通俗易懂的长子鼓书，弘扬主旋律，传递正能量。让全国人民感受一颗道德的良知和无私奉献的胸怀，要让刘真茂的感人事迹通过长子鼓书的形式传播出去，传唱下去。让刘真茂的感人事迹通过艺术的渲染，嫁接出社会责任的累累硕果。

在内容挖掘方面，我把长子鼓书的板式尽量充分应用，流水板、叫板、起板、数板、踩板、悲板、栽板、甩腔等互相渗透，让板式之间的衔接流畅、自然。例如，开场的四句提纲引领下文："林海苍莽绿浩荡，层林尽染入画廊。诚信二字千斤重，大山卫士挺脊梁。"道完之后用叫板引出叙事性的流水板，刘真茂言行的表达、故事的延展用数板和踩板加快节奏来增强气氛。刘真茂妻子和他的一段对白中如泣如诉我用悲板表达。与盗贼慷慨陈词体现气势磅礴，我用甩腔设计，结束唱段用栽板。用长子鼓书板式的多样性把刘真茂感人的故事充分展示和渲染。在唱词结构的把握上，我尽量用工整的七字句或者十字句，无论是演员道白，还是唱腔都让表演者刘引红利于发挥，且讲究押韵，用通俗的语言春风化雨，润物无声。

2016 年 7 月 27 日晚，由中央文明办、中国文联共同主办，中国曲艺家协会承办，首都文明办、中国人民大学协办，2016 年第五届"全国道德模范故事汇"基层巡演启动仪式暨首场演出在中国人民大学拉开了序幕。长子鼓书《大山卫士》博得了在场观众的热烈掌声，大家在欣赏长子鼓书优美旋律的同时接受道德的熏陶。

演出结束后，我在后台见到了刘真茂，并且和他进行了长谈。他朴实干练，神态刚毅。他紧紧握着我的手，让我有机会亲自到他的狮子口大山参观他们的林木。质朴的语言，坚定的信念，蕴含着刚毅、果敢和奉献，令我感动，催人奋进。随后，长子鼓书《大山卫士》先后在河南、河北、湖南、黑龙江、山东、福建等地进行了巡演。在第九届中国曲艺牡丹奖颁奖系列活动中，长子鼓书《大山卫士》走进了江苏师范大学，所到之处，刘真茂的感人故事都在大家心中激荡，现场观众通过刘真茂的感人故事回应真善美，弘扬真善美，传递真善美。这种精神穿越大家的内心，震动大家的心灵，让中华民族的优秀传统美德得以弘扬和传承。

通过创作长子鼓书《大山卫士》，我在刘真茂身上感悟到一份责任和坚守，感悟到做人从业的道德情操，更加坚定创作精品的动力和信心。同时也让我进一步深深感悟到：创作的根基在生活，创作的灵感在一线。只有深入生活，扎根基层，作品才能接地气、有活力。

（四）一次盛会，一种担当

2017年7月17日至21日，我有幸参加第八次全国曲协代表大会，在会上亲自聆听了中央政治局委员、书记处书记、中宣部部长刘奇葆在大会上作的重要讲话，特别让我感动的是刘奇葆部长在讲话中提到："广大曲艺工作者认真贯彻党中央精神，倾情投入、辛勤耕耘，推动我国曲艺事业在继承中发展、在开拓中前进，曲艺园地呈现出百花竞放的喜人景象。曲艺创作不断繁荣，题材样式丰富多样，推出了相声《新虎口遐想》、弹词《徐悲鸿》、鼓书《腊月天》等一大批雅俗共赏的优秀作品。"在八次曲代会上，我创作的长子鼓书《腊月天儿》得到领导的充分肯定，我感到无穷的动力，并在中国曲艺家协会第八次全国代表大会上全票当选中国曲艺家协会理事。这是中国曲协对我的关怀和信任，也充分寄托了中国曲协对我的莫大希望。这是一种责任，更是一种担当。在18日晚上牡丹绽放——曲艺英才汇报专场晚会上，我创作了鼓曲联唱《牡丹绽放撒芬芳》在中央电视台"我爱满堂彩"的舞台上得到展示。"中华曲艺源流长，曲种纷呈绽芬芳。勾栏瓦舍评天下，街头巷尾说沧桑。琴筝弦鼓匡民意，说学逗唱话兴亡。中华传统文脉远，薪火相传万古长。（白）相声、快板、快书、数来宝，评书、评话、评弹、莲花落，北京琴书、长子鼓书、四川竹琴、三弦书，京韵大鼓、潞安大鼓、凤阳花鼓、太平鼓，中华曲艺源远流长，大气磅礴，荡气回肠。（唱）长江后浪推前浪，牡丹绽放百花香。深接地气唱人民，讴歌时代放光芒。一曲鼓韵意悠远，乡风乡韵赞辉煌。四海一派繁荣景，祖国富强民安康。（白）相声、快板、快书、数来宝、评书、评话、评弹、莲花落、北京琴书、长子鼓书、四川竹琴、三弦书、京韵大鼓、潞安大鼓、凤阳花鼓、太平鼓，中华曲艺薪火相传，牡丹绽放，谱写华章。"

演出结束，我的心情久久不能平静，中国曲协给予我至高无上的荣誉，给予我莫大的动力和滋养。心存感恩，胸怀抱负，担当使命，永远追求。在今后的创作历程中，我将继续讴歌时代，讴歌人民，用自己擅长的曲艺形式，推出更多描绘时代风貌、展现时代精神的优秀作品，把当代中国的精彩故事讲出来、讲精彩，把当代中国人的精神展示好、传播开。

二、倾心"明志"，努力做一个志向远大的曲艺人

凡追求者得，凡探索者获。两年来，"牡丹绽放——曲艺英才培育行动"给我的又一个收获，就是为我点亮了一盏明灯，树起了一个奋斗的目标。我把曲艺当做生命的价值所在，把自己的理想和追求全心灌注于生命的历程中，牢牢树立坚定不移的决心、信心和毅力，在困难面前不动摇、不退缩、不迷失方向。

（一）一次书会，感悟曲艺为民之责

每一次远行，我都让自己置身于曲艺的辙痕中，留下生活的光泽和曲艺人的责任担当。2016 年、2017 年的春节，在春寒料峭的时候，我两次走进河南宝丰参加马街书会优秀曲艺节目展演，真正感受曲艺人对待自己节日的虔诚，多次流下感动的泪水，一生牵挂心中的情怀。

宝丰马街书会是全国曲艺行当的盛会，距今已有 700 多年的历史。每年的阴历正月十三，都有来自全国各地的成百上千民间艺人在此集会，说书亮艺，以曲会友。其热闹场面，堪称中国民间艺术奇葩。

带着一种敬重，带着一种挚爱，2016 年正月十三，我首次带着长子鼓书《起乳名儿》参加了第十一届马街书会优秀曲艺节目展演。那次马街书会给我一生留下了难以磨灭的印象。狂风呼叫，尘土飞扬，大地严寒，人声鼎沸。马街书会的几百亩麦田里，四面八方的艺人顶着狂风，满身尘灰，在山岗上、小路旁、河滩里，摆下阵势，扎下摊子，打起简板，拉起琴弦，以天作幕，

以地作台，或亮艺，或助兴，或卖书，或会友。这里汇融了河南坠子、山东琴书、四川清音、东北大鼓、乐亭大鼓等各种曲种，空旷的田野，顿时变成了宽阔的舞台。其间，周围远近百里的 30 万村民，也在狂风中向着这块圣地拥来。瞬间，这块伴着泥土的芳香融汇了乡风乡情，绘成了一幅浓郁清香的民风画卷。

2017 年正月十三我再一次走进马街，我的心境全然被感动，四面八方的群众在这里寻觅新一年的头彩，民间艺人在这里尽情宣泄一年的艰辛，忘我说唱。尽管场地喧嚣无比，但是他们把对生活的热爱注解得淋漓尽致，他们在演绎生活的磨砺，演绎从艺的快乐，同时也在尽情抒发自己对生活的向往和热爱，这就是生命的质感，这就是生命的光亮。

马街人热情好客，马街人朴实纯厚，他们迎接四面八方的艺人，他们把脚下的泥土深深敬仰，他们把大片麦地演绎得天地绝响。任凭天寒地冻，任凭尘土满身，但对艺术的崇尚深深镌刻在生命的心路历程中，镌刻在七百年沧桑岁月的亘古绵长中。我被这一幕幕场景所震撼，更被这一幕幕场景所感动。从那一刻起，我的灵感突然受到激发，作为一名曲艺作家，有责任、有义务把这种恢宏的场景通过曲艺的形式演绎出来。因为马街书会融进了我的热爱，马街书会融进了我对曲艺的痴迷，这种忘我的情怀就是一部大书特书的生命交响乐。我决定用曲艺演曲艺，用曲艺人说曲艺人的这种情结架构曲艺的深邃和久远，让生活真实和艺术夸张有机地结合，以此作为体验生活和感悟生活的联结。

我无时无刻不受感染，无时无刻不受震撼。700 多年的向往朝圣，700 年的顶礼膜拜，700 年的历史穿越，无不刻画艺人的信念追求，从艺笃诚。任凭路途坎坷，任凭天气恶劣，他们会准时聚在这块久已期盼的神圣的土地上尽情抒写，尽情宣泄，尽情挥洒，尽情演绎。他们是真正的布道者，他们是真正痴迷艺术的膜拜者。我一一记录下来，揉进曲艺的情怀中，融进艺术的敬畏中，融进生命的注解中。由此而作，创作出了长子鼓书《马街赶会》，并参加晚上中国曲艺牡丹奖送欢笑走进宝丰惠民演出。该节目受到全国曲艺人的高度赞扬，中国曲协分党组成员、副秘书长黄群发表感言："一段长子鼓书《马街赶会》将正月十三应河两岸万人攒动的生动场面剪影般艺术地展现在观众面前，用曲艺的形式写曲艺赞曲艺，助力 700 余年民俗绵延更续永不落幕。马街书会正像词中所说：民俗民风接地气儿，千秋万代中华根儿"。著名相声表演艺术家牛群看了《马街赶会》给我发来微信说："玉喜老弟：您真的给我太多的感动！板凳须坐十年冷，文章不写半句空，您的曲艺情结远远不止爱在骨头里，早已融入血液灵魂之中！您的字里行间投入让我惊叹不已，美不胜收，泪流满面，流连忘返。这是我近年来从未有过的感受。良师益友好兄弟，您真是我的榜样！向您致敬致谢！感谢您，祝愿新的一年再上新的台阶！祈盼您的新作佳作大作经典之作横空出世！"我流泪了，我感动了，我也在不断总结反思，也深深体悟到从生活中写出的作品充满生活的厚度和思想的深度，字里行间都诠释着一种敬业和崇高。

（二）一次创作，感受曲艺为国之责

2017年1月，我受山西省委宣传部委托，创作长子鼓书《"小米县长"》和武乡琴书《梨花情》，参加全省"精准扶贫"主题曲艺作品全省百场巡演活动。扶贫攻坚是我们这个时代的大主题，我们要善于利用曲艺表演短、平、快的特点，创作出一批助力脱贫攻坚的文艺作品，为扶贫攻坚服务，而且要求我们长治的曲艺工作者和山西省曲艺团共同在长治进行扶贫巡回演出。随后，我以派驻武乡挂职县委常委、副县长的扶贫干部张志鹏为原型创作了长子鼓书《"小米县长"》。张志鹏为武乡的小米做代言，帮助群众把积压的小米都卖了。另一个就是武乡县上史乡岭头村的"第一书记"史小兵，他帮助群众种梨，带动群众致富。围绕史小兵的事迹我创作了武乡琴书《梨花情》。在创作中，我对剧中人物张志鹏和史小兵进行实地采访。采访的过程是一个学习的过程，也是情感宣泄的过程。因为，他们的事迹深深地打动了我。作品接地气，才有生命力。脱贫攻坚用曲艺发声，脱贫攻坚传递一片真情。脱贫攻坚，用青春热血书写奉献，精准扶贫，用奉献丈量大地葱茏。挺立潮头，我们挥动手中的臂膀，傲立苍穹，我们做棵挺立的青松。

一部文艺作品，要深入生活高于生活。作品要反映人民群众的生活，作品要回馈人民群众，作品要让人民群众受益，要让人民群众得到教育和启发。长子鼓书《"小米县长"》和武乡琴书《梨花情》全省巡演后，社会反响强烈，受到群众的高度赞扬。

习近平总书记指出：创作是文艺工作者的中心任务，作品是文艺工作者的立身之本。真正的好作品都是深入生活、扎根人民，从群众中得来的，舞

台上不再是廉价的笑声，而是发自内心的喜悦和感动。立在舞台上的作品真正受到群众的检验，都是绿色食品，滋养着久渴逢甘霖的感觉。真正的作品是和时代相共鸣，与人民群众心相连。此次曲艺巡演活动就是要抓住根本，通过抓创作，让这次活动迅速落地生根，推出优秀的曲艺作品，更重要的是把波澜壮阔的脱贫攻坚场面记录下来，传播下去，宣传出去，带动一大片，形成一种合力效应。

此次创作的实践，让我深刻体会到，我们的曲艺必须融入国家的大局，为党和国家的事业出谋划策，出劲出力。脱贫攻坚需要文艺，人民群众期待曲艺精品力作，助力脱贫攻坚，曲艺大有可为，助力国家大事，曲艺理应担当。

（三）一次交流，感悟民族复兴之责

2016 年 10 月 16 日至 24 日，我随中国曲艺家协会赴台湾参加第六届海峡两岸曲艺欢乐汇活动。这次活动主要进行文化交流，在终于办好通行证的那一刻，我的心情无比激动，就到越洋过海，就要做文化的使者，把中华优秀的传统文化播撒。怀着感激的心我们走进台湾的高校，走进台湾的敬老院等地，把中华优秀传统曲艺向台湾的亲人进行交流传播。我认为，扎好曲艺之根，就是走进曲艺历史，触摸曲艺源头，传承曲艺的优秀传统。曲艺历史悠久，源远流长。曲艺作为中华艺术宝库中的一颗璀璨明珠，既是弘扬传统文化活的载体，也是传统文化的重要内容，对它的传承、保护必须深深扎根于绵延而厚重的传统文化土壤之中，建立和传统文化诸多要素同呼吸、共命运的互动联系，才能实现稳定长久的发展。我们要不断深耕曲艺所依赖的传统文化土壤，加强优秀传统文化和特色地方文化的宣传教育，大力弘扬优良的乡风民俗，培育涵养人们对传统文化、民族精神的情感依赖，形成良好的传统文化发展生态，营造曲艺传承传播的大环境。在第六届海峡两岸曲艺欢乐汇活动中，台湾汉音剧团团长陶秀华表演了京韵大鼓《重整河山待后生》，中国曲协副主席、著名京韵大鼓表演艺术家、国家一级演员籍薇老师一字一句认真示范，一招一式耐心演示，眼神、形态、动作、台风，点点滴滴悉心传授，令全体演员深为感动。陶秀华激动地说："籍薇老师犹如美丽的天使，不仅传授我曲艺知识，而且她敬畏艺术的品质也令人敬佩。"艺术家在台湾留下了美丽的身影，也把中华优秀传统文化得以传承。那几日，我的整个心境异常激动，海峡两岸曲艺交流连起了海峡两岸的骨肉情长，穿透时光的岁

月，这种感情割舍不断心中的情愫。带着感动和感激我创作了《乡愁》："魂牵着乡愁，背负着乡恋，经历了悲欢，走过了千年。坎坷的历程，颠沛着怀中的鼓瑟琴弦。唱出了心中的相思，唱不尽盛事和谐的凯旋。心系着家园，走进了田间，欢乐的笑声，激荡着海峡两岸。迁徙的岁月，芬芳的曲坛，参天的大树，让海峡两岸根脉相连。承载着社会责任，把曲艺传承牢牢扛在肩。愿血浓于水的两岸情，浸润浇灌两岸曲坛，繁花似锦百花园。"

在即将离开台湾的时刻，我泪流满面，情不自禁创作出了鼓曲《宝岛行》："暮秋海峡邀相约，两岸交流曲扬播。漂洋过海传乡韵，南腔唱来北调和。曲艺走进大学堂，又与老人共欢乐。手舞足蹈有学子，耄耋寿仙溢酒窝。热泪盈眶含情脉，一曲天籁泛碧波。宝岛一路欢声唱，曲艺种子尽光泽。天边云霞汇彩墨，灿若群芳满城郭。海浪拍岸做信使，乡情传播一车车。中华曲艺根脉深，龙的传人牵爱河。昨夜我饮杯醉人的酒，魂牵梦萦荡心窝。海峡曲艺欢乐汇，手足同胞融爱河。今宵我有个狂癫的梦，梦里笑容似云朵。梦中笑，乡风乡韵凝乡情，梦中忧，句句乡愁难割舍。梦中动，艺播种子入沃土，梦中歌，曲苑群芳八仙桌。心融乡土掘源流，心思乡愁意广博。饱含乡情存友谊，溢满香味醉心窝。鼓瑟琴弦尽欢乐，牵出乡思一摞摞。曲艺流布路广远，今朝两岸融爱河。传承曲艺有重托，坚守曲艺莫蹉跎。扎根沃土创精品，走好正路布恩德。宝岛行，海峡两岸歌连歌，宝岛醉，今朝离别难割舍。宝岛思，打造精品为人民，宝岛乐，水乳交融奏凯歌。中华曲艺根脉深，一脉相承盼和谐。两岸曲艺共繁荣，期盼团圆唱新歌。"

回想起台湾之旅，给我留下最深的印象，也留下了真挚的友谊。我和台湾的老奶奶促膝谈心，我教台湾的大学生认识鼓曲，热爱鼓曲，后来，台湾的朋友微信告诉我，我创作的鼓曲《宝岛行》刊发在台湾当地的报纸上，他们专门为之谱了曲，唱出心中的鼓曲《宝岛行》。

三、用心"练艺"，努力做一个技高艺强的曲艺人

两年的培育行动，在中国曲协的精心组织下，长年在黄土地上的我，走出长治，走出山西，走向全国各地，开阔了眼界，开拓了思路，提升了素质，在曲艺的大家庭里汲取了更多更丰富的营养。

（一）一轮走四方，边练边写边感悟

两年来，我随中国曲协，先后到四川、江苏、江西、广西、陕西、台湾等地，开展"深入生活、扎根人民"——"巴山说唱"专题采风，参加第五届国际幽默艺术周、"文化进万家，共筑中国梦"长江流域优秀曲艺节目展演、第六届中国苏州评弹艺术节、中国首家评书评话博物馆揭牌仪式、深化评书评话建设座谈会、第六届海峡两岸曲艺欢乐汇、第九届中国曲艺牡丹奖颁奖典礼等活动，感受当地风土人情，领略当地曲艺韵味，聆听名家经验之谈，走一路、想一路、写一路、收获一路，先后写出《巴中美》《巴山歌》等文艺作品以及《论评书评话艺术》《论曲艺之乡的创建》《身融乡土 心思乡愁 饱含乡情 溢满香味》《把中国曲艺打造成一个响当当的行业》等理论文章，增长了不少知识和见识，也引导自己不仅关注本土曲艺元素，而且关注域外曲艺特色，真正做到东西南北中，曲艺互相融，相互共借鉴，促进大发展。

特别是 2015 年 4 月 21 日至 25 日，我随中国曲艺家协会、中国《曲艺》杂志社、四川省文联、四川省曲艺家协会，开展"深入生活、扎根人民"——"巴山说唱"专题采风活动。让我留连忘返，让我心潮澎湃。每到一处，无不感受巴中自然之奇美，历史之遗美，红色之壮美，物产之富美，民风之纯美，民歌之甜美……

诺水河畔，别有洞天，鬼斧神工，浑然天成，穿越时光的隧道，让我领略巴中的林荫密布，层峦叠嶂；篝火旺燃，民歌流淌。那是源自巴中原生态的天籁之音，表达着巴中百姓淳朴厚重、热爱生活、向往理想的精神追求，汩汩流淌的民歌，别具一格的形式，让在座的艺术家真切感悟到原生态的高亢丽质，天然涌流；恩阳古镇，心灵震撼。这是我们精神家园的回归，也是我们内心情感的洗礼。红色苏区的巩固，革命力量的壮大，一幅幅红军标语，一块块红军石刻，一条条红军战壕，仿佛带我走进那魂牵梦萦的战火硝烟，和荡气回肠的岁月烽火；川陕根据地博物馆，让我的心灵受到荡涤的洗礼。一幅幅图片，一纸纸书文，一件件实物，一条条标语，镌刻着红军将领叱咤风云，无私奉献的博大情怀，和对群众无比热爱的真挚感情。

穿行于巴中的土地，倾听巴中的原生态民歌。让我深深体悟到：巴中之地无不渗透着文化的痕迹和脉络，点点滴滴犹如甘泉滋润着我的心灵。这是精神家园的回归和熏陶，这是灵魂的洗练和陶冶。扎根人民，回报人民，作

325

下
篇

为曲艺工作者更应该深扎大地，情系人民，为人民书写，为人民说唱，让巴中的红色血脉汩汩流淌在我们的心房，汇涌成内心的情感和灵魂的呼唤，这是我此次采风的最大感悟。我深深为滋养我们生命的土地心生敬畏。由衷写出《巴中美》和《巴山歌》。

（二）一回大跨界，互动互通互交融

为了更好地进行曲艺创作，我还涉猎戏剧创作。两年来，先后创作了以纪念抗战胜利 70 周年为主题的上党梆子《铁血布衣》、晋剧《母殇》、上党落子《第一书记》三部现代戏剧。现代戏《母殇》，揭露日本军国主义在侵华过程中犯下的累累罪行，唤起国人的爱国热情。该剧讲述的是 1939 年秋，华北黄河岸边的 18 岁农村姑娘枣花被掳进日本军营，被迫进入慰安所，受尽折磨。逃回家后，腹中婴儿早产。本想要摔死婴儿的她，被男性好友秋根拦下，婴儿得以存活并长大，取名狗儿。20 世纪 60 年代，秋根忍受着闲言碎语一直帮助枣花，狗儿却怀着对秋根和枣花的不满愤然离家出走。直到 90 年代初秋根将其身世和盘托出，震惊的狗儿愧悔之时，枣花已不在人世。《母殇》先后参加西安、太原等地"为和平放歌，为抗战抒怀"巡演，2016 年 1 月 30 日，晋剧《母殇》参加上海戏剧白玉兰奖的角逐，并参加第十一届中国艺术节。2017 年 6 月 28 日至 30 日，晋剧《母殇》走进北京大学百年讲堂，向北大莘莘学子演出。6 月 29 日，在北京大学正大国际中心举办了该剧研讨会，研讨会由《中国文化报》主任编辑、《艺术市场》主编续鸿明主持，中国曲协副主席马小平等嘉宾出席，参加会议报道的中国新闻社、光明网、文艺报、中国文化报、中国艺术报、北京晨报、北京电视台、《文化月刊》等媒体。通过戏剧写作，切实把眼睛放大，视野拓宽，链条拉长，不仅专注一门艺术，而且接触多个门类，努力做到开放包容，多元融合，百花齐放，牡丹最艳。

2016 年 7 月，我开始酝酿现代戏《第一书记》的创作工作。我在创作《第一书记》时，心里有许多感悟和收获。首先第一书记构成当前波澜壮阔的恢弘画面和时代乐章。他们扎根在基层，奉献在基层，体悟在基层。为了获得第一手材料，我必须走进他们的心灵境界，走进他们的心路历程。为此，我多次走进革命老区武乡县、平顺县、壶关县等地，正值数九寒天，雨雪滂沱，我在山路上艰难行走，但是心里一团火，因为当我从现场采访第一书记的感人事迹时，我深深为他们的执着和敬业精神所感染，看到他们以造福一方百

姓为荣，以脱贫攻坚为业所付出的艰辛时，心里顿生一种敬仰之情，这无疑成了我创作的动力源泉。带着这种动力，我多次走进贫困村、贫困户，记录下他们的前后变化，记录下他们的内心感动，记录下他们质朴语言，也记录下他们对第一书记的由衷热爱。其间，我每一次和第一书记面对面交谈，心与心碰撞，都激发出我的创作灵感，他们是我们这个时代值得敬佩的人、应被高度赞美的人，我要把他们的事迹通过戏剧的形式搬上舞台，让生活变为艺术，讲好他们的精彩故事，传递他们的时代强音，焕发更多的激情和动力。在戏剧里，我的语言力求运用群众生活化的语言，让生活化的语言通过艺术加工激荡群众的心灵，进而激发他们脱贫的信心和决心。该剧于 2017 年 8 月 10 日在长治市潞州剧院首次上演，便得到社会各界的热烈好评，8 月 29 日在潞州剧院为市四套班子、市第一书记、扶贫队长、机关党员干部进行演出，观众热烈，掌声雷动。随即，该剧在全市十三个县（市）区进行巡演，走进了脱贫攻坚的第一线，展示了艺术源于生活，高于生活的本质属性。

　　事迹来源于生活，来源于第一书记的点点滴滴，他们身上闪烁的浓烈火焰和光芒，照亮脱贫攻坚前行的路。创作《第一书记》是我的一次体验，更是一种学习过程，从生活中汲取源头活水，从生活中感悟真善美，弘扬主旋律，向身边的第一书记学习，是我的创作动力。带着感动，带着责任，我徜徉于生活的沃土中，也在生活的磨砺下逐渐走向成熟。

（三）一个好引领，创作创新创精品

　　两年来，我在中国曲协的正确指导下，坚持以人民为中心，以生活为源头，以社会主义核心价值观为引领，努力推出有思想、有特色、接地气、正能量的精品力作。先后创作出 40 余部曲艺作品。主要有：长子鼓书《山西面食》《惊梦》《起乳名儿》《我是你的眼》《三代情缘》《盼盼孝亲》《长治美食》《大山卫士》《中国龙》《端午节》《啼笑因缘》《老舅回乡》《故乡情》《长治美》《"小米县长"》《长征托婴》《马街赶会》《一带一路赞法显》《峡谷情》《故乡情》《脱贫攻坚唱新歌》《脱贫攻坚在上党》长子钢板书《闹端阳》、潞安大鼓《曲艺名城》《幸福长治 吉祥上党》，沁州三弦书《太行春早》《十七棵松》《大山头雁》，河南坠子《正月天儿》，武乡琴书《长治是个好地方》《逐梦放映》《太行风》《梨花情》《太行母亲》《太行山有个李改花》《狗小名片》，屯留道情《留住春光》《核桃恋》、壶关鼓书《师徒交锋》《一路芬芳》《桃

缘》、京韵大鼓《中国鼓》，东北大鼓《东北人儿》。其中长子鼓书《山西面食》荣获第九届中国曲艺牡丹奖、第七届中部六省曲艺大赛一等奖、入选山西省第十届群星奖；长子鼓书《起乳名儿》荣获第九届中国曲艺牡丹奖节目提名奖，参加河南宝丰马街书会优秀节目展演以及中国曲艺牡丹奖艺术团送欢笑走进马街书会惠民演出，入选2015年度中国精神中国梦优秀作品，参加山西省杏花奖决赛；长子鼓书《惊梦》荣获2017年度国家艺术基金资助项目、参加全国群星奖选拔赛并获山西省第十七届群星奖、沁州三弦书《十七棵松》入选全国群星奖选拔、第八届中部六省曲艺大赛优秀节目展演，参加山西省群星奖选拔赛；沁州三弦书《太行春早》、武乡琴书《太行风》、长子鼓书《一带一路赞法显》《峡谷情》等在中国传媒大学演播厅参加山西电视台《人说山西好风光》山西旅游发展大会竞演；长子鼓书《大山卫士》参加第五届全国道德模范故事巡演节目；长子鼓书《山西面食》、《起乳名儿》、河南坠子《正月天儿》等三部作品入围参加第九届中国曲艺牡丹奖全国曲艺大赛。长子鼓书《"小米县长"》、长子钢板书《端午节》、沁州三弦书《十七棵松》等三部作品参加中部六省曲艺大赛优秀节目展演；长子鼓书《山西面食》参加欢声笑语喜迎十九大全国优秀曲艺节目进京展演。长子鼓书《长治美》参加岳池杯全国优秀曲艺节目展演。

四、全心"兴业"，努力做一个谋事干事的曲艺人

两年来，在中国曲协的鞭策下，加强理论学习，注重理论研究，积极建言献策。先后编撰了10套曲艺理论丛书、撰写26篇理论文章。编写了《长治曲艺丛书》(《长治曲艺概述》《长治曲艺报刊文章集》《长治曲艺音乐》《长治曲艺传统书目》《长治曲艺画册——牡丹花开醉上党》)，参与编辑《曲艺》杂志《中国曲艺名城长治专刊》，编撰整理《山西曲艺2008——2015专刊》。特别是受中国曲协委托，参与《全国少数民族曲艺艺术》曲艺高等教材编写。编写中国文联《中华传统文化与曲艺美学》，编写曲艺杂志社《中国精神中国梦优秀曲艺作品选》。同时，主动撰写理论文章，积极参加论坛活动，不断提高理论水平，先后在《曲艺》杂志、《中国艺术报》《山西日报》《山西经济日报》《长治日报》《上党晚报》等报刊杂志上发表论文26篇，在全国性曲艺论坛上交流了《身融乡土 心思乡愁 饱含乡情 溢满乡味——打造曲

艺精品应坚持"四个做到"》《浅谈评书评话发展路径:"四重四宝"一体推进》《把曲艺打造成一个响当当的行业》《文以载道 大美人生——像赵树理那样做人和作文》等理论文章,广受好评。《创建曲艺名城,绽放时代光彩》获山西省社科理论研究成果三等奖。同时,自己也在《人民日报》《中国文化报》《中国艺术报》《北京晨报》《三晋都市报》《长治日报》《上党晚报》得到宣传和展示。

(一)一次寻根,推出"四宝"之见

2016 年 4 月 18 日,我随中国曲协到评书评话的鼻祖柳敬亭的故乡——泰州参加中国首家评书评话博物馆揭牌仪式。并参加了中国评书评话博物馆开馆暨深化建设工作座谈会,就评书评话的传承和发展提出了自己的见解。我认为,首先要重价值,探源寻宝。首先,评话在南方非常普及,老百姓从中享受艺术的乐趣。老百姓一看就懂,能够品出其中的精华。所以评话的魅力就在于以其独有的形式给人民带来审美愉悦和享受。其次,评话中的经典确实让人叹为观止,对于我们从艺者都是一笔宝贵的财富,向经典致敬,就是对传统艺术的崇高敬畏。再则,评话在文化的大坐标中确实占据举足轻重的重要地位。其思想内容和艺术形式依然有着广泛的群众基础,深受人民大众的喜爱。尤其进入当代以来,评书评话艺术进入了发展的快车道,对于弘扬中国梦和社会主义核心价值观,唱响时代主旋律,传播中国故事、传递中国声音、传扬社会正能量起着举足轻重的作用。第二,重原创,继承传宝。评话是中华曲艺的一大宝贝,我们就要把这个宝贝保护好、传承好。如何保护,如何传承? 首先,保护传统原味。通过刻录光盘,进行抢修保护,把以前的老艺术家的评话经典通过现代的手法原汁原味地再现出来。其次,要尊重艺术规律、尊重历史传统、继承前辈技艺,让流传千百年来的艺术精髓深深扎根于群众的心底,灌注于历史的文脉之中,传承到历史的记忆中去。第三要重共鸣,引导识宝。首先在普及上下功夫。其次,在互动上做文章。再次,在作用上拓思路。艺术不能束之高阁,要让群众参与进来,零距离欣赏艺术,参与进来,才能真正搅动艺术的源头活水。第四要重担当,全民守宝。通过政府主导,部门主抓,行业主干,群众主动,营造一个良好的氛围,把群众的积极性调动起来,使其自觉参与进来,这样,自上而下,方方面面,形成一个守宝的合力。寻宝、探宝、识宝、守宝四方面再四位一体继续推进,将

会达到一个新的高度。我的观点得到了与会专家的充分肯定，也为我独立思考、探索曲艺的真谛增添了一份动力。

与此同时，两年来，我更多地了解曲艺的历史文脉，畅游曲艺的源头活水，补足生活的点点滴滴，特别是在创作中，我深深感到：中华民族孕育了山川风光雄伟多姿，史前神话绚丽夺目，古建遗址珍奇瑰丽，历史名人灿若星斗，民风民俗古朴淳厚，民间音舞粗犷精美，物产丰富名传天下，红色文化如潮如涌。曲艺作为中华艺术宝库中的一颗璀璨明珠，既是弘扬传统文化的活的载体，本身也是传统文化的重要内容，对它的传承、保护必须深深扎根于绵延而厚重的传统文化土壤之中，建立和传统文化诸多要素同呼吸、共命运的互动联系，才能实现稳定长久的发展。我们要不断深耕曲艺所依赖的传统文化土壤，大力加强优秀传统文化和特色地方文化的宣传教育，大力弘扬优良的乡风民俗，培育涵养人们对传统文化、民族精神的情感依赖，形成良好的传统文化发展生态，营造曲艺传承传播的大环境。

（二）一场论坛，发出"四乡"之音

在全国上下认真学习习近平总书记文艺工作座谈会重要讲话发表一周年以及《中共中央关于繁荣发展社会主义文艺的意见》精神之际，2015 年我参加"岳池杯"中国曲艺之乡论坛发言，我结合自己的创作经验，发表了《身融乡土 心思乡愁 饱含乡情 溢满乡味》。我认为：身融乡土，源头活水在乡土，创作资源在生活，灵感显现在积累。曲艺创作的灵感不是挖苦心思，而是长期积累，靠生搬硬造，造不出群众的语言。创作要写自己熟悉的题材，自己熟悉的题材更容易发挥想象的功效，生活细察细问，创作反复推敲。作品要有思想、有主线、有价值，是创作的主要目标和重要前提。如何达到这一点？关键就是要依靠深入思考，深入分析，真正弄明白自己作品想要表达的、突出的主题，想要体现的价值取向。心思乡愁，关键在于"思"，就是头脑始终要清醒，不盲目，不随意，把握中心，抓住主线，有的放矢；就是要肯动脑筋，善于思考，理性分析，靠智慧去谋划去创作；就是要聚焦乡愁这个中心点，寻求乡愁中的闪光点，展示乡愁中最美最纯最真最有价值的最亮点；就是要深接地气，以小见大，描景细腻，绘俗生动，状物机巧，写人传神。事儿、趣儿、情儿、理儿，清新蕴藉，话儿、语儿、音儿、调儿，沁人心脾。饱含乡情，创作必须带着感情，饱含深情，只有爱党爱国爱家爱人民，才能写出真情实

感的作品来。饱含乡情，关键在于"情"，就是要带着对百姓、对农村、对曲艺浓浓的爱主动去创作；就是带着担当和责任，带着抱负和理想积极去创作；就是怀揣一颗赤诚的心，带着感情、带着深情忘我去创作。溢满乡味——走进群众心底的一道门槛。味是曲艺的生命，有味的曲艺蕴含着美感，曲艺有味，犹如立锥之意，广涵之气，表演之趣，产生美感，水到渠成。溢满乡味，关键在于"味"，就是作品要有乡土气息，有泥土的芬芳，真正接地气；就是要原汁原味，百姓口味；就是芳香四溢，历久弥新，经久不衰，让人回味无穷。我的观点受到与会专家的高度赞扬。

（三）一次研讨，推出"四为"之要

2017年2月9日，我参加中国曲协主办的曲艺未来发展研讨会，我做了《把中国曲艺打造成一个响当当的行当——关于对中国曲协的几点建议》。新的时期，面对新的形势和任务，我认为中国曲协应始终围绕把中国曲艺打造成一个立得住、走得稳、叫得响的响当当行当这一目标。

一要以德为基，狠抓行风不动摇。行风是形象，是品牌，中国曲协按照中央的要求，在全国文艺界大力倡导优良行风、率先发布《中国曲艺工作者行为守则》。《中国曲艺工作者行为守则》是当代曲艺界的新行规，它的出台与实行将进一步增强广大曲艺工作者的文化自觉与文化自信，促进曲艺界积极践行社会主义核心价值观，树立新风正气，加强行业自律，对推动新时期曲协工作健康持续发展具有重要意义。行风建设是一个永恒的主题，建议中国曲协在行风建设上不动摇，抓行业，重行风，引导曲艺工作者向德艺双馨看齐。继续扎实开展向阎肃老师学习活动，向阎肃老师看齐，讲道德，讲奉献，永葆艺术之树常青。同时，在实践中要通过多种渠道，采取多种方式，把中国曲艺这个行业净化好、美化好、塑造好、建设好。二要以民为本，狠抓主题不偏离。人民培养了曲艺，曲艺又造福人民，曲艺的受众面是群众，曲艺离不开群众的支持，人民的精神层面受到曲艺的熏陶和感染。大力发展曲艺创作，活跃曲艺评论，进行曲艺艺术的改革创新，互相加强沟通，发挥曲艺在文化界的引领和带动作用。三要以艺为上，狠抓质量不松手。要让群众认可，靠的就是作品、精品。近年来，中国曲协在培育人才、推出精品方面做了大量的工作，也进行了有益探索，采取了举办曲艺作品展演、曲艺创作高级研修班、"培育英才培育行动"等行之有效的方法，推出了一批曲艺

人才，推出了一批精品力作。四要以责为重，狠抓担当不漂浮。曲艺要有作为，必须讲担当。中国曲协要通过强化教育，引导曲艺工作者强化责任意识。我们要乘着这股强劲的东风把握好人生前进的坐标，把自己的命运和时代的命运紧密融为一体，把自己的人生追求和时代的发展、人民的命运融为一体，把自己对时代的感悟、对人民的热爱化为对曲艺艺术的不懈追求，孜孜不倦徜徉于艺术的殿堂里，感悟时代的浓烈和人民群众的真挚情感，向善、向真、向美，把自己的才情、才华奉献出来，把自己对艺术的敬畏之心捧出来，为时代讴歌，为人民抒怀，为繁荣曲艺事业做出新的更大的贡献！我的观点得到了与会专家的充分肯定。

（四）一个品牌，推出"三新"之举

"中国曲艺名城"是一个拥有丰富的文化底蕴和曲艺资源的标志品牌，对推动一个地方的文化乃至经济发展有着重要的作用。在长治市申创中国曲艺名城工作中，作为长治的一名曲艺工作者，我全力以赴，加班加点，编写曲艺专辑，收集曲艺资料，组织曲艺表演，积极参与创建工作，努力为创建做贡献。最终创建一举成功，全市上下欢欣鼓舞。可以说，曲艺名城这一荣誉，犹如一盏灯塔，既指引着当地曲艺加速发展，又温暖着我们每一名曲艺人的心，实现了几代曲艺人的心愿。因为"中国曲艺名城"的品牌，标志着我们的曲艺在经济和社会的发展中、在一个地域的发展中举足轻重，同时也是我们曲艺人的强大后盾和精神支柱。在这一品牌的影响带动下，我尽其所能、全力以赴推新人、推新作、推新路。

一是推新人。曲艺要繁荣，必须有队伍，有人才。在创作中，我一方面与群众精准对接，群众想听啥，我就写啥；另一方面与演出团队无缝对接，广泛听取他们的意见，与他们一同讨论作品，不但要写好，而且要演好。两年来，我无偿为当地的曲艺团队提供剧本30部，通过他们的表演把作品搬上舞台，奉献给观众。同时又先后两年推荐了15支代表队参加沁州书会、宝丰马街书会以及各类曲艺大赛，推出一批曲艺新人。特别是长子鼓书艺人刘引红2016年5月份带着我创作的长子鼓书《小两口回娘家》《常回家看看》《腊月天儿》《中华美食》乘坐豪华轮渡随杨菲曲艺社赴日本、韩国演出。并在北京进行专场演出。长子鼓书走出了海外。同时，我又层层选拔，推荐20多位鼓书艺人加入中国曲协会员，推荐40余名鼓书艺人加入山西省曲协会员，

充分激发起他们投身曲艺事业的热情。2016年4月18日，我积极组织长治市曲艺团名家名段展演，在长治县韩店镇东苗村拉开帷幕。我市国家级非物质文化遗产项目潞安大鼓、长子鼓书、襄垣鼓书先后亮相。民间艺人王富贵表演了2015年曾获得第三届"岳池杯""中国曲艺之乡"曲艺大赛金奖的潞安大鼓《一个都不许死》，襄垣鼓书艺人张俊华表演了襄垣鼓书传统书段《劝人段》。长子民间曲艺团的名角李先玲、杨旭芳、张华、马文平，临时组合表演了长子鼓书《考验媳妇》。这次长治市曲艺团"深入生活·扎根人民"惠民演出，是市曲艺团成立以来的首场演出活动，是我市"中国曲艺名城"建设的重要内容，为丰富和活跃人民精神文化生活将起到积极的推动作用。

为了进一步促进曲艺健康发展，我主动承担培养能写能演的中青年曲艺人才队伍任务，定期举办长治市曲艺优秀人才评比，开办长治市曲艺优秀人才讲习班，举办曲艺创作座谈会、曲艺新作分析会、征稿会，截至目前，已培训曲艺作者200余人，为曲艺人才的成长和进步提供了施展技能的广阔的平台。

二是推新作。2016年5月21日，我积极组织长治市少儿参加由山西省文学艺术界联合、省曲艺家协会主办，太原市曲艺家协会、太原市文化艺术学校承办的第七届全国少儿展演山西省选拔赛。长治市昌盛少年宫刘松林曲艺工作室选送的5个少儿曲艺节目中曲艺组合独角戏《爷爷的生日》《鸟语欢歌》获一等奖。对口快板《猜谜语》、快板书《齐齐的日记》、山东快书《龟兔赛跑》获二等奖。本次殊荣的获得又一次为长治曲艺事业增光添彩。

2017年5月21日，我积极组织长子鼓书《跨国捐献》《大嫂》参加第四届"南山杯"全国曲艺新人新作展演。长子鼓书《大嫂》还参加了南山区举行的"中国曲协文艺志愿者服务团送欢笑走进深圳暨第四届"南山杯"全国曲艺新人新作展演汇报专场演出"。两个长子鼓书节目喜得好评，再次为山西曲艺争光，同时也说明长治市不愧是全国第一个"中国曲艺名城"。

2017年5月30日，山西省文联、山西省曲协和中共沁县县委宣传部主办的山西沁州书会优秀曲艺节目（鼓曲唱曲）展演，我积极组织长治市沁州三弦书、长子鼓书、长子钢板书、潞安大鼓五大曲种15个节目参加展演。并且对每一个节目精雕细琢，最终，高爱云表演的长子鼓书《老财迷》、李云飞表演的长子鼓书《大嘴汉相亲》获表演一等奖；杨旭芳表演的长子鼓书《跨国捐献》、刘贝霞表演的沁州三弦书《逛端午》、张华表演的长子鼓书《带娘改嫁》、郭春燕表演的潞安大鼓《戒赌》、闫小平表演的长子鼓书《啼笑姻缘》获节目一等奖。作为参加本次展演演员中唯一的一个大学生曲艺新人李惠君，更得到专家评委的一致好评。为鼓励新人、促进传承，经组委会研究特为李惠君颁发了曲艺新人鼓励证书。充分体现了"推精品、选人才、强鼓励"的原则。

三是推新路。作为一名地方的曲艺工作者，作为创建曲艺名城的实践者，和大家一道扎实苦干，进行了新的探索，对民间资料进行了大量挖掘，为长治曲艺事业方面作了应有的贡献，如今，形成了曲艺氛围浓，人民对曲艺的敬畏犹如顶礼膜拜。长治曲艺队伍到处都有他们忙碌的影子。并且全国大赛，到处都有曲艺人的身影，精品不断涌现，人才队伍得到良性循环发展。2016年8月24日至25日，第九届中国曲艺牡丹奖全国曲艺大赛（长治赛区）在长治举办之际，由中国曲协分党组书记、驻会副主席、秘书长董耀鹏、中国曲协副主席、山西省文联副主席马小平、重庆市曲协驻会副主席、秘书长、国家一级演员刘靓靓等中国曲协专家组一行3人赴山西长治市、山西长治县、沁县督促检查"中国曲艺名城""中国曲艺之乡"建设情况。专家考察组一致认为，长治市在推动曲艺事业发展特别是群众曲艺活动开展方面走在了全国前列，站位高、视野宽、思路明、工作实、效果好，呈现出鲜明的地域特色，取得了良好的社会效益，创建、建设和管理工作都积累了一定的经验。2017年4月26日，我到大连参加创建中国曲艺之乡（名城）工作推进会暨大连市西岗区曲艺名城授牌仪式。中共长治市委宣传部获得"中国曲艺之乡"标兵单位，我与鼓书艺人王海燕、李彩英三人获得"中国曲艺之乡"优秀基层曲艺工作者。

习近平总书记在中国文联第十次全国代表大会、中国作协第九次全国代表大会开幕式上强调，文运同国运相牵，文脉同国脉相连。广大文艺工作者要坚持以人民为中心的创作导向，坚持为人民服务、为社会主义服务，坚持百花齐放、百家争鸣，坚持创造性转化、创新性发展，高擎民族精神火炬，吹响时代前进号角，把艺术理想融入党和人民事业之中；做到胸中有大义、心里有人民、肩头有责任、笔下有乾坤，推出更多反映时代呼声、展现人民奋斗、振奋民族精神、陶冶高尚情操的优秀作品，努力筑就中华民族伟大复兴时代的文艺高峰。作为青年曲艺工作者，我们必须把自己的命运和时代的命运紧密融为一体，把自己的人生追求和时代的发展、人民的命运融为一体，把自己对时代的感悟、对人民的热爱化为对曲艺艺术的不懈追求，不断提升敏锐的视觉和独特的嗅觉，提高捕捉生活的能力和本领，肩负时代重任，捧出曲艺爱心，挖掘曲艺精髓，酿造曲艺馨香，让我们投入到火热的生活中去，感悟时代的浓烈和人民群众的真挚情感，向善、向真、向美，把自己的才情、才华奉献出来，用自己对艺术的敬畏之心，让曲艺在时代的感召下健康发展，散发出恒久的艺术魅力。

"牡丹绽放"两年间，我有成绩，有收获，但更主要的是有感悟，感到自己与中国曲协的要求相比，与中国曲艺的时代相比，与其他曲艺英才和曲艺同行相比，尤其与广大群众的期盼相比，还有很大的差距和不足。我深知，中国曲协对我厚爱有加，关怀备至。作为"牡丹绽放"一员，在下一步工作中，我将正视不足，更加刻苦，把学习作为一种行动自觉，学一路，学一辈，学一生；坚持笔耕不辍，写一路，写一辈，写一生；讲责任勇担当，奉献一路，奉献一辈，奉献一生。努力做到自身素质要更高、创作的精品要更多、发挥的作用要更大，这是我的奋斗目标，也是我的郑重承诺。最后，我将饱含心情，放歌抒怀《牡丹绽放 人间芬芳》——

335

《牡丹绽放　人间芬芳》

站在牡丹绽放的殿堂上有过多少遐想，
怀揣美好的梦想立志要把责任来担当。
中国曲协的信任和支持让我激情滚涌，
发誓在眷恋的土地上掘出生命的泉浆。
深入生活，扎根人民，融注满腔希望，
不懈追求，奋发有为，酿造佳肴花香。
任凭坎坷风雨，甘愿搏击风浪，
只待牡丹绽放，瞄准目标远航。
此刻，我心底涌动无尽的热浪，
此刻，我抬头仰望满天的星光。
星星对我说，只有眼睛向下，才能捕捉金子的透亮，

下
篇

月儿对我说，只有脚踩大地，才能丈量大地的苍茫。

带着一颗滚烫的心我上路了，
揣着一片涌动的情抒写衷肠。
我时刻牢记，人民是我书写的对象，
我时刻牢记，时代让我们放歌引吭。

穿梭于大街小巷，角角落落有我的足迹，
走访民生疾苦，我把群众的冷暖牵挂心房。
我用曲艺写下群众的期待和梦想，
我用曲调谱写百姓的情思和衷肠。
走进田野里，捧一把泥土我心如潮涌，
走进田野里，我品尝汗水孕育的酒香。
我的作品里寄托百姓的情思，
我的诗行里浸润父母的希望。
走进生活的沃土我咀嚼艰辛，
掘取生命的泉水我孕育琼浆。

曲艺有我写不尽的情愫，
曲艺有我唱不尽的流觞。
曲艺有我抒不尽的力量。
曲艺有我品不尽的琼浆。
我在曲艺的长河里遨游，
我在曲艺的蓝天上飞翔。
我在曲艺的摇篮里，
我放弃多少个星期天游走苍莽的土地上，
我走进多少朴实的群体内书写他们的沧桑。
我爱多情的土地，土地让我陶醉，
我爱肥沃的土壤，土地散发芬芳。

生我养我的土地，您让我眷恋不已神采飞扬，

生我养我的土地，您让我激情澎湃奋发图强。

生我养我的土地，你让我魂牵梦萦乘风破浪，

生我养我的土地，你让我汗水融化放飞理想！

奋斗花开，未来展望，

汗水浇灌，孕育花香，

把牡丹的芳香送到千家万户，

在文艺的百花园中让牡丹绽放，人间遍地撒芬芳！

（本文入选《牡丹绽放 花开有声——首批曲艺英才培育行动回眸》一书，由中国曲艺家协会主编、中国文联出版社出版发行）

下

篇

扎根立魂树精神 "三心三责" 勇担当

　　文艺工作者职业道德是文艺工作者在文艺创作生产活动中应该遵循的道德准则与行为规范的总和，是社会道德在文艺领域的具体体现，文艺行业的特殊性反过来又对社会风尚产生广泛而深刻的影响。2016 年 10 月 16 日至 24 日，我随中国曲艺家协会赴台湾参加第六届海峡两岸曲艺欢乐汇活动，与四川谐剧演员叮当同住一个房间。连日来，我们围绕关于文艺界职业道德建设谈感受：如何做一名好演员，如何成为深受人民喜爱的艺术家。其中，叮当特别提到他的两位师父对他艺术的支持与教诲，给我留下深刻的印象。

　　他先后拜了两个师父，一位是四川著名表演艺术家沈伐，一位是散打评书表演艺术家李伯清。叮当："我人生中最大的财富是遇到了两位恩师，两位师父视艺术为生命，视徒弟为儿子。他们不仅教给我谐剧艺术，更重要的是教育我做人的根本。有两件事永远留在了我的记忆深处：一件是我和师父沈伐到四川巴中演出，为了演好角色，师父"骂"了我一路，"骂"得我头皮发麻。他告诉我，谐剧一个人演，要满台生辉，但始终不能脱离典型人物。走上舞台，身段一定要放低，只有那样，观众才喜欢看你的表演。不能为了逗乐取笑而忘乎所以、忘记谐剧的艺术本身。另一件是师父沈伐为了全面提高我的表演艺术水平，亲自带我辗转重庆拜散打评书表演艺术家李伯清为师。李伯清对我的严格教育影响了我的人生。2005 年刚刚在巴蜀笑星擂台赛崭露头角的我，一时间成为川渝两地的明星。那年冬天，师父李伯清带领一众师兄弟从重庆到泸州做新春惠民演出，我事先没有征求师父同意就私自接了一个商演。演出刚结束，一个师兄打来电话说师父因我没有参加惠民演出很生气，已经把我的名字从手机里删掉了。我吓得六神无主，赶紧写好检查，冒着大雾，连夜开车四个小时走山路从重庆赶往泸州声泪俱下向师父认错。最终师父原谅了我，告诉我作为演员最大的要讲艺德，是要为人民演出，要走进人民中吸取营养。惠民演出就是为人民演出，作为一名演员心里始终不能忘记人民。"叮当告诉我，到现在他对艺术的热爱初心不改，烛照前行。

　　听了叮当的故事，我一直在想，艺品如人品，文艺工作者作为文艺作品的生产者，只有坚守艺术理想和艺术良知，把德艺双馨作为自己的毕生追求，主动加强自身道德修养，提升思想境界，才能内化于心、外化于行。用优秀作品赢得人民赞誉，用人格力量赢得社会尊重，用自身的艺术才华和创造实践为社会公众作出表率。要坚守艺术之本，追求艺术之魂，担当社会之责，扎下根、立好魂、树起精神，胸怀对历史的敬畏之心、对人民的服务之心、对曲艺的钟爱之心，担当好曲艺传承之责、为民之责和繁荣之责，才不负艺术家的光荣称号。

一、深扎根——胸怀敬畏之心，担当好传承之责

扎好曲艺之根，就是走进曲艺历史，触摸曲艺源头，传承曲艺的优秀传统。曲艺历史悠久，源远流长。作为中华艺术宝库中的一颗璀璨明珠，既是弘扬传统文化活的载体，也是传统文化的重要内容，对它的传承、保护必须深深扎根于绵延而厚重的传统文化土壤之中，建立和传统文化诸多要素同呼吸、共命运的互动联系，才能实现稳定长久的发展。我们要不断深耕曲艺所依赖的传统文化土壤，加强优秀传统文化和特色地方文化的宣传教育，大力弘扬优良的乡风民俗，培育涵养人们对传统文化、民族精神的情感依赖，形成良好的传统文化发展生态，营造曲艺传承传播的大环境。

我们要胸怀对曲艺传承的敬畏之心，从我做起，从点滴做起，担当起传承之责，学习传统曲艺艺术的精髓，学习艺人视艺术如生命的忘我精神，千方百计把前辈留下的财富呵护好、传承好，使其更加灿烂辉煌，使其在时代的荡涤中永远散发耀眼的光芒。

二、立魂魄——胸怀服务之心，担好为民之责

习近平总书记在文艺工作座谈会上明确指出，文艺是给人以价值引导、精神引领、审美启迪的，艺术家自身的思想水平、业务水平、道德水平是根本。曲艺的灵魂就是为民，曲艺的宗旨就是服务。曲艺是散布于民间的丰富传统文化、乡土文化，生命力来源于民间，扎根于人民。曲艺源于民、服务于民的血肉关系，孕育了曲艺与人民的不解情缘。

曲艺连着乡愁，曲艺牵着乡情，曲艺传递乡音，曲艺演绎乡韵。河南宝

丰马街书会具有700余年历史，每年阴历正月十三，来自全国各地成百上千曲艺艺人负鼓携琴，汇集于此。以天作幕，以地为台，说书亮艺，以曲会友。周围百里村民身着盛装，扶老携幼，从四面八方前来听书、写书、赶会，千座书棚吹拉弹唱，人头攒动，摩肩接踵，热闹非凡，堪称我国民间艺术奇葩。传统的才是民族的，民族的才是世界的。传承、保护好我们的传统曲艺艺术，实现曲艺事业的繁荣、创新和发展，既是弘扬民族文化、弘扬民族精神的历史使命，也是适应文化竞争、提升文化影响力的时代要求。

曲艺散发着泥土的芳香，让人回味悠长。让曲艺文脉健康绵延，曲艺工作者要树立高度的责任意识，伏下身子，以身作则。时刻想到服务的对象是百姓，追求艺术永远是自己的天职。当我们倾听流传于世的艺术大师的作品时，会感动他们的作品丝毫没有矫揉造作，没有刻意追风，有的是自然地流露，时代的穿透。我们无不为艺术大师的艺术追求拍案叫好，因为他们的作品都源于生活，他们常年和人民打交道，倾听人民的喜怒哀乐，反映人民的基层生活，反映民生情怀。他们把欢笑带给人民，一直都在追求艺术的最高境界，他们为伟大的时代鼓与呼，为勤劳的人民鼓与呼。这就是人生价值的真谛所在，这就是追求艺术的最高境界。相声大师侯宝林曾说：我说了一辈子相声，研究了一辈子相声。我的最大愿望是把最好的相声艺术献给观众。观众是我的恩人、衣食父母，是我的老师，我总感到再说几十年的相声也报答不了爱我帮我养我的观众。这就是一代大师的相声情节，这就是一代相声大师的时代回声。他们把毕生的精力无私奉献给我们的时代，奉献给我们伟大的人民。

追求艺术的过程就是思想境界不断提升的过程，曲艺工作者必须胸怀人民，以一颗为民服务之心把曲艺为民的崇高使命和职责履行好，推动传统曲艺融入时代，融入人民，融入生活，以高度的使命感和责任感促进人民曲艺事业的繁荣和发展。

三、树精神——胸怀钟爱之心，担好繁荣之责

讲品位、重艺德，为历史存正气，为世人弘美德。文艺工作者不仅要在文艺创作上追求卓越，而且要在思想道德修养上追求卓越。梅花大鼓表演艺术家、国家一级演员、中国曲协副主席籍薇老师曾九次赴台演出，她对待艺术的敬畏之心给我留下了难忘的印象。在第六届海峡两岸曲艺欢乐汇活动中，

台湾汉音剧团团长陶秀华表演了京韵大鼓《重整河山待后生》，籍薇老师一字一句认真示范，一招一式耐心演示，眼睛、形态、动作，台风，点点滴滴悉心传授，令全体演员深为感动。陶秀华激动地说："籍薇老师犹如美丽的天使，不仅传授我曲艺知识，而且她敬畏艺术的品质也令人敬佩。"

从籍薇老师身上我深深体会到艺术家的职业道德和职业操守，这就是一种艺术精神。精神来源于感情，来源于心底浓浓的爱。要为曲艺做事，首先必须爱曲艺，这种爱是真爱，钟爱，赤诚的爱，痴迷的爱，掏心窝子的爱，爱得深沉，爱得无怨无悔。

近观眼前满目春，放眼远处春更浓。广大文艺工作者要坚持以人民为中心的创作导向，坚持为人民服务、为社会主义服务，坚持百花齐放、百家争鸣，坚持创造性转化、创新性发展，高擎民族精神火炬，吹响时代前进号角，把艺术理想融入党和人民事业之中；做到胸中有大义、心里有人民、肩头有责任，笔下有乾坤，推出更多反映时代呼声、展现人民奋斗、振奋民族精神、陶冶高尚情操的优秀作品，努力筑就中华民族伟大复兴时代的文艺高峰。作为青年曲艺工作者，我们必须把自己的命运和时代的命运紧密融为一体，把自己的人生追求和时代的发展、人民的命运融为一体，把自己对时代的感悟、对人民的热爱化为对曲艺艺术的不懈追求，不断提升敏锐的视觉和独特的嗅觉，提高捕捉生活的能力和本领，肩负时代重任，捧出曲艺爱心，挖掘曲艺精髓，酿造曲艺馨香，让我们投入到火热的生活中去，感悟时代的浓烈和人民群众的真挚情感，向善、向真、向美，把自己的才情、才华奉献出来，把自己对艺术的敬畏之心，让曲艺在时代的感召下健康发展，散发出恒久的艺术魅力。

曲艺行业风气是曲艺界素养、形象和生态的一面镜子，直接反映体现着曲艺行业建设成效。作为一名曲艺工作者，在曲艺行业建设中，扎下根、立好魂、树起精神，认真对照《中国曲艺工作者行为守则》，逐字逐句领会精神实质，深入到生活一线，探源生活的源头，时刻保持昂扬向上的心态，走好路，走正路，做好人，担责任，以对待艺术敬畏知心对待艺术，要时刻牢记人民是文艺工作者的母亲，始终坚持文艺为人民服务的宗旨和以人民为中心的创作导向，用优秀的作品奉献人民、回报社会。要坚持高尚的道德情操和艺术良知，树立良好的社会公德、职业道德、家庭美德和个人品德，心存感恩，心存敬畏。

俗话说，"水唯能下方成海"，扑下身子，搁下面子，甘当学生，向群众学习，向实践学习，向大地弯腰，接地气，勤耕耘，付出多少，收获多少。要向人民弯腰，多亲近，多营养，掘取生命的源泉和力量。通过不断学习，不断积累，拂去身上的娇气、傲气，增长自己的人气、骨气。不忘初心，继续前进，才能做一个对社会有用的人，才能做一个社会大写的人。无论何时何地，都脚沾泥土，保持乡土本色，不见异思迁，不好高骛远，坚持从群众中来，到群众中去，永远为百姓写作，向人民汇报。时刻牢记"老百姓是天，老百姓是地，老百姓是根，老百姓是魂"。让我们以对曲艺的钟爱书写着生活，体悟着生命，表达内心，实现曲艺事业的更加繁荣。

（本文发表于 2017 年第 1 期《曲艺》杂志）

一扇窗　一个家　一盏明灯　一条路

——我和《曲艺》的故事

二十多年的曲艺创作生涯，《曲艺》一直相伴相随。回想走过的岁月，让我最难释怀的是《曲艺》，每月最为期待的是《曲艺》，案头放得最多的是《曲艺》，交流最多的是《曲艺》。《曲艺》成为我心头的最爱。我从一名普通的曲艺爱好者到登上中国曲艺牡丹奖的最高领奖台。一路走来，让人难以忘却的、深情交融的、至今仍然延续缘分的就是我和《曲艺》的故事。

《曲艺》如一扇窗，透过《曲艺》我看到外面更多的精彩

还记得在 2003 年是我第一次与《曲艺》杂志接触，当年我正在创作上党梆子现代戏——《丹凤朝阳》，《丹凤朝阳》的导演王国伟老师刚刚参加了在河南平顶山举办的马街书会大赛，他手里拿着一本杂志送给我，说这本杂志是在马街书会上《曲艺》杂志编辑部老师送给他的。我从他手里接过那本杂志，正是《曲艺》杂志。随手翻了几页，里边的作品便深深吸引了我。我突然发现这本书带给我满满的感动，久渴的我如遇甘霖，顾不上吃饭，一口气就把这本杂志从头看到尾。甚至到了今天，那期杂志上面讲述的理论、编辑的文字，以及封面设计都历历在目，难以忘怀。从那时起，我便拥有了一片精彩的世界。

2003 年下半年，我就开始自费订阅《曲艺》杂志，也试着给《曲艺》杂志投稿。第一次在《曲艺》杂志上发表作品是 2012 年第 12 期。2012 年，第五届中部六省曲艺大赛在长治举行。那次大赛上，我创作的长子鼓书《小两口回娘家》荣获大赛一等奖，当时反响非常强烈。第二天，曲艺杂志编辑刘红英老师采访我，她让我把长子鼓书《小两口回娘家》的文本发给她，同时让我写一篇创作感言。接下来，我把创作感言《乡风乡韵凝乡情》写好后连同文本一并发给她。2012 年第 12 期《曲艺》杂志正式刊发。随后不久，我收到多封来电来函，大家对《小两口回娘家》褒扬有加。从那时起，我真正了解到《曲艺》杂志的魅力所在。这让我对自己从事的职业充满信心，更加热爱曲艺事业，下定决心投入曲艺的创作之中。

从那时起，我与《曲艺》交流更加频繁。每次《曲艺》杂志上开设的专题栏目，我都会认真去思考。杂志如有大的专题，编辑部向我约稿，我都珍惜每次约稿，认真思考，打开思路。比如，围绕新时期曲艺界行风建设主题我写了《扎根立魂树精神 "三心三责"勇担当"》。围绕构建社会主义核心价值观，我撰写了《树起道德丰碑 坚定文化自信》。围绕如何打造曲艺精品，我撰写了《身融乡土 心思乡愁 饱含乡情 溢满香味》。围绕曲艺学科进校园，我撰写了《一个繁荣少数民族的战略举措》。围绕传统曲艺的传承和发展，我撰写了《感悟传统曲艺的艺术魅力》。入选牡丹绽放——曲艺英才培育行动首批10人一年来，我撰写了《牡丹绽放沐泔霖 走好走实四条路》等等。同时，我的作品长子鼓书《山西面食》《腊月天儿》《端午节》《中国梦》《起乳名儿》《小两口回娘家》《常回家看看》《大山卫士》《马街赶会》等也在《曲艺》杂志相继刊登，使自己的作品在全国得到交流。短短几年时间内，曲艺杂志刊发我的作品、评论近30篇。我成了曲艺杂志的忠实读者，我的生活中已离不开《曲艺》杂志的滋养。

《曲艺》杂志陪伴我度过了一个又一个大好年华。我在吮吸曲艺的营养，我在书写曲艺的欢乐，我发现我的生活不再单调，不再孤单，我的生活变得那么丰富多彩、绚烂多姿。

《曲艺》如一个家，走进《曲艺》我享受到满满的温暖

在这之后，通过参加中国曲协的一些活动我认识了曲艺杂志编辑部成员，从主编到编辑老师，再到发行老师，他们是一个对待工作一丝不苟的坚强团队，前瞻性的思维、坦诚朴实的态度都给我留下了深深的印象。每次参加《曲艺》杂志活动，交流中，我学到了很多，悟到了很多。

每一次，接到曲艺杂志的约稿，我都感到亲切、感动。每一次主题的确立，在电话中进行沟通，编辑老师的敬业精神让我备受感动。一次次的感动在延伸，一次次友情在传递。抚摸着《曲艺》的温暖，品味《曲艺》的馨香，我顿生敬意，《曲艺》杂志的老师们为了曲艺能够走向大众，走向生活，他们做出了怎样的努力啊！这就是一种精神的力量，这就是心底记挂广大读者的表现，这更是社会责任担当的真实体现。

《曲艺》如一盏灯，向着《曲艺》我一路前行

很多事情都在我的脑海中闪现，多少故事都在思绪中留恋。我的心境一次次受到感动。

2008年，我作为一名观众欣赏第五届中国曲艺牡丹奖。2010年我第一次参加了中国曲艺牡丹奖，当时由我创作、由宋丽丽演唱的《相媳妇》荣获牡丹奖的表演提名奖和文学入围奖，当时观众的鼓掌声与呐喊声给了我极大的震撼和鼓励，我坚信自己可以在这条路上孜孜以求，继续坚持走下去。于是在2012年我又参加了中部六省曲艺大赛，创作的长子鼓书《小两口回娘家》获大赛一等奖。随后《小两口回娘家》参加由文化部主办的大地情深专场文艺晚会在北京大学百年讲堂展演。创作的长子鼓书《常回家看看》又到山东济南参加第十届中国艺术节全国第十六届群星奖的角逐，最终获得群星奖。长子鼓书《小两口回娘家》在当年跟随着中国曲协第一次走出国门、走向世界，赴法国巴黎参加当年的艺术节。从小在乡村长大的我从来没有想到过自己可以走出长治、走出山西、走出中国、走向世界。

一点一滴的努力，一次又一次的鞭策，我的付出得到了回报。而这些创作，都是来自《曲艺》杂志对我在语言上、在风格上、在主题上等方面的指导。深接地气，小故事演绎大情怀，小事、小理，寓教于乐，《曲艺》给予我灵感，启发我思考，它像一位名师，给我指明道路，帮我指明方向。经过一次又一次的比赛，我也得到了许多的历练，同时我也看到了全国各地不同选手的演艺风格和各式各样的曲艺作品。2014年，我第二次参加了中国曲艺牡丹奖，由我创作的潞安大鼓《中国梦》获第八届中国曲艺牡丹奖提名奖、长子鼓书《腊月天儿》一举获得中国曲艺牡丹奖创作奖。随后，我进入了中国曲协"牡丹绽放——曲艺英才培育行动"全国首批10人之列。2016年，我第三次参加中国曲艺牡丹奖，由我创作的长子鼓书《起乳名儿》荣获牡丹奖节目提名奖并入选"中国精神中国梦"全国优秀曲艺作品，刘引红表演我创作的长子鼓书《山西面食》荣获牡丹奖表演奖。

一路走来，一路展望，《曲艺》杂志对我发展的轨迹给予记录和印证，也给我自信和鼓励，让我在艺术的长河中越走越远。夜深人静之时，数不清的日日夜夜加班加点地创作与学习，我在《曲艺》杂志的陪伴下热血沸腾，深深感恩。

《曲艺》如一汪泉，引领我采撷生活的甘霖

《曲艺》杂志融入了我的生活，融进了我生命的血液。在我的成长与发展点点滴滴之中是《曲艺》杂志为我指明了航向，它引导我要扎根生活的沃土，把握艺术的规律，让曲艺真正融入我的血脉中。

受《曲艺》杂志的感染与影响，我在创作曲艺作品中不偏离轨道，一步一个脚印，辛勤耕耘。与此同时我也自我加压，努力学习，让自己紧跟时代的步伐，勇于创新创造，用精湛的艺术回报厚重的土壤和伟大的时代，不断创作出思想精深、艺术精湛、制作精良的曲艺作品。

通过在《曲艺》杂志上发表文章，我把自己的创作实践和体验与全国读者进行交流，越来越多的观众开始关注我。常常有一些关心我的朋友给我打电话与我探讨有关曲艺创作的问题，他们对我的评价、给我的反馈都会成为我最宝贵的财富。同时我也承担《曲艺》杂志交办的任务，比如，参加全国曲艺创作改稿会，编辑《中国曲艺名城——长治》专刊，走进四川巴中深入生活采风创作，等等。我对每一次活动都非常珍惜，因为这是《曲艺》杂志对我的信赖和支持。在一次次交流中，我对更多的兄弟曲种有了进一步的了解，视野得到拓宽，思维更加敏捷。从《曲艺》杂志中，我不仅可以读到许多优秀文章，而且我也感受到作为一名曲艺作家所必需的良知与责任。我把笔尖更多地伸向大地，向人民群众展示曲艺的心声，争取让更多的人民群众热爱曲艺。

问水哪的清如许，为有源头活水来。《曲艺》杂志记录着时代的印记，它散发着时代的芳香，是时代的见证者，是历史的见证者，它带领一批又一批曲艺的传承者紧随时代的脚步，追求更高的境界。

最后，以一首小诗歌送给《曲艺》杂志，献给我钟爱的曲艺事业：

《曲艺》我为您歌唱

六十年风雨历程，

六十年桃李芬芳，

六十年春华秋实，

六十年四溢清香。

根扎脚下的泥土，

汇融知识的海洋。

崛起生命的泉水，

酿成醉人的酒浆。

《曲艺》让我的人生精彩，

《曲艺》让我的思绪绵长。

《曲艺》实现着我的创作梦想，

《曲艺》带我走在时代的前方。

多少个日日夜夜，我以曲艺为伴，

多少个寒来暑往，曲艺给我坚强。

为时代放歌，曲艺蓄积力量，

为人民抒怀，曲艺高歌引吭。

捧着散发出牵魂馨香的《曲艺》，

背后印证编辑部日夜的繁忙。

肩上承载社会的责任，

心中蓄积时代的担当。

同甘共苦情意绵长。

新的时代，新的向往，

新的召唤，新的期望。

《曲艺》已成为我努力前行的动力，

《曲艺》已成为我精神富裕的口粮。

吮吸《曲艺》的营养我也内力强壮，

品味《曲艺》的艰辛散发缕缕馨香。

一路汗水，一路芬芳，

一路探索，走向辉煌。

今天，举一杯美酒痛快畅饮，

明天，不忘初心，奋勇远航！

（本文发表于 2017 年第 8 期《曲艺》杂志，入选 2017 年第 11 期增刊 纪念《曲艺》创刊 60 周年特刊《曲艺六十年》）

下篇

树起道德丰碑　坚定文化自信

——有感于第五届"全国道德模范故事汇"基层巡演启动仪式

2016 年 7 月 27 日晚，由中央文明办、中国文联共同主办、中国曲艺家协会承办，首都文明办、中国人民大学协办，2016 年第五届"全国道德模范故事汇"基层巡演启动仪式暨首场演出在中国人民大学拉开了序幕。此次活动用曲艺艺术演绎模范精神，致敬大爱之美，寓道德于曲艺之中，二者的相互融合，相辅相成，达到双赢。曲艺因道德而美丽自信，道德因曲艺而传播深远。

一、一场动人的故事汇，一堂感人的道德课

道德模范故事汇，是一堂生动活泼的公民道德课，是诠释社会主义核心价值观的好教材。助人为乐模范毛秉华年近九十高龄，依然战斗在宣讲井冈山精神的第一线，在他心中，井冈山精神是我们革命事业取得成功的魂。见义勇为模范秦开美、王林华面对劫持学生的歹徒，挺身而出接力争当人质，成功解救 52 名学生的安全，"护童天使"名不虚传。诚实守信模范朱国萍用软实力浸润居民的心灵，用好人好事架设居民贴心的桥梁。敬业奉献模范赵亚夫 54 年如一日，致力于农业科技成果研究、普及、转化，把兴农富民作为不懈追求，带领数十万老区农民实现了小康梦。孝老爱亲模范赵小参含辛茹苦 30 多年，把婆家未成年的三个弟弟两个妹妹抚养成人，自己身患癌症，却又毅然抚养两个侄子，被弟弟妹妹们尊称为嫂娘。诚实守信模范刘真茂 30 年扎根大山，敬畏大山，守护大山，痴情大山。大山成为他生命的精神寄托，大山成为他护林守林的责任担当。可以说，每个道德模范的背后都有感人的故事，他们在平凡日夜中书写了不平凡的故事，也书写了人性的光辉，更书写了时代的感动。

道行天下，德行万里。一个故事就是一面道德旗帜，一个故事就是一支道德标杆。透过一个个故事，我们无不感到道德模范身上充分体现了中华民

族的优良传统美德，集中反映了社会进步的时代潮流。全国道德模范故事汇的巡演，是全面贯彻落实习近平总书记文艺座谈会上讲话精神的行动实践。全国道德模范故事汇的巡演必将在传播道德模范，弘扬主旋律中发挥不可替代的作用。全国道德模范故事汇巡演必将在中华大地这块厚重的土地上积蓄文明的高度、道德的厚度。大力宣传道德模范的崇高思想和感人事迹，以典型示范引导全国人民崇尚道德模范、争当道德模范，让道德模范成为高扬的精神旗帜，引领人民前进，让社会主义核心价值观在人民群众中得到广泛认同，并转化为人们的自觉遵循和行动。此举必将有力推动社会主义核心价值体系建设，全面促进社会文明程度和道德水平的进一步提升。

二、一次曲艺的最美展示，一种文化的坚定自信

数来宝、相声、二人转，这些都是广受人们欢迎的曲艺门类，有着广泛的群众基础。讲述道德模范的故事，会让这些曲艺门类自身充满文明的馨香，会给这些曲艺门类的发展增添新的活力。在首场演出现场，无论是数来宝《心心相印》、清曲说唱《土地情深》、相声《好歌唱给谁来听》、长子鼓书《大山卫士》、还是故事《好汉金汉》、二人转《嫂娘》、故事《生死接力》，曲艺形式新颖活泼，内容充沛丰富，突出彰显了助人为乐、诚实守信、敬业奉献、见义勇为、孝老爱亲、开拓进取的新时代道德楷模品质。他们身上的优秀品质和高尚情操，是中华民族传统美德、革命道德和时代精神的集中体现，反映了社会进步的时代潮流，表达了人民群众的道德追求。以自己独特的形式和魅力吸引群众，真正起到振奋民族精神、陶冶道德情操、提高审美情趣、丰富文化生活的作用。巡演的作品多次进行研讨修改，力求为群众带来精神的愉悦和内心的感动，以此促进良好舆论导向的形成。每一个作品让我们看到了大爱无疆，道德模范的感人事迹，也昭示我们，真正的爱，能够超越生命的长度、心灵的宽度、灵魂的厚度，思想境界的深度。我们在道德楷模的身上看到民族精神和时代精神。这种精神穿越人民的内心，震动人民的心灵，让中华民族的优秀传统美德得以弘扬。

三、一次面对面的交流创作，一次心贴心的净化洗礼

每一个主人翁都有一段不平凡的经历，但是经历的背后是对党的事业的

下篇

无限忠诚，对人生价值的向往和追求。这次，参与创作道德模范的事情是一个非常光荣的事情。创作本身就是一个学习的过程。寓教于乐，贴近实际、贴近群众、贴近生活，短小精悍，加上名家的精彩表演，溢彩流光。

受中国曲协委托，这次全国道德模范故事汇巡演节目中，我创作了诚实守信模范刘真茂的长子鼓书《大山卫士》。2016年3月，我接到中国曲协的通知，要以全国第五届诚实守信模范刘真茂为原型创作一部曲艺作品进行第五届全国道德模范故事汇基层巡演。接到任务后，我感到非常激动和兴奋，也感到中国曲协对我无比信任。从那时起，我便给自己定下一个目标，一定要写好道德模范，唱好道德模范，宣传好道德模范。接下来，我便收集刘真茂的相关资料。从我收集的资料中，我深深被刘真茂感人的故事所吸引。一股道德的力量让我走进人物的内心，一种使命的担当让我走进主人公的心灵境界和高尚情怀。1993年，当护林队因环境恶劣被迫解散以后，他心在滴血流泪，义无反顾自觉担当起护林守林的重任。为了保护林木，他把家里的积累全部花光，自己投资盖起了哨所房。没办法，家里的小卖部只得关门。可以说他舍小家为大家，为护林，不惜牺牲自己生命。这一切都是为了心中的承诺。30年的诚信构筑起信念的永恒和崇高；30年的守望诠释了他坚韧的意志和博大情怀，30年的追求换来了葱绿叠翠，秀美山川；30年的奋斗铸起了一座诚实守信的道德丰碑。这是一种道德的自信，这是一种责任的坚守。我从资料的点滴中解读主人公的平凡和崇高，我从主人公感人的事迹中感悟道德的自信和伟大。

带着一种使命，我投入到艰苦创作之中。与其说是创作，倒不如说是深受敬畏和感染。我要力求把刘真茂的感人事迹写成通俗易懂的曲艺作品，弘扬主旋律，传递正能量。让全国人民感受一颗道德的良知和无私奉献的胸怀，要让刘真茂的感人事迹通过曲艺的形式传播出去，传唱下去。让刘真茂的感人事迹通过艺术的渲染，嫁接出社会责任的累累硕果。春风化雨，润物无声。在演出现场，我适逢碰见刘真茂，我和他进行了长谈，朴实干练，神态刚毅。他紧紧握着我的手，让我有机会亲自到他的狮子口大山参观他们的林木。质朴的语言，坚定的信念，蕴含着刚毅、果敢和奉献，令我感动，催人奋进。

四、一次美德传颂的启航，一种社会责任的担当

核心价值观是文化软实力的灵魂、文化软实力建设的重点。这是决定文化性质和方向的最深层次要素。一个国家的文化软实力，从根本上说，取决于其核心价值观的生命力、凝聚力、感召力。而道德模范用实际行动诠释了社会主义主流价值，他们用矢志不渝的忠诚，用鞠躬尽瘁的奉献，用一诺千金的责任，用将心比心的温暖树立起了一座座道德丰碑，让我们一代一代把中华民族的优良传统美德继承下去，以此推动社会的文明进步不断发展。这种道德模范的渲染，正是我们时代的最强音的体现。

时代呼唤道德，需要道德；人民需要艺术，艺术更需要人民。道德力量和艺术力量相互作用宣讲模范的先进事迹、弘扬正气，用"凡人善举"，生动诠释了社会主义核心价值体系的丰富内涵。道德模范是社会主义道德建设的重要旗帜，是全面建成小康社会路上的盏盏明灯，我们不仅要赞美他们，歌颂他们，更要追随他们，学习他们。

关注现实生活，书写道德模范，用曲艺艺术形式将道德模范进行巡演，通过巡演，播撒真善美的种子，形成一片绿荫。这是对于时代精神的独特体验和价值思考，更是曲艺承担的光荣使命。衷心期望第五届全国模范故事汇的巡演，能让曲艺艺术在群众中扎下根，接地气，能让道德模范感人事迹浸润每个人的心灵。让更多的人追寻道德楷模的脚步，走好人生的价值之路！

（本文发表于 2016 年第 9 期《曲艺》杂志）

下篇

助力脱贫攻坚 曲艺大有可为

2017年1月10日,由山西省委宣传部、山西省扶贫办主办,山西省曲艺团、长治市委宣传部承办的 "脱贫攻坚" 主题曲艺作品全省巡演活动在太行革命老区武乡县丰州镇魏家窑村正式启动。本次巡演活动在全省范围内举行百场演出,首批巡演在武乡、平顺、壶关开演。百场巡演,场场爆满,反响强烈。曲艺巡演的火热场面令人感动,为脱贫攻坚增添了一抹亮色,也引发了一连串思考。

思考一: 贫困山区的百姓为何如此倾情曲艺演出?

贫困山区百姓的生活十分单调,丰富多彩的曲艺演出一下子来到身旁,让他们惊喜、亢奋。当他们走近舞台,走近曲艺,走进节目之后,与演出融为一体。

（一）曲艺有乐吸引人

曲艺是群众艺术,接地气,贴民众,唱的是百姓事,说的是百姓话,与百姓没有距离感,百姓感到很亲切。曲艺是多样艺术,相声、小品、鼓书、说唱等等,给人以全方位的享受;曲艺是笑的艺术,能给群众带来愉悦,能够恰当地运用多种艺术处理手段,让大家在笑声中受到教育,得到启发,在笑声中思索和探讨,可以说是心贴心的交流,心与心的共鸣。

（二）作品有情感染人

这次巡演的曲艺作品都是经过认真打磨,反复修改,加班加点排练出来的,针对性强,教育意义大,都取材于现实,都是结合脱贫攻坚的大主题创作出来的。音舞快板《打赢扶贫攻坚战》给大家讲述了脱贫攻坚的政策法规,相声《懒汉刘二狗》告诉大家脱贫先扶志的进取精神,长子鼓书《 "小米县长" 》以真人真事讲述脱贫攻坚坚持 "输血" 与 "造血" 并重,从解民忧到实现民富村强的感人故事。老百姓欣赏曲艺,同时也是对照人生,有意无意地从里面寻找面对生活的信心和勇气,寻找生活中错失的美感、幽默和谐趣。

（三）演员有劲打动人

这次巡演对于演员来说,是一种锤炼,是一种学习的机会。演出场地都在露天演出，数九寒天，寒风凛冽，演员环山奔波，一天演出三场，冻得发抖，但是没有一个叫苦叫累。一上台，精神振奋，全身心地投入到演出中，为群众送去温暖，激起了老区百姓观看热情，甚至有的骑着摩托车跟着演出队走村串乡，走一路看一路。

思考二：火热的背后反映了什么？

火热的场面，既让我们兴奋激动，又让我们感到前路艰辛，更让我们感到责任沉重。当我们看到贫困群众对曲艺演出的痴情，让我们深刻感受到"文化扶贫"的重要性和紧迫性。

（一）贫困乡村的文化生活需要培育、滋养和丰富

在演出间歇，我们也走访了一些贫困山区的干部群众。了解到他们当前的生活仍然是脸朝黄土背朝天。大部分贫困百姓家里没有电视，有的一年也看不了几场演出。有时看了，也是经济条件好一些的家庭在办婚丧事时请到的一些吹鼓手或唱歌演出的零散人员。贫困山区的文化生活单调而贫乏。当专业的团队走进乡村，送上丰富多彩的节目时，他们如获至宝，兴奋不已。这种现象充分说明当前贫困山区的文化生活亟待丰富。从几天的巡演情况来看，老百姓像过节一样高兴，他们渴望文化熏陶，渴望曲艺带来的愉悦。

（二）脱贫攻坚的先进典型需要挖掘、呈现和放大

脱贫攻坚是当前的一项重要任务，在脱贫攻坚中，干部帮扶发挥着重要作用，也涌现出许多好的驻村干部。他们的故事让人感动，又给人启发。但是，如果不去挖掘，不用作品和节目展示，有的就不能够更好地发挥好典型引导的作用。我们总是仰望星空，可是很多看得见摸得着的东西距离我们并不遥远，美好就在我们身边，感动就在我们身边，脱贫攻坚中的故事让我们动容，脱贫攻坚中涌现出来的人物等待我们赞美，脱贫攻坚中存在的问题等待我们解决。面对百姓，党员干部身上闪烁着无尽的光芒，折射出的道德良知正是群众需要的、了解的。我们大张旗鼓宣传典型，就是让典型引路，真正起到示范作用。让大家心中有榜样，脱贫有路子，方向不走偏，对脱贫攻坚真正起到有力的推动作用。此次编排演出的长子鼓书《"小米县长"》就是真人真事，搬上舞台后，起到了更大的宣传引导作用。

（三）贫困人口的内在思想需要开启、引导和滋养

扶贫先扶志，扶贫扶思想。脱贫攻坚最根本的就是让贫困人口转思想，这也是最难的。但是，通过曲艺宣传形式与贫困人口交流，就起到了事半功倍的效果。在演出之后，我们也对群众进行了走访，他们表示很有感悟，干事好像更有劲了。脱贫攻坚，把贫困乡村的精神家园塑造好，从根子上让贫困人口树立克服困难的勇气、脱贫奔小康的志气很重要，很关键。

思考三：如何发挥好曲艺在脱贫攻坚中的作用？

山西是我国脱贫攻坚重点省份之一，全省近一半是贫困县，贫困地区多数分布在沟壑纵横、自然条件恶劣的太行山和吕梁山两大连片特困地区。脱贫攻坚是一项伟大的系统工程，也是深得民心的惠民工程。曲艺要在脱贫攻坚中真正发挥尖刀、短刀、轻骑兵的作用，就要快马加鞭赶到舞台面前，冲到舞台上面，去回应人民群众的期盼，满足不同程度的文化需求，宣传党和政府脱贫攻坚的政策法规和脱贫攻坚的先进典型，在奔小康的路上，决不能落下一个贫困村、一个贫困户、一个贫困人口。

（一）走进乡村，发挥好独特优势

每个特殊时期，特殊阶段，曲艺都表现出短平快的特点。十多年里洪灾、地震、风暴不断，在与自然灾害抗争中不断展现着我们的国力、党的威信以及各级人士团结奋斗的精神。曲艺队伍走进前面，用艺术想象力和生动、质朴的语言抚慰心灵，鼓舞士气，树立勇气，给人留下了难忘的印象。同样，脱贫攻坚涉及千千万万贫困地区人民的切身利益，曲艺同样要以其短小精悍的特点，迅速回应社会声音，传播党和政府的真切关怀，在歌颂大背景中提炼典型事例，运用真切、新颖、生动的生活细节来加强艺术感染力，充分调动、发挥多种艺术表现手法，以多色彩、多变化突出作品的观赏性，加强对人物形象的塑造。

（二）走进生活，打造出优秀作品

习近平总书记指出：创作是文艺工作者的中心任务，作品是文艺工作者的而立身之本。此次巡演的作品都很真实很现实很鲜活，这和作者长期注重生活积累是分不开的。真正的好作品都是深入生活、扎根人民，从群众中得来的。舞台上不再是廉价的笑声，而是发自内心的喜悦和感动。真正的作品

和时代相共鸣，与人民群众心相连的。此次曲艺巡演活动就是要抓住根本，通过抓创作让这次活动迅速落地生根，推出优秀的曲艺作品，更重要的是把波澜壮阔的脱贫攻坚场面记录下来，传播下去，宣传出去，带动一大片，形成一种合力效应。

（三）走进民心，确保好的脱贫效果

习近平总书记强调文艺工作必须做到两个结合，一是要把服务群众与教育引导相结合，二是把实际需求与提高素养结合起来。曲艺是典型的草根艺术发展起来的，这两个结合对曲艺尤其具有指导意义。助力脱贫攻坚，发挥曲艺的作用，就一定要把两个结合贯穿其中。不断强化服务意识，提升服务能力，挖掘服务资源，坚持深入生活，扎根人民，真正走进百姓心里，实现艺术对百姓的熏陶、教育和感染，让贫困群众的思想真正发生转变，积极主动投入到脱贫攻坚奔小康的征程中来。

此次巡演的火热场面，让我们再次看到了曲艺的魅力。2020年，要实现全面脱贫，曲艺担当责任重大。作为文艺轻骑兵，曲艺一定要面向基层，面对群众，深入一线，走进脱贫攻坚的主战场，发挥优势，用短小精悍的艺术感染力及时准确地展现脱贫攻坚的火热生活，在脱贫攻坚的征程中作出贡献，再立新功。脱贫攻坚需要曲艺，人民群众期待曲艺，助力脱贫攻坚，曲艺大有可为。

（本文发表于2017年第6期《曲艺》杂志）

感悟传统曲艺的艺术价值

——品味传统鼓书长子道情《珍珠倒卷帘》

曲本《珍珠倒卷帘》民间流传着不同的版本，曲种也多种多样，既有潞安大鼓、长子鼓书、长子道情、屯留道情，还有二人台等。多种曲艺形式的流布，使得这一曲本深蕴民间，传唱至今。透过一句句没有雕琢的词句，让我们领会传统曲艺艺术的神韵。下面，我主要以长子道情《珍珠倒卷帘》为例，简要阐述其在艺术、历史、文化、道德、教育等方面的价值。

道情，也称道腔式道曲，道腔音乐属道教音乐的一种，是道教宣传教义而逐步演变形成的一种民间艺术形式，也是道徒们游走四方赖以维持生活的一种艺术手段。长子道情则是其中一种。长子道情源于何时，没有历史记载，据道情老艺人讲述，长子道情始于元末明初，盛于清末道光年间，它比长子鼓书的前身鼓儿词要早几百年的时间。道情的演唱者过去自称均出自道教门徒，他们供奉韩湘子为祖师。

最早期的长子道情基本上是一种快板形式，几乎没有唱腔，只在结尾时哼哼出简单的腔调，没有音乐伴奏。所用的道具是渔鼓、简板儿。渔鼓是在粗竹筒上蒙蛇皮、蟒皮、鸡皮、猪尿泡等，长约三尺，用手指调皮击打，则发出声响。简板儿，也叫阴阳板儿，一长一短两根，上板长一尺三寸，下板长一尺二寸，取道家信奉天长地久的意思。唱道情的艺人一手抱渔鼓，一手执简板儿。长子道情《珍珠倒卷帘》经历了漫长的历史时期，一代代民间艺人把这种曲艺形式演绎得如痴如醉，流传传唱。

《珍珠倒卷帘》涉及的时间跨度大，内容含量丰富。整篇曲目共分26段落，每一段大致为6句，有时为表达效果需要，有的有8句，共有200余句唱词组成。每段句的第一句作为引子，确定韵辙。长子道情《珍珠倒卷帘》整篇曲本运用7个韵辙，主要有中东辙、发花辙、怀来辙、江阳辙、言前辙、梭波辙和由求辙。每段以月份的特征开头，然后一以贯之。《珍珠倒卷帘》第一段从正月开始，"年年有个正月正，刘伯温造就南京城，打板算卦苗广义，修道先生徐茂公，能掐会算诸葛亮，斩将封神姜太公。"仅仅八句开头，便融汇了丰富的历史知识和民间传说，把所要讲的人物跃然纸上。刘伯温，元末明初杰出的军事谋略家、政治家、文学家和思想家，明朝开国元勋，他通经史、晓天文、精兵法，辅佐朱元璋完成帝业，开创明朝并尽力保持国家的安定，因而驰名天下，被后人比作诸葛武侯。苗广义是赵匡胤陈桥兵变时的军师，黄袍加身就是他整出来的，据说能掐会算，是一神级人物。徐茂公，唐代政治家、军事家，出将入相，位列三公，在唐朝甚至在中国的历史上，可以说是一位极富传奇色彩的人物。诸葛亮，蜀汉丞相，三国时期杰出的政治家，军事理论家，发明家。姜太公，民间流传的故事更是五花八门。以此类推，每一段都是引出人物、关联事件，并且都用白描手法，言简意赅，高度概括出一个个人物，这些人物代表了一个符号，每个人物都有一段不平凡的故事，都有丰富多彩的典故，融汇了丰富的知识内涵。并依据他们担任的不同社会角色所做出的不同事情，进行展现和赞颂。让观众在欣赏演唱者的艺术渲染中，得到了回游历史长河的精神享受。

长子道情《珍珠倒卷帘》在构思上尤为匠心独运，巧妙奇绝。整篇曲本按照自然界的月份为序，设篇布局，调动着人们的生命情结，顺其演唱内容进行欣赏。在顺唱十二个月完毕过后，中间用"十三月来一年多，孙二娘开店十字坡，走遍天下无敌手，来了好汉武二哥，谁要住了她的店，十有九个不能活。十三月来往下返，再说珍珠倒卷帘，珍珠只把卷帘倒，姜太公钓鱼在河边，鲤鱼不把金钩山，一保周朝八百年"作为过渡句，承上启下，过渡自然。接着采取从十二月再返唱回正月的倒叙手法，叙述人物和事例。叙述中，仍然不加修饰词，全部用白描的手法，这种手法的运用，更能直白心灵对话，观众容易接受。在娓娓道来中，让人们体味世间万物回环往复、周而复始的人生哲理，给人以无穷的启迪和深刻的思考。

长子道情《珍珠倒卷帘》在传统的演绎形式中，民间艺人走村串巷，风餐露宿，随时铺排，即兴表演。长子道情一开口，便在艺人婉转激越、抑扬顿挫的声腔中，把观众深深吸引进去，随着月份的延展和回环，传说、典故的层层剥离，民间流传的故事牵扯着观众的神经，让大家尽情欣赏。再则，《珍珠倒卷帘》全篇采用道情这种艺术样式，易听易懂，易记易唱。表演者在吃透曲目内容的基础上，衬以娴熟的乐器敲击技巧，跳进跳出，流露自然，连贯顺畅，动作得体，洒脱大方。尤其在表演中，善于运用丰富的面部表情传达喜怒哀乐之情，充分展示民间艺人运用娴熟的演唱风格来表达叙述人物的喜怒哀乐，准确把握人物的不同命运。尽管词句简洁，但内容深邃，并且叙述的人物都是民间流传的耳熟能详的传奇、历史人物或神仙鬼怪，具有浓郁的乡土文化气息，观众容易接受，同时给观众以美的享受。

《珍珠倒卷帘》的词句通俗易懂，格调简约活泼。全篇没有深奥晦涩的句子，通俗但格调不俗，道理浅显易懂，板式运用齐全，语言韵律和谐，演唱跳进跳出，一身多角。他们将方言语汇、民风民俗、社会心理都淋漓尽致充分运用，在观众中产生强烈的思想共鸣。观众身临其境，感同身受，或为叙述人物扼腕叹息，或为其拍案叫绝，或为其智慧赞颂。在叙述中，自然而然让观众穿越岁月的沧桑，感悟时代的变迁，拉近了观众与曲本表现人物的感情距离，增强了艺术表现力和感染力，具有较强的娱乐审美价值。最后结尾，尽管有一定的迷信色彩，但也蕴含一定的哲理，教育大家以人为本、与人为善、孝行天下。

时代在发展，曲艺在创新。在曲艺的百花园中，曲艺形式更加异彩纷呈，曲种展现更加丰富多彩。我们可以看到，越来越多的曲艺工作者深深意识到：曲艺在创作中更应该做到继承和创新相结合，要积极借鉴古今中外优秀曲艺作品的表现方法，创新体裁、形式和风格，尊重差异、包容多样，使不同形式和风格自由发展。值得提及的是长治市著名曲艺作家傅怀珠先生在吸取《珍珠倒卷帘》艺术精华的基础上，承接传统的韵律之美，反复推敲，不断探索，终于创作出潞安大鼓《新编珍珠倒卷帘》，其调式优美、形式活泼、内涵更加丰富。

作为曲艺工作者，今后，在坚持曲艺说新唱新、雅俗共赏的发展方向上，应该更加面向基层、服务群众，学习借鉴，吐故纳新，提高自己的知识结构。在传承发展民族曲艺艺术、弘扬中华优秀文化中，努力探索，推陈出新，不断创作出更多更好的曲艺精品。

（本文发表于 2015 年第 9 期《曲艺》杂志）

沃土芬芳——暴玉喜曲艺作品文集

358

发挥文化建设功能　推动政治生态风清气正

近年来，长治市委宣传部紧紧围绕中央、省市委决策部署，全面深入学习贯彻习近平新时代中国特色社会主义思想和党的十九大精神，进一步增强政治意识、大局意识、核心意识、看齐意识，切实把培育和践行社会主义核心价值观作为一项凝魂聚气、强基固本的基础工程，充分发挥文化在思想道德方面直指人心、劝人向善向上向美的重要作用，高扬社会主义核心价值观的旗帜，把社会主义核心价值观生动活泼地体现在故事情节之中、人物塑造之中、舞台表演之中，用栩栩如生的作品形象感染人教育人鼓舞人引导人，走进灵魂深处，筑牢道德根基，发挥了文化建设对政治生态的重要推动作用，全市上下呈现出一派风清气正、向善向美、追求崇高的良好氛围。

一、主要做法

（一）突出旗帜引领，把牢政治方向

长治市委宣传部牢牢把握举旗帜明方向的主责主业，把"学习强国"学习平台推广使用工作作为不断深化新思想学习宣传贯彻的重要着力点，召开专题会议、出台实施方案、成立领导小组，制定了管理员、通讯员、评论员"三支队伍"的管理办法，组建了"学习强国"学习平台长治通讯站，建立了"日提醒、周通报、月上报"制度，形成覆盖全市各级党组织的"纵向到底、横向到边"的学习架构组织，确保长治"学习强国"学习平台各项工作扎实推进、有效开展。特别是围绕庆祝中华人民共和国成立70周年、身边的感动、"百灵短视频征集"等活动，推出了《我和我的祖国》系列快闪；围绕长治市经济社会发展和重点任务报道，推出了《山西长治十大行动深化基础教育改革》《山西长治：全域文明城市创建再发力》《申纪兰："勿忘人民、勿忘劳动"》等稿件60余篇。在庆祝新中国成立70周年前夕，长治市实验小学教师翟荣晓作为全省唯一受邀的"学习强国"学习平台学习积极分子，赴京参加庆祝中华人民共和国成立70周年专场文艺演出和座谈等活动。

长治市委宣传部把开展面对面的理论宣讲作为重要工作内容，充分利用老干部宣讲团、上党文化大讲堂等群众性文化平台，精心组织编写宣讲报告、

专门研究文章和系列通俗读物。由老红军、老革命、老同志、老理论工作者组成的长治市老干部宣讲团,自 1989 年 10 月成立,从开展革命传统教育到开展党的理论教育,已经坚持了 29 年之久,累计宣讲 3200 多场,听众约 39 万人次;编写学习资料 18 种、163 期,约 490 万字。先后 34 次受到党和国家、省、市的表彰,被中宣部授予"全国基层理论宣讲先进集体"。上党文化大讲堂从 2014 年启动至今,已经举办讲座 105 场。全市涌现出"雪芳讲师团"、被亲切称为"太行山上的百灵鸟"的退休教师秦全保等一大批基层宣讲先进典型,他们纷纷以群众喜闻乐见的形式、生动鲜活的内容,努力讲好"小故事",讲透"大思想",有力推动了习近平新时代中国特色社会主义思想往深里走、往心里走、往实里走。

(二)弘扬传统文化,提炼奋进动力

可以说,长治是中国上古神话的聚集地。为切实挖掘用好这些优秀的传统文化资源,为按照创造性转化和创新性发展的要求,长治市委宣传部举办了上党神话故事艺术节,组织市五大院团精心创作编排了上党梆子《神农炎帝》、上党落子《愚公移山》、豫剧《精卫填海》、杂技《羿射九日》、歌舞剧《女娲补天》等神话剧目,出版了神话故事系列丛书、举办神话故事艺术彩灯展,拍摄了动漫剧《精卫填海》等。同时,深度挖掘戏曲文化、潞商文化、民间工艺、民风民俗、古建筑等主要资源,融合发展,厚植文化土壤,让传统文化散发时代的光芒。

(三)厚培红色基因,坚定理想信念

长治是著名革命老区,也是中国共产党建立的第一座城市,解放战争的第一仗、闻名中外的"上党战役"在此打响,全市有 600 多处革命纪念地,红色文化资源非常丰富。红色已经成为长治老区鲜明的精神底色,成为每一个长治儿女的精神支柱。围绕红色文化,长治市委宣传部一方面组织全市文艺工作者精心创作排练了红色经典剧目《江姐》《红灯记》《杜鹃山》《霓虹灯下的哨兵》,舞剧《白毛女》等,充分挖掘红色经典资源,运用新的表现形式、表现手法、表现技巧,推动历史经典再创作再传播,焕发了红色文艺经典的时代魅力,让红色文化在人民群众心中树起了一座座不朽丰碑。另一方面,深入挖掘本土的红色遗存、革命故事,组织创作了上党落子《魏拯民》、豫剧《太行小八路》、上党梆子《铁血布衣》等红色剧目,使红色文化如春

风化雨润泽上党，使红色基因像种子落地扎根长治，代代相传，进一步坚定了全市人民的文化自信。

（四）注重文艺教化，展现时代精神

长治市委宣传部深入贯彻落实习近平总书记关于文艺工作的重要思想，着力组织推动全市文艺创作人才在深入人民群众的火热生活中激发灵感、汲取营养、锤炼作品，组织文艺创作人才深入基层一线深入全市各地深度采风、体验生活、潜心创作。围绕脱贫攻坚主题，创作了上党梆子《连心桥》，潞安大鼓《合磨》《我家不是贫困户》，长子鼓书《"小米县长"》《金山银山故乡情》《连翘花开》，沁州三弦书《大山头雁》《脱贫路上好支书》、武乡鼓书《梨花情》《扶贫队长——张宏才》，壶关鼓书《师徒交锋》，等等，全景式、多视角记录贫困地区广大干部群众与贫困斗争过程中涌现出的感人瞬间、动人事迹，在脱贫攻坚中涌现的新面貌、新风尚和先进人物、重要事件。围绕垃圾分类创作了潞安大鼓《幸福长治润上党》、长子鼓书《小区王二胖》、襄垣鼓书《环卫工的情怀》、群口快板《"桶"而言之》等。围绕长治好人了创作了上党落子《段爱平》、武乡琴书《逐梦放映》、沁源秧歌《重生》、长子鼓书《坚守》、沁源秧歌表演唱《诚信好人常二林》、潞安鼓书《牛》、长子道情《出山》、长子鼓书《带娘改嫁》、沁州三弦书《雪莲孝亲》、武乡琴书《百姓公仆》、潞安大鼓《好婆婆》等，营造了发掘好人、宣传好人、争做好人的良好文化环境。以好人好事厚植风清气正的良好政治生态、凝聚转型发展的强大精神力量，成为长治培育和践行社会主义核心价值观的鲜明特色。

（五）凸显文化引领，优化文化环境

长治市委宣传部紧紧抓住重大历史事件和历史活动的纪念时间节点，组织全市文艺创作人员编创优秀剧目，进行集中展演，着力用坚定的信仰、信念、信心影响人，用担当、进取、作为的生动事迹激励人。

在纪念抗日战争胜利 70 周年之际，组织创作了豫剧《太行小八路》、潞安大鼓《一个不能少》、沁州三弦书《花馍情》、武乡琴书《娘心》《一双布鞋》《送子参军》、长子鼓书《智取北高庙》等，教育全市人民铭记和传承中国人民英勇抗争史诗中凝聚和传承下来的民族精神；在纪念红军长征胜利 70 周年，组织创作了沁州三弦书《十七棵松》、长子鼓书《草鞋情》《长征托婴》《一生守望》等，弘扬长征精神、坚定理想信念、锤炼坚强党性；在庆祝改

革开放 40 周年，组织创作了话剧《十字街》、长子鼓书《老舅回乡》《故乡情》《老宅》等，举办"放歌新时代、唱响新征程"合唱比赛、"网络视角 幸福山西"网络摄影大赛、"传承文化 演绎经典"名家名段展演、"幸福秧歌扭起来"秧歌大赛、"中国梦 劳动美"全市职工演讲比赛、"讴歌新时代"红色经典朗诵会等，引导教育群众增强自信自觉，永立时代潮头；在中华人民共和国成立 70 周年，组织创作展演精品剧目上党落子《魏拯民》、合唱剧《使命》、豫剧《红灯记》、上党梆子《于成龙》，"我和我的祖国"优秀电影展演等活动，教育全市人民不忘初心，继续前进。与此同时，举办文化艺术节、文化产业周、全民阅读季、快闪"我和我的祖国""礼赞新中国 奋进新时代"社会主义核心价值观主题微电影（微视频）大赛、第十一届中国曲艺牡丹奖选拔赛、"乐在太行"八音会大赛、乡风民韵曲艺大赛、"舞动太行"广场舞大赛、"在太行山上"经典歌曲合唱比赛、歌咏比赛、书法美术展、摄影展、非遗展、工艺美术剪纸展等各种丰富多彩的活动，使文化融入各个领域，渗透到各个角落，并通过"文化低保""文化下乡""送欢乐下基层"等文化惠民活动，充分发挥文化寓教于乐的功能，顺应时代的要求，反映时代的风貌，展现群众的精神活力。

（六）丰富文明实践，弘扬时代新风

近年来，长治市委宣传部把新时代文明实践中心建设牢牢抓在手上，大胆探索、大胆实践，聚焦群众需求、突出效果导向，努力把新时代文明实践中心建设成为学习传播科学理论的大众平台，加强基层思想政治工作的坚强阵地，培养时代新人、弘扬时代新风的精神家园。比如，潞州区全方位挖掘新时代文明实践成果，努力活跃群众精神文化生活，着力打通宣传、教育、服务群众的"最后一公里"。调动各方力量，整合各种资源，通过融合打通社区党员活动室、道德讲堂、小学、青少年校外活动场所、社区城市生活 e 站、社区文化站、图书阅览室、科技示范基地、社区健身广场、文化活动广场等各级各类基层宣传文化资源，全力打造理论宣讲、教育服务、文化服务、科技科普、健身体育"五大平台"，让群众在多姿多彩、喜闻乐见的文化活动中获得精神滋养、增强精神力量。长子县利用新时代文明实践中心在县文化广场搭建了文化大舞台，由各乡镇轮流进行新时代文明实践文艺展演。以丹朱镇"文明丹朱"、大堡头镇"孝道无涯"、碾张乡留住乡愁、鲍店镇古镇

遗风、岚水乡"岚河新风"、石哲镇精卫长歌等为主题，发掘具有宣传教育价值的好题材，提炼鲜活内容，汲取创作灵感，精心打磨，精益求精，着力打造精品节目。无论是音乐歌舞，还是戏曲小品，都突出大众风格、乡土气息和文化水准，让老百姓看得懂、听得明白。鼓励群众自己演、自己评，使群众在广泛参与中受到思想教育、获得精神滋养，切实推动习近平新时代中国特色社会主义思想家喻户晓、深入人心。上党区构建起"一个中心、5大平台+10大基地、11个实践所、254个实践站+400余个实践点"的文明实践场所城乡全覆盖格局，文明实践志愿服务队伍超过5.5万人。特别是创办了"百姓剧场""幸福小剧场""非遗小剧场"，由本土文艺工作者领衔创作，围绕习近平新时代中国特色社会主义思想和党的十九大精神，围绕中央、省委和市委的重大决策、重要部署，编排成通俗化、大众化的节目，让党的新思想真正在群众中活起来、动起来。同时，结合送文化下乡活动，组建文艺宣讲小分队，坚持把精彩节目送到农村厂矿、基层一线，以群众喜闻乐见的方式推动党的新思想在长治大地落地生根、开花结果。

文化大舞台已经成为全市展示新时代文明实践成果的竞技场、宣传教育群众的大学校、建设文化强市的好阵地、培育文艺人才的"梦工场"，真正推动习近平新时代中国特色社会主义思想在长治落地生根、开花结果，真正打通了宣传群众、教育群众、关心群众、服务群众的"最后一公里"。

二、存在问题

尽管我们通过丰富多样的文化建设，为营造全市风清气正的良好政治生态发挥了积极的作用。但在繁荣文艺创作、更加生动鲜活地弘扬社会正能量和时代主旋律、更加贴近党员干部精神文化需求、助力政治文化建设方面还存在一些问题和不足。主要表现在作品的原创艺术不强、原创水平不高、有影响力的原创作品不多的问题依然存在，日益成为影响和制约文艺繁荣发展的主要瓶颈。特别是对照"四力"提升的要求，还存在以下差距：

脚力上缺乏丈量：现实生活是教科书，文艺作品的营养在脚板底下的泥土里，在火热的社会生活中。但是有些文艺工作者脱离生活、闭门造车，急功近利，有的下了基层，深入不到最偏远的山区、农庄、家庭，听不到群众最需要的呼声，和群众之间还隔着两张皮，反映的东西切入不到生活本来的

沃土芬芳——暴玉喜曲艺作品文集

面目，创作的作品，群众不高兴，人民不满意。比如沁源秧歌，被誉为"民歌活化石"，原生态的特征非常明显，但由于缺乏深入细致的调查研究，没有向广大民间艺人请教"取经"，导致很多存在于偏远山区的秧歌小调没有得到有效挖掘，传唱不能充分体现日常百姓传统审美的"原汁原味"。脑力上缺乏思想：思想的精髓在于高度的凝练，具有前瞻的艺术眼光。但是有些作品的基调低，思想高度和认识层面上升不到一定的理论水平，有的作品就事论事，人云亦云、随波逐流，缺乏独立分析判断能力，不会放大思维，有的故意拔高，随意落笔，失之浮浅、失于片面，缺乏艺术品位，有的作品主题立意低，焦点不突出，矛盾不集中，丧失作品思想价值的坐标。比如，对一些传统曲目剧目缺乏思想提炼和时代挖掘，有些老艺人学什么唱什么，没有二度创作、改造提升的意识，导致内容陈旧、缺乏新意。眼力上缺乏视野：眼界的放大体现在境界的高度。既要看到浮在水面上的小部分，更要看到深藏在水下的大部分。但有些作品不能够放大看待发展变化，缺乏明辨是非、明察秋毫的能力，难以明辨是非、分清真实与虚假、干货与水分、公正与偏颇、表面之意与弦外之音。比如有的关于脱贫攻坚题材和生态文明题材的作品，停留在现实层面，没有和长治老区深沉厚重的红色文化结合起来，缺少历史感、厚重感。笔力上缺乏锤炼：有些作品把弘扬主旋律简单等同于政治说教、宣传口号，不注重对现实生活的挖掘和受众群体的体验，文字枯燥、内容单调，没有生气、没有活力，艺术表现力差，起不到精神震撼、直抵人心的作用。

三、工作举措

（一）丰富精神食粮，传递时代风尚

习近平总书记指出，满足人民过上美好生活的新期待，必须提供丰富的精神食粮。这一要求是我们做好文化工作的根本。要立足坚定文化自信，深入挖掘长治地域最能体现社会主义先进文化的精神财富和文化禀赋，切实发挥成风化俗、以文化人的力量。要用优秀文艺作品陶冶道德情操，按照"四讴歌"要求、精心创作有长治特色、有时代气息、正能量强劲的精品力作，以健康向上的文艺作品温润心灵、启迪心智、引领风尚，助力新时代公民道德建设。要深入挖掘和丰富中华优秀传统文化的时代价值，切实做好创造性转化和创新性发展工作，展示我们的传统底蕴和当代活力，推动各类文化形

式去生动、具体地表现社会主义核心价值观，使其内化为大众的精神操守，外化为大众的行为遵循。要引导广大文艺工作者静下心来、精益求精搞创作，少一些结论和概念，多一些事实和分析；少一些呆板说教，多一些真情实感；少一些抽象道理，多一些鲜活事例，把最好的精神食粮奉献给人民。

（二）注重价值引领，激扬时代精神

生活是个百宝箱，生活锤炼人的意志，磨砺人的人生。文艺创作要吸引、引导和启迪人们的心灵，如何做到？首先就要把创作中的"浮躁"二字去掉，精打细磨才能创造出真正无愧于时代的优秀作品。眼睛向下、重心下移，进一步完善"深入生活、扎根人民"主题实践常态化机制，推动文艺实践向基层一线扎根，向贫困偏远山区拓展。"俯下身、沉下心"发掘、升华和壮大精神含量，去寻找和表达标识时代和民族的精神元素，当作发掘精神蕴含的矿藏。升华中华民族所具有的家国情怀、生命意识和生活智慧，去透视这个民族生生不息的精神特质，去激扬这个民族满怀希望走向未来的理想精神。

（三）扎根生活沃土，彰显时代价值

扎根人民、深入生活，要"身入"，更要"心入""情入"。要积极引导各级文化工作者做"沾泥土"的文艺工作者，深入到最基层、最末梢，甚至要走进群众家中去工作，这样才不会出现脱离群众、脱离服务对象、"拍脑袋"搞创作等问题。要做个"冒热气"的文艺工作者，善于拉近距离、真诚为民服务，保持住"以人民为中心的创作导向"的初心，心系基层，深入基层，把创作之根扎在最深厚的土壤里，做个"带露珠"的文艺工作者，创作的眼光始终要盯紧鲜活生动的现实生活，描写绘就五彩斑斓的时代图景。

为时代放歌，为人民抒怀，文艺服务人民大众，永远在路上。要把双脚踩在大地上，深耕在生活沃土中，迈开脚步感受最热第一线，放远眼光发现最佳切入点，开动脑筋找到最大公约数，擦亮笔头画出最美同心圆。从生活中汲取营养，从人民中激发灵感，突破思想的局限和艺术创作的瓶颈，实现艺术创作的创新与繁荣，推出接地气、有底气、充满生活温度的文艺作品，让新风正气充盈长治大地，成为政治生态进一步向好、发展环境进一步优化的强大精神动力。

（本文入选中共山西省委宣传部编写《宣传思想工作的实践与思考》2019 年）

下篇

一次心灵的洗礼

——长子鼓书《大山卫士》创作感言

2016 年 3 月，我接到中国曲协的通知，要以长子鼓书的形式创作一部反映全国第五届诚实守信模范刘真茂的鼓曲在全国巡回演出。接到任务后，我感到非常激动和兴奋，也感到中国曲协对我无比信任和支持。带着一分敬意和追求，在创作心路历程中，我在感悟道德模范的崇高和坚守。

刘真茂，男，汉族，1947 年 4 月生，中共党员，湖南省郴州市宜章县瑶岗仙镇退休干部。他 30 多年如一日，甘于寂寞与艰辛，坚守在义务护林第一线，自掏腰包建立护林哨所，与偷伐偷猎者斗智斗勇，尽一生力量守护湘、粤、赣三省交界的一块绿洲。1993 年，在护林队经费短缺、人员纷纷下山离开的时候，刘真茂却毅然决定自掏腰包重建观察哨，继续坚守。他的妻子没有工作，办了一间小卖部，两个孩子在学校读书，她身体有病，没人帮忙是做不过来的。妻子说："护林队垮了，你还管那么多干什么？""几十万亩山林，是一笔多大的财富，要是毁了，怎么向后代子孙交代？"刘真茂说。随后，他在海拔 1600 米的山坳上建房子，沙子、水泥等所有材料都要靠肩膀背上去。他把多年积蓄的 36000 多元全投进去了，家里的小卖部只好关门。观察哨离最近的村庄也要翻数重山，走四五个小时，没有电灯，没有电视，只能听收音机，看老报纸。他每天巡山要走 30 多公里山路，30 多年来巡山总里程相当于绕地球 10 圈。为节省时间，他养成了一天只吃两顿的习惯，有时只带几个红薯上路。退休后，他完全住到了山里。小儿子结婚办喜事没有回家，春节团圆他也没有回家，30 多年来有 22 个年头是在哨所中辞旧迎新。

感人的故事深深感染着我的内心，我从刘真茂 30 年的坚守入手进行构思和提炼主题。因为，30 年的诚信构筑起刘真茂信念的永恒和崇高；30 年的守望诠释了他坚韧的意志和博大情怀，30 年的追求换来了狮子口大山的葱绿叠翠，碧野秀美；30 年的奋斗铸起了一座诚实守信的道德丰碑。我要力求把刘真茂的感人事迹写成通俗易懂的长子鼓书，弘扬主旋律，传递正能量。让全国人民感受一颗道德的良知和无私奉献的胸怀，要让刘真茂的感人事迹通过长子鼓书的形式传播出去，传唱下去。让刘真茂的感人事迹通过艺术的渲染，嫁接出担当社会责任的累累硕果。

在内容挖掘方面，我把长子鼓书的板式尽量充分应用，流水板、叫板、起板、数板、跺板、悲板、裁板、甩腔等互相渗透，让板式之间的衔接流畅、自然。如：开场的四句提纲引领下文"林海苍莽绿浩荡，层林尽染入画廊。诚信二字千斤重，大山卫士挺脊梁。"道完之后用叫板引出叙事性的流水板；刘真茂言行的表达，故事的延展用数板和跺板加快节奏来增强气氛。这样，利用长子鼓书板式的多样性把刘真茂感人的故事充分展示和渲染。在唱词结构的把握上，我尽量用工整的七字句或者十字句，无论是演员道白，还是唱腔都让表演者刘引红利于发挥，且讲究押韵，用通俗的语言春风化雨，润物无声。

2016年7月27日晚，由中央文明办、中国文联共同主办、中国曲协承办，首都文明办、中国人民大学协办，2016年第五届"全国道德模范故事汇"基层巡演启动仪式暨首场演出在中国人民大学拉开了序幕。长子鼓书《大山卫士》博得了在场观众的热烈掌声，大家在欣赏长子鼓书优美旋律的同时接受道德的熏陶。演出结束后，我在后台见到了刘真茂，并且和他进行了长谈，他朴实干练，神态刚毅，紧紧握着我的手，让我有机会亲自到他的狮子口大山参观他们的林木。质朴的语言，坚定的信念，蕴含着刚毅、果敢和奉献，令我感动。

随后，长子鼓书《大山卫士》先后在河南、河北、湖南、黑龙江、山东、福建等地进行了巡演。在第九届中国曲艺牡丹奖颁奖系列活动中，长子鼓书《大山卫士》走进了江苏师范大学，所到之处，刘真茂的感人故事都在大家心中激荡，现场观众通过刘真茂的感人故事回应真善美，弘扬真善美，传递真善美。

通过创作长子鼓书《大山卫士》，我在刘真茂身上感悟到一份责任和坚守，更加坚定创作精品的动力和信心。同时，我进一步感到：创作的根基在生活，创作的灵感在一线。只有深入生活，扎根基层，作品才能接地气，有活力。今后，我将继续在创作的沃土中孜孜以求，感悟生活的厚重与博大，坚守艺术的清纯和崇高，挖掘生活的源头活水，力争创作出思想精深、艺术精湛、制作精良的曲艺精品，以此回报我的衣食父母和生我养我的土地。

（本文发表于2016年第11期《曲艺》杂志）

下篇

晋风晋韵展风采　山西曲艺入画来

根植于三晋文脉深厚土壤的山西曲艺，生动活泼，形式多样，千百年来为人民群众所喜爱，是中华民族特有的艺术形式，是中华文化宝库中的璀璨明珠。特别在山西省曲协的精心浇灌下，这株幼苗俨然长成参天大树。

山西省曲协从成立以来，在中国曲协的指导下，在山西省委宣传部、省文联党组的领导下，充分发挥协会的"桥梁"和"纽带"作用，团结全省曲艺工作者，在繁荣曲艺创作，培养曲艺人才，开展理论研究，积极参加全国各大赛事以及曲艺活动等方面都做出了积极的努力，并取得了显著成绩。

以举办全国曲艺大赛为平台，不断发现、培养、推广曲艺新人和精品力作

鼓曲艺术不但承载了中华民族五千年的文明历史，更肩负着延续一个民族传统文化的重任。近年来，山西省曲协在继承和发展鼓曲艺术的同时，不断灌注着新的理念，以确保鼓曲这门艺术在承载历史的同时，赋予时代新的活力，包容厚重的价值内涵。

2008 年 7 月，山西省曲协承办的第五届中国曲艺"牡丹奖"全国曲艺大赛长治赛区上，山西省曲协选送了潞安大鼓《古城赋》《好大一个博物馆》《依依发廊情》、襄垣鼓书《水》、长子鼓书《割肝救父赵云亮》、武乡琴书《一碗榆钱》等曲目参赛。最终，潞安大鼓《古城赋》《一碗榆钱》获节目提名奖，襄垣鼓书《水》获节目奖。主演贾庆燕、宋丽丽、申虎威获得表演提名奖，王海燕获新人提名奖。

2010 年 6 月 28 日，山西省曲协承办的第六届中国曲艺"牡丹奖"全国曲艺大赛长治赛区上，山西省曲协选送了潞安大鼓《相媳妇》《割肉还娘》、长子鼓书《一张火车票》、武乡琴书《杏花开了》等节目参赛。最终，潞安大鼓梅开二度，王海燕表演的《割肉还娘》荣膺"牡丹奖"表演奖，潞安大鼓《相媳妇》、长子鼓书《一张火车票》、武乡琴书《杏花开了》等获节目提名奖。王贝贝、申虎威、宋丽丽获表演提名奖。

在中部六省曲艺大赛上，山西省曲协又选送了沁州三弦书《柳树湾的婚

事》、潞安大鼓《生命誓言》、长子鼓书《小两口回娘家》、潞安大鼓《哦，砂锅》、潞安鼓书《好婆婆黄代小》、襄垣鼓书《还钱》等参赛，所选节目全部获得一等奖。

今年7月举办的第八届中国曲艺"牡丹奖"全国曲艺大赛长治赛区比赛上，山西省曲协精心选送了潞安大鼓《中国梦》《奇巧》《三鞠躬》《秋兰探夫》、襄垣鼓书《果蔬理事会》《最美的诉说》、长子鼓书《腊月天儿》、武乡琴书《白安排》和沁州三弦书《笑声飞出刘家坪》9个节目参赛。沁州三弦书《笑声飞出刘家坪》、潞安大鼓《奇巧》《中国梦》获节目提名奖。暴玉喜创作的长子鼓书《腊月天儿》、韩宏喜创作的襄垣鼓书《果蔬理事会》获创作提名奖。常惠斌、刘引红获表演提名奖，刘新丽获新人提名奖。

每一次全国鼓曲大赛，山西省曲协都精心策划，悉心选拔，使一批民间艺人、曲艺作者脱颖而出，诸如王海燕、申虎威、刘引红、宋丽丽、王贝贝、常慧斌、刘新丽等一大批鼓曲演员都是通过"牡丹奖"大赛的历练走向了全国，老曲艺作者李鸿民、王秀春、刘培安、王颂、付怀珠、李文刚、杜德纪、苏友谊等，以及青年曲艺作者王兆麟、李彦生、暴玉喜、李晋平、李璐刚、魏应忠、和飞燕等也通过"牡丹奖"大赛历练，逐步成熟起来。

在相声、小品、数来宝等领域，山西省曲协也力推新作和演员。诸如大同数来宝创始人柴京海、柴京云，山西省著名曲艺表演艺术家李彦生、张霞、刘娟，青年笑星弓瑞、耿麟、师大江、阿峰、赵全尧、董高其等。与此同时，山西省曲协还积极培养少儿新苗，连续五届参加全国少儿曲艺大赛，推出了一大批曲艺新苗。

以"铁笔圣手"赵树理为榜样，在山西这片热土上不断演绎新的希望

赵树理是山西人，是新中国曲艺事业的奠基人之一，是开拓新中国曲艺事业的主力战将，他为中国曲艺事业做出了巨大的贡献。赵树理做人的风范深深影响着山西曲艺人，在大师的影响下，山西省曲协精耕细作，把对曲艺艺术的敬畏和热爱诠释得异彩纷呈。

中国曲协副主席、山西省文联副主席、山西省曲协主席马小平出生曲艺世家，自幼受到其父——老一辈曲艺表演艺术家马继武（侯宝林大师口蒙弟子）的真传。他7岁登台，后拜在著名相声表演艺术家侯耀文门下。至今，已在

369

曲艺舞台上走过了 40 多个春秋，为山西曲艺走出"娘子关"，走向全国，创作演出了一大批节目，一些优秀的节目被推荐到中国曲艺节上展演，受到观众的热烈欢迎。

同时，马小平积极推荐已经取得一定成就的艺术家拜名师，如山西省著名相声表演艺术家李彦生、张霞拜喜剧大师侯耀华门下，全国公安曲艺家协会副主席、山西省著名曲艺作家、太原莲花落表演艺术家李晋平拜在著名相声表演艺术家李金斗门下。为了繁荣曲艺事业，培养新人，打造新作，2012年 7 月 1 日，8 位相声新秀拜在马小平先生名下。

尊重人才，尊重艺术，加大对德艺双馨人才和优秀作品的宣传与推广，使山西曲艺回归大众，回归市场

近年来，山西省曲协不断加大对成功经验与成功曲艺演员的推介与宣传，通过积极有效的宣传渠道，鼓励更多的曲艺工作者耐住寂寞，精心钻研业务，让山西曲艺回归大众，回归市场。

国内享有盛名的山西省山东快书表演艺术家李鸿民使山东快书在山西得到了发展，培养的弟子近百人，创作的山东快书多次获得全国大奖。为此，山西省曲协两次专门组织李鸿民庆典活动。真情、真爱、真心让老曲艺家倍感山西省曲协大家庭的温暖和关怀，使老艺人的艺术得到尊重，从而使山东快书神韵薪火相传、发扬光大，永葆艺术青春。

已故太原莲花落表演艺术家曹强，20 世纪 60 年代初就开始挖掘、整理濒于灭绝的晋中落子，使这一民间说唱艺术重新登上文艺舞台。30 多年来在反复实践中，在唱腔、语言、句式、板式等方面进行了不断的改革，使之成为韵诵与徒歌相交融、方言与普通话相结合、句式和节奏多变的地方曲艺形式。他的《冬冬献宝》《会战新歌》《歪批曲艺》《小丁开车》《长寿秘诀》《弄巧成拙》《立竿见影》《珠联璧合》等成为莲花落精品。为了保护和发扬太原莲花落这项传统技艺，山西省曲协多次组织协调活动，进一步挖掘太原莲花落的精神内涵，扩大莲花落的地域影响。

涵养技艺，大胆创新，在创作和表演上不间断参加和举办多种形式的研修班、学术讲座等，以培养德艺双馨、全面发展的曲艺新人

在长期的实践探索中，山西省曲协注重培养曲艺演员的品德修养，要求曲艺演员不仅会在台上表演，更重要的是要会编、会写，会创作，接受文学熏陶，积累文化底蕴，学习新知识，捕捉新信息，研究新问题，学得真本事，打造多面手。他们发现好苗子，就精心呵护，从规范性入手，从一点一滴着手，释放出爱的清泉，在学生心灵中，追求艺术不再是一种负担，而是一种兴趣、一种享受、一种满足，一种幸福的体验、一种心灵的畅想、一种责任的担当。

在中部六省曲艺大赛、全国少儿曲艺大赛、中国（侯马）相声新人新作大赛上，可以看到山西佳作不断、新人辈出，一些作品得到有关专家的高度认可。弓瑞作为土生土长的太原人，10 岁便跟随师父马小平学习、同台演出，舞台经验颇为丰富，堪称山西相声界的新星。李彦生多年在相声领域深钻细研，在马小平的亲传身授下，把山西的相声带到了央视大舞台。在第六届 CCTV 相声大赛职业组比赛中，他们表演的作品《我爱山西》以独特的地域文化、创新的立意、逼真的现场效果，不仅展现了山西各地的旅游景点和人文景观，又以山西的人文、方言为基础，学起了羊倌歌王石占明憨厚纯朴的神态，唱起了山西各地的民歌，中间还穿插了令人捧腹的流行曲《忐忑》，最后以一段精彩的太原说唱 RAP 将节目推向高潮。

随着相声在山西的深入发展，山西省曲协在全省各地培养了一批忠实的相声观众和爱好者，涌现出一批相声作者和演员，他们在表演技巧和演出方式上不断创新，使山西相声舞台呈现出异常活跃的缤纷景象。

不断探索研究曲艺艺术发展规律，逐步建立真正适于曲艺人才与佳作健康成长的机制

为了与中国曲艺接轨，山西省曲协相继成立了相声、快板、山东快书、鼓曲专业委员会，为从艺工作者创造良好的环境，让他们在浓郁的氛围中潜心研究，积极踊跃出书，出作品，出精品，积极参加各种赛事和公益性演出。多年来，山西省曲协不断走出去，寻经问典，取经探宝，每年正月十三，精心组队参加河南马街书会的各种活动，让马街书会的精髓灌注于山西曲艺的文脉。在此基础上，山西省曲协深入挖掘本省曲艺资源，打造山西沁州书会，2012 年，沁县首次获得"中国曲艺之乡"称号。2013 年，山西省长治县又被中国曲协授予"中国曲艺之乡"。这成为山西文化的两张亮丽名片，为进一步提升地方曲艺的影响力奠定了坚实基础，使山西曲艺实现跨越式发展。

山西曲艺走出国门，促进艺术交流，拓宽交流渠道，山西曲艺艺术魅力散发浓郁的馨香

为进一步提升山西曲艺对外影响力，山西曲艺对外交流不断延伸。2012 年，由马小平、李彦生创作表演的相声《我从山西来》赴新加坡进行了精彩演出，宣传了山西文化，扩大了对外交流。

2013 年 7 月，以马小平为团长，以山西、山东、安徽省曲艺家为主体的中国曲艺艺术团一行 20 人参加了巴黎中国曲艺节。在这次大赛上，山西省曲协代表中国曲协精心策划和筹备了内容丰富、曲种多样的 6 个曲目，包括潞安大鼓《割肉还娘》、长子鼓书《小两口回娘家》、二人台《挂红灯》等，把一些人性化、幽默化的作品搬到法国，通过说唱故事的形式，把中国的价值观传达给欧洲的朋友，让他们在愉悦中接受中国的思想，实现文化传播。

通过出访，曲艺人开阔了视野，坚定了艺术交流的信心，他们精心推荐优秀演员和精彩节目，满足当地观众的文化需求，使山西曲艺的对外交流之路越走越宽阔。

晋风晋韵展风采，山西曲艺入画来。地域文化的书写，大多都有一方水土作为创作资源和文化支撑，其特色与气质，是独特的东西，是寻常不见却又无处不在的，并且是可以真切感受的，于表象存在，于深层抽象。山西曲艺的魅力，就像流淌千年的晋水，源远流长，世代传承。新形势下，山西曲艺艺术基因植根于现代生活中，使之生根发芽，开花结果。站在大的环境中，山西省曲协高瞻远瞩，把脉曲艺的生存和发展，把繁荣山西曲艺事业的重任担当在肩上，承载在心头。

曲艺应反哺人民，只有人民扶植，人民喜爱，曲艺才能根深叶茂。山西曲艺要想继续发展壮大，就要立足于这样的土地为人民服务。山西这片热土，为人民创作，让山西曲艺飞向全国，走向海外。要组建专业剧场，积极打造曲艺常年为民活动阵地。让老百姓随时看到曲艺，打造曲艺文化，在欢声笑

语中愉悦审美情趣，提高欣赏的乐趣，带来健康长寿，让传统曲艺在市井文化中找到生生不息的原动力，共同推动山西曲艺事业的新发展。

　　曲艺只有扎根于基层，才能孕育出丰硕的成果。一方水土养一方人，一个地域有一个地域的文化。要保持曲艺的艺术魅力、活态的艺术，应遵循两个原则：一要"原汁原味"，二要"返璞归真"。地方曲种都带有明显的地域特征，属于这个地区别具特色的"文化名片"。山西省曲协要把这张名片打好，要引导曲艺作家沉到生活的底层，探源当地的文化脉络，梳理地域的曲艺内涵，挖掘群众鲜活的语言，对传统文化做好保护与发展，把传统的东西保留下来，然后给予它新的生命。同时，要重视对传承人的培养和保护，让传统曲艺艺术在传承人的挖掘下，为丰富山西曲艺活态艺术注入生命的源流。

　　春风化雨总有时，脚踏实地待芳菲。走过的都是风景，经历的都是财富。今日的种种，都是昨日的付出与沉淀。梦想在心，责任在肩，在曲艺的百花园中，山西曲艺又将踏上新的征程，收获新的果实！

（本文发表于 2014 年 9 月 15 日《中国艺术报》特刊第 6 版）

下
篇

牡丹绽放沐甘霖　走好走实四条路

2015年6月23日，我荣幸入选中国曲协"牡丹绽放——曲艺英才培育行动"首批10人。对于这一崇高的荣誉和难得的机遇，我倍加珍惜，万般感激。把这一荣誉当作一种崇高的责任和使命，竭尽全力，努力拼搏，默默奉献，不辱使命。回顾一年来的工作，我认为就是努力走好走实四条路。

第一条路——孜孜以求，走好走实精品编创之路

一年来，在中国曲协的正确指导下，坚持以人民为中心，以生活为源头，以社会主义核心价值观为引领，努力推出有思想、有特色、接地气、正能量的精品力作。

一是创作十七部曲艺作品。分别是：京韵大鼓《中国鼓》，长子鼓书《山西面食》《惊梦》《起乳名儿》《我是你的眼》《三代情缘》《夸美食》《大山卫士挺脊梁》《中国龙》，长子钢板书《闹端阳》，潞安大鼓《曲艺名城扬八方》《幸福长治 吉祥上党》，沁州三弦书《太行春早》，河南坠子《正月天儿》，武乡琴书《长治是个好地方》《太行风》《太行娘亲》。其中长子鼓书《山西面食》荣获第七届中部六省曲艺大赛一等奖；长子鼓书《惊梦》《起乳名儿》参加全国群星奖选拔赛并获山西省第十七届群星奖；长子鼓书《起乳名儿》参加河南宝丰马街书会优秀节目展演以及中国曲艺牡丹奖艺术团"送欢笑走进马街书会"惠民演出，入选2015年度"中国精神 中国梦"优秀作品；沁州三弦书《太行春早》、武乡琴书《太行风》等在中国传媒大学演播厅参加山西电视台《人说山西好风光》山西旅游发展大会竞演；长子鼓书《大山卫士挺脊梁》确定为第五届"全国道德模范故事汇"巡演节目；长子鼓书《山西面食》《起乳名儿》、河南坠子《正月天儿》三部作品入围参加第九届中国曲艺牡丹奖全国曲艺大赛。

二是编撰五套曲艺理论丛书、撰写十六篇理论文章。一年来，在中国曲协的鞭策下，加强理论学习，注重理论研究，编写了《长治曲艺丛书》（《长治曲艺概述》《长治曲艺报刊文章集》《长治曲艺音乐》《长治曲艺传统书目》《长治曲艺画册——牡丹花开醉上党》），参与编辑《曲艺》杂志《中国曲

艺名城长治专刊》，编撰整理《山西曲艺2008——2015专刊》。特别是受中国曲协委托，参与《中国少数民族曲艺艺术》曲艺高等教材编写工作，目前，初稿已经完成。同时，主动撰写理论文章，积极参加论坛活动，不断提高理论水平，先后在《曲艺》杂志、《中国艺术报》、《山西日报》、《长治日报》、《上党晚报》等报刊杂志上发表论文16篇，在全国性曲艺论坛上交流了《身融乡土 心思乡愁 饱含乡情 溢满乡味——打造曲艺精品应坚持"四个做到"》《浅谈评书评话发展路径："四重四宝"一体推进》等理论文章，广受好评。《创建曲艺名城，绽放时代光彩》获山西省社科理论研究成果三等奖。

三是撰写七台大型曲艺专场演出主持稿。一年来，拓宽领域，广泛写作，先后为中国曲艺牡丹奖艺术团惠民演出走进四川遂宁、走进无锡硕放、走进中国曲艺名城长治，以及长治市建市70周年曲艺专场"牡丹香飘曲艺城""首届长治美丽乡村"曲艺大赛、2016年长治春晚"幸福新长治 共圆小康梦"曲艺专场、纪念建党95周年曲艺专场演出撰写主持稿，努力做到"写作不论大小，件件都要叫好，创作就是天职，作品就是生命"。

第二条路——博采众长，走好走实多元融合之路

一年来，在中国曲协的精心组织下，长年在黄土地上摸爬滚打的我，走出长治，走出山西，走向全国各地，开了眼界，开了思路，在曲艺多元融合的道路上汲取更丰富的营养。

一方面是地域相通，曲艺相融。一年来，我随中国曲协，先后到四川、江苏等地，开展"深入生活、扎根人民"——"巴山说唱"专题采风，参加第五届国际幽默艺术周、"文化进万家，共筑中国梦"长江流域优秀曲艺节目展演、第六届中国苏州评弹艺术节、中国首家评书评话博物馆揭牌仪式、深化评书评话建设座谈会等活动，感受当地风土人情，领略当地曲艺韵味，聆听名家经验之谈，走一路、想一路、写一路、收获一路，先后写出《巴中美》《巴山歌》等文艺作品以及《论评书评话艺术》《论曲艺之乡的创建》等理论文章，增长了不少知识和见识，也引导自己不仅关注本土曲艺元素，而且关注域外曲艺特色，真正做到东西南北中，曲艺互相融，相互共借鉴，促进大发展。

另一方面是文化相通，艺术相融。为了更好地进行曲艺创作，我还涉猎

戏剧创作，一年来，先后创作了以纪念抗战胜利70周年为主题的上党梆子《铁血布衣》、晋剧《母殇》2部现代戏剧。其中，晋剧《母殇》先后参加西安、太原等地"为和平放歌，为抗战抒怀"巡演，2016年元月，参加上海戏剧白玉兰奖的角逐，下半年即将参加第十一届中国艺术节。通过戏剧写作，切实把眼睛放大，视野拓宽，链条拉长，不仅专注一门艺术，而且接触多个门类，努力做到开放包容，多元融合，百花齐放，牡丹最艳。

第三条路——发展保护，走好走实曲艺传承之路。

一年来，在中国曲协的引导下，我十分关注曲艺的传承和保护，以崇敬的心态和崇高的责任，呵护、保护和发展传统艺术，努力使传统艺术焕发光华，使曲艺之树常青。

一是挖掘传统曲艺。一年来，我先后走访80名鼓书艺人、老曲艺工作者，整理传统曲艺作品88部。通过一字一句认真记录，一字一句反复揣摩，一字一句仔细归整，真正吃透弄准，把优秀的传统艺术原汁原味保护下来、传承下来。同时作为曲艺工作者，还组织了长子鼓书、潞安鼓书曲种艺术"进校园"、"进课堂"等活动，让年轻一代了解曲艺，爱上曲艺。值得一提的是大学在校生喜欢长子鼓书，我无偿给他们指导，对濒临失传的曲种艺人面对面教学演示，坐下来专心专门编写教材，利用业余时间开设曲艺讲堂，真正使曲艺薪火相传，持续发展。

二是激活曲艺队伍。曲艺要繁荣，必须有队伍。在创作中，我一方面与群众精准对接，群众想听啥，我就写啥；另一方面与演出团队无缝对接，广泛听取他们的意见，与他们一同讨论作品，不但要写好，而且要演好。一年来，我无偿为当地的曲艺团队提供剧本15部，通过他们的表演把作品搬上舞台，奉献给观众。同时又先后推荐了15支代表队参加沁州书会、宝丰马街书会以及各类曲艺大赛，推出一批曲艺新人。长子鼓书艺人刘引红今年5月份带着我创作的长子鼓书《小两口回娘家》《常回家看看》《腊月天儿》《中华美食》乘坐豪华轮渡随青春曲艺社赴日本、韩国演出，并在北京进行专场演出，长子鼓书走向了海外。最近，经过层层选拔，我又推荐了30位鼓书艺人加入山西省曲协会员，充分激发起他们投身曲艺事业的热情。

三是争创曲艺名城。"中国曲艺名城"是一个拥有丰富的文化底蕴和曲艺资源的标志品牌，对推动一个地方的文化乃至经济发展有着重要的作用。在长治市申创中国曲艺名城工作中，作为长治的一名曲艺工作者，我全力以赴，加班加点，编写曲艺专辑，收集曲艺资料，组织曲艺表演，积极参与创建工作，努力为创建做贡献。最终创建一举成功，全市上下欢欣鼓舞。可以说，曲艺名城这一荣誉，犹如一座灯塔，既指引着当地曲艺加速发展，又温暖着我们每一名曲艺人的心，实现了几代曲艺人的心愿。因为中国曲艺名城这一品牌，标志着我们的曲艺在经济和社会的发展中、在一个地域的发展中举足轻重，同时也是我们曲艺人的强大后盾和精神支柱。

第四条路——用心体悟，走好走实精神塑造之路

一年来，在中国曲协的指引下，我的思想境界不断得到提高，每一次参加中国曲协组织的活动，每一次与曲艺同行相聚，都是一次心灵净化的过程，都是一次塑造精神的过程。

一是深入生活、扎根人民的群众精神。每一次我从家乡出来，无论进京，还是南下，参加中国曲协举办的"向人民汇报"文艺创作成果展演曲艺专场演出，参加"朵朵牡丹为人民""走近你"节目演出等活动，都深刻感受到中国曲协唱响的"深入生活、扎根人民"的主旋律。在这种鲜明的倡导下，我时刻告诫自己，莫要离开火热的生活，莫要离开脚下的土地，莫要离开身边的百姓，莫要离开乡风乡韵和乡情。无论何时何地，我都脚沾泥土，乡土本色，不见异思迁，不好高骛远，坚持从群众中来，到群众中去，永远为百姓写作，向人民汇报。时刻牢记"老百姓是天，老百姓是地，老百姓是根，老百姓是魂"。每个星期天我依然回到村里，和我的父老乡亲拉拉家常，到田地里劳动劳动，听听老人们讲述过去的故事，把根始终扎在乡村，把情全部融入百姓。

二是痴情忘我、全心投入的主人翁精神。曲艺繁荣发展靠大家，我们都是其中的一分子，只有当好主人，人人出力，才能繁荣昌盛。多年来的深情投入，曲艺已成为我生命的一部分。当参加宝丰马街书会后，让我更为震撼，让我的曲艺情结、主人翁的精神更为浓烈。今年的正月十三，狂风呼叫，尘沙飞扬。但是，河南宝丰马街书会却是别样的风景。但见鼓书艺人顶着狂风，披着尘沙，一二结伴、三五为组，有的开着摩托、驾着三轮，有的骑着自行车，

驮着音响道具，在麦田里摆下阵势，扎下摊子，打起简板，拉起琴弦，以天作幕，以地为台。我第一次领略到马街书会的乡土情结，我第一次感悟到有这么一批对曲艺痴迷的艺人，他们让我心生敬意，让我泪如泉涌，让我坚定信心，让我奋勇前行。那一刻，一句话在心底呐喊：曲艺，我为你疯狂，曲艺，爱你就要爱在骨头里。

三是艺精人好、品端人正的好人精神。一年来，在中国曲协的熏陶下，我更加深刻体会到，作为一名合格的曲艺者，过硬的作风非常重要。艺要精，人更要好，只有走正道，树正气，方能修成正果。作为牡丹绽放曲艺英才的培育对象，更要以身作则，带领带头。今年中国曲协在西安召开深入学习贯彻习近平总书记文艺座谈会重要讲话研讨班暨 2016 年全国曲协工作会议期间，我认真观看了阎肃老师先进事迹报告会录像。尽管是录像，但令人感动，我是含着眼泪听完报告的。德艺双馨品高洁，一片丹心向阳开。一片丹心、一腔热血、一身正气、一片忠诚，德艺双馨的阎老就是我们学习的榜样，做人的标杆。

在今年 6 月 17 日，在纪念人民作家，也是我们中国曲协第一任曲协主席赵树理诞辰 110 周年的日子里，我随赵树理研究会、《光明日报》记者实地走访了赵树理墓地和故居，震动很大。我应该像赵树理那样以"板凳须坐十年冷，文章不写半句空"的刻苦钻研精神，精雕细琢，精益求精，努力攀登艺术高峰，努力创作出书写人民伟大实践、体现时代进步要求、有正能量、有感染力，能够温润心灵、启迪心智的优秀作品。

牡丹绽放一年间，走好走实四条路。从中有成绩，有收获，但更主要的是有感悟，我感到自己与中国曲协的要求相比，与中国曲艺的时代相比，与其他曲艺英才和曲艺同行相比，尤其与广大群众的期盼相比，还有很大的差距和不足。我深知中国曲协对我厚爱有加，关怀备至。作为"牡丹绽放"的一员，在下一步工作中，我将正视不足，更加刻苦，努力做到自身素质要更高、创作的精品要更多、发挥的作用要更大，这是我的奋斗目标，也是我的郑重承诺。

一是自身的素质要更高。把学习作为一种行动自觉，学一路，学一辈，学一生，终身学习。要勤学善学，向书本学，向群众学，向同仁学，向先进地方学。要广学深学，学讲话精神，学政治理论，学业务知识，学做人做事。

通过广泛深入的学习和磨炼，不断提高自身素质。我的计划是每周要研读曲艺专著至少1本，每年不少于50本；下乡调研每周至少2次，每年不少于100次。

二是创作的精品要更多。坚持笔耕不辍，写一路，写一辈，写一生。坚守生活源头，坚持开拓创新，创作出更多更好深接地气、百姓喜欢的曲艺作品。我的计划是月月都要推出1部新作品，每年不少于10部。

三是发挥的作用要更大。作为一名曲艺工作者，就是要讲责任勇担当，奉献一路，奉献一辈，奉献一生。作为曲艺英才培育行动入选者，就是要自逼加压，充分发挥带领带头带动作用，始终以一颗感恩的心、尽责的心、向上的心，走好路，走正路，做好事，干正事，为中国曲艺事业作出新的更大的贡献。只有这样，才能无愧于衣食父母，无愧于父老乡亲，无愧于各位领导的亲切关怀，无愧于中国曲协的精心培育，无愧于当今这一伟大的时代！

俯下身子"接地气"，扎进群众"写真情"，我深爱着曲艺，我离不开曲艺，曲艺让我不断成长，曲艺英才培育行动让我受益匪浅。忘不掉中国曲协各级领导的精心栽培，忘不掉曲艺同仁的无私帮助，此时此刻，所有的感悟感动感恩凝聚成一首小诗，献给曲艺界领导和同仁，献给"牡丹绽放"一年间：

牡丹绽放　人间芬芳

站在牡丹绽放的殿堂上有过多少遐想，
怀揣美好的梦想立志要把责任来担当。
中国曲协的信任和支持让我激情滚涌，
发誓在眷恋的土地上掘出生命的泉浆。
深入生活，扎根人民，掘出生命源泉，
不懈追求，奋勇坚强，酿造佳肴花香。
任凭坎坷风雨，甘愿搏击风浪，
只待牡丹绽放，瞄准目标远航。
心系人民把人间大爱镌刻在心底，
怀揣感恩把社会责任牢牢扛肩上。
不图金杯银杯，不图金奖银奖，
只图百姓快乐，只图曲苑芬芳。

下

篇

心存感恩的心踏在征程上，

胸怀抱负的情放眼望故乡，

生我养我的土地，您让我眷恋不已神采飞扬，

生我养我的土地，您让我激情澎湃奋发图强。

生我养我的土地，你让我魂牵梦萦乘风破浪，

生我养我的土地，你让我汗水融化放飞理想！

奋斗花开，未来展望，

汗水浇灌，孕育花香，

把牡丹的芳香送到千家万户，

在文艺的百花园中让牡丹绽放，

人间遍地撒芬芳！

（发表于 2016 年第 9 期《曲艺》杂志）

在生活中汲取生命的养分

——长子鼓书《腊月天儿》获中国曲艺牡丹奖创作奖后的思考

2014 年 8 月 1 日，对我来讲，是值得永远纪念的日子。这一天，我带着新作品长子鼓书《腊月天儿》、潞安大鼓《中国梦》参加了第八届中国曲艺牡丹奖全国曲艺大赛长治赛区的比赛。在这次分赛区比赛中，长子鼓书《腊月天儿》获得创作提名奖、潞安大鼓《中国梦》获得节目提名奖。随后，两个作品进入终评。更让我想不到的是，在强手如林、佳作连篇的大赛中，最终，长子鼓书《腊月天儿》摘得了牡丹奖创作奖。

一步步走来，一次次期待。回顾曾经走过的曲艺之旅，回顾备战几届牡丹奖的日日夜夜，真是情牵牡丹，心醉曲苑，孜孜以求，感恩曲坛。

长子鼓书《腊月天儿》从民俗的角度出发。对腊月天的描写是一个受众广泛的主题，是对中国传统文化的褒扬，是对传统节日的留恋和再现。我在创作《腊月天儿》时，脑海里总是挥之不去对美好童年的记忆，过年的情景总是牵扯着我的神经。小时候过年，那是多么惬意的事情，又是一幅多么值得留恋的画卷。从腊月二十三到除夕夜的欢聚，蒸黄蒸、备年货、扫灰尘、剪窗花、贴对联、放鞭炮、挂灯笼、拜大年——一个个红红火火的场景，一个个热热闹闹的场面。每一个场景都是一幅画面，每一幅我们都是画面的主人。一个情节派生一个情节，构成情节链，句句不离人与景，字字凝练人与情。一个镜头接着一个镜头在展现，从始至终采用白描的手法，把过年的情景展现出来，让人回味，让人生情。我在品味年的香甜，年的喜悦，年的乐趣，年的纯洁。

一切景语皆情语。创作中，字里行间贯穿一个情字，是对腊月天的深深思念之情，是对普通百姓千丝万缕的情愫。选材的时候，《腊月天儿》选择的是小事、小情、小人、小理，身边的事，老百姓息息相关的事。通过人物潜移默化的行动，通过一幕幕场景将这些小事、小情、小人、小理，身边的事再现出来。

长子鼓书《腊月天儿》开始发表在 2014 年《曲艺》杂志上，尽管发表了，但是，我仍然不断修改，特别参加全国曲艺大赛，我更是仔细琢磨每一句话，回忆每一个情节，对接每一个链条，抖好每一个包袱。发表在《曲艺》杂志开始的四句是"腊梅傲霜伴雪花儿，花落万家迎新年儿，年味浓浓唱和谐，唱出欢乐一片天儿"。我认为作品语言和整体风格还是不一致，应该用更加通俗的语言来描写，正式大赛中我把四句改成"天上纷纷飘雪花儿，花落万家迎新年儿，年味浓浓大家唱，唱出欢乐腊月天儿"。这四句是起腔，点清主题，天地人和。接下来，我继续玩味原来的版本，感觉时间不是很明确，尽管把腊月天的忙碌场景表现了出来，但还是有模糊，不明晰。于是，我再认真构思，以时间为顺序，详细概述进入腊月天人们怎么忙，重视细节描写。从腊月二十三写起，一直写到年三十，并且每一个时间段有明确界限。

改动最大的是结尾，原来我用排比从一写到十："一元复始气象新，二龙戏珠放光环儿，三阳开泰凝瑞气，四季平安福无边儿，五福临门露笑脸，六福同春花满园儿，七星高照喜团聚，八方吉祥开新篇儿，九州太平大长治，十全十美乐翻天儿。"后来，我发现，还是和整篇不是一个味，没有接地气。于是，我又反复斟酌，改成："家家张罗年夜饭儿，包饺子儿，拉扯面儿，腥汤素汤炒抉片儿。炒炒饼儿，炒炉面儿，油糕油条油麻儿，牛肉羊肉猪头肉，肉丝肉片儿肉疙瘩儿。样样儿做好端上盘儿，户户团圆围成圈儿。你敬我敬大家敬，敬老爱幼福无边儿。唢呐——一声春雷震天响，欢欢喜喜过大年儿。"这样一改，具象了，活泼了，灵动了，老百姓更容易接受了。

在语言的运用上，我都是寻找生活化的语言。我认为曲艺作品，必须从生活中找灵感，从生活中品味道。因为一切艺术都是源于生活的，生活是我们的老师，生活是我们的源泉，掘得越深，泉水才越香甜。有理、有情、有人、有事是曲艺作品最基本的元素。每个元素都应该是平中显奇。在平淡中见俏，平俗中见雅，高质量的曲艺应是含蕴丰富。所以，我始终设身处地去想，力图还原本来的面目，不刻意渲染，不多用形容词，用白描的手法勾勒一幅幅逼真的年画。

用家常语写词，平易得与口语无异，读来朗朗上口，这是我的一个追求，也是多年艺术创作的一个尝试。在创作中，崇尚自然美，自然无雕琢。我始终认为，创作的根基在基层，群众的语言最灵动，唱词还要为演员服务，把节奏写活，活学活用，才能如鱼得水，相得益彰。创作要写自己熟悉的题材，自己熟悉的题材更容易发挥想象的功效，生活细察细问，创作反复推敲，好比顺着一条筋往前捋，沿着一条藤往上攀，把经络捋清，把枝蔓摸准。自然界的物体用艺术构思的链条，用审美情趣的连缀，把生活的画面通过时间的顺序连接起来，读者感到不空，读来也有厚度。

一个好作品的产生一定是：有事儿、有字儿、有缝儿、有空儿、有味儿、有劲儿。我认为：一个文本的产生首先是要有一个典型的个例或者是故事，这个故事不见得有多大，有多恢宏，往往是百姓身边的事情最能打动人，小人、小事、小情、小理、跟老百姓息息相关的事情百姓愿意看，写熟知的百姓心语，让老百姓有共鸣，说到老百姓心坎上。在讲述故事的时候，文字要讲究，它一定是按说唱的基本要求往下进行，即：文字的自行规律通畅，字节的结构便于创腔和演唱。"有缝和有空"是文本不能写满，满则溢，要有包袱抖落。包袱抖得恰到好处，不是硬性牵强附会。《腊月天儿》在包袱抖前，总要铺排一系列内容，让观众欣赏这种曲艺的味道，然后在大家进入情绪之中，出其不意抖出包袱，真正有味儿和有劲儿。

曲艺作品的语言必须是灵动富有生命力和穿透力，句词上的运用要善于寻找鲜活的语言，这种语言经过时间的洗练散发浓郁的生活气息，又真实又有趣，曲艺就有了生命。味是曲艺的生命，有味的曲艺蕴含着美感，曲艺有味，犹如立锥之意，广涵之气，表演之趣，产生美感。

《腊月天儿》整篇采用儿化韵，儿化韵不是什么作品都通用的，因为是忙腊月，一派祥和欢快的景象，有情趣、意趣、生活气息浓烈。儿化韵就善于表现这种喜庆的内容。儿化后的词，大部分使原来的词语带上了一定的感情和修辞色彩，这样使整个作品洋溢着欢乐、亲切、愉快的气氛，烘托了腊月天这个充满祥和、幸福的感情意蕴，更重要的是接地气。

长子鼓书曲牌丰富，韵调优美，加上演员刘引红的表演，更使长子鼓书增添了无穷魅力。在《腊月天儿》中，刘引红对角色的处理很到位，这和她多年的历练分不开，无论在《小两口回娘家》中的出色表演，还是在《常回家看看》中的精彩表现，特别在《腊月天儿》中，她是故事的讲述者，同时又是故事人物的表演者，跳进跳出，运用自如，一个人演几个人物，有时在演出中还要即兴发挥。扎实的基本功，较高的文学素养，同时善于把握观众

下
篇

心理，和观众产生互动，使作品的文学性与表演性密切结合，通过演员的二度创作，使节目展示出艺术的魅力与风采，使长子鼓书在曲艺艺术长河中绚丽多姿，芳香四溢。因此，在这里，我由衷感谢刘引红的精彩表现。

创作的过程，也是思想、灵魂净化的过程，在创作中，我深深体悟到：曲艺要做好继承和传统，传统的东西不能丢，如果我们扔掉传统的东西、熟悉的东西，必然造成逻辑不合理，内容空乏无味，形式再好，也只是空架子，站不久长。没有生活，不会用形象的生活语言表现所应表现的生活，就写不出感悟生活的词句，这是曲艺创作致命的弱点。

生活无处不在，生活无处不美，思绪集中，胸怀清净，心事单一，保持清纯的创作心态，寻找素材，寻找灵感，沉到火热的生活当中汲取营养，创作更多更好接地气的作品。

（本文发表于 2014 年 11 月 3 日《中国艺术报》第 7 版）

汗水引灌牡丹红

——记第九届中国曲艺牡丹奖表演奖获得者刘引红

2016 年 8 月，对于长子鼓书艺人刘引红来说是一生中永远值得纪念的日子，她凭借一曲《山西面食》荣获第九届中国曲艺牡丹奖表演奖。当刘引红从徐州领回沉甸甸的奖杯和证书时，激动得热泪盈眶，多年的艰苦奋斗终于凝聚成今天的累累硕果。

痴迷长子鼓书，串起美好曲艺梦

1972 年，刘引红出生在山西省长子县一个农民家庭，有两个妹妹一个弟弟。由于生活非常拮据，父母的辛苦深深印在她的心底。自她懂事以来，就想替父母分担点家庭重担。1977 年，她进入当地小学就读，在校期间非常懂事，各门功课都名列前茅，经常受到老师的褒奖。放学回家后，她主动替父母承担家务工作，俨然一个小大人。

70 年代中期，长子鼓书的影响力波及长子县各个角落，可谓家喻户晓。随着说唱形式的更新，吸引的观众越来越多。演出场地从刚开始的屋内扩展到院子内，再到后来逐步形成楼板搭建的简易舞台，演员在台上说唱，观众在下面认真听书。刘引红跟随大人到现场观看了几场演出后便被长子鼓书的魅力深深吸引。恰巧邻居有一个叫许天宝的说书艺人拉一手好胡琴，略识简谱，经常走村串户说书唱曲，闲暇的时候就在自家院内拉弦练功。每当许师傅的院里飘出动听的琴声时，刘引红就会跑去听许师傅拉琴说书，在许师傅潜移默化的影响下，刘引红也慢慢地能哼唱几句长子鼓书，且像模像样。许师傅十分看好刘引红，有时还会对她进行简单的辅导，从那时起，刘引红就深深喜欢上了土生土长的民间说唱艺术——长子鼓书。

刘引红小学毕业时，为了能给父母减轻负担，不顾家里人的竭力反对，毅然决然地从师许天宝老师，走上了走百村吃千家的艺人之路。

经过三年的刻苦学习，聪明伶俐的刘引红不仅能登台唱一些鼓书小段，而且可以在一些连本大书中扮演许多角色。15 岁的她刚出师便崭露头角，在当地同行中小有名气。由于她身段灵巧，嗓音清脆而绵甜，所到之处均赢得观众的啧啧赞叹。后来，在一位长子鼓书从业者的鼓励和帮助下，她组织了几个年龄相当的民间艺人成立了"长子县永红曲艺宣传队"。

演绎长子鼓书，沉淀眷眷曲艺情

组队领班后，刘引红对《五女兴唐传》《小八义》《包公案》等传统曲目进行重新整合、编排，留精华、弃糟粕，并且要求她的演出队统一着装登台表演。几年后，她的演出队在当地可谓名声大振、有声有色。在漫长的从艺道路上，她边演出边学习，经过长期的锤炼，她在说唱技艺上逐渐形成自己独特的风格。她道白吐字清晰，张弛有度。她行腔功底扎实，字正腔圆。她表演动作大方，收放自如，跳进跳出能鲜明地表现各种人物，彰显了鼓曲独有的特色。

2012年，她第一次登台参赛，通过对长子鼓书《张美英美容》细腻的演说，逼真的表演，最终获得山西沁州书会曲艺邀请赛一等奖；2012年，她带着长子鼓书《小两口回娘家》参加第五届中部六省曲艺大赛，获得专家高度评价并夺得一等奖；2013年，刘引红带着长子鼓书《常回家看看》获得第十届中国艺术节第十六届"群星奖"；同年，受中国曲协之邀远赴法国参加了"巴黎中国曲艺专场"演出；同年11月，她因表演长子鼓书《小两口回娘家》获得"和平杯华北五省区市曲艺票友邀请赛"的"十大票友"称号；2014年6月，在第八届中国曲艺牡丹奖全国大赛中，由她表演的长子鼓书《腊月天儿》获得牡丹奖表演提名奖；同年11月，她同样以长子鼓书《腊月天儿》获得在湖南常德举办的"全国鼓书学术邀请赛"金奖；2015年7月，第七届中国中部六省曲艺大赛中，由她表演的长子鼓书《山西面食》获得一等奖；2016年，刘引红凭借长子鼓书《山西面食》出色表演，荣获中国曲艺"牡丹奖"表演奖。

升华长子鼓书，艺展才华乡韵情

曲艺的美，是现实生活美的反映，是人类美好心灵的体现。曲艺艺术是劳动人民千百年来生产、生活美的结晶，是劳动人民心灵美的升华，是劳动人民的独特创造。曲艺的美来自纯朴，来自淳厚，来自自然，来自劳动人民创造的深厚的文化底蕴，绵延千里，吟诵不绝。感受和领悟曲艺艺术犹如品尝一杯杯美酒,时而回味无穷,时而酣畅淋漓。刘引红以鲜明的地方特色,引起人们的共鸣,令人倍感亲切。无论是民风民俗,还是故事情节感人的曲艺作品,她都做到深入作品的灵魂挖掘真谛,让作品闪烁出传统的魅力和时代的光芒。她吐字清晰,嗓音绵甜,富于变化,如清清泉水,滋润心田。她扮演人物不瘟不火,分寸准确,恰到好处,尤其在人物跳进跳出方面色彩对比自然清丽。在演唱时,她能够很好地把握贯口的流畅与收放,把儿化演绎得精巧灵活,仿佛串起一粒粒珠子掷地有声,给观众留下美好的听觉享受。

味是曲艺的生命,有味的曲艺蕴含着美感,曲艺作品强调有情和有趣,强调艺术的独创性。要做到有情有趣,雅俗共赏,文情并茂,既富于时代生活的特征,又不失传统形式之美。说书是要人听,听了能让人信服,让人信服才能让人受感动。让人感动,必须入情入理,有情有理。刘引红在长子鼓书《小两口回娘家》中刻画了两个人物即小媳妇、小女婿,小媳妇为了早日见到父母亲而早早起来梳洗打扮,然后和小女婿结伴回娘家,中间穿插小毛驴的描写以及回到娘家时亲戚们迎接小夫妻的活泼场面。全篇作品诠释了民风民俗家常事,愿天下大家小家你家我家美美和和享天伦的大众化主题。

长子鼓书重在表现人物的内心情怀和外在表现,在《小两口回娘家》中,刘引红能够准确地拿捏小媳妇与小女婿的感情,自然而然进入人物的内心情感中,在跳进跳出一收一放中自然进行,合情合理,相得益彰。台上的刘引红凭借一张嘴要把剧种人物表现得淋漓尽致,让小媳妇、小女婿、小毛驴融于质朴的叙事之中,在浓郁质朴中感悟淳朴的乡风乡情和乡韵。2013 年 7 月 3 日,刘引红参加了第六届巴黎中国曲艺节北方曲艺专场演出,她以其独特的说唱风格、浓郁的地方特色博得了法国民众和华人华侨的高度赞扬,演出获得巨大成功。这次文化交流不仅展示了中国在人类非物质文化遗产保护事业方面做出的积极贡献,也展现出中华民族博大精深的民族精神与文化内涵。

刘引红在表演《腊月天儿》时,能使大家脑海里闪现出对美好童年的记忆,从腊月二十三到除夕夜的欢聚,蒸黄蒸、备年货、扫灰尘、剪窗花、贴对联、放鞭炮、挂灯笼、拜大年……一个个红红火火的场景,一个个热热闹闹的场面。每一个场景都是一幅画面,每一幅画我们都是主人。刘引红精彩地演绎出年的香甜,年的喜悦,年的乐趣,年的纯洁。

艺术的魅力在于勾魂,曲艺作品的情节发展必须是情理之中,意料之外,刘引红深谙此道。在长子鼓书《大山卫士》中，为了更好地塑造人物性格，刘引红充分运用长子鼓书的唱腔，起板、流水板、叫板、数板、跺板、悲板、栽板、甩腔等互相渗透，并做到板式之间的衔接流畅、自然。开场的四句提纲引领下文"林海苍莽绿浩荡，层林尽染入画廊。诚信二字千斤重，大山卫士挺脊梁。"道完白之后用叫板引出叙事性的流水板；刘真茂言行的表达，故事的延展用数板和跺板加快节奏来增强气氛。刘真茂妻子和他的一段对白中如泣如诉用悲板表达，与盗贼慷慨陈词体现气势磅礴用甩腔设计，结束唱段用栽板。无论是道白还是唱腔，刘引红都努力穿透人物的内心去表达，让道德模范的形象穿越时空震荡大家的情怀。2016年7月27日晚，由中央文明办、中国文联共同主办、中国曲协承办、首都文明办和中国人民大学协办的2016年第五届"全国道德模范故事汇"基层巡演启动仪式暨首场演出在中国人民大学拉开了序幕。刘引红演唱的长子鼓书《大山卫士》获得在场观众的热烈掌声，大家被刘引红的精彩表演所折服，更为她追求艺术的精神所感动。随后，她带着《大山卫士》先后在河南、河北、湖南、黑龙江、山东、福建等地进行了巡演。刘引红把道德的回声传递给现场的观众，让大家在欣赏艺术的同时接受真善美的洗礼。

从艺多年，刘引红的艺术才华得到淋漓尽致的发挥。2016年10月，终于迎来她一生中最值得铭记的收获。刘引红凭借《山西面食》的精彩表现，一举获得第九届中国曲艺"牡丹奖"表演奖。刘引红把面食诠释得剔透玲珑，面食之多、用料之广、花样之繁、制法之多、食法之殊令人叹服，通过山西面食传递浓郁的文化，吸引外国人的眼球。通过细节性描写，把外国人的天真、好奇、惊讶等表情流露出来。尤其在结尾部分，唱到山西农家的拉扯面时一系列的贯口，其表情、状态、动作、心理刻画留在记忆的深处，化为生命的永恒。用长子鼓书把山西面食这一竞奇斗芳的食苑充分展示出来，使浓郁的地方特色和古朴的乡土民风得到充分展示。

如今，刘引红已经成为中国曲艺家协会会员，山西省曲协理事，长治市曲协副主席，长子县曲协主席，面对荣誉，她丝毫没有骄傲，她始终铭记自己是非物质文化遗产项目长子鼓书的传承人，肩负着一份沉甸甸的责任。为了更好地传承、保护、发展长子鼓书这一非物质文化遗产，2013年1月她注册成立了"引红曲艺演出有限公司"，在下乡演出之际印制发放宣传材料，广收新学员，为传承长子鼓书，弘扬非物质文化遗产尽着自己最大的努力。

路漫漫其修远兮，吾将上下而求索。我与刘引红从相识相知到敬佩是一个不断进步，不断追求，不断探索的过程。刘引红演唱的长子鼓书曲目大都出自我手，特别是刘引红凭借长子鼓书《山西面食》的精彩演绎获得了中国曲艺"牡丹奖"以后，让我对我们的更加有信心。我了解刘引红，知道牡丹奖不是她的终结，而是她的动力之源。在不远的将来，我坚信刘引红一定会继续努力，更加刻苦，向着更高更远的目标攀登。

（本文发表于 2017 年第 1 期《曲艺》杂志）

389

下

篇

难以忘怀的朝圣之旅

今年是纪念红军长征胜利 80 周年，9 月 22 日至 29 日，我随中国曲艺家协会赴广西、湖南、江西三省开展"深入生活、扎根人民"曲艺名家新秀"重走长征路"采风创作主题创作实践活动。我们行程数千公里，重走长征路、探寻革命旧址、查阅党史资料、倾听苏区故事，送欢笑慰问演出。此次近距离地重温和体验长征精神，极大地丰富了我的人生经历，使我深深感到：重走长征路是一次心灵净化之旅，是一次时刻让人体验艰难、崇尚信仰的朝圣之旅，更是一次鼓舞士气，树立理想的抱负之旅。

这次重走长征路给我印象最深的是红都瑞金，她不愧是共和国的摇篮。当年，老一辈无产阶级革命家在这里发动群众开展土地革命，开展武装斗争，进行伟大的革命实践活动，创造了光辉的业绩，建立了中国有史以来第一个全国性的人民民主政权。当年瑞金参加革命的有 49000 多人，其中参加长征的有 31000 多人，为革命捐躯的有名有姓的烈士达到 17166 人，其中牺牲在长征途中的烈士有 10842 人。如今的瑞金，拥有 180 余处红色旧居旧址，10000 余件珍贵的革命历史文物。睹物思情，心中激荡。红军桥、红军帽、红井、红军烈士纪念塔等一个个红色遗址深深定格在我的脑中，"八子参军""十送红军""华屋 17 棵青松""陈发姑一生守望"等感人肺腑的红色故事激荡着我的内心，化为我创作的动力。

带着思念，怀着崇敬，跨越历史，穿越时空。我追寻着您，重走长征。您是一种精神，您是风雨见证。80 年的风雨历程，孕育着一幅幅饱经风霜的憧憬。80 年的信念追求，支撑着一份份永不服输的坚定。不忘初心，继续前进。不忘初心，劈浪前行。用长征精神浇灌人生的价值信仰，用长征精神筑起中国梦的伟大复兴！

（本文发表于 2016 年第 11 期《曲艺》杂志）

心灵的灯塔　曲艺的航标

当前，全国上下认真传达学习贯彻《中共中央关于繁荣发展社会主义文艺的意见》，作为一名曲艺工作者，我带着一种亢奋的心情认真咀嚼每一个字，细细玩味每一句话，我认为党中央下大气力繁荣文艺事业，大刀阔斧根治不良风气，为我们文艺工作者指明了前进的方向。这一意见的实施必将进一步铸造人类灵魂、夯实千秋伟业奠定坚实的基础。

作为一名曲艺工作者，我首先要认真学习《中共中央关于繁荣发展社会主义文艺的意见》，深刻领会其精神实质，爱生活、爱人民、走正路、出精品。

2014 年，我创作的长子鼓书《腊月天儿》获得第八届中国曲艺牡丹奖创作奖以后，2015 年，我又荣幸入选"牡丹绽放——全国曲艺英才培育行动"首批 10 人。面对这一项项荣誉的取得，我倍感肩上的责任重大，同时也深感中国曲协对自己的信任和鼓励。作品反映人品，人品锤炼作品。在今后曲艺的生命历程中，我要遵循艺术规律，严格要求自己，踏踏实实做人，兢兢业业谋事，勤勤恳恳创作，让作品成为传递时代风尚，反映社会生活，鼓舞人民斗志，时刻铭记乡愁的能量强音、饕餮大餐。

生活是创作的唯一源泉。生活中美好的东西时刻召唤着我必须融入时代的热流中，与时代同呼吸、共命运、情相牵、心连心。带着对生活的感悟，对人民的热爱、对乡村的眷恋、对曲艺的虔诚，进入艰苦的创作和体验，进入长期的积累和升华，用深邃的目光发现题材，挖掘题材，感悟题材，提炼主题，让作品始终透着温度、厚度和高度，传递时代正能量，唱响时代最强音。

身融乡土、心思乡愁、饱含乡情、溢满乡味。置身曲艺的百花园中，我们要以《中共中央关于繁荣发展社会主义文艺的意见》为指针，不断提升敏锐的视觉和独特的嗅觉，提高捕捉生活的能力和本领，肩负时代重任，捧出曲艺爱心，挖掘曲艺精髓，酿造曲艺馨香，为时代放歌，为人民抒情！

（本文发表于 2015 年第 11 期《曲艺》杂志）

391

下
篇

乡风乡韵面食情

　　山西面食是中华民族饮食烹饪技术宝库中的一块瑰宝。以期久远的文化历史极其丰富的品种而被国人津津乐道。

　　山西面食品种繁多，制作精细，首屈一指，驰名中外。花样繁多，用料广泛，吃法各异，独具特色。当代烹饪专家聂凤乔先生说："天下美食，尽在三晋"南菜专家宋宪章说："天下面食数太原，山珍海味难比鲜，味压神州南北地，舌上泾渭天上天"。了解山西面食的过程，是一个了解山西风情民俗的过程。山西面食色香味美，绵甜净爽。面食里渗透着历史，面食里孕育着民风，面食里传递着乡音，面食里蕴藏着乡情。有着浓郁乡土气息的山西传统面食，是继承、挖掘先人留给后人的宝贵财富，是诠释饮食结构中最厚重、最本色的生命因子。他为家乡古老灿烂的历史所骄傲，更为家乡灿若星辰的面食所陶醉。带着一种澎湃激越的心情，带着一种无比兴奋的好奇和冲动，进入了长子鼓书《山西面食》的创作之中。更多的是感悟山西面食带给我们的厚重文化和古朴民风。

　　素材是创作的"粮食"，素材不真、不实、不全、不好，就做不出"美味佳肴"。我每天接触到的是各色各样的面食，在这里，我非常感谢我的母亲，我母亲是一个地地道道的农村妇女，尤其一双灵巧的手能把面食做成很多花样。每逢过年或者亲戚家孩子生日、娶媳妇嫁闺女，母亲总要蒸上面羊、面猪、面鱼等前去祝贺。在母亲蒸面的时候，也是我观察生活的最好时刻。母亲灵巧的双手不停地变着花样，此时我目不转睛看着，并不时和母亲认真交流，从中领悟面食中渗透的文化理念。这些都成为我创作曲本、挖掘题材的第一素材。我经常独自感叹，生活对我是多么的恩赐呀，给予我无比丰厚的物质财富，我应该用一种艺术的手法来回馈生活，回报乡梓。生活是源头活水，生活里的宝藏取之不尽用之不竭真是至理名言。透视生活的光泽让我进入深层的遐想和无尽的探索之中。

　　在创作中，我无时无刻不在回忆山西面食蕴含的技巧和灵动。山西面食的背后，是积淀了生活底蕴的一种真功夫，是诠释真善美生活的一种真境界。每次在饭店观看面食师傅娴熟的操作时，我就想，面食师傅身上所积淀的是他们对生活的无限向往和追求，是对面食劳动的热爱和升华，那种投入和神态，那种粗犷的吆喝和器具的碰撞，把生活演绎得玲珑剔透，让面食展示出多姿多彩。

在表现手法上，我从面食文化的渊源说起，用八句话引领"人为根本食为天儿，五谷杂粮变戏法儿。做出美味千百种，山西面食领头衔儿。神州华夏面食鲜儿，山西面食最冒尖儿。我要唱支面食歌儿，保您心里乐开花儿。"接着介绍山西面食的种类和做法，之中有高度概括的，也有详尽介绍的。其面食之多、用料之广、花样之繁、制法之多、食法之殊，更重要的是通过山西面食，传递浓郁的文化，吸引外国人的眼球，通过细节性描写，把外国人的天真、好奇、惊讶等表情流露出来。尤其在结尾部分，详细介绍我们山西农家的拉扯面。农家拉扯面是一种乡情的展演，也是乡愁的流露。其表情、状态、动作、心理刻画留在记忆的深处，化为生命的永恒。

393

在语言的运用上，必须有趣和有味。我想如何把《山西面食》曲本成为一种艺术作品，首先要用朴实的语言阐述深层的道理，用生活的细节演绎面食的丰厚。所以，在词语的运用和把握上，我寻找生活化的语言，反映人们朴实善良的民生情怀。用长子鼓书把山西面食这一竞奇斗芳的食苑充分展示出来，使我们浓郁的地方特色和古朴的乡土民风得到充分展示。

乡风乡韵面食情，一片冰心在此中，美食寻香千百种，一曲古韵留芳名。愿《山西面食》能够回馈生活，唱到百姓的心坎里。

（本文发表于 2015 年第 11 期《曲艺》杂志）

下
篇

牡丹花开醉上党　鼓曲荟萃放异彩

——第八届中国曲艺"牡丹奖"全国曲艺大赛长治赛区综述

百谷竞秀，漳水流翠。在美好的盛夏时节，第八届中国曲艺"牡丹奖"全国曲艺大赛长治赛区的比赛让长治人民大饱眼福。随着剧场曲韵悠扬，展现在长治人民面前的是一曲曲盛世和谐的华彩乐章。那飘荡在曲艺之乡的声声檀板，让人如痴如醉，回味无穷。

本届牡丹奖长治分赛区的比赛从7月31日开始，8月2日结束，来自北京、天津、辽宁、吉林、河北、河南、山东、山西、陕西、甘肃、江苏等地的北方鼓曲唱曲类节目同场角逐。经过紧张激烈的比赛，最终评出节目提名奖8个、创作提名奖6个、表演提名奖11个、新人提名奖6个、金牡丹提名奖1个。值得欣慰和喜悦的是长治选送的9个节目中沁州三弦书《笑声飞出刘家坪》、潞安大鼓《奇巧》和《中国梦》获节目提名奖。暴玉喜创作的长子鼓书《腊月天儿》、韩宏喜创作的襄垣鼓书《果蔬理事会》获创作提名奖。常惠斌、刘引红获表演提名奖，刘新丽获新人提名奖。

本次大赛中，长治参赛的9个节目取得了很大成功，回头审视这次大赛，很值得我们认真总结和深思。

一、厚重的土壤孕育了曲艺的根芽，精心的呵护终成一片绿色

长治是华夏文明的重要发祥地之一，也是源远流长的中国曲艺之乡。长治曲艺孕育于两晋，产生于盛唐，成熟于明清。从"梨园始祖"唐明皇李隆基在潞州初创"梨园教坊"始，千百年来，薪火相传，生生不息，繁衍至今。

长治曲种繁多，历史悠久，文化积淀丰厚。现在保留下来的曲种有三十多个，其中已申报国家级非物质文化遗产保护名录4项，分别是潞安大鼓、襄垣鼓书、沁州三弦书、长子鼓书。其他省、市、县级保护项目更是品种繁多，不胜枚举。长治曲艺的根脉发达，繁衍了众多曲种，构成了一座曲艺艺术百花园。

二、以创建中国曲艺名城为契机，促进了长治曲艺事业的长足发展

近年来，长治市委、市政府高度关注曲艺发展，重视和支持长治曲艺这块风水宝地，激发了长治曲艺工作者的工作热情。特别是在创建全国曲艺名城的浓厚氛围中，围绕曲艺名城创建，在曲艺艺术文化继承和传播工作上，制定并实施了一系列具体细致的相关政策，开展了丰富多彩的文化艺术活动，提升了艺术文化在长治经济建设中的地位。

在本次"牡丹奖"大赛中，长治市委、市政府更是给予了高度重视，在抓剧本质量方面，从去年7月份起，市委宣传部就做出专门部署，市曲艺家协会组织全市曲艺作家专门为本次大赛创作剧本，并多次组织全市曲艺专家召开剧本研讨会。经过层层选拔，最终从50多个作品中选出9个作品参加此次比赛。在各方共同努力下，第八届中国曲艺"牡丹奖"全国曲艺大赛长治赛区的比赛顺利举行，给来自全国各地的嘉宾、艺术家留下了深刻的印象。

三、宽松的环境催生了曲艺作者创作的激情，曲艺精品不断推出

近年来，长治在抓创作、推新人方面，为曲艺发展注入活力。作品贴近实际、贴近生活、贴近群众，小事明大理，包袱抖得巧。本届大赛，长治参赛的9个节目中，长子鼓书《腊月天儿》和襄垣鼓书《果蔬理事会》双双获得创作提名奖，打破了前几届长治曲艺大赛创作奖旁落的局面。通过连续举办全国曲艺"牡丹奖"比赛，全市的曲艺创作水平整体得到了提高，各个曲种焕发出生机，也得到了发展和丰富。有的曲种在濒临失传的情况下，宣传文化部门多次组织相关人员召开座谈会，把脉长治曲艺的传承和保护，让其在新形势下重焕生机。通过发掘新的题材内容，创造新的表演元素，创造新的创作理念，创作演出一系列优秀的曲艺作品。通过举办各种形式的大赛，发现新人，推出新作。同时，邀请群众当好曲艺大赛的评判对象，让观众的掌声说话，让观众的笑声说话，让观众一路欢歌，欣赏到原汁原味的曲艺盛宴，让曲艺这门来自民间，源于生活，面向社会，服务百姓的艺术发扬光大。

四、群众对曲艺的感情日益笃深，中国曲艺之乡创建成为长治一大亮色

悠久的历史和独特的文化，孕育了长治丰富多彩的民间曲艺；社会的发

下篇

展和时代的进步，更为长治民间曲艺的发展搭建起了广阔的舞台。如今，曲艺创作、演出，曲艺活动在长治城乡蓬勃发展。县县有地方曲种，乡乡有曲艺队伍，村村有曲艺演出，曲艺已经融入百姓生活之中。每逢庙会或庆典节日，不是唱戏，便是说书，有的村除唱戏外还要邀请一班或几班曲艺队演唱，还有的村在孩子过满月、结婚、老人祝寿、孩子考上大学等个人活动，也要请曲艺队助兴，一唱便是三四天，甚至更多时日。在长治随处可以看到这种情景：村庄田野，工厂农村，城市学校，哨所军营，无不活跃民间艺人的身影，一把琴、一副板、一面鼓、一张嘴，不要布景，无需道具，板式丰富、旋律动听、韵味独特，特别是演员跳进跳出的拿捏，精彩绝伦的表演，赢得满堂喝彩，满台生辉。广阔的演唱市场使长治曲艺发展很快，流布范围也不断扩大，不仅在晋东南各地，在晋南、晋中也有它的市场。2012年6月，中国曲协授予长治市沁县为山西省首家"中国曲艺之乡"。2013年12月，长治县也荣膺"中国曲艺之乡"的美誉。一个城市有两个县先后被授予"中国曲艺之乡"，这在全国也是不可多见的。此项荣誉成为长治文化的两张亮丽名片，为进一步提升长治地方曲艺的影响力奠定了坚实基础。

长治曲艺发展至今，如何更好地让长治曲艺在历史的长河中薪火相传，生生不息，既是历史传承给我们的一项艰巨任务，也是时代赋予我们的文化责任和文化使命。下一步，就长治曲艺如何健康发展，提出几点建议：

第一、曲艺只有扎根于基层，才能孕育出丰硕的成果。地方曲种都带有明显的地域特征，是属于这个地区别具特色的"文化名片"。要把这张名片打好，曲艺作家就要沉到生活的底层，探源当地的文化脉络，梳理地域的曲艺内涵，挖掘基层鲜活的语言，对传统文化做好保护与发展，把传统的东西保留下来，然后给予它新的生命。一方面，要在传统节目的挖掘整理方面加大力度，把赋予生命力的语言表现出来；另一方面，要重视对传承人的培养，使优秀的曲艺节目能以鲜活的方式继续活跃在今天的文艺舞台上。

第二、保护和发展长治曲艺，必须坚持与民同心的宗旨。要及时了解和掌握人民群众的文化需求，努力创造出更多更好的反映人民群众主体地位和现实生活、为群众喜闻乐见的好作品。必须坚持与时俱进。在大力继承优秀传统民间文化的基础上，大胆进行内容与形式、体制与机制的创新，努力使长治曲艺事业博采众长，兼收并蓄，以包容的心态吸收和借鉴其他优秀曲种之长。必须接地气，接地气的作品带有原生态的芳香，深受群众的喜爱。要推出新的曲目，培养新的传人，吸引新的观众，造就出一大批德艺双馨，能够真正带徒传艺的民间曲艺家，培养一批对曲艺倾注关怀的爱好者。

第三、创作是曲艺发展的命根子，作品应做到思想性、艺术性、观赏性相统一。纵观长治赛区参赛的 43 个节目，获奖节目大都做到了思想性、艺术性、观赏性有机地融合，由此也引发一系列思考：曲艺作品如何深受群众喜爱？如何很好传承下去，传播开来？曲艺定位要准，不是越大越好，而是做到思想性小中见大，浅中出厚，平中见奇，见微知著；艺术上有情有趣，雅俗共赏，内涵丰富；观赏上入情入理，耐人回味。

第四、曲艺要立足本身，直面现实，在继承与创新中，塑造美好的价值人生。好的作品就在民间，如果割裂生活这个大熔炉，闭门造车，胡编乱造，非但市场不买账，很可能观众也不会满意。

一方水土养一方人，一个地域有一个地域的文化。要保持曲艺的艺术魅力应遵循两个原则：一要"原汁原味"，二要"返璞归真"。因此，进行曲艺创作必须立足本身，接地气的作品才有灵气、有活气、有生气。

葱郁苍莽的太行山怀抱着上党古城走过了千年的沧海桑田，缠绵多情的漳河水陪伴着上党儿女演绎着数不尽的风土人情。在浓郁的乡土气息中，牡丹之花焕发出神韵风采让上党这座古城活力四射、馨香无比。第八届中国曲艺"牡丹奖"全国曲艺大赛其深远的影响力正鼓舞着长治人民为实现心中的梦想一路播洒，奋勇前行。

（本文发表于 2014 年第 11 期《曲艺》杂志）

下
篇

上党曲苑醉芳菲

长治曲艺博大精深、蕴含丰富的传统艺术，具有"涵容万象，吐纳万端"特点，将丰富多彩的生活场景、岁月留痕、民风民俗随手拈来，活灵活现地表演。曲艺艺术最贴近实际，贴近生活，贴近群众，捷便活泼，形式多样，千百年来为人民群众所喜爱，是中华民族特有的艺术形式，是中华文化宝库中的璀璨明珠。

在曲艺的百花苑中，长治曲艺以其独具特色的魅力，盛开在姹紫嫣红、五彩斑斓的季节里……

悠久的历史　优秀的文化

长治曲艺孕育于两晋，产生于盛唐，成熟于明清，是中国曲艺的发祥地之一。从"梨园始祖"唐明皇李隆基在潞州初创"梨园教坊"开始，千百年来，薪火相传，生生不息。现在，流传于长治地区的说唱艺术如潞安大鼓、襄垣鼓书、长子鼓书、沁州三弦、武乡琴书等，早在明末清初，就已在民间广泛传唱。它们在吸取地方戏曲、民间小调和地方音乐精华的基础上，形成了民间鼓曲。最初只是在民间传唱，至清乾隆年间，逐步形成了以盲人说唱为主体的民间曲艺形式。盲人们走街串巷，游唱民间，靠"说书"谋生，出现了一批批著名艺人。说唱艺人们联络潞安府八县百余鼓书艺人，自发组织了自己的演出活动班社"盲子队"，后来发展成为行会组织"三皇会"。抗战时期，民主政府成立"五县曲艺联合会"，潞安大鼓、襄垣鼓书等专业演出团体从此诞生。著名艺人于书田等，对潞安大鼓大胆改进，在唱腔、伴奏、表演等方面耳目一新。现在保留下来的如《呼延庆打擂》《巧连珠》《洗衣记》《回龙传》《青龙传》等传统书目和新编《地主与长工》《张凤兰劝夫参军》《百名英雄》《红军长征》等不下两千篇。这些新书不仅在抗日宣传工作中发挥了积极作用，还使潞安大鼓形成了比较成熟的曲艺形式。新中国成立后，襄垣、沁县、武乡、黎城、平顺、长治县、潞城、长子、屯留、壶关等县相继成立了专业演出团体，曲艺事业日渐繁荣，曲艺成为群众文化生活中必不可少的活动内容。

改革开放以来，长治的曲艺事业得到了更大的发展，涌现出如傅怀珠、

沃土芬芳——暴玉喜曲艺作品文集

张三维、杨树田等20多位本土曲艺作家，创作出了一大批反映新时代的曲艺书目，如《醋为媒》《矿山情话》《唱煤乡》等，多次参加全国大赛，标志着潞安的乡土大鼓跻身于全国优秀曲种的行列。

自这一时期以来，长治的曲艺事业发生了许多新的变化，一是说书人的地位明显提高，演唱队伍也由原来的盲人变成了一大批豆蔻年华的明眼人；二是曲目的变化，由新中国成立前的唱神曲或者新中国成立后为某一阶段的中心工作服务变成了以娱乐为主；三是曲艺队体制发生的变化最大，个体曲艺队如雨后春笋、兴旺发达，成为一大产业。

浸润着浓郁的乡土气息，充满着古朴的黄土风情，散发着诱人的芬芳，闪烁着迷人的色彩，曲艺所承载独有的艺术魅力，让上党大地曲苑芳香，如痴如醉……

厚实的基础　辉煌的成果

长治人爱听书早已成为一种风俗，每逢节日、古庙会、开业和纪念庆典，曲艺演出必不可少，就连家中举办红白大事、盖房合垄口、生日满月开锁子，也要把曲艺队请来，说唱上三天两夜。人们在尽情享受曲艺魅力的同时，也图个吉利，图个热闹。截至目前，长治市各县市区，县县有地方曲种、乡乡有曲艺活动，活跃的曲艺演出团体遍布城乡各地。长治县智燕说唱艺术团、襄垣县张俊华说唱艺术团、长子县引红曲艺演出公司、武乡县曲艺队、沁县盲人曲艺团等曲艺团体，他们的演出活动范围也扩展到长治周边二十多个县区，甚至在河北、河南、陕西等邻省也有潞安大鼓、长子鼓书的演出市场，深受群众的喜爱。潞安大鼓、襄垣鼓书、长子鼓书、沁州三弦书、武乡琴书、屯留道情等作为一种文化产业，已经发展成为长治的一个个文化品牌。

如今，长治曲艺经过不断创新和完善，不论在创作、唱腔、伴奏、表演、服装乃至表演场地上，都有了质的飞越，长治曲艺在全国影响越来越大。长治市先后承办了国家级赛事五次。"文革"后首次举办的全国曲艺大赛，就是在1990年3月由中国曲协、中央电视台、长治市委、市政府联袂举办的"长治杯"全国曲艺大赛。随之，中国曲艺"牡丹奖"全国曲艺大赛陆续花落长治。从2000年开始至今，由中国曲艺家协会主办的中国曲艺牡丹奖全国曲艺大赛共举办了八届，长治就承办了三届。2008年、2010年、2014年分别承办了全国第五届、第六届、第八届中国曲艺"牡丹奖"全国曲艺大赛。2012年长治又成功举办了第五届中国中部六省曲艺大赛。这些国家级赛事的举办，不仅促进了长治曲艺事业的日臻完善和繁荣，也为长治申创"中国曲艺名城"奠定了坚实的基础。

在一些国家级大型赛事上，长治曲艺都取得了优异的成绩。1986年，全国曲艺大赛汇演，潞安大鼓《醋为媒》获音乐设计、表演、创作三个二等奖，音乐伴奏一等奖；1989年，潞安大鼓《九月九》获全国一等奖；2004年，潞安大鼓《不了情在歌声里》，继在第十三届曲艺"群星奖"山西选拔赛区获金奖后，又在中央文明办、文化部举办的第三届全国"四进社区"文艺展演活动中荣获银奖；2007年，沁州鼓曲《张果老游西山》《和谐沁州处处春》分别参加中国曲协主办的"马街书会鼓曲唱曲比赛"和"第二届中部六省曲艺大赛"均荣获二等奖；2008年，潞安大鼓《好大一个博物馆》《依依发廊情》《古城赋》、襄垣鼓书《水》参加第五届中国曲艺"牡丹奖"全国曲艺大赛，主演贾庆燕、王海燕、宋丽丽分获长治赛区表演提名奖和新人提名奖，襄垣鼓书《水》获牡丹奖节目奖。2010年，重新改编的《新编珍珠倒卷帘》不但代表山西省走进北京，在民族文化宫喜获满堂彩，还在第三届中部六省曲艺大赛中荣获特等奖；2010年，在第六届中国曲艺牡丹奖全国曲艺大赛，王海燕表演的潞安大鼓《割肉还娘》获得"牡丹奖"表演奖。2010年11月，潞安大鼓《好婆婆黄代小》代表长治参加中宣部、中央文明办举办的全国道德模范故事汇启动仪式的演出活动。2012年中国中部六省曲艺大赛在长治举行，来自晋豫皖赣鄂湘六省150名演员带来的17个曲种、34个曲艺节目参加大赛，潞安鼓书《好婆婆黄代小》、襄垣鼓书《还钱》、潞安大鼓《哦、砂锅》、长子鼓书《小两口回娘家》、沁州三弦书《柳树湾的婚事》、潞安大鼓《生命誓言》六个节目获一等奖。2013年，潞安大鼓《好婆婆》、长子鼓书《常回家看看》荣获第十届"中国艺术节"全国第十六届曲艺类"群星奖"。2014年7月31日至8月2日，在第八届中国曲艺"牡丹奖"全国曲艺大赛中，潞安大鼓《奇巧》《中国梦》、沁州三弦书《笑声飞出刘家坪》获节目提名奖，暴玉喜创作的长子鼓书《腊月天儿》、韩宏喜创作的襄垣鼓书《果蔬理事会》获创作提名奖，常惠斌、刘引红获表演提名奖、刘新丽获新人提名奖。9月26日，第八届中国曲艺"牡丹奖"在南京揭晓，暴玉喜创作的长子鼓书《腊月天儿》最终获得"牡丹奖"创作奖,参加了南京的颁奖仪式,并应邀赴连云港参加了第八届中国曲艺节。

厚重的载体　亮丽的名片

　　"中国曲艺之乡"是地方曲艺发展繁荣的最高荣誉。中国曲艺家协会自1994年评审命名第一个"中国曲艺之乡"开始,截至目前,中国曲艺之乡共有47家,山西省仅有两家获此殊荣,都来自长治。2012年6月,中国曲艺家协会授予沁县为山西省首家"中国曲艺之乡"。2013年12月,长治县又获得"中国曲艺之乡"的美誉。一个城市先后有两个县被授予"中国曲艺之乡",这在全国也是不多见的,两项荣誉成为长治文化的亮丽名片,为进一步提升长治曲艺在全国的影响力奠定了坚实基础。目前,长子、襄垣、武乡等多个县区也积极为申创"中国曲艺之乡"做充分准备,"中国曲艺之乡"这张名片也将演绎着更加绚丽的色彩。

　　"中国曲艺名城"是一个拥有丰富的文化底蕴和曲艺资源的标志品牌,在曲艺领域具有典型和示范引领作用,在全国享有很高声誉,在国际、国内具有较强的影响力和美誉度。2012年以来,长治市就提出要申创全国第一个曲艺名城的奋斗目标。在中国曲协的鼎力支持下,在山西省曲协的悉心指导下,按照开发、保护、研究、展示的总要求,以传承发展为主线,科学规划申创"中国曲艺名城"文化的发展空间,整合、挖掘和整理丰厚的文化资源,规划、保护长治曲艺曲种的传承和发展。市委宣传部高度重视,多次召开专题会议,周密部署申创"中国曲艺名城"工作,并组织专人编辑出版了地方曲艺文献《长治曲艺丛书》五册,包括《长治曲艺概述》《长治曲艺音乐》《长治曲艺传统书目与获奖作品选》《长治曲艺报刊文章集》《长治曲艺画册——牡丹花开醉上党》。打开《长治曲艺丛书》,悠扬的曲韵飘然而出,展现在我们面前的是长治红色历史文脉下酝酿出的甘醇的曲艺酒香;是和风和韵唱响的一曲曲盛世和谐的华彩乐章;是源于生活、高于生活接地气贴着百姓心坎的长治曲种;是广为流传、脍炙人口的经典名段;是飘荡在曲艺之乡的天籁之音和荡气回肠的檀板声声;还有那耐得寂寞,矢志坚守,辛勤耕耘在长治曲艺百花园中的工作者。所有这一切,无不让人感受长治曲艺的历史源流、人文精神、民风民俗、乡风乡韵、音乐繁衍以及语言的智慧和情趣。

401

下篇

如今，全市各个县区相继成立了曲协组织。县县有地方曲种，乡乡有曲艺队伍，村村有曲艺演出，曲艺已经融入百姓生活中。每逢庙会或庆典节日，不是唱戏，便是说书，有的村除唱戏外还要邀请一班或几班曲艺队演唱，有的村在满月、结婚、祝寿、考学等个人活动中，也要请曲艺队助兴。长治随处可见这种情景：乡村社区、工矿企业、城乡学校、文化广场，无不活跃着曲艺人的身影，一把琴、一副板、一面鼓、一张嘴，不要布景，无需道具，板式丰富、旋律动听、韵味独特，精彩绝伦的表演，赢得满堂喝彩。人人爱曲艺，人人会曲艺，人人能品赏曲艺的浓厚氛围正在形成。

厚重的土壤酝酿着丰厚的果实，在其背后有多少为长治曲艺事业发展繁荣、传承创新而默默无闻的奉献者和追求者。傅怀珠、王德昌、赵巾又、王仲祥、杨树田、蔡建民等，他们不计报酬，无私奉献，辛勤耕耘在曲艺的百花园中。长治曲艺"烨飞轩"相声会馆是一批80后年轻曲艺爱好者自发组织成立的曲艺会馆，每周六、日他们都把精彩的曲艺节目献给观众。正是有这样一批批为曲艺事业发展繁荣的爱好者和痴迷者，长治曲艺花团锦簇，五彩斑斓。

积极地保护　科学地发展

保护长治曲艺不仅是当地百姓喜闻乐见的艺术娱乐形式，而且有着特殊的社会实用功能，与老百姓的日常关系十分密切。不仅体现和反映着当地人的审美情趣与风土民情，而且在做生日祝寿、节日庆典、婚丧嫁娶、祈福还愿时，也被用来作为习俗的手段与依托。其节目内容主要来自民间，通俗易懂，乡土气息浓郁，不仅承载了当地人对于生活的认识、理想、愿望和趣味，而且大量蕴含着当地人的社会伦理与生活常识。

近年来，市委、市政府高度重视曲艺事业的保护、传承和发展。为抢救保护这一文化瑰宝，采取了一系列行之有效的措施，加大力度，对全市地方曲种，在组织形式、财力物力等方面都采取了重点倾斜的扶持政策；建立鼓励专业作家和民间艺人创作优秀曲艺作品的奖励机制；运用现代科技手段，对全市地方曲种进行完整的录音、录像，建立数据库；整理各曲种完整翔实的文字档案，如梳理历史渊源、总结艺术特色、传承谱系、表现形式等；对濒临失传的曲种采取抢救性措施。黎城鼓儿书、屯留道情、西火干板书、长子钢板书等多种濒临失传的曲艺曲种，多次组织相关专家、学者、老艺人深入基层开展专项调研活动，邀请国家、省、市专家学者、民间老艺人多次召开研讨会，把脉破解生存发展和繁荣路径。

全市现在保留下来的曲种有 30 多个，其中已申报国家级非物质文化遗产保护名录 4 项，它们是潞安大鼓、襄垣鼓书、沁州三弦书、长子鼓书；省级 7 项，除以上 4 项还有：武乡琴书、屯长道情、晋东南说唱道情、长子钢板书；市级 14 项，除以上 8 项外还有：大鼓三曲、沁源说嘴、郊区李村干板、麟绛鼓书、壶关鼓书、长子鼓儿词；县级 29 项，有武乡鼓书、武乡三弦书、长子扇鼓、长子坠子、平顺苗庄平腔、平顺坠子、干板书、鼓儿词、评书、民间快板、顺口溜、三句半等，深受群众喜爱。全市上下形成社会重视、积极保护、传承发展的浓厚氛围，为长治曲艺打造出一个全方位的发展环境。

科学地保护　广泛地交流

长治曲艺的发展得到了全社会的支持，多年来，莅临长治指导工作的不仅有中国曲协的刘兰芳、姜昆、董耀鹏、刁惠香、黄群等领导，还有战友文工团相声名家李立山、高洪顺、赵福玉，海政文工团山东快书名家高洪胜，中华山东快书研究会副会长李鸿民先生，鼓曲名家种玉杰、籍微，山西省原曲协主席苏友谊、现任中国曲协副主席、山西省曲协主席马小平、副主席张月军、秘书长温华等。众多曲艺名家都对长治曲艺倾注了关爱，对长治曲艺的发展给予了大力支持和帮助。长治曲艺工作者通过参加研讨会、培训班，聆听名家授课，与全国曲艺名家交流，研讨，不仅提高了长治曲艺整体的业务能力和表演水平，同时也提升扩大了长治曲艺在全国的美誉度、影响力。

多年来，我市不仅把名家请进来，还采取走出去的办法，通过采取多种途径，加强对外曲艺交流，学习借鉴曲艺技法，不断提高曲艺水准。自 2010 年以来，先后通过央视《中国好人·长治篇》栏目、《曲苑杂坛》栏目、巴黎中国曲艺节北方曲艺专场、中央文明办、中国文联、中国曲协共同主办的"我们的价值观——曲艺走基层全国百场巡演"活动、中国文学艺术界联合会、中国文学艺术基金会、中国曲艺家协会等单位共同主办的"向人民报告——庆祝新中国成立 65 周年暨说唱中国梦优秀曲艺节目展演——晋情快乐——山西曲艺专场"曲艺展演季及天津"和平杯"曲艺大赛、"天桥杯"北方鼓曲曲艺专场等平台，充分展示了长治一大批具有地方浓郁特色，深受人民喜爱

沃土芬芳——暴玉喜曲艺作品文集

的精品力作。特别是潞安大鼓《割肉还娘》、长子鼓书《小两口回娘家》在法国巴黎中国曲艺节上引起强烈反响，实现长治曲艺首次走出国门。

鼓曲悠悠郁遍四野，檀板声声曲韵醐畅醉八方。背靠"乡土""乡景"，面对"乡亲""乡里"，演出"乡音""乡情"，弘扬"乡韵""乡味"。今天，长治曲艺蓬勃发展，文化脉络得以传承，艺术品位得以提高，艺术底蕴得以挖掘，呈现出曲艺创作充满活力、曲艺人才结构优化、曲艺精品不断涌现、群众文化丰富多彩的浓烈氛围。

上党自古天下脊，长治曲苑醉芳菲。伟大的时代呼唤伟大的文艺家，伟大的人民期盼伟大的文艺作品。在习近平总书记文艺座谈会精神的鼓舞下，在市委、市政府的正确领导下，一代代的长治曲艺人一定会将自己的艺术追求和时代的发展、国家的命运紧密结合，深入生活，扎根人民，创作出更多更好无愧于时代，无愧于人民的精品力作。

春风化雨总有时，脚踏实地待芳菲。走过的都是风景，经历的都是财富。目睹长治曲艺的发展变化，我们心潮起伏、热血沸腾。长治曲艺是先辈留给我们的宝贵财富，也是老祖宗在精神文化生活方面给予我们的恩赐。

我们有责任、有义务更好地保护她、培育她、弘扬她，让长治曲艺这朵鲜艳的艺术之花，永不凋谢，让长治申创"中国曲艺名城"的文化品牌在中华大地上芳香遍野、美名远扬！

（本文发表于 2015 年第一个中国曲艺名城——长治市 专刊《曲艺》杂志）

一部增艺养心修德的曲艺百宝书

——喜读《中华曲艺艺谚艺诀和专业术语》

翻开由中国曲艺家协会、辽宁科技大学组织编写，孙立生先生编著的《中华曲艺艺谚艺诀和专业术语》时，无比兴奋，备受鼓舞。该著作包罗万象，涵盖曲艺审美、曲艺创作、曲艺表演、曲艺传承、职业操守等方面的内容，凝聚着心血和汗水的艺谚艺诀，根植于生活，通俗易懂、活泼清新、真挚朴实，洋溢着浓郁的生活气息，一以贯之传播了中华深厚的传统文化基因，既有价值取向、审美追求，也有艺术观念、业内门道，更有生存之道、发展谋略、市场博弈、适应社会的民间智慧和价值追求，其系统的分类，精准的诠释、哲理的剖析，积淀了中华民族最深沉的精神追求，集中反映了曲艺的风俗画卷。一代代精华积淀，又一代代弃旧图新，旧中有新，新中有根，是一部养心、增艺、修德的实用价值的百宝书。

一把金钥匙，开启曲艺之门

艺谚艺诀，多为传统艺人在长期艺术实践中获得的经验、感悟、心得、体会的凝练与结晶。那时大多曲艺人的生活没有着落，颠沛流离，捉襟见肘，历经盛衰荣枯、门庭冷落、惨淡经营，但窘迫的生活与生存环境，却没有能够阻止曲艺人对曲艺艺术的热爱与执着、忠诚和敬畏，他们在曲艺艺术的殿堂中游走历练和不断积累探索传承。经过大浪淘沙、岁月磨砺，流传至今的艺谚艺诀，依然闪烁着智慧的光芒。句句哲理深邃，精辟提振，启迪人生，感悟社会，不论过去还是现在，都有其永不褪色的价值，成为艺术殿堂中的瑰宝、从艺人的座右铭和创作者的方法论。

孙立生先生在艺谚艺诀中，按照自己对曲艺的理解，总结出曲艺各种不同行业、不同阶层人物的语言、动作、习惯的特点，"字清、情准、气匀、韵浓、板稳、腔顺""白眼珠子黑眼仁儿，说话就要有眼神儿；眼神儿看出心里的事儿，眼神儿是那说话的魂儿""嘴里有劲儿，心里有事儿；眼里有神儿，身上有范儿"，字里行间饱含着对曲艺人的鞭策和激励，每一句都闪

下篇

烁着智慧的光芒，流入心底化为前行的动力。这与他长期的多观察、多思考、多分析、多收集不无联系，他更多地用现代的思维去诠释如何创作，如何审美，如何表演，如何才能与观众打成一片，融为一体，得到更多的受众群体。我们有时在创作中苦于找不到好的方式，演员在表演中陷入苦恼，通过艺谚艺诀，如同得到一把开启心灵智慧的钥匙，顿感豁然开朗，茅塞顿开，模糊的概念明晰了，陌生的词语熟悉了，对专业术语的了解由门外汉成为行家里手，对书、扣儿、活、包袱、正活、外插花、书外书、评、风搅雪、净口等专业术语有了一定了解，说话不会说外行话，渐渐找到门路走上了正道。

艺谚艺诀作为中华优秀传统文化的重要组成部分，代表着中华民族独特的精神标识，是中华民族生生不息、发展壮大的丰厚滋养，蕴藏着取之不尽、用之不竭的精神力量，它根植在每一位中国人的心里，影响着人们的思想和行为方式，更是将曲艺人时刻铭记身上的职责，努力介入现实、影响现实。尤为重要的是，引导促使曲艺从业人员深入基层、体验生活，关注现实，从人民的伟大实践和丰富多彩的生活中汲取营养，在深入生活、扎根人民中进行无愧于新时代的文艺创造，为人民抒写、为人民抒情、为人民抒怀，讲好更多更好的中国故事，创作出传之久远的精品力作，话说在正理上，道走在正路上。

一把连心锁，融入曲艺之情

习近平总书记指出："中华优秀传统文化是中华民族的精神命脉，是涵养社会主义核心价值观的重要源泉，也是我们在世界文化激荡中站稳脚跟的坚实根基"。一句句艺谚艺诀，托物言志、寓理于情，言简意赅、凝练节制，形神兼备、意境深远，散发着沁人心脾的泥土芳香、摄人心魄的生活气息和回味无穷的隽永魅力，滋养丰富着人民群众的精神世界，积淀影响着中华民族的价值追求。把对曲艺人生哲理、感受感悟、从艺艰辛、追求信仰、功力功底，把对曲艺的挚爱倾注笔端，溢满心间。

"站如苍松滴翠，坐如玉树临风，心似春花怒放，目似故友重逢"，说书人的品德和品格，从艺者的道德素养和价值追求，以曲艺独有的幽默、含蓄方式去演绎情与理、爱与恨、悲与喜。"艺让艺术压着钱，别让钱压着艺术""功保艺，德保人""演员看艺德，无德艺难活""以声动人者，难以持久；以情动人者，地久天长""一遍拆洗一遍新""情要真，先抓心""说书唱曲劝人方""说透人情方为书"，雅中透着俗趣，俗中含着雅意，无不秉承中华优秀传统文化中讲仁爱、重民本、守诚信、崇正义、尚和合、求大同的价值基因，启迪我们深入生活，扎根人民，正确把握艺术提升和深入生活的关系，在人民群众的火热生活中汲取思想主题、表现内容，融入和传递着曲艺精髓，推动曲艺生态健康发展。"话是开心的钥匙""不隔语，不隔音，重要紧的是不隔心""一方水土一方民，还是乡曲最赢人"，道出了曲艺与生活最近，与群众最亲。"故事人人会讲，各有巧妙不同，疾徐快慢自如，道事叙理从容"，道出了从艺者的艺术智慧。

艺谚艺诀注入了深厚的文化底蕴和历史血脉，给我们从事曲艺工作者灌注了向上、向善、向真、向美的精神血脉，艺谚艺诀中穿透着对艺术的追求的敬仰，广大曲艺工作者要让曲艺的创作理论融进血脉里，融进情怀里，融进对曲艺事业的无比忠诚中，真正让艺谚艺诀闪烁艺术的光芒，用真情真言真心讲好时代的故事和强音，让艺谚艺诀渗透到我们的学习创作和生活中，使之成为一种经验智慧。

一座风向标，指明曲艺之路

艺谚艺诀在长期流传的过程中，经过民间艺人交流的语言表达，后加之文化学者的润饰，得以在传承中延续。表面上看，有些艺谚艺诀通俗易懂，但仔细斟酌又很难道出它的所以然来。孙立生先生从不同的角度，比较全面地反映出它的思想深邃和价值意义，含义深刻，意思新鲜，细致入微，给读者打开一个思路，让读者在具体的语言环境里得到艺术的享受和心灵的碰撞，促使我们要在艺术的传承和挖掘上下功夫，坚守艺术理想，充分发挥曲艺在立心铸魂、凝聚共识、激励斗志等方面的独特魅力和优势专长。

拜师在曲艺界是个老话题，拜师体现了我们中华民族崇尚尊师的传统美德，以及对传统文化精髓的挖掘和延伸。"各师父，各传授；各把戏，各变手""名家无定师""百炼不如一琢磨""师父领进门，修行在个人""两年胳膊三年腿，十年练不了一张嘴"，这些艺谚艺诀中，从拜师追求艺术，升华到社会责任、社会道德的高度进行剖析，通过一代又一代的师徒关系及艺术传承，论述拜师的意义，继承艺术的薪火，既照耀自己又温暖他人，更服务社会。拜师追求的是什么，是师父的名声、学识、修养，还是名与利、崇高的境界；是内在的魅力，还是外在的声望。拜师作为传承发展优秀传统文化、弘扬传统技法的一种重要途径，需要我们理性思考，认真对待。年轻人渴望从师父身上学到对艺术的敬畏和执着，对生活的积累和感悟，对人生的珍重和寄托。师父也希望把自己的艺术经验、生活经验、审美追求、对艺术的坚守传承下去。年轻艺人扎根基层的优秀品质，更重要的是学习师父坚守艺术的情操，让艺术生命之源奔流不息。

艺谚艺诀是中华优秀传统文化的重要组成部分，丰厚的优秀传统文化是曲艺艺术的"根"，也是曲艺工作者增强文化自信的力量源泉，不忘本来才能开辟未来，善于继承才能更好创新，在艺谚艺诀中锤炼自我，丰富自我，用坚定的文化自信，礼敬和践行优秀传统文化的价值信仰和道德审美体系，构建深厚的文化修养、培养高尚的人格魅力、淬炼文质兼美的曲艺作品，在为祖国、为人民立德立言中书写精彩艺术人生。

一块奠基石，夯实曲艺之基

面对曲艺高等教育不完善的现状，中国曲协着手组织编写曲艺教材，担当起中国曲艺学科建设的神圣使命和重任，让曲艺学科真正走进高校，这是一件史无前例的大事。曲艺学科进校园，引导大学生学习中华传统文化，熟悉热爱经典，深化中国文化的根基意识，具有特殊的意义。

艺谚艺诀体现了曲艺的历史性和继承性，蕴藏着曲艺的文化自信，潜移默化把一种乡愁凝练在里面，让这种文化传统根植于人们的思想，唤起美的记忆和留恋，彰显了对中华优秀传统文化的继承，对曲艺文化价值和功能的认知，对曲艺艺术生命力和创造力的信心；艺谚艺诀体现了曲艺的开放性和时代性，譬如曲艺与诗词中"山重水复疑无路，柳暗花明又一村""行到水穷处，坐看云起时""踏破铁鞋无觅处，得来全不费功夫"，曲艺与音乐"字是骨头，腔是肉，板是老师傅""未成曲调先有情""歌一曲相思无限，行万里神韵难忘"。曲艺与戏剧"说书虽小道，事事有根由""千心万脏，肚内文章""少到多，多到少，少到好，演活了"。曲艺与舞蹈"包子好吃不在褶上""展己之长，掩己之短""嘴要在板儿上，做要在点儿上，绝招要使在节骨眼上上"曲艺与书法"有人有事儿，有情有趣儿，还要有劲儿""音调要准，板式要稳，风格要浓，爱憎要狠""口唱一句，心唱十句"，曲艺与美术"唱雨有雨，唱风有风，你若唱的是庙上敲钟，耳朵就得听见山外嗡嗡"等都形象表达出曲艺与之有着各自特殊功能，重生活、接地气、亲百姓、连民心，使群众在欣赏和参与中得到乐的愉悦、情的熏陶、智的启迪、美的享受；艺谚艺诀又以一种通俗易懂的方式展现，形成独特的曲艺学科，体现其特有的哲理性和专业性。

艺谚艺诀这些鲜明的特点、特性和特质，为当代大学生架起接触传统文化、体验曲艺审美的桥梁和纽带，使中华民族优秀的传统文化、艺术精神得以传承和发展。笔者坚信，曲艺学科走进大学，经过系统的学习培养，从艺谚艺诀中感悟中华传统文化的精髓，从艺谚艺诀中学到前人留给我们的宝贵财富，使学生的价值观、人生观、艺术审美和专业技能等都有一定的长进，使他们能够健康快乐地成长，走向社会之后，带着前人的教诲做一名合格的曲艺艺术工作者和传承者，这将是高校设立曲艺学科的意义所在。

409

形成曲艺学科，建立中国曲艺学学科是文化界、学术界、教育界、曲艺界的共同心声，是几代曲艺人特别是老一代曲艺家梦寐以求的夙愿，更是我们当代曲艺工作者真挚迫切的呼声。《中华曲艺艺谚艺诀和专业术语》的出版发行，回应呼声，顺应潮流，在扎根生活、心向未来、情系百姓的曲苑中，增添一本增艺养心修德的百宝书。笔者在此仅代表自己，真诚感谢孙立生老师的辛勤付出！

（本文发表于 2021 年第 2 期《曲艺》杂志）

下
篇

追求艺术生命的绿色

拜师在曲艺界是个老话题，体现了中华民族崇尚尊师的传统美德，以及对传统文化精髓的挖掘和延伸。拜师不仅是外在现象，更是一种文化、精神的传承。近日拜读了炜熠署名文章《有感而发话拜师》一文，感受颇多。作者站在时代的高度，对于拜师进行了深刻的论述。可谓观点鲜明、论据充分、说理得体、耐人回味，不失是一篇好文章。

分析透彻，秉持理性。作者通过对传统艺术的挖掘，深刻揭示拜师的意义。广征博引，依托材料，引出中心话题，无宗不立，无师不传，无徒不继。从拜师追求艺术升华到社会责任、社会道德的高度进行剖析，通过一代又一代的师徒关系及其传人，论述拜师的意义，继承艺术的薪火既照耀自己又温暖他人也服务社会。拜师追求的是什么，是师父的名声学识、修养，还是名与利、崇高的境界？是内在的魅力，还是外在的声望？全篇充满时代气息，选择材料很有广度，时代脉络清晰别致，说理可谓水到渠成，逻辑思维严谨科学。

论据充分，运用灵活。文章全篇没有刻意说教，而是提出自己的观点，娓娓道来。详细阐述了拜师门派严谨，规矩严格，揭露了旧社会拜师存在的糟粕和陋习，披露了市场经济条件下拜师的几种场合和现象，同时举出感人至深的两个拜师例子予以弘扬，前后正反对比，提出自己的观点，既简洁又富有新意。

结构清晰，意蕴隽永。曲艺是百艺之母，在过去漫长的历史与文化发展长河中，曲艺不仅以其自身的独特魅力滋育和涵养着我们祖先的精神与心灵，而且以其深厚蕴藉的文化传统，孕育催生了富有鲜明中国气派与特色的文学体裁样式和几乎所有的地方戏曲剧种。《有感而发话拜师》整篇文章没有居高临下的说教之气，有的是耐人寻味的合理分析，尤其对今后如何拜师上提出了六点主张，这样不仅有理性上的见解和思路，而且行动上具有可操作性。铸就了文章的灵魂，颇具哲理，意味深厚。

曲艺既要代代守候，更需要薪火相传。拜师作为传承发展优秀传统文化、弘扬传统技法的一种重要途径，需要我们理性思考，认真对待。年轻人渴望从师父身上学到对艺术的敬畏和执着，对生活的积累和感悟，对人生的珍重和寄托；师父也希望把自己的艺术经验、生活经验、审美追求、对艺术的坚守敬畏发扬光大。这是一种社会责任感的体现，承载着曲艺人德艺双馨的价值追求和美学传统。

味是曲艺的生命，曲艺艺术生命的丰富多彩镌刻着虔诚的信仰和追求，在追求中享受着快乐，在信仰中蕴积着能量。追求曲艺生命的绿色，不仅需要我们自觉加强思想道德修养，树立以人民为中心的创作导向，摒弃曲艺传承发展中的糟粕因素，充分发挥"师父"的影响力、感召力、人民性，扎根基层的优秀品质，更重要的是学习"师父"坚守艺术的基因长青，让艺术生命之源奔流不息。

今天，我们进入一个文化大发展、大繁荣的时代，社会的包罗万象无不拨动着我们的心弦。站在时代的高度，我认为，要让拜师成为艺术的源头活水，其价值体现就该深深扎根于生活当中，扎根于人民当中，认真挖掘，不懈探索，张扬思想，展示个性。唯此，我们的生命光华才会绚丽多姿，我们的人生价值才会更有意义。

（本文发表于 2015 年第 7 期《曲艺》杂志）

411

下
篇

《曲艺》注解靓丽的人生

　　回顾《曲艺》走过的道路，极不平凡，它能有今天的辉煌，靠的是不断继承和创新，在继承和创新的对立统一中，拥有活力，保持锐气，跨越历史，走向未来。

　　《曲艺》厚积薄发，弦音不绝、诵唱不断，调节着曲艺人的生活节奏，陪伴着曲艺人的生命历程，在饱含深情和期望中经历春的盎然，夏的明媚，秋的收获，冬的洁净，嫁接着今天的枝繁叶茂，硕果累累，拥有了今天庞大的读者群。曲艺人徜徉在《曲艺》的天地中，或抒发，或吟咏，或讴歌，把贴近百姓，贴近生活，深接地气的作品呈现在群众面前，融入社会正能量。

　　在《曲艺》的陪伴中，我一天天进步，一天天成长。从一名曲艺爱好者到第八届中国曲艺牡丹奖获得者，我认为是《曲艺》给我搭建了展示人生价值的舞台，是《曲艺》编辑的厚爱有加，悉心呵护让我挥洒着曲艺的魅力人生。改版后的《曲艺》杂志更加注重艺术性、思想性、趣味性的凝练统一，更加注重读者的欣赏审美和愉悦鉴赏。尤其编辑每期都有每期的重点策划，每期都有每期的核心话题，这是一个突破，就是把曲艺最前沿，最关注的主题展示给读者，让大家多思、多想、多积累，多品味，让大家行走在曲艺艺术的长河中，感知、感悟、感想，从中领略《曲艺》的心路历程和曲艺艺术的价值魅力。作品平台栏目，不仅让大家洞察到创作者的心灵流动，表演者的舞台互动，更能感悟评论者的匠心独运，真知灼见，一一带着我们徜徉在曲艺艺术的百花园中采撷绚烂多姿的花朵。

　　最后，衷心期待《曲艺》杂志越办越好，犹如七彩的霓虹，化为天空最靓丽的景观！

（本文发表于 2014 年第 12 期《曲艺》杂志）

新时代视野下如何彰显曲艺魅力巩固曲艺名城

——长治市创建"中国曲艺名城"的实践与思考

长治位于山西省东南部，地处晋、冀、豫三省交界处，平均海拔 1000 米，有"与天为党"之说，故又称上党。这里关山伟固，山河壮丽，宋代大诗人苏东坡曾作诗赞叹，"上党从来天下脊"。全市现辖 4 区 8 县和 1 个国家级高新技术开发区，总面积 1.39 万平方公里，总人口 345 万。长治是华夏文明的重要发祥地之一，中华典籍中记载的精卫填海、女娲补天、羿射九日、愚公移山等传说均发端于长治，中华民族始祖炎帝神农氏曾在长治尝百草、兴稼穑、开农耕文明之先河。长治是全国著名革命老区，是伟大的太行精神的孕育之地，被誉为"八路军的故乡"、"子弟兵的摇篮"。长治好人辈出，文明成风，先后涌现出"共和国勋章"获得者、全国第一至第十三届劳动模范申纪兰、全国第一枚"白求恩奖章"获得者赵雪芳、"感动中国"十大人物段爱平、全国公安系统爱民模范申飞飞等一大批英雄模范人物，中央文明办领导盛赞长治"是一座君子之风扑面而来的城市"。可以说，习近平总书记所强调的中华优秀传统文化、革命文化、社会主义先进文化，在长治都得到很好的传承和体现，也是弘扬繁荣曲艺艺术的重要文化基础。

"地域文化的书写，大多都有一方水土作为创作资源和文化支撑，其特色与气质是独特的东西，是寻常不见却又无处不在的，并且是可以真切感受的，于表象存在，于深层抽象。"长治曲艺源远流长，孕育于两晋，产生于盛唐，成熟于明清，千百年来薪火相传，生生不息。在历史发展的长河中，虽然这块兵家必争之地屡遭战祸天灾，但中原历史文化的熏陶、北方民族文化的浸染为长治的民间说唱艺术发展奠定了有利的条件，长治自古堪称"曲艺之乡"。现在，流传于这一地区的民间说唱曲种如各种鼓书、琴书、三弦书、道情、评说、钢板书等，都具有悠久的历史，也都是上党地域文化血脉的传承。长治在全国曲艺界和中国曲艺发展史中占有重要位置。

近年来，长治市委、市政府认真贯彻落实习近平总书记关于文化建设的一系列重要讲话精神，准确把握长治曲艺艺术千年传承、种类繁多、特色鲜明、影响广泛的传统优势，准确把握新时期曲艺承担的任务和使命，在中国曲协的大力支持和指导帮助下，大力传承长治曲艺文化、不断繁荣长治曲艺事业，有力提升了长治文化魅力，增强了地域文化自信，推动了长治地方发展。截至目前，长治举办过 1990 年"长治杯"全国曲艺大赛，在 2008 年、2010 年、2014 年、2016 年、2018 年、2020 年分别作为第五届、第六届、第八届、第九届、第十届、第十一届中国曲艺牡丹奖全国曲艺大赛的分赛区，2012 年举办第五届中部六省曲艺大赛，有潞安大鼓《割肉还娘》《中国梦》、襄垣鼓书《水》、长子鼓书《腊月天儿》《山西面食》《马街赶会》《起乳名儿》《常回家看看》《小两口回娘家》等多部作品荣获奖项。长治曲艺现在保留下来的曲种有 33 个，全市共有 4 个曲种被收入国家非物质文化遗产名录，沁县、上党区、长子县三个县区被中国曲协命名为"中国曲艺之乡"。特别是在中国曲协和省文联、省曲协的大力支持下，长治市于 2015 年 5 月成功申创"中国曲艺名城"，成为全国第一家获此殊荣的城市。

一、曲艺发展战略

长治曲艺如此受到社会喜爱，如此受到社会广泛关注，如此不断繁荣和发展，主要做法有以下几个方面。

（一）谋划长远发展，定曲艺"顶层设计

长治市委、市政府将发展繁荣长治曲艺纳入长治市《国民经济和社会发展第十三个五年规划纲要》和市委、市政府工作报告中，明确提出要加强优秀传统文化传承体系建设，深入挖掘、保护、传承非物质文化遗产，重点开发曲艺文化类的旅游商品，形成了一整套保护传承长治地方曲艺的"顶层设计"方案。制定出台曲艺保护、传承和发展的政策措施，对民间各类曲艺曲种，在组织、财力、物力上，都采取了倾斜扶持政策；建立健全了曲艺保护开发传承机制，由财政划拨专项资金对濒临失传的曲种进行扶持保护；对 60 岁以上民间艺人实施文化低保；对于周末大剧院曲艺专场惠民演出，政府每场给予一定的补贴；在每年的全市宣传思想文化工作会议上，都要对曲艺工作作出专门部署，从曲艺精品创作、曲艺人才培养、曲艺演出市场培育、曲艺对外交流等方面制定明确具体的措施办法，并从核心价值观培育、精神文明创建、文艺精品创作、文化产业发展、对外宣传等各个方面努力渗透扩大曲艺文化

的影响力。

（二）借助各类平台，让曲艺"全面开花"

长治市积极推动曲艺创作和演出融入核心价值观培育、城市形象塑造、对外文化交流等重点工作，让曲艺在各类重大节庆、重要活动、重要媒体中发声亮嗓、大显身手。在第九届中国曲艺节，第五届、第六届全国道德模范故事汇巡演，"通州杯"全国曲艺小剧场新作展演，"嘉定法宝杯"讲好中国法治故事全国曲艺展演等一系列全国赛事和展演中，长子鼓书《山西面食》《慈母大爱》《大嫂》《起乳名》《"小米县长"》《大山卫士》《闹红火》《马街赶会》《带娘改嫁》《惊梦》《腊月天儿》《长治美》《精卫填海》《跨国捐献》、长子钢板书《端午节》、长子道情《出山》、潞安大鼓《好婆婆》《中国梦》《我家不是贫困户》《合磨》《奇巧》《秋兰探夫》、沁州三弦书《十七棵松》《春风吹绿芦花岭》《花馍情》《笑声飞出刘家坪》《大山头雁》《好支书龚来文》《抢铜钱》、武乡琴书《逐梦放映》《巧安排》、壶关鼓书《师徒交锋》等作品喜获丰收，获得嘉奖。这些作品贴近生活，反映人民生活，说唱老百姓身边的人和事，赢得观众的喜爱和专家的好评，充分彰显了长治曲艺的魅力。长治曲艺作品精彩纷呈，全国展演处处开花，无论走到哪里，都把"中国曲艺名城"品牌宣传到哪里，无论走到哪里，都把曲艺人追求艺术的执着展示到哪里，叫响了"中国曲艺名城"的品牌

（三）强化保护传承，让曲艺"根深蒂固"

一是对优势曲艺资源进行整合，以长治市主要曲种的领军人物为依托，在全省率先组建了长治市曲艺团，集中优势力量开展对外演出、文化交流、创作辅导和人才培养。二是加强曲艺类别的非遗保护传承。向省文化厅、省群艺馆申请专项资金，对全市非遗曲种和传承人进行了集中培训。市曲艺家协会常年深入基层对各县市区曲协组织进行创作培训辅导，推出了一批地方特色浓郁的曲艺精品；积极举办长治首届民间艺术节，挖掘展示长治曲艺资源；加大优秀曲艺作品的创作力度，着力打造传承传播长治曲艺的文化品牌。三是精心组织曲艺艺术"进校园"、"进课堂"。在中小学专门开设曲艺培训班，坚持每周授课，由曲艺老艺人担任辅导员，编写专门教材，面对面进行教学演示，让青少年学生接受曲艺知识普及。在长治市上党区、沁县、长子县3个"中国曲艺之乡"，少儿学曲艺、爱曲艺、演曲艺已经蔚然成风，

形成了稳定的传承局面。四是积极融入特色文化和旅游景点。以"一带一路"的先驱者、西天取经第一人法显的事迹为素材，精心打造了"一带一路唱法显"系列曲目，用长子鼓书、潞安大鼓、武乡琴书、沁州三弦书等 4 个曲种形式在仙堂山展演。精心编排了武乡琴书《送子参军》《一双布鞋》《红星杨》等红色曲目，常年在太行八路军纪念馆展演，实现了曲艺艺术和文化旅游的完美融合。

（四）实施人才培养，让曲艺"根脉常青"

一是抢救保护濒临失传的县域小曲种。对濒临失传的县域小曲种采取抢救性保护措施，组织相关专家、学者、老艺人认真探讨，反复推敲，悉心把脉，破解生存发展和繁荣路径。组织专家开展专项调研，召开专题研讨会，使大批传统曲艺项目得以沿袭与传播。二是大力挖掘、培养、选树地方曲种非遗保护传承人，造就出一大批德艺双馨、能够真正带徒传艺的民间曲艺家。每年定期举办全市曲艺优秀人才评比，开办曲艺优秀人才讲习班，举办曲艺创作座谈会、曲艺新作分析会、征稿会，先后培训曲艺作者 200 余人。三是举办曲艺大赛。通过举办各类曲艺大赛推出新人新作，围绕出精品、出人才的目标，坚持曲艺征集与曲艺表演相结合、曲艺创作与曲艺表演相结合、曲艺表演与曲艺评论相结合"三合一"原则，环环相扣搞活动，讲究实效办赛事，为曲艺人才的成长和进步提供了施展技能的平台，形成了人才活力竞相迸发的局面。四是传承优秀传统文化。依托周末大剧院、惠民曲目展演、文艺下乡、传统节事表演等具有群众基础和地方特色的文化活动，传承优秀传统文化，普及曲艺知识，发现培养草根人才。

特别是 2020 年，面对新冠肺炎疫情的影响，作为"中国曲艺名城"、"中国曲艺之乡"的长治市的曲艺工作者们纷纷行动起来，用曲艺的形式为打赢这场没有硝烟的战争做贡献、鼓信心、聚力量，创作出一大批讲得清、听得明、鼓舞人心传递正能量的曲艺作品先后创作曲艺作品 30 余篇。长子鼓书《夫妻出征》《赢得中华艳阳天》《战疫奇逢》《再书传奇壮河山》《武汉，我来了》《把红旗插到最前沿》《众志成城渡难关》、潞安大鼓《众志成城抗疫情》《众志成城战瘟神》《风雨过后见彩虹》等分别在山西曲协、山西文艺微矩阵、曲艺杂志融媒体、曲艺网等微信公众号平台以及山西文艺网、山西日报、山西晚报等媒体刊发，并有多个节目在"学习强国"平台展播，以特有的方式表达着长治对防控疫情的关切与支持，为所有逆行者英雄祝福，为抗击疫情做好曲艺人的责任和担当。

在充分认识成绩的同时，我们也清醒意识到，我们所做的工作、取得的成效，与中央和省、市委推进文化繁荣发展的工作部署相比，与中国曲协推进曲艺工作的高标准、严要求相比、与其他"中国曲艺名城"、"中国曲艺之乡"的突出成就相比，还存在明显差距和不足，需要继续努力。

二、长治曲艺未来发展对策

（一）上下联动，切实加大政府层面扶持推进力度

各级政府在曲艺人才培养方面应制定出台专门扶持政策、建立长效机制、设计顶层制度、深化机制体制创新、切实抓好已经出台扶持的政策的具体落实，在资金投入、普及教育、考核认证、搭建平台、鼓励激励、评优树优等方面做实做好，并将曲艺人才培养工作纳入整体文化事业发展综合考评体系，纳入各级文化行政主管部门及行业协会组织年度考核指标体系，以此来引导、推动曲艺人才培养工作有机联动和整体推进。各级政府和文化部门要采取各类优惠和扶持办法，通过政府购买、财政补贴等形式扶持曲艺演出，积极推动曲艺表演和各类节庆节事活动、旅游产业项目融合发展，提升曲艺艺术的知名度，培育繁荣曲艺演出市场。

（二）筑牢根基，进一步加强曲艺队伍建设力度

曲艺要发展，人才是关键。要研究制定长治市曲艺人才培养规划，在巩固现有曲艺从业人员规模的基础上，有计划地在青少年中发掘培养曲艺人才，形成科学合理的曲艺人才梯队结构，做到人才不断档、队伍有活力。要对不同曲种的优秀传承人员进行重点扶持、重点培养，依托演出团体、文化站室、节庆活动，建设一批曲艺创作基地，打造一批曲艺传习场所，厚植曲艺文化土壤，用曲艺滋养民族情感，诠释时代精神，培养弘扬社会主义核心价值观，凝聚发展能量，以正能量、正趣味、正形象、正效益满足多元化、多层次的社会精神文化需求和大众审美需求，为推动地方发展、建设美好家园营造良好的精神文化氛围。

（三）顺应时代，要进一步加强曲艺精品创作力度

创作生产优秀作品是文艺工作的中心环节。要充分发挥当代中国文学艺

术创作工程引领创作方向、整合创作力量的作用，聚焦现实主义题材，围绕重要时间节点，加强规划指导和组织化推动，要发挥艺术优势，创作文艺精品，要研究并重视观众的审美需求，努力为人民发声；还要坚持正确的导向，保持艺术引领作用。推出一批思想精神、艺术精湛、制作精良相统一的优秀作品，引导艺术家用最大真诚抒写新的时代、奉献人民群众。要鼓励传统曲目在扬弃继承的基础上重新编排，进入现代演艺市场，推动各类地方曲种、民间演出队伍走差异化、特色化、自主发展的道路，打造更多适应市场需求、体现地域风情、创作出接地气、带露珠、冒热气的曲艺作品，努力打造高素质的曲艺队伍、不断开拓创新，为繁荣发展社会主义文艺事业奉献智慧和力量。

（四）合作联合，进一步深化对外文化交流力度

曲艺发展的道路一定要遵循曲艺的艺术规律，汲取前人的成功经验，同时用好"中国曲艺名城"品牌，加强中国曲艺名城的交流学习。比如，2018年央视元宵晚会节目《看今朝》，讲述精准扶贫政策下，人民逐渐脱贫致富，奔向新时代的主题。节目将苏州评弹和陕北说书巧妙结合到一起，一边是江南水乡的吴侬软语，一边是黄土高原的高亢豪迈，一个是高亢豪迈，一个是轻弹浅唱，一方是粗犷激扬的陕北汉子，一方是温婉柔美的江南女子，羊皮坎肩与旗袍搭配的曲艺表演形式，在历史上也是从未有过的，是一次大胆的尝试，碰撞、融合、突破，最终达到"一柔一刚，相映成辉"的效果。在今后的交流学习中，也可以让长治的鼓曲和大连西岗、四川彭州、上海嘉定、江苏张家港等中国曲艺名城的曲种进行融合尝试，推动长治曲艺走出去，在更大范围、更高层次扩大影响，展示风采；鼓励和组织各种曲艺演出队伍走出去，充分利用承办和参加中国曲艺牡丹奖大赛的机会，锻炼队伍，提升自己。

曲艺是中华大地上滋生的说唱艺术，是中华优秀传统文化的组成部分。曲艺元素渗透于百姓日常生活中，伴随着人类生存发展而生存发展。文化延续着一个国家和民族的精神血脉，既需要薪火相传、代代守护，更需要与时俱进、勇于创新。"中国曲艺名城"是一个拥有丰富的文化底蕴和曲艺资源的标志品牌，具有实践指导和引领示范的重大作用，在全国享有很高的声誉，在国际、国内具有较强的影响力和美誉度。我们要以创建"中国曲艺名城"为新的起点，高标准，严要求认真扎实地做好我们的工作，一方面，要始终坚持以人民为中心的创作导向，坚持雅俗共赏的原则，及时了解和掌握人民

群众的文化需求，创作接地气、带有原生态芳香的作品，反映好人民群众主体地位和波澜壮阔的现实生活；积极打造曲艺常年为民活动阵地，让老百姓随时看到曲艺，打造曲艺文化，在欢声笑语中愉悦审美情趣，提高欣赏的乐趣，让传统曲艺在新时代中找到生生不息的原动力，共同推动曲艺事业的新发展，把中国曲艺名城这块金字招牌擦得更亮，闪烁时代的光芒，让"中国曲艺名城"的文化品牌在中华大地上芳香遍野、美名远扬！

（本文发表于 2021 年《曲艺》杂志中国曲艺名城发展战略联盟专辑）

下
篇

汲取生命的源泉　采撷最美的故事

　　建党百年路，奋斗新征程，曲艺绽芳华，上党沃土香。从事曲艺创作已有 20 多年，从小热爱曲艺是因为生活在这片沃土中，亲眼目睹长治的巨变，人民精神的丰盈。在时代的巨变中，应运而生众多曲艺作品层出不穷，歌颂生活之美，演绎时代巨变。多年的创作情怀一次次被革命老区的故事所点燃，所感动，更多是自觉在作品中溢流出这片沃土中孕育而生的活态因子，在这片沃土中生根发芽开花结果，散发出芳香的气味。我在感悟时代的变迁，演绎时代的巨变，在一部部作品的背后，讲述发生在长治美丽的乡愁和最美的故事……

沁州三弦书《十七棵松》，诠释红色故事的信仰之美

　　红色题材是我这些年一直关注的主题，因为，红色题材和革命故事凝聚着革命者坚定的信念，不屈不挠的斗争意志，党领导中国人民进行艰苦卓绝的历程中涌现出千千万万的英雄人物，其中有普通战士和支前模范，虽然牺牲了，埋没了姓名，但称得上中华民族的脊梁，是我近几年所花笔墨、投入精力很多的地方。我最大的收获就是置身于生活中汲取灵感，从生活中汲取养分，从生活中挖掘鲜活的语言。用自己擅长的曲艺形式，推出更多描绘时代风貌、展现时代精神的优秀作品，把当代中国的精彩故事讲出来、讲精彩，把当代中国人的精神展示好、传播开。这是精神家园的回归和熏陶，这是灵魂的洗练和陶冶。

　　2016 年 9 月 22 日至 29 日，纪念红军长征胜利 80 周年之际，我随中国曲艺家协会赴广西、湖南、江西三省开展"深入生活、扎根人民"曲艺名家新秀"重走长征路"采风创作主题创作实践活动。行程数千公里，重走长征路、探寻革命旧址、查阅党史资料、倾听苏区故事，送欢笑慰问演出。这次重走长征路给我印象最深的是红都瑞金，当年瑞金参加革命的有 49000 多人，其中参加长征的有 31000 多人，为革命捐躯的有名有姓的烈士达到 17166 人，其中牺牲在长征途中的烈士有 10842 人。如今的瑞金拥有 180 余处红色旧居旧址，10000 余件珍贵的革命历史文物。睹物思情，心中激荡。红军桥、红

军帽、红军井、红军烈士纪念塔等一个个红色遗址深深定格在我的脑中，八子参军、十送红军、华屋 17 棵青松、陈发姑一生守望等感人心脾的红色故事穿透着我的内心，震撼着我的心灵，我用自己的真情实感投射到可敬的红军战士中，创作出沁州三弦《十七棵松》。

《十七棵松》选取发生在江西华屋的真人真事，十七名报名参加红军的青年临行前种下了十七棵青松，学青松挺拔不当叛徒和逃兵，也为亲人留下念想，更留下红军必胜的信念。十七棵青松郁郁葱葱，十七个年轻鲜活的生命永远留在了革命征程上。感人的故事永远镌刻着信念的永恒。"青松就是儿子的影，青松连着咱母子情，想儿望青松与儿诉真情，思儿抚青松温暖儿心胸。盼儿吻青松母子骨血涌，念儿抱青松声声寄深情。"（《十七棵松》）"十七棵青松成风景，十七棵青松祭英灵，十七棵青松寓信念，十七棵青松展雄风。"通过一步步的长征路，一部部的长征主题作品，感受长征精神带给我的无穷动力，感悟长征精神带给我的洗礼震撼，感到长征精神对我人生的价值信仰，以此体验生活和感悟生活的联结，用生动的语言揉进曲艺的情怀中，融进艺术的敬畏中，融进生命的注解中。后来又陆续创作出武乡琴书《娘心》《狗小名片》《守望》等一系列作品。

长子鼓书《"小米县长"》，感悟老区的美丽蜕变之美

2017 年 1 月，我受山西省委宣传部委托，创作长子鼓书《"小米县长"》参加全省"精准扶贫"主题曲艺作品全省百场巡演活动。脱贫攻坚是我们这个时代的大主题，我们要善于利用曲艺表演短平快的特点，创作出一批助力脱贫攻坚的文艺作品，为脱贫攻坚服务，而且要求我们长治的曲艺工作者，和山西省曲艺团共同在长治进行扶贫巡回演出。随后，我以派驻武乡挂职县委常委、副县长的扶贫干部张志鹏为原型创作了长子鼓书《"小米县长"》。张志鹏为武乡的小米做代言，帮助群众把积压的小米都卖了。

为了创作生动的人物形象，我实地到武乡县蟠龙镇采访张志鹏，张志鹏对我讲"我到岗 2 个多月，就被这里的革命情怀深深感动。武乡是革命老区，有八路军故乡之誉。八路军总部机关曾 5 次进驻武乡，开国将领中 5 位元帅、5 位大将、19 位上将、49 位中将、300 位少将，都曾在此工作、战斗过。当时仅有 14 万人口的小县，就有 9 万多人参加了各种抗日救亡组织，有 2 万多

人为国捐躯。老区人民为新中国献出了亲人和鲜血，不能再让他们看着积压的农产品伤心！我承诺，在我挂职期间，将不计较任何个人得失，打造出武乡小米品牌，并为其他农产品找到出路，为老百姓做点实实在在的工作，为武乡发展尽力。"采访的过程也是我精神受感染的过程，我被张志鹏的事迹所感动，我为革命老区淳朴的乡情所感染，记下来，我采访了贫困户在小米卖出去后的喜悦之情，我在感受这一个个动人的故事，也把动人的故事用最接地气的语言编创出来，"武乡小米旱地里长，阳光照耀干梁。冬天暖，夏天凉，一年四季没有霜。天然生长纯绿色，被誉为太行山上珍珠黄。金珠子，金珠王，金珠不换武乡黄。颗粒圆，晶莹亮，吃起来软绵满口香。熬稀粥，做焖饭，不就咸菜也很香。小米生在红色地，小米加步枪美名扬。"这样，唱词容易记，演员容易演，群众也容易理解接受。为了让作品充满思想，在小米的叙述中我写道"想当年：小米滋养了八路军，化为思想放光芒。小米把神话来缔造，小米是老区的骄傲和荣光。小米把历史的结晶来冶炼，小米是父老的骨血永流芳。到如今，却面对着小米泪千行。却面对着小米心凄凉。国资委派我来扶贫，就要把责任来担当。如果是挂职县长难胜任，定会让老区人民戳脊梁。"在采访中，张志鹏的事迹深深打动了我。作品接地气，才有生命力。脱贫攻坚用曲艺发声，脱贫攻坚传递一片真情。脱贫攻坚，用青春热血书写奉献，精准扶贫，用奉献丈量大地葱茏。

长子鼓书《"小米县长"》全省巡演后，社会反响强烈，受到群众的高度赞扬。也使我深深感受到，上党大地绚烂多彩的变化，让红色老区发生了巨变，这种巨变诠释了共产党与人民群众的血肉联系，也让我在从事创作中捕捉到闪光点，让作品和时代相共鸣，与人民群众心相连，更重要的是把波澜壮阔的脱贫攻坚场面记录下来，传播下去，宣传出去，带动一大片，形成一种合力效应，感悟上党大地美丽的蜕变。

《最后一笔党费》，演绎劳模价值的风采之美

道行天下，德行万里。我们长治的故事很多，也很精彩，置身于革命老区，深感一个故事就是一面道德旗帜，一个故事就是一支道德标杆。透过一个个故事，无不感到劳模身上充分体现了中华民族的优良传统美德，集中反映了社会进步的时代潮流。在上党大地这块厚重的土地上积蓄文明的高度、道德

的厚度。带着由衷的敬佩，我继续在上党大地上寻觅那感动的一幕和时光的定格。

举精神旗帜、立精神支柱、建精神家园，是当代中国文艺的崇高使命。讲好中国故事，用思想、道德、信仰、温暖、温情，与人的心灵对话，渗透到我们的生活中，使之成为一种实践的智慧。同时，徜徉在生活的长河中，坚定了我为时代放歌、为人民抒情、为曲艺奉献的信心和决心。无论在何时，无论到何地，无论走多远，无论跨多高，都始终不离开脚下这片热土。作为一名曲艺工作者，我们必须把自己的命运和时代的命运紧密融为一体，把自己的人生追求和时代的发展、人民的命运融为一体，把自己对时代的感悟、对人民的热爱化为对曲艺艺术的不懈追求。

春风化雨总有时，脚踏实地待芳菲。在党的怀抱里，在曲艺的百花园里，我将继续踏着时代的步伐，脚踩深沉的土地，和人民不离不弃，和生活交相辉映，和艺术激情渲染，和时代同步前行，在新的历史起点上砥砺前行，拿出勇气，拿出干劲，不忘初心，牢记使命，勇于担当，继续前进，讲好长治可歌可泣的感人故事，在新时代的宏阔画卷上绘就更加辉煌的图景，大踏步迈向更加美好的未来，以优异的成绩向建党 100 周年献上一份厚礼！

下
篇

晋风晋韵震京城　晋情快乐放歌声

——"晋情快乐"山西曲艺专场演出获得圆满成功

　　枫叶似火，果树飘香，在浓墨重彩的秋日画卷里，我们收获了欢声笑语。9月17日至26日，由中国文学艺术界联合会、中国文学艺术基金会、中国曲艺家协会等单位共同主办的"向人民报告——庆祝新中国成立65周年暨说唱中国梦优秀曲艺节目展演"在北京民族文化宫大剧院拉开帷幕。

　　9月20日，由山西省文学艺术界联合会、中共长治市委宣传部主办，山西省曲艺家协会、山西省鼓曲专业委员会、中共翼城县委、县政府承办的向人民报告——庆祝新中国成立65周年暨说唱中国梦优秀曲艺节目"晋情快乐"山西曲艺专场作为本次演出第四场登场的专场表演，山西曲艺的120位演员以他们的精彩演出，送上对祖国人民的一片深情，让现场来自全国各地的上千名观众近距离领略到富有浓郁山西地方特色的曲艺魅力。

　　中国文联党组成员、副主席夏潮、中国曲艺家协会主席、著名相声表演艺术家姜昆、中国曲艺家协会分党组书记、驻会副主席、秘书长董耀鹏、中国曲艺家协会副主席、山西省文联副主席、山西省曲艺家协会主席马小平、中国曲艺家协会副主席、浙江曲艺家协会主席翁仁康、中国曲艺家协会副秘书长曲华江、黄群以及在京工作过的山西籍老领导等观看了演出。

曲种丰富溢飞扬，高潮迭出绽芬芳

　　飞过千山万水，红遍大江南北，巧手拨动琴弦，乡风乡韵最美。随着剧场一曲曲悠扬的曲韵飘然而出，展现在首都人民面前的是和风和韵唱响的一曲曲盛世和谐的华彩乐章；欣赏的是源于生活、高于生活接地气贴着百姓心坎的地方曲种；品味的是一曲曲广为流传、脍炙人口的经典名段，还有飘荡在曲艺之乡的天籁之音和那荡气回肠的檀板声声。

　　首先，翼城说唱《鼓舞中华》闪亮登场，导演以"翼城琴书"的音乐曲牌为线索，揉入"翼城花鼓"和"浑身板"的曲牌节奏，创作了《鼓舞中华》，既保留了"琴书"的悠扬婉转，又兼顾了"花鼓"的铿锵有力，更不失"板"

的清脆空灵，将翼城县的三大文化品牌有机结合，别具特色。风格淳朴、节奏欢快，动作奔放、情绪热烈，具有"气势逼人似猛虎，神态逗人像顽猴，灵巧多变姿态美，铿锵有力快节奏"欢腾的锣鼓敲起来，清脆的木板打起来，奔放的舞蹈跳起来，悠扬的琴书唱起来。在独具特色的翼城方言说唱中，《鼓舞中华》向全国人民展示了翼城"唐晋文化"的风采。演员们激情澎湃的表演，活力四射的跳跃，优美动听的演唱，开场就牵动观众的情绪，把大家带入兴奋的现场。

接着，获得第八届中国曲艺牡丹奖新人提名奖刘新丽表演的潞安大鼓《秋兰探夫》唱腔如泣如诉，感情细腻奔放，声情并茂，句句动情，声声流泪，让人对深明大义的妻子发出由衷的赞叹。

栗四文、王贝贝、赵丽芳表演的沁州三弦书《笑声飞出刘家坪》饱含深情。沁州三弦书，又名"老州调"，源于明末清初，流传于山西晋东南的沁县、武乡、沁源、襄垣以及晋中的左权、榆社、晋南的安泽、浮山等地。由于起初只用三弦伴奏，因此称之为"三弦书"，而它的最初流传地位于明末时期的山西沁州，因此称之为"沁州三弦书"。获得第八届中国曲艺牡丹奖节目提名奖的沁州三弦书《笑声飞出刘家坪》，讲说的是一个远近闻名的先进村——刘家坪，在支村委研究修建养老院解决空巢老人养老问题，反映了农村党员干部发扬艰苦奋斗精神，以民生为本，为民办事的高尚品质。三名演员逼真的表演，动情的说唱让观众领略到了来自中国曲艺之乡的天籁之音。

名家荟萃放华光，后生演技尽流觞

刘培安、杨广业表演的数来宝《理所当然》，构思精巧、表演精湛，围绕老人摔倒扶扶不扶？这个话题在媒体和大众之间引起了好一阵子热议。其实议的焦点在一个"理"字。理所当然该扶还是理所当然不该扶，特定的背景和特定的人所产生的后果，其理所当然之"理"自然也就在情理之中了。艺术家刘培安底功扎实、嗓音洪亮、字正腔圆、韵味淳厚，台风稳健潇洒、磅礴大气、唱打多变、声情并茂，幽默风趣、惟妙惟肖，贴近时代，贴近生活，具有强烈的戏剧效果，同时构思巧妙，包袱迭出，给人留下深深的思索。如何做人，如何坦诚，这和当下倡导的社会主义核心价值观一脉相承，让人回味无穷。

弓瑞、耿麟均为著名相声表演艺术家马小平的弟子，在第八届中国曲艺牡丹奖大赛上，其出色的表演，博得观众的一致好评。他们表演的相声《我爱山西》，表演风格清新活泼，他们一上台似一股清风扑面，透出一股清新的气息，随着弓瑞、耿麟各自的说唱优势用幽默的语言与夸张的表演技巧，让首都观众领略到独具韵味的三晋风情，赢得观众雷鸣般的掌声。

大同数来宝是柴京云、柴京海兄弟在"大同串话儿"的基础上，借鉴相声、数来宝和小品等艺术手法创新的一种现代说表曲艺形式。如今，他们表演的大同数来宝成为大同的文化名片，他们的节目既很接地气，又非常精彩。

最后上场表演的是获得第八届中国曲艺牡丹奖创作奖的长子鼓书《腊月天儿》，作品充分运用生活化的语言，挖掘新鲜生动、富有表现力的语汇，表现朴实直觉的心态，捕捉丝丝缕缕的生活情愫。文情并茂，包袱巧妙，既富于时代生活的特征，又不失传统形式之美，深接地气，以小见大；描景细腻，绘俗生动，状物机巧，写人传神既是乡村的风情画，又是生命的哲理诗。演员刘引红的表演出神入化，细腻入微。事儿、趣儿、情儿、理儿，清新蕴藉，话儿、语儿、音儿、调儿，沁人心脾。整个演出洋溢着欢乐、亲切、愉快、幸福的感情意蕴，全场掌声雷动，笑声溢满剧场。

晋风晋韵谱华章，欢声笑语赞辉煌

每个节目都是掌声笑声不断，每个节目都是欢声笑语应和，人们沉浸在兴奋和喜悦中，感悟扑面来风，感受晋韵晋风，感悟曲种的缤纷繁华，感受演员的高超技艺。此情此景，此时此刻，汇成一句话：为人民放歌，向人民报告。

艺术家们的精彩表现给首都观众带来了欢笑。一位石油专家常年在外，难得看上一场节目，这次受邀观看，激动的心情难以言表，想不到家乡的曲艺这么有魅力，这样接地气，给我留下长久而美好的回忆。

一位八十多岁的老人让儿子推着轮椅观看了演出，激动地说："节目太精彩了，我看了这么高水平的艺术家的演出，心里感到特别高兴。"

演出近两个小时，精彩的节目让观众时而聚精会神，时而发出惊奇的赞叹，时而笑得前仰后合，时而陷入深深沉思。演出气氛异常热烈，演出结束了，但掌声仍然回响在北京民族文化宫内，观众依依不舍，山西驻京办事处的工作人员热情地和演员握手合影，姜昆主席更是激动不已，他说"非常感谢山西人民将这份原汁原味的盛宴，献给了首都的人民，每一个节目都非常接地气，让首都人民尽情欢乐在节日的气氛之中，让三晋的文脉灌注于全国人民的心田。这就是与民同乐，这就是为民放歌。你们向祖国人民交出了一份满意的答卷。"

董耀鹏书记也不住地告诫大家，曲艺的生命根在民间，人民是曲艺的衣食父母，山西专场向人民报告，永远不能忘记百姓爹娘。曲艺作品的创作，必须扎根基层，贴近百姓，同时又不乏艺术内涵，这样的作品才能称之为艺术精品。

曲艺艺术最贴近实际，贴近生活，贴近群众，形式多样，千百年来为人民群众所喜爱，是中华民族的艺术瑰宝，是中华文化宝库中一颗最璀璨的艺术明珠。山西曲艺专场汇聚了山西主要曲种，令观众目不暇接，过足了曲艺瘾，领略了山西风。演员的精彩表演，令全场观众掌声雷动，欢呼声、欢笑声、鼓掌声、尖叫声，让剧场始终洋溢在欢乐的海洋里，"晋情欢乐"真是让首都观众尽情欢乐。

余音绕梁溢清香，幕后策划育琼浆

此次山西专场展演，都是新创节目，每个节目都是时代气息浓厚的曲艺新作，每个节目都在第八届中国曲艺牡丹奖中战果辉煌，为了这次展演，大家克服重重困难，上下同心，不放过一个环节，不留下一点遗憾。

呈现在观众眼前的是演员舞台上的神采飞扬，全情投入的演出，而观众看不到的是，台后组织策划的艰辛和演职人员对此次展演的心血付出。因为，"向人民报告"意义非凡，作为主办之一的长治市委宣传部高度重视，充分做好进京前的协调安排。作为此次专场的总导演的中国曲艺家协会副主席、山西省文联副主席、山西省曲艺家协会主席马小平，他在演员的组成和节目的遴选过程中，做到了精心筹划、精挑细选、精心打磨，保证演员和节目能够代表山西的地方曲种，能够代表山西演员的最高水平。为此，在开场节目的选择上，他多次到临汾翼城考察，力求让翼城琴书、翼城花鼓、翼城浑身板交融生辉，扑面来风。

经过共同的打造，翼城说唱《鼓舞中华》呈现在人民面前，美轮美奂，相得益彰。在演出前，马小平主席叮嘱全体演员：晋京展演这是山西曲艺界的一件盛事，是对山西曲艺事业的一次大检阅，这次进京展演，全国仅有六个省，我们一定要拿出最好的节目，拿出最佳的状态，向人民报告，为人民放歌。

作为此次导演的长治市艺术馆副馆长，研究馆员、长治市曲艺家协会主席的蔡建民，更是为此次展演付出了心血。长途 13 个小时的颠簸，他一下车，顾不得吃点饭，便直奔剧院，召集大家紧张排练。在彩排中，不放过任何一个环节。由于旅途的劳累，使他鼻血血流不止，用冷水洗把脸便又赶紧投入紧张的彩排之中。在彩排中，克服很多困难，演员带病演出，为了共同的目标和对人民的炽热情怀，上下同心，终于圆满完成了向人民报告的光荣使命。

演出活动获得的巨大成功，观众给予经久不息的掌声，表达了首都人民对山西曲艺的深情厚爱，对山西曲艺演员的认可。

五千年的民族五千年的梦，五千年的梦想绘成中国龙。五千年的民族五千年的风，五千年的春风吹醒中国龙。快乐的时光总是那么短暂，美好的祝福一定永久绵长。

不知不觉，"向人民报告"晋情快乐山西曲艺专场，画上了圆满的句号。此时此刻，所有人的心情无比激动，千言万语难以表达山西曲艺人对祖国、对人民的深深眷恋和深情厚谊。万语千言难以表达山西曲艺人对艺术的敬畏和执著之情。

责任与使命同在，艰辛与欢乐并行。沐浴时代的阳光，山西曲艺执著探索，一路前行。迎着和谐的秋韵，山西曲艺又将踏上新的征程。但是，不管走到哪里，山西曲艺的根脉永远扎根于人民，因为，他们把人民作为自己的衣食父母，用他们一篇又一篇的优秀作品来讴歌人民，向人民报告，为人民抒情！

开放办曲艺　引得活水来

　　长治位于山西省东南部、太行山南段，地势险要，古称上党。长治是华夏文明的发祥地，精卫填海、女娲补天、羿射九日、愚公移山这些美丽传说均发端于此。厚重的历史文化底蕴滋养了长治曲艺的衍生和发展。长治县、沁县先后被中国曲协命名为中国曲艺之乡，长治市也被中国曲协授予中国曲艺名城荣誉称号。

　　如何使地方的曲艺事业永葆活力，繁荣发展？长治曲协的一个深刻感悟，就是始终把握"开放"这个关键词，充分发挥桥梁和纽带作用，牵线搭桥，外引内连，胸怀开放大格局，打通开放多路径，激发开放强动能，彰显开放新活力。

一、抢抓机遇，请进来学真经

　　2018 年，我们积极贯彻中国曲协要求，在省文联、省曲协的领导下，把学习贯彻习近平新时代中国特色社会主义思想作为首要政治任务，加强思想引领，引导广大曲艺工作者坚定文化自信，贯彻新发展理念，在围绕中心中找准定位，在服务大局中发挥优势，积极作为。

　　一是做好第十届中国曲艺牡丹奖长治赛区比赛的对接工作。2018 年 8 月 10 日—14 日，长治市承办了中国曲艺牡丹奖北方鼓曲大赛分赛区比赛，之前长治市已经成功举办了四届牡丹奖全国曲艺大赛，推动长治曲艺事业走上高速发展之路，推出了一批基层曲艺人才，和优秀曲艺作品，积累了举办全国性曲艺活动的经验，扩大了长治曲艺在全国的知名度、美誉度和影响力。第十届中国曲艺牡丹奖是在党的十九大胜利召开之后的首次评奖，是贯彻中国文联深化改革要求的首次评奖，是全国第八次曲代会召开之后的首次评奖，意义重大，受到业界以及社会广泛关注。为了配合好这次大赛，长治市曲协严格按照中国曲协的标准要求，在市委宣传部的领导下，明确分工，责任到人，努力做好本次大赛的协调对接工作。通过这次分赛区的承办，长治市的曲艺事业和曲协工作又向前迈进了一大步。

二是配合中国曲协办好首期中国曲艺之乡（名城）管理服务干部培训班。2018 年 8 月 10 日—13 日，中国曲协首期中国曲艺之乡（名城）管理服务干部培训班在长治举行。为了确保此次活动顺利开展，长治曲协按照中国曲协要求，对照培训细则要求逐一落实，确保了此次活动的顺利开展。

特别值得一提的是 2018 年，中国曲协领导调研山西曲艺期间，对长治曲艺发展给予厚望并提出了新的更高要求，长治曲协认真学习领会，推进理念创新、手段创新和基层工作创新。通过不断学习，凝聚了共识，提高了素质，在面向基层、服务群众、创作表演、队伍建设等方面都有了较大的进步。中国曲艺牡丹奖表演奖获得者刘引红、王海燕坚持下基层演出 300 场，中国曲艺牡丹奖表演奖提名胡晚红坚持为国家级贫困地区武乡县、壶关县、平顺县送去长子鼓书《"小米县长"》100 场，还有襄垣鼓书民间艺人张俊华、武乡琴书民间艺人常惠斌、沁州三弦书民间艺人李彩英等一大批曲艺工作者深入到贫困地区为群众演出，他们的身影频闪在脱贫攻坚的第一线，当好新时代红色文艺轻骑兵。

二、不失时机，推出去大比武

2018 年，长治曲协积极组织各县区曲协积极参加全国、省优秀曲艺节目展演，在大舞台上打造精品，锻炼新人。

一是参加第十届中国曲艺牡丹奖争奇夺目。2018 年 8 月 10 日至 14 日，第十届中国曲艺牡丹奖全国曲艺大赛北方鼓曲唱曲赛区在长治成功举办。作为东道主，长治曲协组织 8 个节目入围本届大赛。其中，沁州三弦书《十七棵松》获牡丹奖节目奖，潞安大鼓《我家不是贫困户》，长子鼓书《马街赶会》获表演奖提名，潞安大鼓《合磨》获新人奖提名，长子鼓书《带娘改嫁》获文学奖提名。

二是参加全国重大主题展演展示异彩纷呈。长治曲协，积极组织参加全国性优秀曲艺节目展演。长子鼓书《闹红火》，武乡琴书《逐梦放映》参加了第十三届马街书会全国优秀曲艺节目展演。长子鼓书《山西面食》参加了第九届中国曲艺节优秀曲艺节目展演。长子鼓书《山西面食》《小两口回娘家》、沁州三弦书《抢铜钱》参加了全国非遗曲艺周节目展演。长子鼓书《慈母大爱》参加了第六届全国道德模范故事汇基层巡演。潞安大鼓《合磨》参加"说唱新时代——共筑中国梦"庆祝改革开放四十年优秀曲艺节目展演。潞安大鼓《跨国捐献》参加第二届"通州杯"全国曲艺小剧场新作展演。长子鼓书《大嫂》参加"南山杯"全国优秀曲艺节目展演；长子鼓书《带娘改嫁》参加"走马杯"全国优秀曲艺节目展演；长子鼓书《惊梦》参加"嘉定法宝杯"全国优秀曲艺节目展演。长子鼓书《腊月天儿》参加全国乡村优秀曲艺节目展演。长子鼓书《沃土芬芳牡丹王》参加庆祝改革开放40周年美丽乡村全国优秀原创曲艺节目展演。长子鼓书《马街赶会》《起乳名儿》参加马街书会第七届国家级非物质文化遗产优秀曲艺节目展演。对于每一次展演都是一次很好的检验，都是一次深接地气、与民同乐的真实写照。

三是参加省内曲艺节目展演影响深远。长治市曲协积极组织参加全省非遗展示，在首届山西非物质文化遗产博览会上，长治曲协选送的潞安大鼓《中国梦》《好婆婆》、长子鼓书《跨国捐献》、沁州三弦书《雪莲孝亲》等节目参加了演出。在庆祝中国农民丰收节暨首届"赵树理杯"山西曲艺说唱优秀节目展演中，长治曲协组织了潞安大鼓《合磨》长子鼓书《沃土芬芳》《惊梦》《诚信爹娘》等12部作品参加展演，长治曲协荣获优秀组织奖。通过大赛发现了新人，打造了新作，助力长治曲艺发展绵绵不息。

特别值得一提的是2018年9月，长子鼓书《梁祝》赴巴黎参加第十一届巴黎中国曲艺节。真可谓：长治曲艺如春风，刮遍东西南北中。

三、搭建平台，拉出来大练兵

一年来，长治曲协还精心组织了精品曲艺赛事活动，在实战中发现新人新作、锤炼曲艺队伍，在比赛中深化二度创作，打磨曲艺精品，有力推动了曲艺的传承弘扬和繁荣发展。

一是举办山西"沁州书会"系列活动。在山西省文联、山西省曲协的大力支持下，2018年5月，我们认真策划、精心组织了沁州书会，推出了长子鼓书《老宅》《诚信爹娘》《出山》等优秀作品。通过参加沁州书会曲艺赛事活动，既起到了不同曲种学习交流的作用，也起到了各类曲艺队伍锻炼提升艺术水平的作用，有力促进长治曲艺事业健康发展。

二是举办第三届长治曲艺大赛。长治曲协把创作精品放在突出地位，9月21日，第三届曲艺大赛开赛，大赛以"脱贫攻坚、环境保护、垃圾分类"

为主题，全市共新创鼓曲《小区王二胖》《脱贫攻坚在上党》《连翘花开》等 30 余个曲艺节目，汇聚了潞安大鼓、长子鼓书、沁州鼓书、长子鼓儿词、襄垣鼓书以及相声、快板等十多个曲种，储备了一批新作品，展示了长治曲艺创作和表演的实力。

四、多措并举，沉下去强内功

一年来，长治曲协坚持从扩大传承人群和受众群体两个方面入手，不断培育涵养曲艺生存发展的土壤。

一是打造曲艺传承传播的阵地平台。精心组织曲艺艺术"进校园""进课堂"，让年轻一代了解长治曲艺的文化生态和艺术形式。对濒临失传的曲种，艺人面对面教学演示，辅导员专门编写教材，利用业余时间开设曲艺讲堂，向青少年学生普及曲艺知识。在长治县、沁县两个"中国曲艺之乡"，少儿学曲艺、爱曲艺、演曲艺已经蔚然成风，形成了稳定的传承体系。

二是营造曲艺传唱的浓厚氛围。我们充分利用现有的各类文化资源，加强曲艺在各类文化节庆、赛事和群众自办文化中的渗透传播，在沁县端午民俗文化节、上党区祈福文化旅游节期间组织各类民间曲艺团体进行集中展演，进一步扩大了曲艺传唱的范围和影响力。

三是积极融入特色文化和旅游景点。组织力量为太行革命老区精心编排了武乡琴书《送子参军》《一双布鞋》《红星杨》《"小米县长"》等红色曲目，坚持常年在太行八路军纪念馆展演，实现了曲艺艺术和文化旅游的完美融合。

在充分认识成绩的同时，我们也应清醒意识到，我们所做的工作，还存在着很多不足，离中国曲协的高标准、严要求相比，与其他兄弟协会相比，还存在一定的差距。为此，2019 年我们要重点做好以下工作：

1. 更加开放，在对外交流中持续壮大。要坚持立足本来、吸收外来、放眼未来。利用我市全国首家"中国曲艺名城"的金字招牌，组织我市优秀文艺工作者到全国各地的"中国曲艺名城（之乡）"交流演出，鼓励大家参加各种曲艺交流活动；要鼓励和组织各种曲艺演出队伍走出去，充分利用承办和参加中国曲艺牡丹奖大赛的机会，不断丰富和完善自己，提高和壮大自己，促进长治曲艺事业向前发展。

2. 更接地气，在生活实践中反复锤炼。要坚持以人民为中心的创作导向，深入生活，扎根人民，挖掘整合本土资源，让传统曲艺在厚重的文化底蕴中找到生生不息的原动力，努力打造高素质的曲艺队伍。

3. 更具特色，在新征程中不断提升。作品是立身之本，2019 年是新中国成立 70 周年，我们要围绕这个大好时机，引导和组织全市曲艺工作者聚焦脱贫攻坚，乡村振兴，用优秀的作品反映群众砥砺奋进、创新前行的巨大成就。

新时代新征程，新时代新召唤。今天，我们迎来了中华文化发展史上最好的时代，唯有积极奋起的精神和百折不挠的勇气才能不辜负这个伟大的时代。我们坚信，在中国曲协鼎力指导下，在省文联、省曲协的大力关怀下，长治曲协一定会更加出色，更加精彩！

下
篇

马街书会我生命的注解

风雪阻挡不了民间艺人赶会的脚步，寒冷泥泞阻碍不住群众观会的心情。雪后的宝丰天蓝地绿，应河两岸 600 多亩的马街书会主会场里人声鼎沸，丝弦阵阵，南腔北调，连城一片。当日是阴历正月十三，一年一度的河南省宝丰县马街书会正式开幕。来自全国各地的民间艺人齐聚宝丰县杨庄镇马街村，以天穹作幕，麦田为台，表演曲艺节目，吸引众多群众前来赶会、听书、看戏。马街是一年一度的召唤，是走街串巷演出时的后盾，更是新朋老友的盛大聚会。在应河两岸占地 600 亩的马街书会主会场上，说的、唱的、听的、看的、逛的，处处人头攒动。来自全国各地的说唱艺人在表演区说古谈今，他们或车搭高台，或倚桌而立，或欢喜悲切，或激昂顿挫，可谓是异彩纷呈。我的心久久难以平静，作为一名曲艺作家，有责任、有义务把这种恢宏的场景通过曲艺的形式演绎出来，通过曲艺人自己演，生活是创作的源泉，只有亲自体验，在体验的基础上感悟，在感悟的基础上升华作品的艺术构想。马街融进了我的热爱，马街融进了我对曲艺的痴迷，马街的艺人他们追求艺术的忘我情怀就是一部大书特书的生命交响乐。走进马街，我的心情全然被他们所感动，民间艺人一年的辛苦艰辛在这里尽情展示，即使没有人听，但是他们尽情地唱，尽管场地的喧嚣嘈杂，但是他们把对生活的热爱注解得淋漓尽致，他们演绎生活的磨砺，演绎从艺的艰辛，同时也在尽情和抒发自己的热爱，这就是生命的质感，这就是生命的光亮。从马街书会上，我可以是泪流满面，作为一名曲艺作家，这就是生活的源头活水，融进生活的怀抱，融进人民的心灵，反映他们对生活的向往和追求，对艺术的历练和陶冶。情为心声，笔墨抒怀。我们不是简单生活的翻版，更是生活的提炼和畅想。马街人的热情好客，马街人的朴实淳厚，他们把脚下的土地深深敬仰，他们把大片麦地演绎醉人的抒唱，任凭天寒地冻，任凭泥泞满身，但对艺术的崇尚深深镌刻在心命的心路历程中，镌刻在七百年沧桑岁月的亘古绵长之中，我无时无刻不受感染，无时无刻心灵受到震撼，我决定用曲艺演曲艺，用曲艺人说曲艺人，这种情结是深邃的，是久远的，是永远埋藏在曲艺人的真情感悟之中。生活真实和艺术夸张有机结合，体验生活和感悟生活的联结。700 多年的朝圣是从艺人的顶礼膜拜，

700 年的历史穿越是从艺人的信念追求，任凭路途坎坷，任凭天气恶劣，他们会准时聚在这块久已圣洁的地方尽情抒写，尽情吟唱，他们是真正的布道者，他们是艺术的膜拜者。我记录下来，糅进曲艺的情怀中，融进艺术的敬畏中。我希望在马街书会上没有白来，把自己对马街书会的感悟能够在这块圣洁的土地上撒下芬芳。

下
篇

守望乡村田园　创作曲艺精品

　　曲艺，是一门博大精深、蕴含丰富的传统艺术，是中华文化宝库中的璀璨明珠。如何使这颗明珠熠熠生辉，打造精品力作是重要的前提，是关键的第一步。精品之所以"精"，就在于其思想精深、艺术精湛、制作精良。那么，如何才能真正创作出拿得出、叫得响、继承传统、发扬光大、群众喜爱的曲艺精品呢？

一、身融乡土——获取好素材的主路径

　　素材是创作的"粮食"，素材不真、不实、不全、不好，就做不出"美味佳肴"。要获取好的素材，必须身融乡土，亲临亲为。身融乡土，关键在于"融"，就是要面向基层，深入群众，在乡村跌爬滚打；就是要放下身段，敞开心扉，与群众心贴心交流；就是要扑下身子，一门心思，同老百姓打成一片；就是要扎下根子，心无旁骛，在实践中感同身受。

（一）源头活水在乡土

　　曲艺是一个地区历史、文化、艺术的集萃，有其形成的独特语言条件，代表着当地的经济、文化特色，承载着该地区文字记录之外的人文生态、道德标准、审美取向与社会的发展次序。曲艺具有"涵容万象，吐纳万端"的特质，将丰富多彩的生活场景、岁月留痕、民风民俗，信手拈来，尽情演绎。就拿山西长治来说，长治市古称"上党"，总人口340多万，只有13个县市区，说唱的曲种就有潞安大鼓、襄垣鼓书、长子鼓书、沁州三弦书、武乡琴书、屯留道情、黎城鼓儿词、武乡瞽鼓、干板书等32个曲艺曲种，可谓是三里不同俗，十里不同音。在这里，我们随处可以看到这种情景：村庄田野、城市学校、哨所军营无不活跃着民间艺人的身影，一把琴、一副板、一面鼓、一张嘴，不要布景、无需道具，板式丰富、旋律动听、韵味独特。庙会、赶集、婚丧、庆典，茶余饭后，摇扇纳凉，各具特色的曲艺曲种在人们的日常生活中成为了不可或缺的精神食粮。所以说，曲艺本身就是一种乡土艺术，源头活水在乡土，真金白银在民间。

（二）创作资源在生活

"地域文化的书写，大多都有一方水土作为创作资源和文化支撑，其特色与气质，是独特的东西，是寻常不见却又无处不在的，并且是可以真切感受的，于表象存在，于深层抽象"。地方曲种都带有明显的地域特征，是属于这个地区别具特色的"文化名片"。要把这张名片打好，曲艺作家就要沉到生活的底层，探源文化脉络，梳理曲艺内涵，挖掘基层鲜活的语言，对传统文化做好保护与发展，把传统的东西保留下来，给予它新的生命。

一切艺术都是源于生活，生活是我们的老师，生活是我们的源泉，最根本的还是曲艺人要深入生活、扎根人民、苦练硬功，这样才有可能找到群众喜欢的内容与形式，创作的作品才能让老百姓听得入耳、看得开心，过后还有所回味，进而在观众中引发共鸣。曲艺"落地"，能够紧跟时代潮流创作出符合当代人审美标准的、反映当下美好事物的新唱本，能够以艺术的形式讲述老百姓自己的故事，回答社会关切和热点、焦点问题，其思想性、艺术性或能经由其观赏性得以凸显，才能最终实现其所承载的社会主义核心价值观的最大化传播。

（三）灵感显现在积累

古往今来，曲艺娱神、娱人、说演教化，以老百姓喜闻乐见、易于接受和理解的方式，曲艺自觉不自觉地在社会价值构建中发挥着弘扬主流价值、传递正能量的作用。曲艺创作的灵感不是挖苦心思，而是长期积累，靠生搬硬造，造不出群众的语言。创作要写自己熟悉的题材，自己熟悉的题材更容易发挥想象的功效，生活细察细问，创作反复推敲，好比顺着一条筋往前捋，沿着一条藤往上攀，把经络捋清，把枝蔓摸准。我在创作长子鼓书《腊月天儿》时，脑海里总是挥之不去对美好童年的记忆，过年的情景总是牵扯着我的神经。

小时候过年，那是多么惬意的事情，又是一幅多么值得留恋的画卷。老百姓过年期盼是和睦幸福。从腊月二十三到除夕夜的欢聚，蒸黄蒸、备年货、扫灰尘、剪窗花、贴对联、放鞭炮、挂灯笼、拜大年……一个个红红火火的场景，一个个热热闹闹的场面。全家人兴奋，孩子们欢欣，处处洋溢在幸福的年味中。这些无不是我对生活的感受和积累，无不是我对生活的回味和感悟。

二、心思乡愁——探求最美最纯的智慧历程

曲艺素有"说书唱戏劝人方"的优良风范，影响塑造并传承着中华民族独特的思想理念、价值追求、道德规范和审美趣味。作品要有思想，有主线，有价值，是创作的主要目标和重要前提。如何达到这一点，关键就是要依靠深入思考，深入分析，真正弄明白自己作品想要表达的、突出的主题，想要体现的价值取向。心思乡愁，关键在于"思"，就是头脑始终要清醒，不盲目，不随意，把握中心，抓住主线，有的放矢；就是要肯动脑筋，善于思考，理性分析，靠智慧去谋划去创作；就是要聚焦乡愁这个中心点，寻求乡愁中的闪光点，展示乡愁中最美最纯最真最有价值的最亮点；就是要深接地气，以小见大；描景细腻，绘俗生动，状物机巧，写人传神。事儿、趣儿、情儿、理儿，清新蕴藉，话儿、语儿、音儿、调儿，沁人心脾。

（一）寻找最美的"原生态"

曲艺，浸润于中华传统文化的滋养，具有天然的劝人向善向上的功能和价值，真、善、美是考量曲艺作品好坏的根本标准。讴歌真善美，鞭挞假恶丑，鼓舞人民士气，鞭策警示人们，是曲艺责无旁贷的使命。曲艺反映生活基本是一种"平视"的目光。这种目光大体符合现实主义反映论的三种原则。一是题材的现实性，二是态度的客观性，三是表现的真实性。曲艺形式多样，方便灵活，反应敏捷，表现力丰富，具有紧跟时代步伐、倾听人民心声、鼓舞人民前进的社会功能。曲艺作为一种文艺形式，她大众化、通俗化的特质，决定了与广大受众的亲切关系，有着强烈的亲民情结。语言灵动，情语和节奏的变化能造出新的语境。用家常语写词，用口语化表达，读来朗朗上口，在创作中，崇尚自然美，自然无雕琢。我始终认为，创作的根基在基层，群众的语言最灵动，唱词还要为演员服务，把节奏写活，才能如鱼得水，相得益彰。自然界的物体用艺术构思链条，用审美情趣的连缀，把生活的画面通过时间的顺序连接起来，读者感到不空，读来也有厚度。

（二）挖掘最感人的"人之常情"

选材的时候，不是越大越好，应是生活中的小事、小情、小人、小理，身边的事，老百姓息息相关的事。这就是常形、常理、常情，常有的形象又都透示一个常理。把常形、常情、常理，贯穿在各个环境中，通过人物潜移

沃土芬芳——暴玉喜曲艺作品文集

默化的行动，通过一幕幕场景的再现描绘出来。长子鼓书唱本《常回家看看》，这是一个前些年被一首同名歌曲唱遍大江南北的题材：常回家看看，和父母团圆。表达的意味，似乎不用再说。但创作就是对生活的回应。随着开放程度的不断提升和现代化步履的不断加快，包括交通与通讯的日益便利，人们的生活似乎应当更加美满才对。然而，恰恰是这些看似便利的生活方式，正在剥夺着我们的幸福，异化着我们的内心。于是，常回家看看，便成为一种奢侈甚至艰难。因此，用曲艺的原生态寻找失落的亲情。正是为了找回应有的幸福，唤醒生活的自觉，我们才有了对此题材不厌其烦的关切与咏叹。把动人的亲情让说书人唱给群众听，听了能让人信服，让人信服才能让人受感动。让人受感动，必须入情入理，有情有理。在这里，"理"是客观事物的发展规律，是现实生活的逻辑反映。理，是艺术形象给以真实感的重要因素。

（三）提炼最有价值的"正能量"

中华优秀传统文化是中华民族的"根"和"魂"，天人合一、道法自然的哲学思想；仁者爱人、民贵君轻的治国理念；上善若水、厚德载物的精神追求；富贵不淫、贫贱不移、威武不屈的坚强人格；温、良、恭、俭、让的人生态度，千百年来，这些丰厚的思想和东方智慧滋养着祖祖辈辈的华夏儿女。

曲艺作品的根基应建立在广阔的地域文化基础上，做到思想性小中见大，浅中出厚，平中见奇，见微知著；艺术性有情有趣，雅俗共赏，文情并茂，内涵丰富；观赏性有情有理，入情入理，拍案叫绝，耐人回味。在过去漫长的历史与文化发展长河中，曲艺艺术不仅以其自身的独特魅力，滋育和涵养着我们祖先的精神与心灵，而且以其深厚蕴藉的文化传统，孕育催生了富有鲜明中国气派与特色的文学体裁样式和几乎所有的地方戏曲剧种。我们每天接触各色各样的人和事，每件事情经过提炼和加工，就能写出有生活实感的故事来，让人们感到日常生活的真实亲切，让读者以不同的方式亲历、体味，并从中探寻生活的美好甘泉。

三、饱含乡情——链接真情实感的心灵纽带

创作必须带着感情，饱含深情，只有爱党爱国爱家爱人民，才能写出真情实感的作品来。饱含乡情，关键在于"情"，就是要带着对百姓、对农村、对曲艺浓浓的爱主动去创作；就是带着担当和责任，带着抱负和理想积极去

下篇

创作；就是怀揣一颗赤诚的心，带着感情、带着深情忘我去创作。

（一）有爱才有深情

中华优秀传统文化积淀了中华民族最深沉的精神追求，代表着中华民族独特的精神标识，是中华民族生生不息、发展壮大的丰厚滋养，蕴藏着取之不尽、用之不竭的精神力量。曲本的创作，字里行间贯穿一个"情"字，是对乡风乡韵的深深思念之情，是对普通百姓的拳拳眷恋之情。我的老家在农村，每逢周末我就回到老家，回到老爷爷、老奶奶的身边用心和他们交流，用情感亲自体验，用独有的生活的眼睛和嗅觉捕捉生活的气息，用艺术的眼光发现题材，挖掘题材，感悟题材，感受到地地道道的地方方言里散发出浓郁的馨香。这些充实到曲本中，尽管曲本叙述的是小事、小情、小人、小理，但都是和老百姓息息相关的事情。字字句句，点点滴滴，注入生命的情感，化入生命的永恒。晶莹剔透，闪闪发亮，让人信服，令人感动。

（二）有情才能鲜活

曲艺作品强调有情和有趣，强调艺术的独创性。有情有趣，雅俗共赏，文情并茂，既富于时代生活的特征，又不失传统形式之美。中国曲协分党组书记、驻会副主席、秘书长董耀鹏说："曲艺的本质是说唱艺术，曲艺的语趣、意趣、理趣、情趣，都是由语言带来的。曲艺的创新要注重守住说唱的本体，保持语言魅力。"道出了曲艺创作的真谛。有情才能鲜活，有情才起涟漪。

（三）有创新才有动力

创新是曲艺事业发展的生命。曲艺作品要满足人民的审美需要，对于作品的创新度就要有更高要求。随着人民生活水平不断提高，观众期待曲艺家们能够以充沛的激情、生动的笔触、优美的旋律、感人的形象创作生产出更多优秀作品，让精神文化生活不断迈上新的台阶。曲艺的繁荣发展之路，就是不断改革创新之路。曲艺工作者要志存高远，随着时代生活创新，以自己的艺术个性进行创新。曲艺创新须面向观众、面向市场。创新要在继承传统曲艺说唱表演艺术本质属性的基础上，根据新时期观众变化了的新的审美需求，进行必要的改革和新的创造。因此，要敢于打破界限，融会各种曲艺形式。在保留传统曲艺基本特征的基础上，转益多师，实现凤凰涅槃。

把生活作为创作的第一源泉，把大众的审美作为评判作品生命力的标准，带着责任和使命穿行于曲艺的魅力之中，带着一颗感恩的心走进生活，带着一颗求知的心热爱生活，你的心无不受感染，你的曲艺才情就会得到渲染和迸发。

四、溢满乡味——走进群众心底的一道门槛

味是曲艺的生命，有味的曲艺蕴含着美感，曲艺有味，犹如立锥之意，广涵之气，表演之趣，产生美感，水到渠成。溢满乡味，关键在于"味"，就是作品要有乡土气息，有泥土的芬芳，真正接地气；就是要原汁原味，百姓口味；就是就是芳香四溢，历久弥新，经久不衰，让人回味无穷。

（一）适合群众口味是硬杠杠

要及时了解和掌握人民群众的文化需求，努力创造出反映人民群众主体地位和现实生活、为群众喜闻乐见的好作品。每当一个作品问世后，母亲是第一个读者，她识字多、阅历深，经历了坎坷和曲折，对生活有很多感悟。她每次都认真看我的作品，如果表情木然，毫无反应，我就知道，我的作品肯定失败了，要么离群众的语言远了。如果看到她开怀大笑时，我感到作品得到了她的认可，这就增加了我创作的积极性。

（二）做出味道是硬功夫

曲艺受众关键在曲本的质量，曲艺要唱给百姓的，就要适合百姓的口味，大众的情怀。在讲述故事的时候，文字要讲究，它一定是按说唱的基本要求往下进行，即：文字的自行规律通畅，字节的结构便于编曲和演唱。"有缝和有空"是文本不能写满，满则溢，要有包袱抖落。包袱抖得恰到好处，要形象化不是意向化，要水到渠成，不要刻意雕琢，要给观众带来意想不到的惊喜。只有掌握语言的丰富性，色彩的鲜明性，形象的灵动性，结构的严谨性，作品才能被群众接受。

（三）发展才是硬道理

文化延续着一个国家和民族的精神血脉，既需要薪火相传、代代守护，更需要与时俱进、勇于创新。如何更好地让其在历史长河中薪火相传，生生不息，既是历史传承给我们的一项艰巨任务，也是时代赋予我们的文化使命。伟大的时代呼唤伟大的文艺家，伟大的人民期盼伟大的文艺作品。在新的世纪，曲艺工作者要将自己的艺术追求和时代的发展、国家的命运紧密结合，

把中国梦作为自己的创作主题，坚定文化立场、坚守文化理想、坚持文化追求，培养高度的文化自觉、文化自信、文化自强，用艺术的形式来讴歌时代、讴歌国家、讴歌人民，推动时代的发展、社会的进步、文艺的繁荣。

身融乡土、心思乡愁、饱含乡情、溢满乡味。置身于曲艺的百花园中，要肩负时代的责任，捧出曲艺的爱心，酿造醇厚的曲香，挖掘曲艺的精髓，用心、用情、用爱拥抱时代，讴歌人民！

探寻最美走四方　唱响曲艺新时代

——浅谈曲艺如何结合时代特色创作贴近人民的作品

走进新的时代，如何搞好曲艺创作，发展繁荣曲艺事业？如何让曲艺更富生活气息、时代气息？如何贴近百姓，更好地发挥曲艺的作用？从本人的实践中，深刻感受到紧扣一"美"一"走"两个关键词，至关重要。"美"就是始终坚定一个探寻最美的目标，怀揣探寻最美的心愿；"走"就是瞄准最美的目标，走下去，走出去，积极行动起来。

一、走近传统，探寻最美

古往今来，曲艺娱神、娱人、说演教化，以老百姓喜闻乐见、易于接受和理解的方式，自觉不自觉地在社会价值构建中发挥着弘扬主流价值、传递正能量的作用。曲艺崇德向善，很多传统的价值观、伦理观和道德观，都是通过说书唱曲等曲艺活动来传播"说书唱戏劝人方"的艺谚。

2018 年，我受中国曲协委托，以第六届全国道德模范孙银聪老人的故事为原型创作长子鼓书《慈母大爱》。为了感受道德的力量，利用五一放假期间，我和长子鼓书民间艺人刘引红长途跋涉 9 个多小时，赶到位于黄河岸边的芮城县实地采访孙银聪老人。1989 年 11 月，孙银聪老人的丈夫因病去世，时隔 10 天儿子因煤气中毒去世，半年后，过度悲伤的儿媳任彩梅突发脑溢血导致半身不遂，面对突如其来的打击，年近七旬的孙银聪毅然挑起家庭的重担，生活的突发变故没使她气馁，她带领着儿孙们坚强地生活着。期间任彩梅曾三次脑溢血复发，亲邻好友劝孙银聪老人放弃治疗，但她力排众议，坚持带着儿媳四处求医，从未放弃过任何希望，为了给儿媳治病，家里承包了100 多亩黄河滩，用滩地所得收入积极为她治疗。为了给儿媳筹钱治病，孙银聪老人承担大部分家务活，给晚辈们洗衣、做饭，使晚辈们能够安心工作，无后顾之忧，在孙银聪老人的感召力下。儿孙们个个孝顺，邻里和睦。30 年如一日，老人对并无血缘关系的病重儿媳不离不弃，不向命运妥协的精神，小身躯里蕴含的大爱和力量感动着这个故事的世人。

在创作中，我把老人家的故事融进了长子鼓书中，把这份大爱融进心灵的共鸣中。"娘看着你好娘就好，娘看着你哭娘心酸。孩呀孩，哪怕你每天躺床上，孩子进门就能把妈喊。孩子们有妈家才有，孩子们有妈家温暖。娘求你，每天给娘点点头，娘愿意一辈子当你的老丫鬟。" 30 年来，老人没有豪言壮语，她却默默无闻用自己的实际行动践行着中国孝道文化的精髓。我从长子鼓书的多种曲牌入手，探究故事中的人物性格、情节发展，发挥长子鼓书演唱的特点，使故事的主题更加生动，人物的形象更加丰满，让感人的故事演绎成时代的韵律，在美的韵律中流淌着中华优秀传统文化，让观众在欣赏美的艺术中，使真善美的中华美学精神得到润物无声的传播。

二、走向社会，探寻最美

作为曲艺工作者，我们不仅是现实的参与者，还是现实的见证者，并且是具有历史责任感的书写者和时代精神的记录者。脱贫攻坚是当前的一项重要任务，在脱贫攻坚中，干部帮扶发挥着重要作用，也涌现出许多好的驻村干部。他们的故事很让人感动，又很受启发。但是，如果不去挖掘，不用作品和节目展示，有的就只有他们自己知道，不能够更好地发挥好典型引导的作用。

在探索探索脱贫攻坚题材时，我采访了革命老区武乡县挂职副县长张志鹏。张志鹏是中国煤炭科工集团有限公司一名正处级干部，2016 年 4 月 18 日到武乡县挂职副县长。为了解决当地村民小米卖难问题，张志鹏开启了他为武乡小米鼓与呼的"小米之路"。不辞劳苦地为武乡小米站台、代言、背书，他的真情实感打动着所到之处的每一位经销商，张志鹏因此也被大家亲切地称为"小米县长"。在采访张志鹏时，我能感受到他发自内心的那种坦诚"希望在我离开武乡的时候，武乡的小米已经走向了全国，武乡的老百姓能够完全脱贫"的坚定信念。围绕他"卖小米"的故事，我创作了长子鼓书《"小米县长"》，运用真切、新颖、生动的生活细节来展示艺术感染力，用短小精悍的言语及时准确地展现脱贫攻坚中涌现的动人故事。

作为一名曲艺工作者，我们不仅是现实的参与者，还是现实的见证者，并且是具有历史责任感的书写者和时代精神的记录者。我们要走进轰轰烈烈的生活场景中感受时代气息，要融进当前脱贫攻坚，全面建成小康社会的伟大实践，要感受波澜壮阔的劳动场面，感悟作为曲艺家的社会担当，不断增强作品的吸引力、感染力、影响力。

三、走进生活，探寻最美

民俗是民众的历史，民俗是民众的学问，民俗是民众的思想，民俗是民众的性格。文化的历史有多久，民俗的历史就有多长，我们生活中的各种民俗事项无论是在文化的形成、发展，还是在文化的保持、传递和延续过程中，都占有非常重要的地位。我们每天接触各色各样的人和事，每件事情经过提炼和加工，就能写出有生活实感的故事来，让人们感到日常生活的真实亲切，让读者以不同的方式亲历、体味，并从中探寻生活的至理明义。使曲艺根植于生活当中，保持了曲艺艺术鲜活的生命力。长子鼓书《山西面食》正是在生活体味中感受这种浓浓的乡情。

山西面食品种繁多，制作精细，花样繁多，用料广泛，独具特色。了解山西面食的过程，是一个了解山西风情民俗的过程。山西面食色香味美，绵甜净爽。始终散发着土地的清香，句句字字都是从沃土中孕育出来的，都透着浓烈的生命气息，都是真挚情感的流露和释放。山西面食是中华民族饮食烹饪技术宝库中的一块瑰宝。其面食之多、用料之广、花样之繁、制法之多、食法之殊，更重要的是通过山西面食，传递浓郁的文化，吸引外国人的眼球。在结尾部分，我详细介绍山西农家的拉扯面。农家拉扯面是一种乡情的展演，也是乡愁的流露。山西面食的背后，是积淀了生活底蕴的一种真功夫，是诠释真善美生活的一种真境界。

面食里渗透着历史，面食里孕育着民风，面食里传递着乡音，面食里蕴藏着乡情。我用长子鼓书把山西面食这一竞奇斗芳的食苑充分展示出来，运用方言土语，表达思想感情、反映社会变迁，让作品始终散发着沁人心脾的泥土芳香、摄人心魄的生活气息和回味无穷的隽永魅力，使浓郁的地方特色和古朴的乡土民风得到充分展示，唱出中华民族"以食为天、厚德载物"的价值观和精气神儿，滋养丰富着人民群众的精神世界，积淀影响着中华民族的价值追求。

任何曲种都是产生于特定的地方文化土壤之中，具有很强的地域性和乡土性，在表现形式、艺术特征、语言特色、声腔表达等方面都有其特殊性，而且，作为一种独立的艺术形式，曲艺的说唱和普通意义上的歌唱具有着天渊之别。优秀的曲艺作品，说到底是那些"既能在思想上、艺术上取得成功，又能在市场上受到欢迎"的作品。不管你是什么曲种，考量其高下优劣，一要看思想立场是否端正、是否具备创新探索性，二要看其艺术水准如何，是否具备精湛的形式技巧、美学策略，三是看观众是否喜欢、是否养心也养眼。最根本的还是曲艺人要深入生活、扎根人民、苦练硬功，这样才有可能找到群众喜欢的内容与形式，创作的作品才能让老百姓听得入耳、看得开心，过后还有所回味，进而在观众中引发共鸣。

四、走出地域，探寻最美

生活永远是曲艺创作的唯一源泉。一部作品的成功，不是一蹴而就的，都要经过多次采风，多次体验，多次。把好的故事留在记忆的深处，加工、发酵。2018年，我创作了长子鼓书《东北人儿》。也许有人要问，你是一个北方人，为什么要创作自己不熟悉的题材呢？事实上，创作长子鼓书《东北人儿》也是由来已久。1982年，我哥哥考入吉林省辽源煤炭工业学校，时至今日已经30多年。30多年来，让哥哥一谈到在东北学习的时光就眉飞色舞，饱含深情。他经常给我讲他在东北求学的故事，有一件事情让他难以释怀。1983年冬季的一个深夜，哥哥肚子疼痛难忍，班里的同学连夜送他到医院，接下来的几天同学们都在医院轮流守候直至康复。今天，哥哥谈起来总是禁不住感叹，东北人真好！哥哥还经常给我谈起东北雪松、东北的民俗，更多的还是东北人的豪爽热情，性格开朗。东北在哥哥心中留下了美的情愫，也在我心中留下了要创作一部表现东北人的作品。

汶川地震时，全国人民纷纷捐款捐物。我原来工作单位的马路边，有一对东北夫妇经营着一家东北饺子馆，当他们听说汶川地震时，马上拿出2000元钱进行了募捐。那时，我心生敬意，一个在山西开饭店的东北人，如此慷慨，如此大气。随即，我对他们进行的采访，他们对我说，没什么，一方有难八方支援，汶川遭了难，我们就应该有钱出钱，有力出力，放在谁身上都会这样的。言谈举止中，给我留下深刻的印象。要写一部东北人的作品成为我心中的情结。

2015年，女儿考上了东北林业大学，开学的时候，我亲自送女儿到东北。

到了哈尔滨后，我们租了一辆出租车送女儿到学校。沿路上，司机李师傅给我们讲解哈尔滨的变化，讲哈尔滨的风情，讲哈尔滨的文化。接下来的三天时间里，我和李师傅联系又带我考察了哈尔滨历史典故、民风民俗、英雄人物等一连串的东北故事。李师傅总是那么爽快，那么虔诚，那么有礼，让我无不感动，在我离开东北的时候，李师傅又亲自开车把我送到机场。这一次，东北给我留下了深刻的印象，东北人给我留下了真挚的情感。这片黑土地上孕育了那么鲜活的故事和溢流在东北大地的文化，带着这种情感，写《东北人儿》成了一种回报和释怀。

历史上，东北人历经多少苦难和曲折，也磨砺了坚强的性格和永不服输的精神。"为生存，敢从熊瞎子嘴里抢苞米，为生存，和野狼猛虎夺地皮儿，为生存，挺进了白山和黑水儿，为生存，闯出了筋骨脊梁英雄魂儿。" "勤劳勇敢是东北人儿，苦难同胞一家亲儿，他情意看得比命重，任何时候都不能丢了人儿。"

东北人是伟大的"黑土地耕耘粮满仓，养活了一多半中国人儿"。"东北人，性格豪爽有副好嗓门儿，喊起来大大咧咧逗死人儿，帅哥管他叫爷们儿，姑娘管她叫小妞儿，那家伙儿就是好家伙儿，磨叽、嘚瑟、贼拉好、干啥呀，一张嘴儿，就能听出你是地地道道的东北人儿。" 创作中，我潜移默化把浓浓的乡愁凝练在里面，把生活的体验化为通俗的语言，通过曲艺让这种文化传统的根植入人们的思想，唤起人们的记忆和留恋，用一种心灵感受去寻觅心中的那份感动。

创作长子鼓书《东北人儿》我也深深感悟到，只有深入生活，走进生活深处，从人民群众的日常生活中挖掘素材、获取灵感、提炼主题、体悟生活本质、吃透生活底蕴，才能创造出人民群众理解喜爱的艺术作品。

五、走入内心，探寻最美

以上是外在的"走"，要走好新时代的创作之路，还必须走进自身，走入内心，时刻反省，做到心诚心红心正，方能行稳致远。

（一）潜心"修德"，努力做一个道德高尚的曲艺人

精神的力量是无穷的，道德的力量也是无穷的。厚德载物、德行天下的优良传统，是中华民族生生不息的强大动力。作为一名曲艺人，德艺双馨，

至关重要。2018年6月，我参加首届庆祝农民丰收节暨首届"赵树理杯"曲艺大赛。赵树理是农民的儿子，赵树理作品语言都是长期观察生活、积累生活、反映生活的真实写照。他善于观察生活、感悟生活的创作方法，是我们学习的榜样。促使我写农民，写百姓，写生活，书真情，不断用深邃的目光发现题材，挖掘题材，感悟题材，提炼主题，传递时代正能量，奏响时代最强音。随后，我实地走访了赵树理故居，参观了赵树理纪念馆。之后，以赵树理为题材创作出长子鼓书《沃土芬芳》。

（二）用心"练艺"，努力做一个技高艺强的曲艺人

曲艺是在人民群众长期生产生活实践中逐渐产生发展的一种艺术形式，说的是百姓事，唱的是百姓情，最具生活底色、最受百姓欢迎。无论庙堂之高还是江湖之远，对曲艺来说，生活最亲近，群众最可爱。曲艺艺谚讲："不隔语，不隔音，紧要的是不隔心。"深入生活，关键是要做到身入心入情入三者有机统一。

置身于曲艺的辙痕中留下生活的光泽和曲艺人的责任担当。感人心脾的动人故事穿透着我的内心，震撼着我的心灵，我不断咀嚼感人的故事，我不断酝酿心中的热望，我在用情用心敞亮心中的情愫，用一幕幕萦绕于心的事迹化为我创作的动力，我们应该带着对人民的热爱、对生活的感悟、对乡村的眷恋、对曲艺的虔诚，进行创作和体验，进入积累和升华，要把自己放到生活的最前沿，把自己的精神世界放到最前沿，用深邃的目光发现题材，挖掘题材，感悟题材，提炼主题，让作品始终透着温度、厚度和高度，接地气，传真情。

（三）倾心"明志"，努力做一个志向远大的曲艺人

习近平总书记在中国文联十大、中国作协九大开幕式讲话中所指出"一切有抱负、有追求的文艺工作者都应该追随人民脚步，走出方寸天地，阅尽大千世界，让自己的心永远随着人民的心而跳动。"我们应该把曲艺当作生命的价值所在，把自己的理想和追求全心灌注于生命的历程中，牢牢树立坚定不移的决心、信心和毅力，在困难面前不动摇、不退缩、不迷失方向。2017年，为了创作《驻村"第一书记"》，我连续四次走进全国贫困县武乡县、壶关县、平顺县，走访马王村"第一书记"，走近贫困户，用身体悟、用心感染，用情宣泄，寻找最能打动人心灵的故事，捕捉激励人鼓舞人的闪光点，让作品弘扬主旋律，洋溢正能量，穿透在心灵。改革开放四十年，我走进四川彭州感受农村的变化和农民的快乐，创作长子鼓书《沃土芬芳牡丹王》。所到一地，都把感动揉进曲艺的情怀中，融进艺术的敬畏中，融进生命的注解中。

（四）全心"兴业"，努力做一个谋事干事的曲艺人

创新是曲艺事业发展的生命。曲艺作品要满足人民的审美需要，对于作品的创新度就要有更高要求。随着人民生活水平不断提高，观众期待曲艺家们能够以充沛的激情、生动的笔触、优美的旋律、感人的形象创作生产出更多优秀作品，让精神文化生活不断迈上新的台阶。要加强"德"的修炼，不断提高学养、涵养、修养；加强思想积累、知识储备、文化修养、艺术训练，讲品位、重艺德，不断提高创作的艺术品质。要不断地超越自己，也要不断地超越别人。要把自己置于时代的大潮中，让绚烂多姿的生活变成有高度、有温度、有力度的激情飞扬的文字、栩栩如生的图像、拨动心弦的音符、启迪心灵的作品。

曲艺艺术是中华优秀传统文化不可分割的重要组成部分。丰厚的优秀传统文化是曲艺艺术的"根"，也是曲艺工作者增强文化自信的力量源泉，有利于塑造出曲艺人独有的文化气质。不忘本来才能开辟未来，善于继承才能更好创新。任何一篇优秀的曲艺作品都离不开艺术家深厚的文化底气、坚定的文化自信以及对传统文化的深刻体悟。在吸收外来、面向未来的过程中，我们要更加清醒地知道曲艺的"根"在哪里，更加自觉地认同曲艺自身的文化价值和曲艺发展的强大生命力，用曲艺工作者坚定的文化自信，礼敬和践行优秀传统文化的价值信仰和道德审美体系，努力创作出更多有骨气、有个性、有神采的曲艺作品，留下更多让世人回味无穷的扛鼎之作、传世之作、不朽之作。

新时代新征程，新时代新召唤。今天，我们迎来了中华文化发展史上最好的时代，以充沛的激情、生动的笔触、优美的旋律、感人的形象，抒写人民创造美好幸福生活的华彩乐章，使曲艺重生活、接地气、亲百姓、连民心的优良传统得到进一步传承和有力地弘扬，使广大人民群众在欣赏和参与中得到乐的愉悦、情的熏陶、智的启迪、美的享受，使曲艺潜移默化、润物无声的价值引领功能得到充分发挥和巨大释放。唯有积极奋起的精神和百折不

挠的勇气才能不辜负这个伟大的时代。

曲艺浸润于中华传统文化的滋养，具有天然的劝人向善向上的功能和价值，通过说唱叙事，使人明辨是非、善恶、美丑，在抒发美好理想、建设精神文明等方面具有独特的魅力。中华优秀传统文化是我们民族传承数千年的生命力永葆生机的力量所在，是祖先留给后人的宝贵精神遗产，从优秀传统文化中汲取力量已经成为当前国人的重要共识。在5000年的传统文化历史长河中，孝道既设置了代代中华儿女孜孜以求的道德标尺典范，也为中华文明铺就了一条赖以传承弘扬文化发展道路。孝道文化作为中华民族薪火相传的道德内涵，是中华民族的文化瑰宝，早已融入了中华儿女的血脉骨髓。千百年来，中华民族繁复的传统礼仪中无不透露出孝道文化的身影，华夏大地上发生的无数个孝道事迹自古就广为流传。作为中华优秀传统文化的核心内容之一，对孝道思想的继承和弘扬也是曲艺在新时代反映的主题。

（本文发表于2019年第2期《曲艺》杂志）

相遇·相随·相知·相守

——我与曲协这十年

　　曲协七十年，眷顾我十年，十年磨一剑，恩情重如山。真正走进中国曲协，已有十多年的时间。十多年来，在曲协这个大家园中，从一名普通的曲艺爱好者到登上中国曲艺牡丹奖的最高领奖台，从一个名不见经传的毛头小伙到中国曲协其中一员，我得到的太多太多。其中让我感悟最深的、终生难忘的就是在曲艺这条成长的道路上，曲协如师长如家长，一次次教给我做人从业的道理，一次次教给我创作思考的精髓。正因如此，曲协也一步步真正走进我内心深处，从相遇、相随到相知、相守，成为我一生的至爱。

相遇： 交出"最美"答卷

　　我是一名土生土长的长治人。长治是华夏文明的发祥地之一，也是源远流长的中国曲艺之乡。长治曲艺孕育于两晋，产生于盛唐，成熟于明清，是中国曲艺的发祥地之一。被后人尊为"梨园始祖"的唐明皇李隆基就是从上党发迹，并在潞州古城始创"梨园教坊"的。千百年来，长治曲艺薪火相传，生生不息。中国曲艺家协会第一任主席！赵树理，就是从长治走向全国的。1990 年 3 月首次"长治杯"全国曲艺大赛在长治举办。2002 年和 2005 年，中国曲艺家协会和长治又先后两次共同组织承办了中国曲艺家赴太行老区慰问演出活动。

　　在长治与曲协不解的情缘中，2008 年，我作为一名观众欣赏第五届中国曲艺牡丹奖。2008 年 7 月 3 日，第五届中国曲艺牡丹奖北方鼓曲大赛在长治举行，我第一次在家门口欣赏来自北京、天津、山东、河北、吉林、河南、安徽、山西和解放军总政宣传部 9 个省、市、部队的 150 多名曲艺家，角逐牡丹奖的表演奖、文学奖、节目奖、新人奖的提名。优美、委婉、流畅的曲调，精彩华丽的演员服饰，经久不息的阵阵掌声让我大饱眼福。同时我在想，我什么时候也能带着作品参加全国曲艺大赛是多么的荣幸呀。我暗暗下定决心，一定要等着这一天的到来。

这一天终于来了。2010 年我第一次参加了中国曲艺牡丹奖，当时由我创作、由长治艺校教师宋丽丽演唱的《相媳妇》荣获牡丹奖的表演提名奖和文学入围奖，当时观众的鼓掌声与呐喊声给了我极大的震撼和鼓励，我坚信自己可以在这条路上孜孜以求，继续坚持走下去。于是在 2012 年的时候我又参加了中部六省曲艺大赛，创作的长子鼓书《小两口回娘家》获大赛一等奖，《曲艺》杂志记者刘红英老师特意采访我，让我写了创作感言。于是，我写了《乡风乡韵凝乡情——长子鼓书〈小两口回娘家〉创作谈》，发表在 2012 年第 12 期曲艺杂志刊物上。随后《小两口回娘家》参加由文化部主办的大地情深专场文艺晚会在北京大学百年讲堂展演。当年，《小两口回娘家》跟随着中国曲协第一次走出国门、走向世界，赴法国巴黎参加当年的艺术节。2014 年，我第二次参加了中国曲艺牡丹奖，由我创作的长子鼓书《腊月天儿》一举获得中国曲艺牡丹奖创作奖。同时，潞安大鼓《中国梦》获第八届中国曲艺牡丹奖提名奖。2015 年，我荣幸入选了中国曲协"牡丹绽放——曲艺英才培育行动"全国首批 10 人之列。 2016 年我第三次参加中国曲艺牡丹奖，由我创作、刘引红表演的长子鼓书《山西面食》荣获牡丹奖表演奖。同时，我创作的长子鼓书《起乳名儿》荣获牡丹奖节目提名奖。2018 年，我第四次参加中国曲艺牡丹奖，我创作的沁州三弦书《十七棵松》荣获牡丹奖节目奖，同时，我创作胡晚红表演的长子鼓书《马街赶会》荣获牡丹奖表演提名奖。 从梦寐以求能够参加中国曲艺牡丹奖，到时至今日已经参加了五届牡丹奖，今天，我又带着作品参加即将举行的第十一届中国曲艺牡丹奖，备受鼓舞。中国曲协给予我一次次和大家同台竞艺的机会，让我留连忘返，也促使我在艺术的殿堂里孜孜以求，废寝忘食。

我与曲协因作品相遇，因作品而结缘。无论参与大赛，还是参加培训，在与曲协每一次相遇相逢时，我都要把作品当"礼品"，满怀信心和期待将自己的作品向中国曲协报告，向中国曲协交出自己"最美"的答卷，请中国曲协评判检阅。因为我深知只有拿出过硬的作品，才能无愧于中国曲协的一员，才能无愧于中国曲艺这一服务百姓的百花园。好作品才是硬道理。

相随：脚踩泥土一路走来

走进曲协，听到最多的关键词就是"人民"，平日里参与最多的采风活动主题都是"深入生活、扎根人民"。在曲协潜移默化的引导下，我深刻体悟到"作品接地气，才有生命力"这句话的分量。

2016年9月22日至29日，纪念红军长征胜利80周年之际，我随中国曲艺家协会赴广西、湖南、江西三省开展"深入生活、扎根人民"曲艺名家新秀"重走长征路"采风创作主题创作实践活动。行程数千公里，重走长征路、探寻革命旧址、查阅党史资料、倾听苏区故事，送欢笑慰问演出。这次重走长征路给我印象最深的是红都瑞金，当年瑞金参加革命的有49000多人，其中参加长征的有31000多人，为革命捐躯的有名有姓的烈士达到17166人，其中牺牲在长征途中的烈士有10842人。如今的瑞金拥有180余处红色旧居旧址、10000余件珍贵的革命历史文物。睹物思情，心中激荡。红军桥、红军帽、红军井、红军烈士纪念塔等一个个红色遗址深深定格在我的脑中，八子参军、十送红军、华屋十七棵青松、陈发姑一生守望等感人心脾的红色故事穿透着我的内心，震撼着我的心灵，我用自己的真情实感投射到可敬的红军战士中，一口气创作出沁州三弦《十七棵松》、河南坠子《长征托婴》、长子鼓书《心中的丰碑》。通过一步步的长征路、一部部的长征主题作品，感受长征精神带给我的无穷动力，感悟长征精神带给我的洗礼震撼，感到长征精神对我人生的价值信仰。深深感到重走长征路是一次心灵净化之旅，是一次时刻让人体验艰难、崇尚信仰的朝圣之旅，更是一次鼓舞士气、树立理想的抱负之旅。

2016年3月，受中国曲协的安排，让我以长子鼓书的形式创作一部反映全国第五届诚实守信模范刘真茂的故事。带着敬意和追求，我走近刘真茂，创作了长子鼓书《大山卫士》。2018年，受中国曲协安排，我又和长子鼓书国家级传承人刘引红乘车9个小时踏上黄河古道的征程，采访第六届全国道德模范孙银聪老人，创作出长子鼓书《慈母大爱》，由刘引红表演，同时创作出第六届全国道德模范重庆市铜梁区巴川街道六顺花园居民陈淑梅和李其云夫妇，创作出四川清音《信义夫妻》，由四川清音表演艺术家刘靓靓表演。2019年，我又受中国曲协安排，踏上了采访第七届全国道德模范宿迁黄河水上志愿救援队队长王爱东的征程，随后创作出苏北大鼓《黄河岸畔守护神》。每一次的实地采访，我都带着无比的敬意，绝不辜负中国曲协对我的呵护和栽培，我一定要让生活真实和艺术夸张有机地结合，以此体验生活和感悟生活的联结。用生动的语言揉进曲艺的情怀中，融进艺术的敬畏中，融进生命的注解中。

为了能够感悟民间艺人的艰辛和对艺术的敬畏，我从2015年到2019年连续五年走进马街书会，感悟曲艺人对艺术的敬畏和生命的体验，感受曲艺人把对生活的热爱注解得淋漓尽致。他们在演绎生活的磨砺，演绎从艺的快乐，同时也在尽情和抒发自己对生活的向往和热爱，这就是生命的质感，这就是生命的光亮。我被这一幕幕场景所震撼，更被这一幕幕场景所感动。我的灵感也在受到冲动，作为一名曲艺作家，有责任、有义务把这种恢宏的场景通过曲艺的形式演绎出来。因为马街书会融进了我的热爱，马街书会融进了我对曲艺的痴迷，这种忘我的情怀就是一部大书特书的生命交响乐。于是我用曲艺演曲艺，用曲艺人说曲艺人的这种情结架构曲艺的深邃和久远，让生活真实和艺术夸张有机地结合，以此体验生活和感悟生活的联结。由此创作出长子鼓书《马街赶会》。随后，我参加中国曲协举办的全国美丽乡村优秀曲艺节目展演，庆祝改革开放40周年曲艺展演，天津第九届中国曲艺节开幕式，"岳池杯"中国曲艺之乡曲艺大赛、"南山杯"全国曲艺新人新作展演、"通州杯"全国曲艺小剧场新作展演、"嘉定法宝杯"讲好中国故事全国曲艺展演、中部六省曲艺大赛。

在中国曲协的鞭策下，我自觉在寻找着生活的链接，架设与生活、与群众的桥梁，把对生活的感受融进血脉，融进情怀，融进对党的文艺事业的无比忠诚中。讲好中国故事，用思想、道德、信仰、温暖、温情，与人的心灵对话，渗透到我们的生活中，使之成为一种实践的智慧。同时，徜徉在生活的长河中，坚定了我为时代放歌、为人民抒情、为曲艺奉献的信心和决心。无论在何时，无论到何地，无论走多远，无论跨多高，都始终不离开脚下这片热土。

相知：带着崇高使命上路

举精神旗帜、立精神支柱、建精神家园，是当代中国文艺的崇高使命。

在与曲协相伴相随的日子里，我徜徉在曲艺的殿堂，从实践到理论，从作品到舞台不断积累和深化，走进创作的春天里。多少个不眠之夜，多少次艰难跋涉，多少回苦苦煎熬，我都不离不弃，乐观面对，如痴如醉，无怨无悔。因为曲协给了我一副宽肩膀，怀揣使命，挑起责任和担当上路。

2017年7月17日至21日，我有幸参加第八次全国曲协代表大会，全国曲代会上，我创作的长子鼓书《腊月天》得到领导的肯定，我感到无穷的动力。并在大会上全票当选曲代会理事。我想这是一种责任，更是一种担当。在2017年月18日晚上牡丹绽放——曲艺英才汇报专场晚会上，我创作了鼓曲联唱《牡丹绽放撒芬芳》"中华曲艺源流长，曲种纷呈绽芬芳。勾栏瓦舍评天下，街头巷尾说沧桑。琴筝弦鼓匡民意，说学逗唱话兴亡。中华传统文脉远，薪火相传万古长。（白）相声、快板、快书、数来宝，评书、评话、评弹、莲花落，北京琴书、长子鼓书、四川竹琴、三弦书、京韵大鼓、潞安大鼓、凤阳花鼓、太平鼓，中华曲艺源远流长，大气磅礴，荡气回肠。（唱）长江后浪推前浪，牡丹绽放百花香。深接地气唱人民，讴歌时代放光芒。一曲鼓韵意悠远，乡风乡韵赞辉煌。四海一派繁荣景，祖国富强民安康。（白）相声、快板、快书、数来宝、评书、评话、评弹、莲花落、北京琴书、长子鼓书、四川竹琴、三弦书、京韵大鼓、潞安大鼓、凤阳花鼓、太平鼓，中华曲艺薪火相传，牡丹绽放，谱写华章。"演出结束，我的心情久久不能平静，中国曲协给予我至高无上的荣誉，我必须心存感恩，胸怀抱负，担当使命，在曲艺的长河中讴歌时代，讴歌人民，用自己擅长的曲艺形式，推出更多描绘时代风貌、展现时代精神的优秀作品，把当代中国的精彩故事讲出来、讲精彩，把当代中国人的精神展示好、传播开。

与此同时，在中国曲协的帮助下，我的曲艺理论也在不断提高。特别是受中国曲协委托，我参与《全国少数民族曲艺艺术》曲艺类教材编写，参与编写了由中国文联出版社出版的《中华传统文化与曲艺美学》，参与编写了由团结出版社出版的《中国精神·中国梦：优秀曲艺作品选辑》。同时，主动撰写理论文章，积极参加论坛活动，不断提高理论水平，论文《新时代视野下的曲艺传承和保护——推进长治"中国曲艺名城"繁荣发展的实践探索》《探寻最美走四方 唱响曲艺新时代——浅谈曲艺如何结合时代特色创作贴近人民的作品》《崇尚正品 坚守真品 追求精品——在曲艺创作中如何讲好中国故事的实践与思考》《彰显曲艺魅力 巩固曲艺名城——长治市创建"中国曲艺名城"的实践与思考》等在《曲艺》杂志发表。《以正为先 以真为基 以精为要——浅谈在曲艺创作 中如何讲好中国故事》入选第三届全国曲艺理论学术研讨会优秀论文集。《修德 明志 练艺 兴业》入选《牡丹绽放 花开有声——首批曲艺英才培育行动回眸》《守望乡村田园 创作曲艺精品》入选第五届中国曲艺柯桥高峰论坛论文集论著《身融乡土 心思乡愁 饱含乡情 溢满乡味》入选第三届中国曲艺之乡·岳池论坛论文集。据不完全统计，2012 年以来，创作作品获国家级奖、展演 40 余项；省级奖 30 项；获国家艺术基金资助 6 项；在国家级社科类学术期刊公开发表作品、论文 55 篇；参与编写《长治曲艺丛书》5 部；编写高等曲艺教材《中国少数民族曲艺艺术》。

胸中有大义、心里有人民、肩头有责任、笔下有乾坤。作为一名曲艺工作者，我们必须把自己的命运和时代的命运紧密融为一体，把自己的人生追求和时代的发展、人民的命运融为一体，把自己对时代的感悟、对人民的热爱化为对曲艺艺术的不懈追求。

相守：唱响信仰的歌决

2017 年 10 月，我被中国曲协聘任中国曲协曲艺创作委员会秘书长和中国曲艺之乡建设委员会委员。更加坚定了我自觉肩负起新时代赋予的神圣使命重任；2019 年，紧扣新中国成立 70 周年这个主题，用心用情用功打造新时代曲艺精品力作；我积极参加第 2 期全国曲协业务干部培训班，认真聆听中国曲协姜昆主席作《你和人民有多近，人民就和你有多亲》的辅导讲座，中国文联书记处董耀鹏书记所作的党的十九大精神辅导讲座。在思想上凝练了思想，瞄准了目标。一定要把会议的精神转化成自觉的行动，用情用功用心书写伟大的时代，创作出接地气的曲艺精品，回报伟大的祖国和人民。2019 年 11 月 8 日—12 日，参加第三期中国曲协艺委会专家研修班，使我更加感受到一定要充分发挥职能作用，推动曲艺创作委员会在新时代的社会责任和使命担当。也促使我在当地为曲艺繁荣发展献计出力，培养造就了一大批曲艺人才。特别是 2019 年沁州书会，由中国曲协曲艺创作委员会、山西省曲协主办，由长治市曲协、沁县县委县政府承办的新时代沁州书会的创新与发展论坛，对长治市的曲艺发展影响十分强烈。协会还在沁县、壶关等地多次举办创作研讨班，针对创作的曲艺作品深入地进行讨论和研究，对持续推动我市曲艺曲种的传承与弘扬，有效提升文化软实力发挥了重要作用。与此同时在当地组织我和我的祖国·庆祝中华人民共和国成立70周年"送欢笑"惠民演出，紧紧围绕党的工作重点在本职工作岗位上做出自己应有的贡献。有力推动了群众文艺精品的打造和培育，涌现出一大批反映时代精神、彰显长治特色、富有艺术感染力、深受群众喜爱的精品力作，发掘培养了众多优秀曲艺创作和表演人才，更成为鼓励广大曲艺工作者深入生活潜心创作、苦练基本功的实践舞台。

2019年，我第一次以辅导老师的身份参加第十期全国曲艺创作高级研修班。回想起，我2015年第一次参加第五期全国曲艺创作高级研修班，我以一名学员身份参加。短短5年时间，我就成为一名辅导老师参与。我的成长进步都源自中国曲协对我的而精心呵护，我的每一点进步和成长都融注了中国曲协对我的精心培养。我从参赛选手到点评嘉宾，我从培训学员到辅导老师，我的每一次跨越都在曲艺的百花园里得到栽培。多年来，中国曲协对自己的培养和教育，自己在这个百花园里茁壮成长，呼吸新鲜的养分，挖掘生命的土壤，锻造自己的意志，同时，自己也在中国曲协的引领下走上成熟。无论思想上和理念上，无论行动上和意志上，都在受到社会的尊重。2017年入选山西省学术技术带头人、2018年入选山西省宣传文化系统"四个一批"人才工程、2019年入选中共山西省委联系的高级专家、2019年入选山西省"三晋英才"支持计划高端领军人才。并光荣当选山西省人大代表、长治市政协委员。

春风化雨总有时，脚踏实地待芳菲。在曲协的精心呵护下，在曲艺的百花园里，我将踏着时代的步伐，脚踩深沉的土地，和人民不离不弃，和生活交相辉映，和艺术激情渲染，和时代同步前行，在新的历史起点上砥砺前行，拿出勇气，拿出干劲，不忘初心，牢记使命，勇于担当，继续前进，在新时代的宏阔画卷上绘就更加辉煌的图景，大踏步迈向更加美好的未来。

曲艺已融入我的血液，融入我的生命，融入我的点点滴滴，我甘愿用毕生的精力为之奋斗，为之奉献。此时的我，明天的我，一生的我，正在也将永远全力唱响艺术信仰的歌诀——

下
篇

《唱响艺术信仰的歌诀》

艺术与生活是一条川流不息的河，
生活的历练和磨砺让这条河变得晶莹透彻。
人民是推动社会发展的动力，
艺术离开人民犹如鱼儿离开水陷入贫瘠的沙漠。

信仰和使命是一条奔腾跳跃的河，
历史的洗礼和冶炼让信仰穿越时空气贯长河。
生活的历练让这条河晶莹剔透，活力四射，
人民的检验让这条河明镜高悬，欢腾跳跃。
坎坷的磨砺让这条河绚丽多姿璀璨闪烁。
信仰的支撑让这条河基因常青一路欢歌。

灌注生命的艺术之河，
牢记信仰的艺术之河，
扎根生活的艺术之河，
情系人民的艺术之河。

这条河，波涛滚滚，浪花扬波，
这条河，心在激荡，从未哆嗦。
这条河，乐在百姓，永远做到与民同乐，
这条河，喜在人民，永远激荡时代的欢歌。

新时代，蓄积生活的动能，高扬信仰的旗帜，
新时代，热爱人民的真情，高唱信仰的凯歌。
新时代，艺术的长河中去演绎生活的酸甜苦辣，
新时代，在艺术的交响中走出时代生命的欢歌！

新时代视野下的曲艺传承和保护

——推进长治"中国曲艺名城"曲艺繁荣发展的实践探索

长治是华夏文明的重要发祥地之一，也是源远流长的中国曲艺之乡，向来与曲艺有着不解之缘。长治曲艺孕育于两晋，产生于盛唐，成熟于明清。从"梨园始祖"唐明皇李隆基在潞州初创"梨园教坊"始，千百年来薪火相传，繁衍至今，生生不息。中国曲艺家协会第一任主席赵树理，就是从长治走向全国的。新时代视野下的曲艺如何传承和保护，如何推进长治曲艺繁荣发展，对此，我们进行了调查研究，现将调研报告形成如下：

一、主要概况

（一）曲艺种类

长治曲种丰富多样，据调查共有33个地方曲种。其中长治县及长治市郊周围有潞安鼓书、潞安大鼓、上党鼓书、上党大鼓；长子县主要有长子道情、长子鼓书、长子坠子、长子钢板书；襄垣县主要有襄垣鼓儿词、襄垣鼓书、襄垣琴书、襄垣评说；沁县主要有沁县老州调（亦叫三弦调）、沁县挑高；武乡县主要有武乡琴书、武乡三弦书、武乡鼓书等。屯留县主要有屯留道情、屯留鼓书；黎城县主要有黎城鼓儿词、黎城鼓书。其中潞安大鼓、襄垣鼓书、沁州三弦书、长子鼓书4项已列入国家级非物质文化遗产保护名录；武乡琴书、屯长道情、长子干板书、壶关鼓书等7项已列入省级非物质文化遗产保护名录；壶关鼓书、长子扇鼓、沁源说嘴、郊区李村干板秧歌等14项已列入市级非物质文化遗产保护名录。

全市13个县市区，县县有曲协组织，乡乡有曲艺队伍，村村有曲艺演出。据统计，全市民间文艺演出团体292家，从业人员6830人，仅长子县就有长子鼓书队65支，长子鼓书表演2000余人，长子道情100人，长子钢板书10人，长子莲花落30人，长子清板秧歌300人，长子鼓儿词100人，共计2540人。

（二）曲艺传承

长治市拥有国家级传承项目19个、省级项目104个、市级项目239个，有国家级传承人 15 名、省级传承人 74 名、市级传承人 224 名，有省级非遗生产性保护示范基地 2 个、市级非遗生产性保护示范基地 22 个。仅长子县鼓书说唱队就达 50 余支，并以夫妻、姐妹、父女、师徒结构为主，通过师傅在演出中带徒弟的模式进行传承，经过三至四年，徒弟就可学成出师，自己组队，这种滚雪球式的发展，使鼓书艺人逐年增加。尤其长治县潞安大鼓智燕说唱艺术团、襄垣鼓书张俊华说唱艺术团、长子鼓书引红曲艺演出公司、武乡琴书曲艺队、沁州三弦书盲人说唱团等曲艺团体的传承人成为长治地方曲种传承的佼佼者。以长子鼓书传承人刘引红为例，她的艺术团现有人员 16 人，自成立以来，每年上演 600 场，20 余年来，最少演出 1 万多场，观众达数百万人。长治曲艺"烨飞轩"相声会馆是一批 80 后年轻曲艺爱好者自发组织成立的曲艺会馆，每周六、日他们都把精彩的曲艺节目献给观众。正是有这样一批批为曲艺事业发展繁荣的爱好者和痴迷者，才形成了长治曲艺花团锦簇，五彩斑斓的繁荣局面。

（三）艺术特色

长治民间艺人演出节目长中短篇均备，曲目故事情节生动，主要有《五女兴唐传》《金镯玉环记》《钗环记》《大八义》《小八义》《包公案》《刘公案》《杨七郎打擂》《回龙传》《反菜园》《破孟州》《朱买臣休妻》等，这些作品以宣扬以人为本抑恶扬善、和谐相处诚实守信、勤劳勇敢、尊老爱幼的传统道德精神为主要载体。语言雅俗共赏，内容含量丰富，题材广泛多样，有良好的市场演出发展前景；这些作品说唱表演采用当地的方音语汇，唱腔曲调风格独具，板腔体唱腔结构，规整有序，悦耳动听，富于音韵变化，善于抒情叙事，具有浓郁的乡土文化气息；演唱方式简易独特，演唱者化入化出，一身多角，表演角度灵活自如，惟妙惟肖。表演场地随意性大，亲和力强，具有与观众拉近感情距离的艺术特色；乐器与道具兼备使用，尤其是无弦乐伴奏的演唱特色，在全国唱曲范畴中亦属罕见；演唱体例顺畅自然，段落结构层次分明，句式排列整齐活泼，易学易记，便于传教普及；艺术包容性强，在旧有基础上，能够吸纳上党戏曲、八音会及现代音乐舞蹈的音乐基素和表现方式、丰富自身的表现手段，有着其特殊的历史学术研究价值和现代开发实用价值，是上党盆地曲艺难能可贵的原生态味道浓重的古色古香的艺术奇葩。

（四）社会影响

在推动全市文化大发展大繁荣的过程中，长治市高度重视曲艺的传承和普及，不断推动长治曲艺事业繁荣发展。截至目前，长治市已经举办了4届中国曲艺"牡丹奖"全国曲艺大赛和1届中部六省曲艺大赛，全市共有4个曲种被收入国家非物质文化遗产名录，两个县被中国曲协命名为"中国曲艺之乡"。在2017年4月26日中国曲艺家协会召开的创建中国曲艺之乡（名城）工作推进会上，市委宣传部被授予"中国曲艺之乡标兵单位"光荣称号。

中国曲协主席、中国曲艺名城考察评审组组长姜昆这样评价长治曲艺"长治的曲艺有生活的温度。我对山西的曲艺艺术以及长治的传统曲艺非常有感情，无数次地听我们的专业演员、民间艺术家、老艺人，包括走街串巷的游走艺人演出，至今我还保留了一些20多年前看长治民间艺人演出时拍摄的资料。长治的艺术魅力不仅影响了当地的人，影响了整个城市的精神面貌，也对我们中国曲艺的发展，特别是鼓曲方面影响很大"。中国曲协分党组书记、驻会副主席、秘书长董耀鹏这样评价长治曲艺："长治的曲艺千百年来绵延不绝，历朝历代，它都能传承到今天，没有离开过老百姓的生活，它讲述的是身边事、身边人，家长里短，说书唱曲，它可以快速地和群众产生沟通，引起情感共鸣。不管你是什么身份，从事什么职业，长治一代又一代的曲艺工作者，背靠着这片乡土乡情，面对的是乡里乡亲，表演的是乡音乡情，弘扬的是乡韵乡味，这就是我们今天所说的乡愁。长治的曲艺有时代的高度，长治真正的曲艺繁荣是在近代，特别是在改革开放以后，进入新世纪以来，与所在的经济社会发展条件密切相关。长治曲艺服从于当地经济发展的大局，被纳入当地城市发展规划之中，长治一大批优秀的曲艺家、优秀作品参加了中国曲艺牡丹奖评选，都获得了不菲的成绩。长治的曲艺走出了山西，走向了世界"。2012年、2016年，潞安大鼓《割肉还娘》长子鼓书《小两口回娘家》《腊月天儿》《山西面食》走出国门，赴韩国、日本、法国等地演出，深受世界人民喜爱。

二、主要做法

长治曲艺如此受到社会喜爱，如此受到社会广泛关注，如此不断繁荣和发展，主要做法有以下几个方面。

（一）谋划长远发展，让曲艺"顶层设计

市委、市政府将发展繁荣长治曲艺纳入长治市《国民经济和社会发展第十三个五年规划纲要》和市委、市政府工作报告中，明确提出要加强优秀传统文化传承体系建设，深入挖掘、保护、传承非物质文化遗产，重点开发曲艺文化类的旅游商品，形成了一整套保护传承长治地方曲艺的"顶层设计"方案。制定出台曲艺保护、传承和发展的政策措施，对民间各类曲艺曲种，在组织、财力、物力上，都采取了倾斜扶持政策，建立健全了曲艺保护开发传承机制，由财政划拨专项资金对濒临失传的曲种进行扶持保护，对 60 岁以上民间艺人实施文化低保，周末大剧院曲艺专场惠民演出，政府每场给予 4000 元补贴。在每年的全市宣传思想文化工作会议上，都要对曲艺工作作出专门部署，从曲艺精品创作、曲艺人才培养、曲艺演出市场培育、曲艺对外交流等方面制定明确具体的措施办法，并从核心价值观培育、精神文明创建、文艺精品创作、文化产业发展、对外宣传等各个方面努力渗透扩大曲艺文化的影响力。

（二）借助各类平台，让曲艺"全面开花"

长治积极推动曲艺创作和演出融入核心价值观培育、城市形象塑造、对外文化交流等重点工作，让曲艺在各类重大节庆、重要活动、重要媒体中"发声亮嗓""大显身手"。2015 年 7 月 21 日，武乡鼓书《送子参军》参加"纪念中国人民抗日战争暨世界反法西斯战争胜利 70 周年优秀曲艺节目展演"，在广大观众中引起强烈反响。2016 年 7 月 27 日，长子鼓书《大山卫士》在"全国道德模范故事汇"基层巡演启动仪式暨首场演出中精彩亮相。2016 年 11 月，长治举办"长治好人颂"长治市首届曲艺大赛，突出"长治好人""上党公仆""曲艺魅力"等关键元素，在弘扬长治好人文化、传递发展正能量的同时，也彰显了曲艺艺术的时代魅力。2017 年 2 月，长子鼓书《"小米县长"》、武乡琴书《梨花情》、沁州三弦书《春风吹绿芦家岭》参加全省"助力脱贫攻坚"曲艺百场巡演活动，较好发挥了长治曲艺在"文化扶贫"中的重要作用。2017 年春节期间，在山西电视台"公共频道"黄金时段连续一周推出长子鼓书、潞安大鼓、沁州三弦书等 7 部优秀曲目，在全省产生了广泛影响。2017 年，长子鼓书《"小米县长"》参加"喜迎十九大"全国优秀曲艺节目展演，中央人民广播电台、中央电视台做了专题报道。2018 年，长子鼓书《闹红火》武

乡琴书《逐梦放映》入选第十三届马街书会全国优秀曲艺节目展演，长子鼓书《山西面食》入选第九届中国曲艺节，长治曲艺在全国的影响力进一步得到提升。这些优秀的曲艺作品在全国各地产生了深远的影响。叫响了"中国曲艺名城"的品牌

（三）强化保护传承，让曲艺"根深蒂固"

一是对优势曲艺资源进行整合，以我市主要曲种的领军人物为依托，在全省率先组建了长治市曲艺团，集中优势力量开展对外演出、文化交流、创作辅导和人才培养。二是加强曲艺类别的非遗保护传承。向省文化厅、省群艺馆申请专项资金，对我市非遗曲种和传承人进行了集中培训。市曲艺家协会常年深入基层对各县市区曲协组织进行创作培训辅导，推出了一批地方特色浓郁的曲艺精品。积极举办长治首届民间艺术节，挖掘展示长治曲艺资源；加大优秀曲艺作品的创作力度，着力打造传承传播长治曲艺的文化品牌。三是精心组织曲艺艺术"进校园""进课堂"。在中小学专门开设曲艺培训班，坚持每周授课，由曲艺老艺人担任辅导员，编写专门教材，面对面进行教学演示，让青少年学生接受曲艺知识普及。在长治市长治县、沁县两个"中国曲艺之乡"，少儿学曲艺、爱曲艺、演曲艺已经蔚然成风，形成了稳定的传承。四是积极融入特色文化和旅游景点。以"一带一路"的先驱者、西天取经第一人法显的事迹为素材，精心打造了"一带一路唱法显"系列曲目，用长子鼓书、潞安大鼓、武乡琴书、沁州三弦书等4个曲种形式在仙堂山展演。精心编排了武乡琴书《送子参军》《一双布鞋》《红星杨》等红色曲目，常年在太行八路军纪念馆展演，实现了曲艺艺术和文化旅游的完美融合。

（四）实施人才培养，让曲艺"根脉常青"

一是抢救保护濒临失传的县域小曲种。对濒临失传的县域小曲种采取抢救性保护措施，组织相关专家、学者、老艺人认真探讨，反复推敲，悉心把脉，破解生存发展和繁荣路径。组织专家开展专项调研，召开专题研讨会，使大批传统曲艺项目得以沿袭与传播。二是大力挖掘、培养、选树地方曲种非遗保护传承人，造就出一大批德艺双馨、能够真正带徒传艺的民间曲艺家。每年定期举办全市曲艺优秀人才评比，开办曲艺优秀人才讲习班，举办曲艺创作座谈会、曲艺新作分析会、征稿会，先后培训曲艺作者200余人。三是举办曲艺大赛。通过举办各类曲艺大赛推出新人新作，围绕出精品、出人才的

目标，坚持曲艺征集与曲艺表演相结合、曲艺创作与曲艺表演相结合、曲艺表演与曲艺评论相结合"三合一"原则，环环相扣搞活动，讲究实效办赛事，为曲艺人才的成长和进步提供了施展技能的平台，形成了人才活力竞相迸发的局面。四是传承优秀传统文化。依托周末大剧院、惠民曲目展演、文艺下乡、传统节事表演等具有群众基础和地方特色的文化活动，传承优秀传统文化，普及曲艺知识，发现培养草根人才。

三、存在问题

在实施曲艺传承的过程中。长治曲艺尽管取得了一定的成绩，但是也认识到一定的差距，主要体现在：

（一）人才储备不足

调研中发现，传统艺术面临后继乏人，现在的鼓书演员，大都是六七十年代出生，家庭贫困，兄弟姐妹多，从小跟上鼓书队到处演出混口饭吃。说书艺人没有年轻传人，最年轻的也已经47岁。学习曲艺需要痴迷这一门表演艺术的热情和几十年的真功夫，且收入不高。以武乡琴书为例，武乡县盲人艺术团年老体弱，也为生计奔波，收入不高，有的属低保户。纵观鼓书说唱队伍难觅八零后演员身影，甚至七五后的演员都少之又少。缺乏文艺专业人才，队伍人员青黄不接。基层文艺人才老龄化严重，年轻人更多地选择去大城市发展，没有年轻人愿意学，愿意投身基层的人越来越少，造成了基层文艺人才匮乏、青黄不接的现象。

（二）缺乏精品力作

民间艺人在乡下说唱的曲目大多是沿袭20世纪90年代的老节目，更新的不多，说唱的内容太冗长，叙述太啰嗦。一个故事三天都说不完。虽有节目曾获得省市奖项，对于如此庞大的鼓书队伍确实是凤毛麟角。究其原因就是节目创新不够，人们听几十年的故事，听腻了。应该在剧本的编纂上力求创新，与时代接轨。现在大部分说书人都是在啃当年师父传下来的老本。有的鼓书队都没有自己的镇台剧目。有的也只是在小段上下些功夫，仅仅是出洋相而已，鼓书本身创新不够，精品缺乏。

（三）市场观众萎缩

调研中发现，不少民间曲艺团经营方式较为单一，自我造血功能较弱，

沃土芬芳——暴玉喜曲艺作品文集

也没有形成稳定的产业链和完整的商业经营模式，在市场运作中，真正盈利的民间曲艺团并不多，能维持收支平衡已属不易，生存状况不容乐观。同时，受流行文化的挤压，曲艺演员的演出机会大幅降低，原来红火的节庆演出、娱乐演出、民俗演出、唱堂会、愿书等演出方式在迅速减少。一些古老的艺术形式已经作为一种文化被束之高阁，取而代之的是新兴的艺术形式。如：歌舞、小品、相声剧、变异的二人转等等。传统曲艺的发展显然没有能跟上社会前进的步伐。以长子鼓书为例，如今的庙会上除了小商小贩就是一些年逾花甲的老人，年轻人已失去了到庙会上淘金的兴趣，观众都是这些在家颐养天年的老人和一些顽皮的享受童年的孩子们。

（四）传统艺术断档

纵观所有的鼓书演员，难觅八零后演员身影，甚至七五后的演员都少之又少。鼓书演员大都是六七十年代出生，家庭贫困，兄弟姐妹多，从小跟上鼓书队到处演出混口饭吃。好多鼓书演员与配乐演员结为夫妻。好多鼓书演员之间都沾亲带故，但是新世纪的今天他们没有让自己的子女继续学唱鼓书。台口少，收入微薄，技艺濒临失传等。现在社会的年轻人追求时尚，到大城市去追求那虚无缥缈的梦想，没有人再愿意学习鼓书。传统艺术面临后继乏人的境况。

四、采取对策

在充分认识成绩的同时，我们也清醒意识到，我们所做的工作、取得的成效，与中央和省、市委推进文化繁荣发展的工作部署相比、与中国曲协推进曲艺工作的高标准、严要求相比、与其他"曲艺名城""曲艺之乡"的突出成就相比，还存在明显差距和不足。

为此，下一步我们要重点采取如下对策：

（一）切实加大政府层面扶持推进力度

各级政府在曲艺人才培养方面应制定出台专门扶持政策、建立长效机制、设计顶层制度、深化机制体制创新、切实抓好已经出台扶持的政策与《实施办法》的具体落实，在资金投入、普及教育、考核认证、搭建平台、鼓励激励、评优树优等方面做实做好，并将曲艺人才培养工作纳入整体文化事业发展综合考评体系、纳入各级文化行政主管部门及行业协会组织年度考核指标体系，以此来引导、推动曲艺人才培养工作有机联动和整体推进。各级政府和文化部门要采取各类优惠和扶持办法，通过政府购买、财政补贴等形式扶持曲艺演出，积极推动曲艺表演和各类节庆节事活动、旅游产业项目融合发展，提升曲艺艺术的知名度，培育繁荣曲艺演出市场。

（二）进一步加强曲艺队伍建设力度

曲艺要发展，人才是关键。要研究制定我市曲艺人才培养规划，在巩固现有曲艺从业人员规模的基础上，有计划地在青少年中发掘培养曲艺人才，形成科学合理的曲艺人才梯队结构，做到人才不断档、队伍有活力。要对不同曲种的优秀传承人员进行重点扶持、重点培养，依托演出团体、文化站室、节庆活动，建设一批曲艺创作基地，打造一批曲艺传习场所，厚植曲艺文化土壤，用曲艺滋养民族情感，诠释时代精神，培养弘扬社会主义核心价值观，凝聚发展能量，以正能量、正趣味、正形象、正效益满足多元化、多层次的社会精神文化需求和大众审美需求，为推动地方发展、建设美好家园营造良好的精神文化氛围。

（三）要进一步加强曲艺精品创作力度

创作生产优秀作品是文艺工作的中心环节。要充分发挥当代中国文学艺术创作工程引领创作方向、整合创作力量的作用，聚焦现实主义题材，围绕重要时间节点，加强规划指导和组织化推动，要发挥艺术优势，创作文艺精品，要研究并重视观众的审美需求，努力为人民发声；还要坚持正确的导向，保持艺术引领作用。推出一批思想精神、艺术精湛、制作精良相统一的优秀作品，引导艺术家用最大真诚抒写新的时代、奉献人民群众。要鼓励传统曲目在扬弃继承的基础上重新编排，进入现代演艺市场，推动各类地方曲种、民间演出队伍走差异化、特色化、自主发展的道路，打造更多适应市场需求、体现地域风情、叫好又叫座的特色曲艺品牌和精品。

（四）进一步深化对外文化交流力度

曲艺发展的道路一定要遵循曲艺的艺术规律，汲取前人的成功经验，同时用好"中国曲艺名城"品牌，组建长治曲艺团，加强与大连、张家港、天津、苏州等"曲艺名城""曲艺之乡"的交流演出，推动长治曲艺走出去，在更大范围、更高层次扩大影响，展示风采；鼓励和组织各种曲艺演出队伍走出去，充分利用承办和参加中国曲艺牡丹奖大赛的机会，锻炼队伍，提升自己。

曲艺是中华大地上滋生的说唱艺术，是中华优秀传统文化的组成部分。曲艺元素渗透于百姓日常生活中，伴随着人类生存发展而生存发展。文化延续着一个国家和民族的精神血脉，既需要薪火相传、代代守护，更需要与时俱进、勇于创新。一方面，要始终坚持以人民为中心的创作导向，坚持雅俗共赏的原则，及时了解和掌握人民群众的文化需求，创作接地气、带有原生态芳香的作品，反映好人民群众主体地位和波澜壮阔的现实生活；积极打造曲艺常年为民活动阵地，让老百姓随时看到曲艺，打造曲艺文化，在欢声笑语中愉悦审美情趣，提高欣赏的乐趣，让传统曲艺在新时代中找到生生不息的原动力，共同推动曲艺事业的新发展。

下篇

作品接地气　才有生命力

——浅谈长子鼓书《腊月天儿》的创作动因及技法

2014 年 8 月 1 日，对我来讲，是值得永远纪念的日子。这一天，我带着新创作品长子鼓书《腊月天儿》、潞安大鼓《中国梦》参加了第八届中国曲艺牡丹奖全国曲艺大赛长治赛区的比赛。在这次分赛区比赛中，长子鼓书《腊月天儿》获得创作提名奖、潞安大鼓《中国梦》获得节目提名奖。随后，两个作品进入终评。在我翘首企盼中，幸运之神又一次降临，在强手如林的大赛中，长子鼓书《腊月天儿》最终摘得牡丹奖创作奖。

一步步走来，一次次期待。回顾曾经走过的曲艺之旅，回顾备战几届牡丹奖的日日夜夜，真是情牵牡丹，心醉曲苑，孜孜以求，感恩曲坛。

我生在农村，长在农村，农村永远是我留恋的地方。因为农村给了我生活的积累，也给了我生活的沉淀。从事曲艺创作多年，我总是饱含由衷的感情去认识生活，观察生活，感悟生活，拥抱生活。我眷恋脚下的土地，更眷恋村里的乡亲。每个星期天，我都要抽出时间，回村里走一走，看一看，和乡亲们聊一聊，谈一谈。乡亲们质朴的语言，宽厚的心态，丝毫不掺假，不做作，这正是我要寻找的原生态的语言，以充实、丰富我的曲本。

每当一个作品问世后，母亲是第一个读者，她经历了坎坷和曲折，对生活有很多感悟。她每次都认真看我的作品，如果表情木然，毫无反应，我就知道，我的作品肯定失败了；如果看到她开怀大笑，我感到作品得到了她的认可，这增加了我创作的积极性，也更加感到生活的源泉就在脚下这片眷恋的沃土中。

潞安大鼓《中国梦》和长子鼓书《腊月天儿》两个作品，呈现出两种笔法。《中国梦》那是一个多么恢弘的主题，在布局上首先必须站得高，看得远，大事大情大写意，调动各个侧面，多方位展现中国梦的心路历程，宏观构筑所要表达的内涵。

而长子鼓书《腊月天儿》是从民俗的角度出发抒写。对腊月天的描写是一个受众广泛的主题，是对中国传统文化的褒扬，是对传统节日的留恋和再现。

我在创作《腊月天儿》时，脑海里总是挥之不去对美好童年的记忆，过年的情景总是牵扯着我的神经。小时候过年，那是多么惬意的事情，又是一幅多么值得留恋的画卷。老百姓过年期盼是和睦幸福。从腊月二十三到除夕夜的欢聚，蒸黄蒸、备年货、扫灰尘、剪窗花、贴对联、放鞭炮、挂灯笼、拜大年……一个个红红火火的场景，一个个热热闹闹的场面。全家人兴奋，孩子们欢欣，处处洋溢在幸福的年味中。每一个场景都是一幅画面，每一幅我们都是画面的主人。一个情节派生一个情节，构成情节链，句句不离人与景，字字凝练人与情。一个镜头接着一个镜头在展现，从始至终采用白描的手法，把过年的情景展现出来，让人回味，让人生情。

一切景语皆情语。创作中，字里行间贯穿一个情字，是对腊月天的深深思念之情，是对普通百姓千丝万缕的情愫。选材的时候，《腊月天儿》选择的是小事、小情、小人、小理，身边的事，老百姓息息相关的事。这就是常形、常理、常情，常有的形象又都透示一个常理。把常形、常情、常理，贯穿腊月天的各个环境中，通过人物潜移默化的行动，通过一幕幕场景的再现描绘出来。

长子鼓书《腊月天儿》最初发表在 2014 年《曲艺》杂志上，尽管发表了，但是，我仍然不断修改，特别参加全国曲艺大赛，我更是仔细琢磨每一句话，回忆每一个情节，对接每一个链条，抖好每一个包袱。发表在《曲艺》杂志开始的四句是 "腊梅傲霜伴雪花儿，花落万家迎新年儿，年味浓浓唱和谐，唱出欢乐一片天儿。"我认为作品语言和整体风格还是不一致，应该用更加通俗的语言来描写，正式大赛中我把四句改成"天上纷纷飘雪花儿，花落万家迎新年儿，年味浓浓大家唱，唱出欢乐腊月天儿"。这四句是起腔，点清主题，天地人和。接下来，我继续玩味原来的版本，感觉时间不是很明确，尽管把腊月天的忙碌场景表现了出来，但还是有模糊，不明晰。于是，我再认真构思，以时间为顺序，详细概述进入腊月天人们怎么忙，重视细节描写。从腊月二十三写起，一直写到年三十，并且每一个时间段有明确界限。

改动最大的是结尾，原来我用排比从一写到十"一元复始气象新，二龙戏珠方光环儿，三阳开泰凝瑞气，四季平安福无边儿，五福临门露笑脸，六福同春花满园儿，七星高照喜团聚，八方吉祥开新篇儿，九州太平大长治，十全十美乐翻天儿。"，后来，我发现，还是和整篇不是一个味，没有接地气。于是，我又反复斟酌，改成："家家张罗年夜饭儿，包饺子儿，拉扯面儿，腥汤素汤炒抉片儿。炒炒饼儿，炒炉面儿，油糕油条油麻儿，牛肉羊肉猪头肉，肉丝肉片儿肉疙瘩儿。样样儿做好端上盘儿，户户团圆围成圈儿。你敬我敬大家敬，敬老爱幼福无边儿。嘣，叭——一声春雷震天响，欢欢喜喜过大年儿。"这样一改，具象了，活泼了，灵动了，老百姓更容易接受了。

在语言的运用上，我尽量寻找生活化的语言。我认为曲艺作品，必须从生活中找灵感，从生活中品味道。因为一切艺术都是源于生活的，生活是我们的老师，生活是我们的源泉，掘得越深，泉水才越香甜。有理、有情、有人、有事是曲艺作品最基本的元素。每个元素都应该是平中显奇。在平淡中见俏，平俗中见雅，高质量的曲艺应是含蕴丰富。所以，我始终设身处地去想，力图还原本来的面目，不刻意渲染，不多用形容词，用白描的手法勾勒一幅幅逼真的年画。

用家常语写词，平易得与口语无异，读来朗朗上口，这是我的一个追求，也是多年艺术创作的一个尝试。在创作中，崇尚自然美，自然无雕琢。我始终认为，创作的根基在基层，群众的语言最灵动，唱词还要为演员服务，把节奏写活，活学活用，才能如鱼得水，相得益彰。创作要写自己熟悉的题材，自己熟悉的题材更容易发挥想象的功效，生活细察细问，创作反复推敲，好比顺着一条筋往前捋，沿着一条藤往上攀，把经络捋清，把枝蔓摸准。自然界的物体用艺术构思的链条，用审美情趣的连缀，把生活的画面通过时间的顺序连接起来，读者感到不空，读来也有厚度。

一个好的作品产生一定是：有事儿、有字儿、有缝儿、有空儿、有味儿、有劲儿。我认为：一个文本的产生首先是要有一个典型的个例或者是故事，这个故事不见有多大，有多恢宏，往往是百姓身边的事情最能打动人，小人、小事、小情、小理、跟老百姓息息相关的事情百姓愿意看，写熟知的百姓心语，让老百姓有共鸣，说到老百姓心坎上。在讲述故事的时候，文字要讲究，它一定是按说唱的基本要求往下进行，即：文字的自行规律通畅，字节的结构便于创腔和演唱。"有缝和有空"是文本不能写满，满则溢，要有包袱抖落。包袱抖得恰到好处，不是硬性牵强附会。《腊月天儿》在包袱抖前，总要铺排一系列内容，让观众欣赏这种曲艺的味道，然后在大家进入情绪之中，出其不意抖出包袱，真正有味儿和有劲儿。

《腊月天儿》整篇采用儿化韵，儿化韵不是什么作品都通用的，因为是忙腊月，一派祥和欢快的景象，有情趣、意趣、生活气息浓烈。儿化韵就善于表现这种喜庆的内容。儿化后的词，大部分使原来的词语带上了一定的感情和修辞色彩，这样使整个作品洋溢着欢乐、亲切、愉快的气氛。烘托了腊月天这个充满祥和、幸福的感情意蕴。

长子鼓书曲牌丰富，韵调优美，加上演员刘引红的表演，更使长子鼓书增添了无穷魅力。在《腊月天儿》中，刘引红对角色的处理很到位，这和她多年的历练分不开，无论在《小两口回娘家》中的出色表演，还是在《常回家看看》的精彩表现，特别在《腊月天儿》中，她是故事的讲述者，同时又是故事人物的表演者，跳进跳出，运用自如，一个人演几个人物，有时在演出中还要即兴发挥。扎实的基本功，较高的文学素养，同时善于把握观众心理，和观众产生互动。使作品的文学性与表演性密切结合，通过演员的二度创作，使节目展示出艺术的魅力与风采。使长子鼓书在曲艺艺术长河中绚丽多姿，芳香四溢。因此，在这里，我由衷感谢刘引红的精彩表现。

我们每天接触各色各样的人和事，每件事情经过提炼和加工，就能写出有生活实感的故事来，让人们感到日常生活的真实亲切，让读者以不同的方式亲历、体味，并从中探寻生活的至理明义。

创作的过程，也是思想、灵魂净化的过程，在创作中，我深深体悟到：曲艺要做好继承和传统，传统的东西不能丢，如果我们扔掉传统的东西，熟悉的东西，必然造成逻辑不合理，内容空乏无味，形式再好，也只是空架子，站不久长。没有生活，不会用形象的生活语言表现所应表现的生活，就写不出感悟生活的词句，这是曲艺创作致命的弱点。

生活无处不在，生活无处不美，思绪集中，胸怀清净，心事单一，保持清纯的创作心态，寻找素材，寻找灵感，沉到火热的生活当中吸取营养——作品接地气，才有生命力。

（本文发表于 2014 年第 11 期《曲艺》杂志）

471

下篇

特殊的历史·特别的奉献·特有的担当

——唱响"红色曲艺"的历史传承与时代呼唤

曲艺作为党的文艺事业"轻骑兵",始终响应党的号召,贴近人民群众,全力以赴为党和人民鼓与呼。不论在昨天,还是在今天、明天,都始终流淌着"红色血液",坚守着"红色本色",全力唱响"红色曲艺"。因为对曲艺以及曲艺人来说,有着特殊的历史、特别的奉献和特有的担当。

一、特殊的历史:从战火中走来的"红色曲艺"

回望红色历史,在血与火的战争中,无论是星火燎原的根据地,还是漫漫征程的万里长征,无论在抗日战争的最前线,还是在解放战争的最前沿,曲艺都唱响在生与死的战场上,与党的红色历史相知相守相随相伴。

(一)军民团结的桥梁纽带

长征途中,快板书作为简捷明快的曲艺形式,广泛宣传为民服务的宗旨,沿途在各族群众心中,播下革命的火种。"千里的雷,万里的电,把旧的世道要改变。革命的火,呼呼地长,人人跟着共产党。"群众在通俗易懂的快板中受到教育,在热情似火的快板中受到启发,心甘情愿为红军办事情搞服务。有的冒着生命危险,千方百计从物资上支援红军;有的找渡船、引渡口、献门板、砍毛竹、绑水阀、架浮桥,帮助红军两渡乌江,四渡赤水;有的打土豪、破盐仓,为红军筹粮、筹盐、筹款;有的为红军赶制服装、鞋袜、补充御寒衣物;有的为红军印刷文件、布告、宣传品;有的为红军抢修枪炮;不少群众为红军带路、送情报、抬担架,有的甚至冒着生命危险秘密收留红军掉队人员,帮助他们寻找部队等等,"韭菜开花一杆心,割掉髻子当红军;保护红军万万岁,割掉髻子也甘心。"在血与火的革命斗争中,广大群众与我们的队伍同生死,共患难,凝结了亲人般的鱼水之情、骨肉之情。

(二)鼓舞士气的精神食粮

长征路上处处有危险,尤其是爬雪山,过草地,让无数红军战士献出了宝贵的生命。红四方面军在翻越雪山时,几乎到了弹尽粮绝的地步,长期的营养不良和日夜奔波，让红军战士头昏眼花，体力不支。为鼓励战士们翻越雪山，红军宣传队员亮开嗓子唱起快板。"为穷人，闹翻身，大家踊跃当红军。人心齐，泰山移，坚定信心跟红旗"战士们虽然又饥又饿，但一听快板，就士气大振。正像著名曲艺作家王宏的群口快板《传板儿》中写道："红军长征两万五，万水千山多么艰苦。红小鬼组成宣传队，打起竹板不觉累。又鼓动，又宣传，字字声声叩心弦。""小小竹板真传奇，不用打枪就杀敌。小小竹板威力大，伴着咱们打天下！……攻济南，战江南，竹板声声把捷报传。竹板响在大西北，解放军滚滚向前似潮水。竹板打到大西南，蒋匪军百万大军全玩完。……竹板打到上甘岭，就像那旱地掘开一口井。竹板就是冲锋号，凯旋门前人欢笑。"在战争年代，无论走到哪里，都能听到曲艺的回响，那鼓板丝弦糅进了民族情，檀板声声凝聚起民族魂，曲艺伴随着我们军队的脚步，走南闯北，驰骋疆场。

（三）政策宣传的重要力量

1937年，八路军东渡黄河，创建了太行太岳革命根据地，也开创了上党说唱艺术史上的新纪元。在太行山根据地，伴随着新秧歌运动的开展，新曲艺作为一种轻便、小型、灵活的艺术样式同时开展起来，这些曲艺组织，积极演唱抗日书目，宣传抗日政策，成为抗日宣传的重要力量。《联合抗日》、《李庄滩战斗》《共产党八大让步》《阳明堡点飞蜓》等作品，就配合了当时根据地各个时期中心工作，以小、短、快的鲜明特色，起到非常明显的宣传效果。并且在当时根据地，凡能拿起笔来的人都编书写戏，创作热情十分高涨，涌现出不少脍炙人口而又感人肺腑的作品，如《地主与长工》《张凤兰劝夫参军》《百名英雄》《红军长征》《土地法大纲》《一张土地证》等，还有反映八路军和太行革命老区抗战杀敌、讴歌伟大太行精神的《大军南下》《魏名扬虎口夺枪》《地道战》《地雷战》等等。

从万里长征、抗日战争、解放战争、抗美援朝以及中国大地上的每一次红色记忆，曲艺都融入其中，凝聚人心，鼓舞斗志，战胜困难，慰藉心灵，与我们的队伍一起前进、前进、再前进，不断从胜利走向胜利。

二、特别的奉献：热血铸就的"红色曲艺"

走进红色历史，曲艺人战斗的身影随处可见，从未缺席。他们表演在第一线，冲锋在一线，无畏无怨无悔。

（一）英勇无畏地演出

著名相声表演艺术家常宝堃在日伪时期，因演出讽刺日伪反动统治的相声《牙膏袋》《买桥票》等遭到逮捕、毒打。被释放后仍坚持立场，以相声针砭时弊，反动当局曾威逼利诱他编演讽刺共产党的相声，他断然拒绝。中华人民共和国成立后，常宝堃积极投身祖国的文化事业，编演新相声，热情歌颂新生活，颇受广大群众喜爱称赞。1951年参加中国人民解放军赴朝鲜慰问团慰问演出。同年4月23日，在朝鲜前线演出时，遭美军飞机疯狂轰炸扫射，不幸牺牲。曲艺弦师程树棠唱着《中国人民志愿军战歌》，也在1951年4月23日，在慰问演出中，突然遇到美军袭击，不幸牺牲，时年41岁。他们继承爱国、勇敢的民族精神，为后人留下了《过雪山》《渡乌江》《女儿英雄王桂香》等不朽的曲艺华章。

（二）义无反顾地说唱

1941年夏，太行革命老区武乡盲宣队张培胜一组在长乐村遇敌，六人全被日寇枪杀。1942年沁县韩荣先、宋进先、赵文焕等盲艺人为我抗日干部送情报，被敌人发现，引起敌人在沁县城内搜索抓捕盲艺人，在人民群众的掩护下未被抓获，但在另一次送情报时，赵文焕盲艺人不幸惨死在敌人的屠刀下，在太行说唱史上写下悲壮的一页。韩起祥，中国陕北说书演员。3岁失明，13岁学艺，30岁能说唱几十部书，会弹50多种民歌小调，是陕甘宁边区的盲演员。韩起祥不仅说书，而且很早就开始帮助地下党，他还当过刘志丹的地下联络员，他创造性地把陕北民歌信天游以及道情、碗碗腔、秦腔、眉户等剧种的曲调融于说书中，使这一艺术形式更加丰满。充满智慧、机智和幽默的特色，被毛主席称赞为"文艺轻骑兵"。他始终坚持以人民为中心、以精品奉献人民、用明德引领风尚，先后创作《刘巧团圆》《翻身记》《我给毛主席去说书》等570多部作品，把三弦当冲锋枪，宣传革命，鼓舞斗志，启迪人心。

（三）激情满怀地创作

在抗日战争和解放战争时期，部队和地方的新文艺工作者积极参与地方曲艺改革，写出了不少好作品，赵树理的快板《齐心打东洋》、《为啥要组贫农团》、鼓词《石不烂赶车》、毕革飞的快板《急行军捎带睡大觉》、寒声的鼓词《刘春芒》等等，为当时的演唱活动注入了汩汩活水。特别是毛泽东《在延安文艺座谈会上的讲话》后，广大曲艺工作者更是欢欣鼓舞。他们身背铺盖，怀抱乐器，爬山涉水，冒着烽烟战火，边创作边演出，整年、整月奔波在战斗的前哨阵地。

曲艺承载着鼓舞斗志、传递正能量的作用，在100年党的奋斗历程中，曲艺人的战斗身影从未缺席，而曲艺灿若繁星的相声、评书、鼓曲等各个艺术形式，就是敌前敌后的战斗利器仍历历在目，谆谆在耳，激励我们在一边回望一边思索中更加理性地抒写今天的曲艺史，让我们发挥好"文艺轻骑兵"的作用，担当历史使命，完成党交给的重要职责，肩负民族的希望，在血与火的战场上完成党赋予的光荣使命。

三、特有的担当：唱响"红色曲艺"的时代呼唤

历史是一面镜子，在我党红色历史的画卷中，我们看到了从战火中走来的"红色曲艺"，看到了曲艺人用热血铸就的"红色曲艺"，同时也看到了"红色曲艺"为党和人民事业作出的不可磨灭贡献。

历史是一本教科书，"红色曲艺"的特殊历史，曲艺及曲艺人的特别奉献，让我们真正读懂曲艺特有的担当：党有号召，曲艺就要有响应，党有行动，曲艺就要紧贴紧跟。因为曲艺一头连着党和人民事业，一头连着人民群众，曲艺是桥梁与纽带；因为曲艺的本质就是思想教育，思想是行动的先导，一切行动中曲艺理应冲在前干在先；因为曲艺具有"轻骑兵"的独特优势，具有"接地气"的群众基础，开展工作能够迅速打开局面，收到奇效；因为曲艺有着光荣的传统，有着红色的基因，理应不忘历史，守好初心，牢记使命，担当使命。

历史是一剂清醒剂，回望红色曲艺的丰功伟绩，回想曲艺前辈的英勇壮举，面对党的号召、人民的期盼和社会的需求，审视我们如今曲艺的现状和当代曲艺人的作为，我们清醒地认识到，我们做得还很不够，还有许多的任务等着我们去完成、去挑战。伟大的建党精神需要我们弘扬，英雄的时代楷模需要我们宣扬，飞速发展的时代需要我们鼓与呼，发展奋进的力量需要我们去凝聚去激发，人民群众的渴求需要我们去回应去满足。我们必须保持清醒的头脑，理清思路，明确方向，坚定信仰、信念和信心，全力唱响新时代的"红

色曲艺"。

（一）突出主题主线，弘扬时代精神

要把宣传、弘扬"红色精神"作为曲艺工作的主题主线，聚焦英雄人物、英雄事迹，聚焦红色故事、红色记忆，深入宣传"坚持真理、坚守理想，践行初心、担当使命，不怕牺牲、英勇斗争，对党忠诚、不负人民"这一伟大建党精神，深入宣传井冈山精神、长征精神、延安精神等共产党人的精神谱系，融入我们党、国家、民族、人民的血脉之中，为我们立党兴党强党提供丰厚滋养，使我们党能够饱经磨难而生生不息；同时，结合新的时代，立足精神传承，聚焦时代楷模、共和国功勋，聚焦历史进程、时代发展，广泛宣传新时代共产党人的精神风采，真正让红色精神随着激情高昂的"红色曲艺"永远传承、传唱下去。

（二）围绕"三位一体"，推出时代精品

红色题材的作品是唱响"红色曲艺"的重要载体和前提。在作品的创作中，我们要用好红色资源，围绕"整、改、创"三位一体来实施，即对曲艺前辈的作品进行认真整理，根据现代的需求进行适当的改编，同时走进红色历史、走进现实生活深度挖掘、积极创作。特别在创作中，一定要坚持在深读、读懂、弄透的基础上再进行创作。创作的作品一定要像我们曲艺前辈们在战场上创作的作品那样，"热腾腾"，故事既鲜活又充满激情；"情深深"，故事既动情又发人深省；"真切切"，故事既有深度而又真真实实。唯有如此，我们的作品才能真正叫得响、传得开、留得下，受到老百姓的欢迎，"红色基因"也才能通过"红色作品"得到更好地传承。

（三）把握三个关键，奏响时代强音

唱响"红色曲艺"需要形成合力，形成氛围。一要上下联动。自上而下都要结合党史学习教育，立足实际，立足本区域本领域，积极推进，掀起热潮；二要全员行动。我们所有的曲艺工作者都要积极行动起来，发扬我们前辈们特别能吃苦、特别能战斗、特别能担当、特别能奉献的精神，走出去、走下去，走进生活，走上舞台，走进群众中间，尽情忘我地创作，尽情忘我地演出；三要整线出动。我们所有的曲艺门类，一切可以利用的宣传媒介，都要投入进来，以强大的力量来共同唱响"红色曲艺"，让"红色曲艺"真正成为时代的最强音。

回望历史、照应现实、洞察未来，为党和人民事业时刻奋斗，是我们曲艺人永远坚守的初心和使命，也是曲艺人的社会责任和文化担当。面对全面建成社会主义现代化国家的第二个百年奋斗目标，我们当代曲艺人已信心满满，坚定地从曲艺辉煌而特殊的历史中接过接力棒，在曲艺前辈们特别的奉献中汲取更大的力量，在曲艺特有的担当中展现新作为，作出新业绩。我们也由衷地发出内心的呼唤：请党放心，强国有我！

下
篇

坚守曲艺"心" 永远跟党走

  1949 年 7 月 22 日，迎着新中国成立的曙光，由 60 余名各界艺术家发起，中华全国曲艺改进会新筹备委员会在北平成立，这正是今天中国曲艺家协会的前身。70 多年来，中国曲协在中国共产党的坚强领导下，带领全国广大曲艺家和曲艺工作者，积极传播党的声音，全心讲好中国故事，真情说唱百姓生活，奋力谱写出中国曲艺事业的壮美篇章。

  我是 1999 年 12 月加入中国共产党，2010 年被中国曲协吸收为会员，十多年来，我与曲协相知相伴相守，在这个温暖的大家庭里，沐浴着党的光辉，接受着党的熏陶，在曲艺的道路上不断得到成长和锻炼。建党百年，面对全面建设社会主义现代化国家的宏伟目标，面对推进曲艺事业高质量发展的崭新任务，回顾我与曲协相濡以沫的这些年，切身感悟到曲艺向党、曲艺为民、曲艺崇德、曲艺重学、曲艺强责的内在特质和深刻内涵，并将此内化于心，外化于行，在党指引的光明曲艺大道上，躬身入局，阔步前行。

一、曲艺向党：坚持党的引领坚守党心不偏向

  中国曲协是党领导下的曲艺界人民团体，是党和政府联系曲艺工作者的桥梁和纽带，是繁荣新时代社会主义曲艺事业的重要力量。一直以来，中国曲协始终引导我们坚定不移听党话、跟党走，创作中要时刻把握时代脉搏，洞察历史逻辑，通过有筋骨、有道德、有温度的文艺作品，弘扬光荣传统，赓续红色血脉，充分表达对党和人民的真情挚爱，有力彰显源远流长、生生不息的时代精神。尤为重要的是，中国曲协这种引领和导向，不是空洞的说教，不是硬生生地灌输，而是以"向党汇报，向人民报告"的活动为载体，以全员创演节目来实践，通过切身的感受、领悟，来全力唱响"曲艺向党"的主旋律。

  作为一名曲艺创作者，我紧扣曲协举办的每一次活动主题，悉心创作，全身投入，以活动促创作，以活动检阅成果。先后在向人民报告——庆祝新中国成立 65 周年暨说唱中国梦优秀曲艺节目展演、向和平致敬——纪念中国

人民抗日战争暨世界反法西斯战争胜利 70 周年优秀曲艺节目展演、中国曲艺节优秀曲艺节目展演、庆祝改革开放 40 周年优秀曲艺节目展演、向党报告——庆祝中国共产党成立 100 周年优秀曲艺节目展演等活动中，精心创作了红色曲艺作品 50 余部。有反映长征精神的《十七棵松》《等你一生》《长征托婴》，反映太行精神的《娘心》《花鼓魂》《儿的魂娘的心》，反映抗美援朝精神的《香玉号》，反映劳模精神的《慈母大爱》《大山卫士》《信义夫妻》，等等。

我深刻体会到，每一次参加都是一次思想的净化，认识的深化，深刻感悟到曲艺创作的主旨就是要融入党和国家大局，走进群众中间，为党和人民鼓与呼；曲艺作品的主题就是要饱含对党和人民无限热爱和赤胆忠诚，大力弘扬伟大的建党精神，颂扬人民英雄和人民公仆，宣扬时代进步和文明新风。同时，也深刻领悟到无论走多远，无论走到哪里，无论推出多少作品，都不能忘记我们姓"党"，都要始终坚守一颗火热鲜红的党心，坚定不移跟党走，绝不偏离方向，脱离主题。

二、曲艺为民：牢记党的宗旨，坚守民心不忘本

曲艺的灵魂就是为民，曲艺的宗旨就是服务。走进曲协，听到最多的关键词就是"人民"，平日里参与最多的创作采风活动主题就是"深入生活、扎根人民"，参加最多的作品展演活动主题就是"送欢笑到基层"。一直以来，中国曲协始终牢记党的宗旨，坚持从群众中来、到群众中去，带领我们不断走进群众火热的生活，走上基层百姓的舞台，引导我们把创作的根脉深深扎于社会生活和人民群众之中。

2021 年 7 月 20 日—25 日，我作为辅导老师到陕西参加中国曲协"深入生活扎根人民"主题实践采风活动。在延安曲艺馆参观时，被韩起祥老前辈的故事深深打动。1959 年 10 月，延河大桥落成剪彩，他要写一部关于大桥的作品作为献礼节目，向革命圣地延安表达自己的敬仰。但他只能摸到桥面而看不到桥下，于是他就让儿子用绳子把他绑紧，吊在桥下面，用手亲自去摸大桥的构造。通过亲身实践，深入生活，激发创作热情，终于写出脍炙人口的陕北说书《看大桥》。带着按捺不住的感动，我连夜采访了韩起祥老前辈的女儿——陕西省曲协主席韩应莲，韩主席对父亲的深情讲述，让我更加全面深入地认识到韩起祥老前辈的执着与坚守，情不自禁地也写出一部真人

真事真情的曲艺作品《看大桥》。

一线采风、探寻素材、感动自己、真情创作、奉献社会、服务人民，这样的情景、这样的循环、这样的模式，已成为中国曲协引导我创作形成的固定格式和日常习惯。身处这样的模式里，让我们的曲艺作品始终能够紧贴生活、紧扣社会、紧跟人民，确保作品用的是群众语言、写的是真实故事、表达的是真情实感，真正让曲艺起到宣传群众、教育群众、服务群众的作用；身处这样的模式里，让我始终牢记全心全意为人民服务的宗旨，无论创作哪一部作品，都要始终坚守一颗火热真挚的民心，深入生活、扎根人民，绝不离"土"，绝不忘本。

三、曲艺崇德：维护党的形象，坚守清心不浮躁

曲艺是在党的领导下，宣传贯彻党的方针政策、传播时代精神和文化、引导教育群众、深受群众喜爱的一种文艺形式，是培根铸魂的一项工作。曲艺工作者作为具体从业人员，其综合素质直接影响着曲艺作用的发挥，特别是作为中国曲协会员，其一言一行代表着曲艺的形象、曲协的形象。一直以来，中国曲协从维护党的形象出发，始终引导曲艺工作者把崇德尚艺作为人生的必修课和基本功，立业先立德，为艺先为人，全力营造风清气正的曲艺行业生态。

中国曲协明确提出曲艺从业者要紧跟时代步伐，以培根铸魂为本，以精进业务为能，以耆老硕宿为榜样，以传承创新为追求，把清风正气浸润到传帮带教和作品创演中。

面对中国曲协的行业要求，作为一名曲艺工作者，如何落实？我认为关键要坚守一颗自重、自省、自警、自励的"清心"，不浮躁，不随波逐流。尤其对于我们广大曲协会员来说，关键要靠自觉靠自治，特别是正本清源、净化思想。一方面，守好行规、珍重行业，思想上如履薄冰。我深刻体会到，之所以能走到现在，都是中国曲协正确引导、精心培育的结果，我始终抱着一颗感恩的心、用自己的良心来从事曲艺工作。我怕稍有闪失，曲协就抛弃了我，我不舍得这个为党工作的大平台，不舍得这个和谐向上的大家庭；另一方面，典型引路、精神引领，思想上志存高远。令我感受最深的，就是中国曲协给了我灵魂涤荡和精神洗礼的难得机会，连续三届参加全国道德模范

故事汇基层巡演，实地采访了刘真茂、孙银聪、陈淑梅、李其云、王爱东、申纪兰等全国道德模范，并根据他们的动人事迹，深情创作出长子鼓书《大山卫士》、四川清音《信义夫妻》、苏北大鼓《黄河岸畔守护神》、长子鼓书《慈母大爱》《最后一笔党费》《最美的青春》等曲艺作品。从一个个道德模范身上，我看到了他们闪烁的党性光芒，深刻感悟到什么是共产党员的真正担当和崇高信仰，什么是真正的人生价值，让我从心底发出自己前行的座右铭：胸中有大义、心里有人民、肩头有责任、笔下有乾坤，永远听党话、跟党走，树正曲艺行风，树好党的形象。

四、曲艺重学：弘扬党的作风，坚守恒心不止步

作品创作是立身之本，作品质量是文艺的生命线。我们的曲艺作品好与差，最终都要靠群众评判，要使作品真正达到传递正能量、传播真善美的作用，关键是得到群众认可，心甘情愿地接受教育、听从引导。这就依靠曲艺工作者凭借高超的技艺，打造高质量的作品。如何提高曲艺工作者的水平，唯一的路径就是认认真真学，持之以恒学，理论联系实际学，密切联系群众学，通过批评与自我批评学。这也正是我们党的优良作风。

一直以来，中国曲协弘扬党的优良作风，在加强曲艺队伍能力建设上，可谓用心良苦。让我感悟最深的，其一是不拘一格选人才。经过全国曲艺大赛，公平竞争，选出优秀人才。不论是来自乡村还是城市，不论是自我学艺还是科班出身，只要作品好，只要表演好，就有可能摘取牡丹，登上曲艺最高领奖台。像潞安大鼓民间艺人王海燕、长子鼓书艺人刘引红、胡晚红、沁州三弦书艺人李彩英就是从农村里走出的牡丹奖获得者；其二就是不遗余力育人才。比如中国曲协的"牡丹绽放——曲艺英才培育行动"，就是高规格、全方位培育举措，我作为首批入选者，受益匪浅；其三就是不失时机用人才。对于曲艺的优秀人才，中国曲协都不失时机推上更高更大的平台，去展示去发展。比如我身边的民间艺人才刘引红、胡晚红都是中国曲协推荐其登上央视、走出国门。

学无止境，中国曲协这种重学的风尚，促使我始终坚守一颗恒心，把学习当作一种行动自觉，坚定不移地学一路、学一辈、学一生，坚持不懈地写一路、写一辈、写一生，绝不止步、不停歇。

五、曲艺强责：奉献党的事业坚守忠心不平庸

曲艺是党的事业，推动曲艺发展、繁荣曲艺文化是我们共同的追求。作为每一名曲艺工作者，都应该着眼这个大局、服务这个大局、融入这个大局，并为之不懈奋斗。中国曲协姜昆主席告诫我们，一定要否定小我，树立大我，创作的作品不能只写一己悲欢，更不能为了博取眼球，而是为了最广大人民群众的精神文化需要，将更多更好的精神食粮奉献给人民群众。

本着这样的思想导向和价值取向，我始终坚守一颗对曲艺的忠心，努力追求大我、无我、忘我的思想境界，心无旁骛、无怨无悔去履职尽责、无私奉献。作为中国曲协聘任的中国曲艺创作委员会秘书长，我悉心创作，与曲艺团队一道，努力推出一批真正叫得响、传得开的优秀曲艺作品；作为山西省曲协副主席，先后推荐 30 余支民间曲艺团参加沁州书会、马街书会、南山杯、走马杯、嘉定法宝杯、包公杯以及各类曲艺大赛，按照中国曲协会员标准，推荐近 30 名民间艺人成为中国曲协会员，推荐 50 余名鼓书艺人成为山西省曲协会员，全力推出一批致力曲艺事业的曲艺新人；作为中国曲艺之乡建设委员会委员，实地指导长子县、沁源县创建中国曲艺之乡，倾力培植曲艺名城；作为一名曲协会员，我随时听从召唤，不折不扣完成每一项任务，努力争当又红又专、德艺双馨的曲艺人。

忘不掉一个个不眠之夜案头写作，忘不掉一次次披星戴月、翻山越岭实地采风，我像生命一样善待着、呵护着、忠爱着我心中的曲艺，在曲艺的道路上，我始终都是捧着一片滚烫的情、带着一种用不完的劲。因为我是一名中国曲协会员，是一名中共党员，我不愿平庸，更不能给党给曲协丢脸。

我谨记习近平总书记在庆祝中国共产党 100 周年大会讲话中向广大党员发出的号召，我将立足曲艺，坚守一颗融"党心、民心、清心、恒心、忠心"于一体的曲艺"心"，时刻把党和人民装在心中，牢记初心使命，坚定理想信念，永远跟党走，永远服务人民！

谈艺必谈德　从艺必要德

"台上观人艺，台下知人德""德高孚众望，艺高不压人""观其艺，知其人""有德才有艺"……自古以来，曲艺界留下了许许多多关于崇德尚艺的艺诀艺谚和真知灼见。在大力加强文艺界职业道德建设，着力营造风清气朗的健康文艺生态的今天，正确认知艺德问题，仍然是一个无法回避且十分重要的话题。谈艺必谈德，从艺必要德，失德便无艺。

艺德关乎方向，失德则要迷向。文艺的繁荣发展，其根本保证是坚持党的领导。作为文艺工作者首先必须有大德，就是要爱党爱国爱社会主义，时刻牢记"国之大者"，坚定不移跟党走，赤胆忠心爱祖国，全心全意为人民，无怨无悔献事业。这种道德品行既是对从艺者的基本要求，也是保证目标明、方向对、走正道的重要前提。但凡优秀的文艺工作者，在任何时候都与党和国家同心同向、绝对忠诚。抗美援朝期间，常宝堃、程树棠两位曲艺家在朝鲜战场以身殉国，激发了全国曲艺界同仇敌忾的决心和舍身捐躯的报国热情。曲艺家王本林和他创建的西安红星相声社筹备募捐 50 余万，用于购置"鲁迅号"飞机，支援前线。

艺德关乎民心，失德则要负民。人民需要文艺、文艺更需要人民。作为文艺工作者，要有良好的艺德，就要有一颗始终为民服务的热心、诚心，时刻装着人民，时刻把人民的利益放在第一位，这是文艺的宗旨和主线。相声大师侯宝林曾说："我说了一辈子相声，研究了一辈子相声。最大愿望就是把最好的相声艺术献给观众。我说观众是我的恩人、衣食父母，是我的老师。我总感到再说几十年的相声，也报答不了爱我帮我养我的观众。"一代大师深厚的爱民为民情怀赢得了群众的喜爱。

艺德关乎责任，失德则要失职。文艺是铸造灵魂的工程，文艺工作者是灵魂的工程师。从艺者一方面通过其创演的作品，为人民提供丰富的精神食粮，发挥教育引导作用；另一方面要走上前台，成为公众人物，其道德品行起着重要的示范引领作用。正因如此，文艺这项特殊的职业，要求从艺者必须时刻牢记承担的社会责任，自觉遵守职业道德规范，履职尽责，当好示范。

具有 700 年历史的马街书会，每年阴历正月十三，全国各地成百上千曲艺艺人负鼓携琴，不计报酬，汇集于此，以天做幕，以地为台，把为民说书亮艺作为天职。他们骨子里浓缩的就是积极向上、说尽天下的豪情壮志，蕴藏的就是人民至上、说唱百姓的职业担当。

业精于勤荒于嬉，行成于思毁于随。事业要繁荣，作风必须过硬。"说书有德寿延长"，过硬的作风又依靠良好的品行道德来支撑。德艺双馨的老一辈曲艺大家就充分展示出扎实过硬的工作作风。陕西盲艺人韩起祥老前辈，一生坚持以人民为中心、以精品奉献人民、用明德引领风尚，铁鞋踏遍黄土地，金嗓唱彻碧云天。1953 年，他当选为中国曲艺研究会副主席，虽然大城市的物质条件更为优越，但他心系陕北，他说："金疙瘩，银疙瘩，我就撂不下陕北的土疙瘩。"于是放弃了北京的生活条件，主动回到延安，与当地百姓同吃同住同劳动。1959 年，延河大桥落成剪彩时，他要写一部关于大桥的作品作为献礼节目，向革命圣地延安表达自己的敬仰。但他只能摸到桥面而看不到桥下，于是就让儿子用绳子把他绑紧，吊在桥下，大小桥洞摸了个遍，最后编出了脍炙人口的《看大桥》。

当前，多部门联动掀起的艺德建设"风暴"，对失德艺人"断舍离"的坚决果断，让我们更加深刻认识到"艺德"是一门立业兴业的基础课、必修课、常修课。作为曲艺工作者，必须从自我做起，从当下做起，从一点一滴、每时每刻做起，在全面建设社会主义现代化国家的新征程上，带着艺德上路，坚持德艺兼修，追求德艺双馨，让文化环境清朗，让艺术之树常青。

（发表于 2021 年 9 月 15 日《中国艺术报》）

后 记

　　《沃土芬芳——暴玉喜曲艺作品文集》终于编撰付梓了，此刻内心有说不出的喜悦和感动。

　　曲艺历史悠久，源远流长，是中华艺术宝库中的一颗璀璨明珠，扎根于绵延而厚重的传统文化土壤之中，心生敬畏和感动。我出生在农村，耳闻目睹民风民俗、乡间俚语，在与农村摸爬滚打中萌生了创作的激情，从此与曲艺接下了难以割舍的情缘。曲艺让我快乐，曲艺使我成长。随着时光的流逝，愈发让我对曲艺更加痴迷。本书收录了近年来我参加全国曲艺大赛和展演的一系列作品，以及发表在全国报刊杂志上的一些学术论文。我时刻感谢生活，因为生活给予我取之不尽用之不竭的鲜活素材，生活让我用心用情用功捕捉社会闪光点。任凭高山峻岭、山庄窝铺，那乡间鼓曲、檀板声声催促我在乡间寻觅，在百姓中记录。背靠乡土乡情，面对乡里乡亲，倾听乡音乡情，传承乡韵乡味。每一次采风，我都置身于曲艺的辙痕中留下生活的光泽，把根扎在群众中，双脚迈在泥土上，听取新鲜事，记录新鲜事，演绎新鲜事，挖掘生活中鲜活的语言、生动的故事和丰富的思想情感，在发现题材，挖掘题材，感悟题材，提炼主题中写农民、写百姓、写生活、写时代、抒真情，在岁月的更替中，厚积薄发，诵唱不断，历经春的盎然，夏的明媚，秋的收获，冬的洁净，一步步走向曲艺的殿堂，挖掘曲艺精髓，酿造曲艺馨香。

　　每一次作品呈现在观众面前，那洋溢在脸上的感觉让我倍感幸福，倍感温馨。我时刻沉思玩味：艺术与生活是一条川流不息的河，生活的历练和磨砺让这条河变得晶莹透彻。人民是推动社会发展的动力，艺术离开人民犹如鱼儿离开水陷入贫瘠的沙漠。信仰和使命是一条奔腾跳跃的河，历史的洗礼和冶炼让信仰穿越时空气贯长河。生活的历练让这条河晶莹剔透，活力四射。灌注生命的艺术之河，牢记信仰的艺术之河，扎根生活的艺术之河，情系人民的艺术之河。这条河，波涛滚滚，浪花扬波；这条河，心在激荡，从未哆嗦；这条河，乐在百姓，永远做到与民同乐；这条河，喜在人民，永远激荡时代

485

下篇

的欢歌。

　　此集付梓，得益于中国曲协给予的平台展示，得益于山西省委宣传文化系统"四个一批"人才的培养资助，得益于中共长治市委宣传部的鼎力支持，以及曲艺杂志社的鼓励鞭策。在编辑过程中，曲艺杂志社的编辑易凡百忙之中参与版面设计，几易其稿；团结出版社、李新承老师等编辑本着实事求是的态度、过硬的工作作风认真策划每一个章节，精心汇编，潜心整理，悉心校正，所有的一切都在为此书的出版倾尽心力，其执着精神让我感动。与此同时，对父母的养育之恩，教诲之恩丝毫不敢相忘，对爱人、哥哥、姐姐、弟弟及其他亲人的支持鼓励深鞠一躬。

　　浸润着乡情乡韵，厚积着乡土民魂，积淀着民风民俗，感受着曲艺无限魅力。我想，走过的都是风景，经历的都是财富。今日的种种，都是昨日的付出与沉淀。梦想在心，责任在肩，踏上新的征程，收获新的果实！